慧海拾珠

中华文学

Classic Reading
And Collection

千问

探寻华夏文明发展之路·解读中华千年璀璨历史

王永鸿　周成华◎主编

陕西新华出版传媒集团

三秦出版社

图书在版编目（CIP）数据

中华文学千问 / 王永鸿，周成华主编. —西安：三秦出版社，2012.1
（2022.6 重印）
（慧海拾珠）
ISBN 978-7-5518-0072-3

Ⅰ．①中… Ⅱ．①王… ②周… Ⅲ．①中国文学—文学史—问题解答
Ⅳ．① I209-44

中国版本图书馆 CIP 数据核字（2012）第 007168 号

慧 海 拾 珠
中华文学千问

王永鸿　周成华　主编

出版发行	陕西新华出版传媒集团　三秦出版社
社　　址	西安市雁塔区曲江新区登高路 1388 号
电　　话	（029）81205236
邮政编码	710061
印　　刷	永清县晔盛亚胶印有限公司
开　　本	787mm×1092mm　1/16
印　　张	15
字　　数	400 千字
版　　次	2012 年 1 月第 1 版
	2022 年 6 月第 3 次印刷
标准书号	ISBN 978-7-5518-0072-3
定　　价	46.00 元
网　　址	http://www.sqcbs.com

前言
qian yan

目前，涉及到中国文学史的书籍，版本众多，但基本上是大同小异，不过秉承了中国文学的发展。若追溯中国文学发展的源头，大概始于神话。以后，随着古人的文化生活的不断丰富，文学也得到了长足的发展，《诗经》是先秦时代一部非常成熟的文学作品，到了汉代，赋体出现，将中国文学推向了第一个高潮，随后唐诗、宋词、元曲、明清小说出现，它们均以自己独特的方式，记录着当时人们的各种生产生活以及不同的社会风尚。因此，今天当我们谈到中国文学史时，便可以滔滔不绝，并且引以为自豪。这都要感谢历代文人们给我们留下如此丰富的文学财富；同时也反映出，我们不仅是一个勤劳的民族，而且还是一个充满智慧的民族。

在浩瀚的中国传统文化中，人文知识占据了巨大的篇幅。本书就着重突出了人文知识，在讲文学史的同时向读者传递了一种人文理念。无论在国外还是中国，人文一词都包含着"人"和"文"两重含义，即包含着"理想的人性"和"文化的教化"两方面的内涵。人文知识即关乎人文领域，主要是精神生活领域的基础知识，如文学、历史、艺术、哲学、法律、道德知识等。人文知识博大精深，内涵深刻，富有哲理，是我们中华民族文化的精髓。所以，本书本着全心全意为读者的阅读服务的目的，打破了传统的单一模式，采用一问一答的思考教学模式，促进读者思考，调动读者的积极性，同时加深读者的记忆。

为了使读者能够对中国文学有清晰的了解，本书放弃了传统的时间顺序，而是采用了纵览文学、文学大家、最早出现的诗歌、扣人心弦的小说、伴随时间而出现的戏剧以及形散而神不散的散文这样分门别类的方式对中国文学进行阐述，同时搭配精美的图片，增加读者的阅读兴趣。把文学史制作成了一套精神大餐。让读者在阅读此书时，不再有枯燥之感，而是徜徉其中，带来的是一种美的享受，同时也是对心灵的洗礼和升华。

目录

mu lu

第一章 一眼纵览中国文学 1

什么是先秦文学? 1

汉代文学呈现什么样的发展态势? 1

汉代初年的文学取得了什么样的成就? 1

汉武帝时代对文学的发展产生了什么样的影响? 2

汉武帝之后的西汉文学取得了什么样的成就? 2

魏晋南北朝文学呈现什么样的特点? 3

魏晋文学是如何展现生死主题的? 3

魏晋文学是如何展现游仙主题的? 3

魏晋文学是如何表现隐逸主题的? 3

什么是建安风骨? 4

什么是后邺下文人集团时期? 4

什么是正始文学? 4

正始文学时期的政治背景是怎样的? 5

正始文学与建安文学有什么区别? 5

魏晋南北朝的散文有什么特点? 5

梁代文学最主要的贡献是什么? 5

陈代文学有什么特点? 6

隋唐时期的政治制度对文学有什么样的影响? 6

隋唐时期的宗教文化对文学产生了什么样的影响? 6

隋唐时期国家的统一对于文学产生了什么样的影响? 7

隋朝的文学呈现出什么样的特点? 7

五代文学有什么特点? 7

宋代词话发展的政治背景是什么? 7

宋代古文运动发展的社会背景是什么? 8

元代散文和小说有什么特点? 8

明代文学整体上呈现出什么特点? 8

明朝前期的文学有什么特点? 9

明代文学取得了什么样的成就? 9

清代文学有什么特点? 9

什么是近代文学? 9

近代文学有什么特点? 10

现代文学是如何诞生的? 10

现代文学经历了哪两个发展阶段？...11
"五四"运动以后的现代文学有什么特点？.................................11
抗战时期的现代文学有什么特点？...11
新中国成立之后的现代文学有什么特点？.................................11
新中国成立之后的现代文学取得了什么样的成就？.................12
"文化大革命"之后的现代文学有什么特点？.........................12
七月诗派有什么特点？...13
什么是文学研究会？...13
什么是创造社？...14
什么是新月社？...14
什么是语丝社？...14
什么是湖畔诗社？...15
什么是莽原社和未名社？...15
什么是问题小说？...15
什么是乡土小说？...15
什么是人生派写实小说？...15
什么是体验追忆小说？...16
什么是寻根小说？...16
什么是先锋小说？...16
中国左翼作家联盟是如何成立的？...17
什么是东北作家群？...17
什么是现实主义作家群？...18
什么是中国诗歌会？...18
什么是现代诗派？...18
什么是"鲁迅风"杂文？...18

第二章　创造了璀璨文学的大家.................................19

《左传》的作者存在什么样的质疑？...19
开创了儒家学派的至圣是谁？...19
被称为"贱人"的诸子是谁？...20
被尊为亚圣的儒家大师是谁？...20
被封为太上老君的道家学者是谁？...20
被封为"南华真人"的道家创始人是谁？.................................20
主张性恶论的儒家大师是谁？...21

法家学派的集大成者是谁? 21

我国诗歌之父是谁? 21

古代四大美男之中紧追屈原的楚辞作家是谁? 21

担任过秦朝丞相的文学家是谁? 22

因为遭到群臣嫉恨而被贬谪的贾长沙是谁? 22

七王之乱之中两谏吴王的西汉辞赋家是谁? 23

被称为赋圣的西汉辞赋家是谁? 23

"三世不徙官"的西汉辞赋家是谁? 24

子承父业的东汉文史学家是谁? 24

究天人、穷古今而成一家之言的西汉史学家是谁? 25

著有"熹平石经"的东汉辞赋家是谁? 25

以天文学家而著称的东汉辞赋家是谁? 26

裸体击鼓骂曹操的东汉辞赋家是谁? 27

为《汉书》的修订奠定了基础的东汉文学家是谁? 27

因为买不起书而在书市学习的东汉大儒是谁? 27

挟天子以令诸侯的政治家诗人是谁? 27

三曹之中登基称帝的是谁? 28

七步成诗的八斗之才是谁? 28

因为曹爽而被杀的玄学哲学家是谁? 28

被誉为"太康之英"的西晋文学家是谁? 28

被称为潘安的西晋文学家是谁? 29

作品导致洛阳纸贵的西晋文学家是谁? 29

闻鸡起舞的中山靖王后裔是谁? 30

正始文学的主要代表人物有哪些? 30

刑场高奏《广陵散》的嵇中散是谁? 30

醉酒60天逃婚的阮步兵是谁? 30

天地为宅屋宇为衣裤的刘伯伦是谁? 31

热衷仕途的山巨源是谁? 31

"隐逸诗人之宗"的五柳先生是谁? 31

确立山水诗地位的康乐公是谁? 31

被称为"一代文宗"的陈代文学家是谁? 32

以《水经注》而闻名的北魏文学家是谁? 32

著有《颜氏家训》的南北朝作家是谁? 32

出身寒门死于乱军鲍明远是谁? 33

由一部《文心雕龙》奠定文学史地位的南北朝作家是谁？.................................33

陈后主宫廷诗人中最具代表性的作家是谁？.................................33

擅长写景的陈代文学家是谁？.................................33

惊悸而死的《滕王阁序》作者是谁？.................................34

以边塞诗闻名的杨盈川是谁？.................................34

投颖水而死的幽忧子是谁？.................................34

初唐四杰之中诗作最多的是谁？.................................35

被称为陈世遗的唐代文学家是谁？.................................35

被封为燕国公的张道济是谁？.................................35

开元盛世的尚书丞相诗人是谁？.................................36

终生未得唐玄宗赏识的山水诗人是谁？.................................36

被称为"诗佛"的王摩诘是谁？.................................36

世称"高常侍"的唐代边塞诗人是谁？.................................37

驻守边塞6年之久的唐代边塞诗人是谁？.................................37

被称为诗仙的唐代诗人是谁？.................................38

被称为诗圣的唐代现实主义诗人是谁？.................................38

被称为"百代文宗"的韩昌黎是谁？.................................38

被称为"诗囚"的唐代诗人是谁？.................................39

以苦吟而出名的唐代诗人是谁？.................................39

世称"张水部"的唐代诗人是谁？.................................39

拓跋部后裔的唐代诗人是谁？.................................39

香山居士白居易的文学主张是什么？.................................40

被称为"诗豪"的唐代诗人是谁？.................................40

世称柳河东的唐代文学家是谁？.................................41

晚唐最为著名的小杜是谁？.................................41

忧郁之中的玉溪生是谁？.................................42

春风不度玉门关的作者是谁？.................................42

被称为"温八叉"的唐代文学家是谁？.................................42

死于牵机毒的李后主是谁？.................................43

做过南唐中主宰相的五代词人是谁？.................................43

南唐第二代国君词人是谁？.................................43

被称为"王黄州"的宋代文学家是谁？.................................43

世称宛陵先生的北宋现实主义诗人是谁？.................................44

大力支持范仲淹的苏子美是谁？.................................44

代表宋代散文的醉翁是谁？ ·······················44

来自乌程的张子野是谁？ ·······················45

子承父志著有《鹧鸪天》的小山是谁？ ···········45

第一个专心作词的词人是谁？ ···················45

堪称全才的"东坡居士"是谁？ ·················45

来自济南的易安居士是谁？ ·····················46

力主抗金的杨廷秀是谁？ ·······················46

石湖居士是谁？ ·······························46

现存诗最多的放翁是谁？ ·······················46

代表南宋豪放派的幼安是谁？ ···················47

著有《沧浪诗话》的南宋诗人是谁？ ·············47

誓死不降元文山是谁？ ·························47

作品被称为"宋亡之诗史"的南宋作家是谁？ ·····47

做文章为萧皇后辩诬的辽代散文家是谁？ ·········48

自称闲闲老人的金朝文学家是谁？ ···············48

号滹南遗老的金代文学家是谁？ ·················48

被称为遗山先生的金代文学家是谁？ ·············48

代表婉约派的秦少游是谁？ ·····················49

西昆体的代表作家有哪些？ ·····················49

词人、音乐人双重身份的白石道人是谁？ ·········49

一部《西厢记》天下夺魁的元曲作家是谁？ ·······49

漂流南北十五年的元曲四大家是谁？ ·············50

有"曲状元"之称的元曲四大家是谁？ ···········50

以《倩女离魂》而著名的元曲四大家是谁？ ·······50

自号菜根道人的元代戏曲家是谁？ ···············50

元末明初的湖海散人是谁？ ·····················51

中国第一部白话文章回小说作者是谁？ ···········51

号射阳山人的明代小说家是谁？ ·················51

元末明初的宋潜溪是谁？ ·······················51

辅佐朱元璋开创明朝的刘伯温是谁？ ·············52

以台阁大臣的身份改革台阁体的作家是谁？ ·······52

以《石灰吟》表明心迹的明代廉吏文学家是谁？ ···52

玉壶道人和周宪王是谁？ ·······················52

著有《空同集》的李献吉是谁？ ·················53

吴中四才子是如何形成的？..53

玩世不恭的桃花庵主是谁？..53

明四家之中的名门之后是谁？..53

来自昆山的震川是谁？..54

后七子之中成就最高的是谁？..54

因为清兵破绍兴绝食而死的小品作家是谁？..................................54

出身仕宦家庭的张陶庵是谁？..54

著有《金瓶梅词话》的文学家是谁？..55

以"三言"而闻名的明代文学家是谁？..55

以"二拍"而闻名的明代文学家是谁？..55

独自扛起明代传奇的清远道人是谁？..55

明清传奇剧的代表人物有哪些？..56

乾隆时期诗作被毁的钱牧斋是谁？..56

开创了娄东诗派的清代文学家是谁？..56

以"肌理说"闻名的清代学者是谁？..56

来自阳湖的赵瓯北是谁？..57

来自宁都的魏冰叔是谁？..57

来自昆山的亭林先生是谁？..57

岭南三家之中最为出众的文学家是谁？..57

来自长洲的沈归愚是谁？..58

号随园主人的清代文学家是谁？..58

以"诗、书、画"三绝闻名于世的清代文学家是谁？..................58

来自四川的张船山是谁？..58

以《海国图志》而闻名的清代文学家是谁？..................................59

"宋诗运动"的代表作家有哪些？..59

维新变法作家都有谁？..59

章炳麟和秋瑾是谁？..60

号人境庐主人的晚清诗人是谁？..60

来自香山中日混血的晚清文学家是谁？..60

来自宜兴的陈其年是谁？..60

号小长芦钓鱼师的清代文学家是谁？..60

清代最为著名的满洲词人是谁？..61

以词和散文著称的张茗柯是谁？..61

清朝晚期的代表词人都有谁？..61

人称梨洲先生的清代文学家是谁？ ……62

开创了桐城派的清代文学家是谁？ ……62

来自江都的汪容甫是谁？ ……62

被称为"惜抱先生"的文学家是谁？ ……62

来自武进的恽子居是谁？ ……62

代表作为《浮生六记》的清代文学家是谁？ ……63

继承桐城派的湘乡派的代表人物是谁？ ……63

别号柳泉居士的清代文学家是谁？ ……63

代表作为《水浒后传》的小说家是谁？ ……64

代表作为《长生殿》的清代戏曲家是谁？ ……64

代表作为《桃花扇》的清代戏剧家是谁？ ……64

来自汉军正白旗的唐叔子是谁？ ……65

乾隆时期最富盛名的清容居士是谁？ ……65

代表作为《已亥杂诗》的清代文学家是谁？ ……65

自号文木老人的清代小说家是谁？ ……65

生于百年望族的清代小说家是谁？ ……66

续写《红楼梦》的清代作家是谁？ ……66

二十年创作一部小说的松石道人是谁？ ……66

著有昆曲代表作《十五贯》的明清剧作家是谁？ ……66

作品具有强烈的人民性的苏门啸侣是谁？ ……67

别号南亭亭长的晚晴小说家是谁？ ……67

自号"我佛山人"的清代小说家是谁？ ……67

贬谪新疆而死的老残是谁？ ……67

代表作为《孽海花》的小说家是谁？ ……68

以《倪焕之》为代表作的文学家是谁？ ……68

代表作为《伤兵旅馆》的镇海作家是谁？ ……68

代表作为《地之子》的安徽文学家是谁？ ……68

中国新诗奠基人是谁？ ……69

第一个在《新青年》发表白话诗的文学家是谁？ ……70

被称为"中国最杰出的抒情诗人"是谁？ ……70

被国民党特务暗杀的新月派代表诗人是谁？ ……70

诗作被称为"古典理想的现代重构"的文学家是谁？ ……71

代表作为《夏天》和《草莽集》的新月派诗人是谁？ ……71

开创了"闲话风"散文风气的文学家是谁？ ……71

代表作为《背影》的现代散文家是谁? ·········72

第一部作品为《幻灭》的文学家是谁? ·········72

被称为"人民艺术家"的正红旗文学家是谁? ·········72

处女作为《灭亡》的现代文学家是谁? ·········73

代表作为《边城》的现代文学家是谁? ·········73

代表作为《莎菲女士的日记》的现代女作家是谁? ·········74

开创了40年代国统区讽刺小说先河的文学家是谁? ·········74

来自益阳的只有6年创作生涯的文学家是谁? ·········75

因病客死香港的天才女作家是谁? ·········75

将东北山野气息带入文坛的萧"侠客"是谁? ·········75

代表作为《大地的海》的东北文学家是谁? ·········76

被誉为"小说的近代史"的作家是谁? ·········76

代表作为《卖布谣》的文学家是谁? ·········76

代表作为《扬鞭集》的文学家是谁? ·········76

"左联"五烈士之中来自象山的诗人是谁? ·········76

被誉为"泥土诗人"的现代作家是谁? ·········77

被称为"世纪老人"的现代女作家是谁? ·········77

"现代派"诗人的领袖是谁? ·········78

现代话剧的真正意义上的奠基人是谁? ·········78

来自杭州的夏端先是谁? ·········79

发表了《母亲的梦》等剧作的文学家是谁? ·········79

以《丰饶的原野》而闻名的小说家是谁? ·········80

被称为"农民诗人"的讽刺小说家是谁? ·········80

著有长篇小说《财主的儿女们》的文学家是谁? ·········80

以《金锁记》而闻名的现代女作家是谁? ·········81

来自无锡的钱槐聚是谁? ·········81

以《金粉世家》而闻名的小说家是谁? ·········82

以《荷花淀》而闻名的文学家是谁? ·········82

被称为"吹芦笛的诗人"的作家是谁? ·········82

以"时代三音曲"而闻名的文学家是谁? ·········83

卧轨自杀的最具独创性的诗人是谁? ·········83

墨子的思想主张是什么? ·········83

孟子的政治思想是什么? ·········83

老子在文学史上占据什么样的地位? ·········84

庄子的哲学思想是什么？..84

荀子的思想与孔孟有什么区别？..84

韩非如何看待民众、君主和臣下？..85

为什么说屈原的思想是悲愤的？..85

屈原有什么样的重要贡献？..85

宋玉的楚辞作品有哪些？..85

贾谊在辞赋方面取得了什么样的成就？......................................86

司马相如的作品有什么样的独特艺术特点？..................................86

扬雄在辞赋方面取得了什么样的成就？......................................86

扬雄的文学思想对后世有怎样的影响？......................................87

扬雄对东汉文学有什么样的影响？..87

张衡的文学作品有哪些？..87

张衡的赋有什么特点？..87

司马迁的思想有哪些进步？..88

班固的思想对《汉书》有什么样的影响？....................................88

竹林七贤的政治态度有什么不同？..88

陶渊明如何看待劳动？..88

陶渊明在辞赋方面有什么成就？..88

谢灵运在文学史上占有什么样的重要地位？..................................89

鲍照在文学史上占有什么样的地位？..89

陆机为什么创作《文赋》？..89

隋代宫廷文人的作品有什么特点？..90

初唐四杰是如何改变唐诗的面貌的？..90

初唐四杰是如何批判社会的不公的？..90

为什么孟浩然没有得到唐玄宗的赏识？......................................91

为什么王维会被称为"诗佛"？..91

为什么王维的晚年会过着消沉的生活？......................................91

第三章　诞生最早的文学体裁——诗歌 93

陈代的诗歌有什么特点？..93

"永明体"是如何出现的？..93

永明体的声律有什么要求？..93

永明体的出现对诗歌有什么样的影响？......................................93

什么是"艳体诗"？..94

梁代诗文有什么特点？ 94

太康诗风有什么特点？ 94

为什么梁代的七言诗会有蓬勃发展？ 94

唐代民间的诗歌风气是怎样的？ 95

唐朝初期的诗歌有什么特点？ 95

盛唐时期的诗歌有什么特点？ 95

中晚唐时期的诗歌有什么特点？ 96

晚唐时期的诗歌有什么特点？ 96

宋诗的特点是什么？ 96

北宋前期的诗文有什么特点？ 96

宋诗沿袭期的特点是什么？ 97

宋诗复古期的特点是什么？ 97

宋诗革新期特点是什么？ 97

宋诗凝定期的特点是什么？ 97

宋诗中兴期的特点是什么？ 98

宋诗飘零期的特点是什么？ 98

元代前期诗歌有什么特点？ 98

元代中期诗歌有什么特点？ 98

元代末年的诗歌有什么特点？ 99

清朝的诗歌有什么特点？ 99

新时期诗歌有什么特点？ 99

唐代的词有什么特点？ 99

宋代的词取得了什么样的成就？ 99

北宋前期的词取得了什么样的成就？ 100

南宋时期的词风发生了什么样的变化？ 100

元代的词有什么特点？ 100

清朝初期的词有什么特点？ 100

清中期词有什么特点？ 101

清后期的词有什么特点？ 101

什么是汉乐府？ 101

汉乐府在文学史上占有什么样的重要地位？ 102

汉乐府的内容有什么特点？ 102

汉乐府的语言有什么特点？ 102

什么是南朝乐府民歌？ 103

南朝乐府民歌有什么特点？ ………………………………………… 103

地理环境对南朝乐府民歌有什么样的影响？ …………………… 103

为什么南朝民歌会绝大部分都是情歌？ ………………………… 103

什么是北朝民歌？ ………………………………………………… 104

北朝民歌的主要内容是什么？ …………………………………… 104

北朝民歌与南朝民歌有什么区别？ ……………………………… 104

为什么北朝民歌会有《木兰诗》这样的作品？ ………………… 104

陆机与潘岳在诗歌技巧方面有什么贡献？ ……………………… 105

左思的咏史诗有什么特点？ ……………………………………… 105

曹操的诗歌有什么特点？ ………………………………………… 105

为什么陶渊明会开创田园诗一体？ ……………………………… 105

《桃花源诗并记》的主要内容是什么？ ………………………… 106

鲍照的乐府诗有什么特点？ ……………………………………… 106

鲍照对七言诗的发展做出了什么样的贡献？ …………………… 106

徐陵的诗歌作品有哪些？ ………………………………………… 106

杨素的诗作有什么特点？ ………………………………………… 107

卢思道和薛道衡的诗作有什么特点？ …………………………… 107

初唐四杰为诗歌注入了什么样的情感？ ………………………… 107

初唐四杰是如何拓宽诗歌的视野的？ …………………………… 107

陈子昂为什么创作《登幽州台歌》？ …………………………… 108

张九龄的诗与张说的诗有什么不同？ …………………………… 108

孟浩然的抒情诗有什么特点？ …………………………………… 108

王维的诗有什么特点？ …………………………………………… 109

岑参的诗歌有什么特点？ ………………………………………… 109

诗圣的现实主义诗作代表是什么？ ……………………………… 109

孟浩然的诗歌有什么特点？ ……………………………………… 110

为什么李白会有复杂的身份？ …………………………………… 110

李白诗歌在文学史上占有什么样的地位？ ……………………… 111

高适的诗作有什么特点？ ………………………………………… 111

诗仙的作品有什么特点？ ………………………………………… 111

李白诗歌的语言有什么特点？ …………………………………… 111

杜甫采用五言古体形式写成的自叙性的诗篇有哪些？ ………… 112

李清照在语言方面有哪些技巧？ ………………………………… 112

柳三变对词的主要贡献是什么？ ………………………………… 112

苏轼对词的主要贡献是什么？ ……………………………………… 113

晏殊的词有什么特点？ …………………………………………… 113

谢灵运的山水诗有什么特点？ …………………………………… 113

为什么谢灵运的山水诗无法做到情景交融？ ………………… 114

陈子昂对于诗歌改革提出了什么样的主张？ ………………… 114

为什么张说喜欢吟咏杰出人物？ ……………………………… 114

为什么岑参的诗会不同于其他的边塞诗人？ ………………… 114

兼济天下时期白居易诗歌有什么特点？ ……………………… 115

独善其身时期的白居易的诗歌有什么特点？ ………………… 115

李清照的词风有什么特点？ …………………………………… 116

南宋四家的词风特点是什么？ ………………………………… 116

耶律楚材的诗歌有什么特点？ ………………………………… 116

刘因在文学理论方面有什么成就？ …………………………… 116

"元诗四大家"的诗歌有什么特点？ ………………………… 116

虞集的诗歌有什么特点？ ……………………………………… 117

杨载和揭傒斯的诗歌有什么特点？ …………………………… 117

王冕的诗歌有什么特点？ ……………………………………… 117

杨维桢的诗歌有什么特点？ …………………………………… 117

萨都剌的作品有什么特点？ …………………………………… 118

后七子是如何形成的？ ………………………………………… 118

后七子的文学观点是什么？ …………………………………… 118

"三杨"的作品有什么特点？ ………………………………… 118

张岱的诗文有什么特点？ ……………………………………… 118

黄景仁的诗歌的内容有什么特点？ …………………………… 119

黄遵宪的诗歌有什么特点？ …………………………………… 119

纳兰性德的词有什么特点？ …………………………………… 119

张惠言的词有什么特点？ ……………………………………… 120

1921年之前的白话诗有什么特点？ …………………………… 120

郭沫若的诗的艺术公式是什么？ ……………………………… 120

湖畔诗派的爱情诗有什么特点？ ……………………………… 120

小诗体取得了什么样的成就？ ………………………………… 121

冯至抒情诗的最大特点是什么？ ……………………………… 121

冯至在叙事诗方面有什么贡献？ ……………………………… 121

新月社前后期的标志是什么？ ………………………………… 121

新月诗派提倡新诗格律化的主要内容是什么？ ……………………… 122

闻一多的新诗格律化的主张是什么？ …………………………………… 122

徐志摩的诗歌作品有哪些？ ……………………………………………… 122

七月诗派的胡风的诗歌理论是什么？ …………………………………… 122

艾青的诗歌产生了什么样的重大影响？ ………………………………… 123

洪荒歌谣是如何诞生的？ ………………………………………………… 123

"楚辞"产生了怎样巨大的影响？ ……………………………………… 123

什么是《诗经》？ ………………………………………………………… 124

《诗经》包括哪些篇章？ ………………………………………………… 124

什么是风、雅、颂？ ……………………………………………………… 124

《诗经》是怎么来的？ …………………………………………………… 124

为什么说《史记》关于孔子将《诗经》删减至300的记录是错误的？ ……… 125

《诗经》之中反映战争的作品有哪些？ ………………………………… 125

《诗经》之中反映奴隶生活的作品有哪些？ …………………………… 125

《诗经》之中反映爱情的作品有哪些？ ………………………………… 125

为什么《诗经》会成为贵族必备的文化素养？ ………………………… 126

《离骚》是什么时候创作的？ …………………………………………… 126

《离骚》表达了诗人什么样的情感？ …………………………………… 126

《离骚》可以分为哪些部分？ …………………………………………… 126

《离骚》是借用什么样的方式表达情感的？ …………………………… 127

什么是《九章》？ ………………………………………………………… 127

《九章》是如何描写山水的？ …………………………………………… 128

《哀郢》的主要内容是什么？ …………………………………………… 128

《怀沙》的主要内容是什么？ …………………………………………… 128

《孔雀东南飞》讲述了什么样的故事？ ………………………………… 129

《乐府诗集》有什么特点？ ……………………………………………… 129

《陌上桑》和《羽林郎》的内容有什么共同之处？ …………………… 129

《陌上桑》是如何描写罗敷的魅力的？ ………………………………… 129

《孔雀东南飞》有什么特点？ …………………………………………… 130

《古诗十九首》有什么特点？ …………………………………………… 130

《古诗十九首》表达人生观念的作品有哪些？ ………………………… 130

《古诗十九首》的思妇诗有哪些？ ……………………………………… 130

《古诗十九首》在抒情方面有什么特点？ ……………………………… 130

《归园田居》表达了诗人什么样的态度？ ……………………………… 131

《敕勒歌》描绘了什么样的北方草原？ ……………………… 131

《玉台新咏序》和《与杨仆射书》有什么特点？ …………… 131

反映鸦片战争的诗作有哪些？ ………………………………… 131

《女神》的主要内容是什么？ ………………………………… 132

胡适的《尝试集》有什么特点？ ……………………………… 132

李璟的《浣溪沙》的主要内容是什么？ ……………………… 132

第四章　最为注重故事性的文学——小说 ……………133

宋代的小说有什么特点？ ……………………………………… 133

明清小说有什么特点？ ………………………………………… 133

明代讲史小说作品有哪些？ …………………………………… 133

明代的神魔小说有哪些？ ……………………………………… 134

明代世情小说作品有哪些？ …………………………………… 134

明代的公案小说作品有哪些？ ………………………………… 134

清代小说有什么特点？ ………………………………………… 134

清后期侠义小说有什么特点？ ………………………………… 135

伤痕文学的代表作品有哪些？ ………………………………… 135

先锋小说有什么特点？ ………………………………………… 135

20世纪五六十年代的历史小说代表作有哪些？ …………… 136

冰心在小说方面取得了什么样的成就？ ……………………… 136

王统照的小说有什么特点？ …………………………………… 136

叶圣陶的小说有什么特点？ …………………………………… 137

在抗战爆发之前巴金创作的小说有什么特点？ ……………… 137

萧红的小说有什么特点？ ……………………………………… 137

路翎的小说有什么特点？ ……………………………………… 137

张爱龄的小说有什么特点？ …………………………………… 138

周作人的小说有什么特点？ …………………………………… 138

《三国演义》是如何诞生的？ ………………………………… 138

《三国演义》是如何描绘战争的？ …………………………… 139

《三国演义》的结构有什么特点？ …………………………… 139

《水浒传》是如何形成的？ …………………………………… 139

《水浒传》的思想倾向是什么？ ……………………………… 140

《水浒传》在文学史上占有什么样的重要地位？ …………… 140

《水浒传》最突出的成就是什么？ …………………………… 140

四大名著之中以神话来讽刺现实的作品是什么？ ················· 140

吴承恩是如何塑造孙悟空这个形象的？ ················· 141

《剪灯夜话》反映了什么样的爱情观？ ················· 141

《剪灯夜话》的主要内容是什么？ ················· 141

《金瓶梅词话》讲述了什么样的故事？ ················· 142

《金瓶梅词话》描绘了一个怎样的社会？ ················· 142

《金瓶梅词话》的语言有什么特点？ ················· 142

《金瓶梅词话》在文学史上占有什么样的地位？ ················· 143

《醒世姻缘传》是何时创作的？ ················· 143

《醒世姻缘传》讲述了什么样的故事？ ················· 143

冯梦龙的作品有哪些？ ················· 143

"三言"的名字有什么特点？ ················· 144

《乔太守乱点鸳鸯谱》讲述了什么样的故事？ ················· 144

"三言"的素材是如何来的？ ················· 144

"二拍"最大的特点是什么？ ················· 144

"二拍"中的故事有什么特点？ ················· 145

吴敬梓为什么要创作《儒林外史》？ ················· 145

《儒林外史》是如何抨击科举的？ ················· 145

《儒林外史》的语言有什么特点？ ················· 146

《红楼梦》讲述了什么样的故事？ ················· 146

《红楼梦》是如何通过贾府来反映社会的？ ················· 146

《红楼梦》的人物塑造有什么特点？ ················· 147

《红楼梦》在文学史上占据什么样的地位？ ················· 147

《北宋志传》的主要内容是什么？ ················· 147

《封神演义》取得了什么样的成就？ ················· 147

《镜花缘》的主要内容是什么？ ················· 148

《镜花缘》有什么不足之处？ ················· 148

《聊斋志异》的主要内容是什么？ ················· 148

《聊斋志异》内容的混杂表现在哪些方面？ ················· 149

《水浒后传》的主要内容是什么？ ················· 149

《说岳全传》的主要内容是什么？ ················· 149

《隋唐演义》的主要内容是什么？ ················· 150

《再生缘》讲述了什么样的故事？ ················· 150

《儿女英雄传》讲述了什么样的故事？ ················· 150

《三侠五义》讲述了什么样的故事？ ·················· 151

《荡寇志》讲述了什么样的故事？ ···················· 151

《官场现形记》的主要内容是什么？ ················ 151

《二十年目睹之怪现状》的主要内容是什么？ ······ 151

《老残游记》的主要内容是什么？ ···················· 152

《孽海花》的主要内容是什么？ ······················ 152

鲁迅为什么创作《呐喊》和《彷徨》？ ·············· 152

《呐喊》和《彷徨》塑造了怎样的人物？ ············ 152

为什么阿Q会形成精神胜利法？ ···················· 153

阿Q形象的塑造有什么重要意义？ ·················· 153

《过去的年代》讲述了什么样的故事？ ·············· 153

《科尔沁旗草原》讲述了什么样的故事？ ············ 154

《死水微澜》《暴风雨前》《大波》讲述了什么样的故事？ ·· 154

《华威先生》讲述了什么样的故事？ ················ 154

《山野》讲述了什么样的故事？ ······················ 154

《丰饶的原野》讲述了什么样的故事？ ·············· 155

《故乡》讲述了什么样的故事？ ······················ 155

《一个女人的悲剧》和《石青嫂子》讲述了什么样的故事？ ·· 155

沙汀抗战时期创作了哪些小说？ ···················· 155

《饥饿的郭素娥》讲述了什么样的故事？ ············ 155

《围城》产生了什么样的重大影响？ ················ 156

《围城》有什么样的象征意义？ ······················ 156

《金粉世家》讲述了什么样的故事？ ················ 156

《啼笑姻缘》讲述了什么样的故事？ ················ 156

孙犁的小说的人物形象有什么特点？ ················ 157

《无敌三勇士》讲述了什么样的故事？ ·············· 157

《红高粱》在文学史上占据什么样的地位？ ·········· 157

《敌后武工队》的主要内容是什么？ ················ 158

第五章　需要在舞台上展现的文学——戏剧·············159

宋代的戏曲有什么特点？ ···························· 159

元代戏曲整体上呈现出什么样的特点？ ·············· 159

元曲是在什么样的文化背景下产生的？ ·············· 159

明代前期戏剧有什么特点？ ·························· 159

明代现实时事剧作品有哪些？ ························· 159

明代的爱情剧作品有哪些？ ·························· 160

清中期戏剧有什么特点？ ···························· 160

清代戏剧剧目的主要来源是什么？ ···················· 160

什么是唐传奇？ ·································· 161

为什么唐传奇会兴起？ ····························· 161

唐传奇在文学史上占有什么样的地位？ ·················· 161

前期的元散曲有什么特征？ ·························· 161

元代后期散曲创作与前期有什么不同？ ·················· 162

什么是元杂剧？ ·································· 162

元杂剧有什么特点？ ······························ 162

元杂剧在文学史上占据什么样的地位？ ·················· 162

什么是南戏？ ···································· 163

什么是鼓词？ ···································· 163

什么是大鼓？ ···································· 163

鼓词的作品有哪些？ ······························ 164

什么是革命"样板戏"？ ···························· 164

革命样板戏是如何塑造人物的？ ······················ 164

什么是话剧？ ···································· 165

弹词是如何诞生的？ ······························ 165

京剧是如何形成的？ ······························ 165

京剧最初产生了哪些派别？ ·························· 166

宋代的话本、小说、讲史取得了什么样的成就？ ············· 166

明代的话本取得了什么样的成就？ ···················· 166

拟话本有什么特点？ ······························ 167

明代讽刺剧取得了什么样的发展？ ···················· 167

被称为"戏曲活化石"的南戏作品是什么？ ··············· 167

南戏的顶峰之作是什么？ ···························· 168

反映东林党与阉党斗争的剧作是什么？ ·················· 168

关汉卿的杂剧可以分为哪几类？ ······················ 168

关汉卿描写下层妇女斗争的戏剧作品有哪些？ ············· 168

《单刀会》的主要内容是什么？ ······················ 169

关汉卿是如何反映社会生活的？ ······················ 169

关汉卿是如何塑造人物的？ ·························· 169

《西厢记》的主要特点是什么？ 170

《西厢记》塑造了怎样的张生？ 170

《西厢记》塑造了怎样的崔莺莺？ 170

《西厢记》塑造了怎样的红娘？ 171

白朴的戏剧作品有哪些？ 171

《墙头马上》的主要内容是什么？ 171

《梧桐雨》讲述了什么样的故事？ 172

《汉宫秋》的主要内容是什么？ 172

《汉宫秋》反映了什么样的现实？ 172

《荐福碑》的主要内容是什么？ 172

《青衫泪》的主要内容是什么？ 173

马致远的"神仙道化"剧有什么特点？ 173

马致远的作品有什么特点？ 173

《牡丹亭》有什么样的重要意义？ 173

《牡丹亭》塑造了怎样的杜丽娘？ 173

《紫箫记》讲述了什么样的故事？ 174

《紫钗记》的主要内容是什么？ 174

《邯郸记》和《南柯记》的主要内容是什么？ 174

孔尚任为什么创作《桃花扇》？ 175

为什么《桃花扇》能够取得成功？ 175

《桃花扇》在人物塑造方面有什么创造性？ 175

《桃花扇》是如何描写政治斗争的？ 175

蒋士铨的戏曲有什么特点？ 176

杨潮观的杂剧有什么特点？ 176

关汉卿的杂剧作品有哪些？ 176

《倩女离魂》讲述了什么样的故事？ 177

《倩女离魂》是如何描写封建女子被礼教扼制的精神生活的？ 177

《琵琶记》的主要内容是什么？ 178

《琵琶记》的赵五娘是一个怎样的形象？ 178

《荆钗记》讲述了什么样的故事？ 178

《刘知远白兔记》讲述了什么样的故事？ 178

《拜月亭》讲述了什么样的故事？ 179

《杀狗记》讲述了什么样的故事？ 179

《闲情偶寄》的主要内容是什么？ 179

李渔是如何编写成《闲情偶寄》的? ·· 179

《长生殿》讲述了什么样的故事? ·· 180

被誉为"东方舞台上的奇迹"的话剧是什么? ······················· 180

《回春之曲》讲述了什么样的故事? ······································ 180

孟京辉的戏剧作品有哪些? ·· 180

曹禺的话剧有什么特点? ·· 181

洪深的剧作有哪些? ··· 181

夏衍在戏剧方面取得了什么样的成就? ································· 181

老舍的《茶馆》讲述了什么样的故事? ································· 182

《雷雨》的结构有什么特点? ··· 182

第六章　形散而神不散的散文 ······················183

什么是散文? ·· 183

我国的古代散文经历了怎样的发展历程? ····························· 183

唐朝的散文有什么特点? ·· 183

宋代的散文有什么样的重要意义? ·· 184

北宋初期的散文有什么特点? ·· 184

金代散文有什么特点? ·· 184

辽代散文有什么特点? ··· 185

晚明小品文有什么特点? ·· 185

清朝散文有什么特点? ··· 185

清朝后期的散文有什么特点? ·· 185

新时期散文有什么特点? ·· 185

什么是上古神话? ··· 186

创世神话反映了祖先什么样的宇宙人生观? ·························· 186

什么是自然神话? ··· 187

中国自然神话的代表有哪些? ·· 187

什么是英雄神话? ··· 187

中国英雄神话的代表作有哪些? ··· 187

什么是传奇神话? ··· 187

神话与文学有什么重要关系? ·· 188

《山海经》有什么样的重要意义? ·· 188

《中山经》中的瑶草被后世演化出哪些角色? ····················· 188

什么是《尚书》? ··· 189

《尚书》之中的《盘庚》讲述了什么样的故事？ ························ 189

《周书》的主要内容是什么？ ······································ 189

为什么说《尚书》是散文形成的标志？ ······························ 189

什么是《春秋》？ ·· 190

《春秋》最突出的特点是什么？ ···································· 190

《左传》是一本什么样的书？ ······································ 190

《左传》哪些地方表现出了"民本"思想？ ···························· 190

为什么《左传》会表现民本思想？ ·································· 190

《左传》之中有什么不合理之处？ ·································· 191

《战国策》有哪些篇章？ ·· 191

《战国策》有什么特点？ ·· 191

《战国策》是如何批判暴君的？ ···································· 191

《战国策》有什么样的重要意义？ ·································· 192

《战国策》在文采方面有什么特点？ ································ 192

《国语》的主要内容是什么？ ······································ 192

《国语》的写作风格有什么特点？ ·································· 192

《国语》有什么样的重要意义？ ···································· 192

《吴语》和《越语》的风格有什么特殊之处？ ························ 193

《论语》是一本什么样的典籍？ ···································· 193

《论语》的记录有什么特点？ ······································ 193

墨家的思想是什么？ ·· 193

墨子的学说有什么样的重要意义？ ·································· 194

《孟子》有什么特点？ ··· 194

《孟子》的散文对后世有什么样的影响？ ···························· 194

《道德经》是如何写成的？ ·· 195

《道德经》是如何用鲜明形象来阐述理论的？ ························ 195

《老子》是如何运用逻辑推理的？ ·································· 195

《庄子》主要有哪些篇章？ ·· 195

《庄子》的文章结构有什么特点？ ·································· 195

《庄子》在文学史上占有什么样的地位？ ···························· 196

《荀子》有什么特点？ ··· 196

《荀子》有什么样的重要意义？ ···································· 196

《韩非子》有什么特点？ ·· 196

为什么李斯会创作《谏逐客书》？ ·································· 197

为什么《吕氏春秋》被《汉书》列为杂家? 197

《吕氏春秋》的十二纪的主要内容是什么? 197

《吕氏春秋》的主要思想是什么? 197

《太玄》表达了扬雄什么样的思想? 198

《法言》记述了扬雄哪些思想? 198

《过秦论》的主要内容是什么? 198

贾谊在《过秦论》中是如何分析秦国兴亡的? 199

扬雄对于散文的创作可以分为哪两个阶段? 199

《史记》的主要内容是什么? 199

《史记》在写作方法等方面有什么重要影响? 199

《史记》是如何建立史学的独特地位的? 200

《史记》在史传文学方面有什么贡献? 200

西汉后期和东汉前期的散文有什么特点? 200

中国第一部纪传体断代史是什么? 200

《汉书》的语言有什么特点? 201

《桃花源记》的主要内容是什么? 201

郦道元的代表作是什么? 201

《洛阳伽蓝记》的主要内容是什么? 201

《颜氏家训》的主要内容是什么? 202

《文心雕龙》的主要内容是什么? 202

《文心雕龙》有什么样的重要意义? 202

《典论·论文》有什么样的重要意义? 203

《典论·论文》的主要内容是什么? 203

什么是古文? 203

唐代古文运动的特点是什么? 203

古文运动产生的政治原因是什么? 204

古文运动产生的文学原因是什么? 204

古文运动产生的领袖原因是什么? 204

《师说》的论证有什么特点? 204

为什么《永州八记》能够一直得到人们的称道? 205

《醉翁亭记》的主线是什么? 205

陶渊明在散文方面有什么成就? 205

王安石的散文有什么特点? 206

曾巩在散文方面取得了什么样的成就? 206

三苏的散文有什么特点？ 206

《前赤壁赋》有什么特点？ 207

《六国论》是如何借古讽今的？ 207

《六国论》的语言有什么特点？ 207

中国第一部编年体通史是什么？ 208

《资治通鉴》的主要内容是什么？ 208

《秦士传》的主要内容是什么？ 208

《李姬传》有什么特点？ 208

《湖心亭记》的主要内容是什么？ 209

赵秉文的散文主张是什么？ 209

桐城派为什么能产生深远的影响？ 209

《登泰山记》有什么特点？ 209

《狱中杂记》的主要内容是什么？ 210

《大铁椎传》的主要内容是什么？ 210

梁启超的散文有什么特点？ 210

《少年中国说》的批判性表现在哪些方面？ 211

什么是"语丝派"散文？ 211

为什么说《野草》是"独语体"散文？ 212

林语堂"闲适小品"有哪些？ 212

何其芳的散文作品有哪些？ 212

李广田的散文作品有哪些？ 212

缪崇群的散文作品有哪些？ 213

夏丏尊的散文作品有哪些？ 213

丰子恺的散文作品有哪些？ 213

巴金的《随想录》的主要内容是什么？ 213

张中行的散文有什么特点？ 214

《故都的秋》的思想和结构有什么特点？ 214

第一章　一眼纵览中国文学

什么是先秦文学？

先秦即秦代以前，指公元前221年秦朝统一天下以前的历史，包括中国原始社会、奴隶社会和早期封建社会三种社会形态。先秦文学是我国古代文学发生发展的最早阶段，它包括秦代以前各个历史时期的文学。中国文学起源甚早，殷商时期已经有了初步定型的文学，也开始产生了书面文字。有成为我国古代文学先导的古代神话和古代歌谣。殷商和西周时代的甲骨卜辞、铜器铭文、《周易》中的卦爻之辞，以及《尚书》中的某些文诰，是散文的萌芽。《左传》、《国语》、《战国策》等叙事散文和诸子的说理散文如《论语》、《孟子》、《老子》、《庄子》、《墨子》、《荀子》、《韩非子》等，达到了先秦散文的最高成就。西周的诗歌总集《诗经》，以现实主义精神、比兴的艺术手法开创了中国文学的优良传统。战国后期诗歌创作出现了个人独立创作，产生了第一个伟大的诗人屈原。先秦文学是古代文学发展的第一个阶段，诗歌、散文是这一时期的主要文学样式，现实主义和浪漫主义创作方法都已经形成，这是我国文学发展丰厚而坚实的基石，也是我国文学发展的光辉和良好的开端。

汉代文学呈现什么样的发展态势？

秦始皇二十六年（公元前221年），建立了大一统的中央集权的封建专制国家，至嬴子婴即位（公元前207年）不久为刘邦所灭，仅历时15年，文学上无重要建树。秦王朝在统一全国之初，实行极端的文化专制主义，"史官非秦记皆烧之。非博士官所职，天下敢有藏《诗》、《书》、百家语者，悉诣守尉杂烧之，有敢偶语《诗》、《书》者，弃市；以古非今者，族。"不仅如此，秦王朝还对儒生实行肉体消灭政策，曾一举坑杀儒生460余人。在秦王朝统治期间，中国古代文化的发展遭受了一次严重的挫折，先秦时代的文书典籍几全遭毁灭。"秦世不文，颇有杂赋"，"秦皇灭典，亦造仙诗"，即使遗留一些杂赋、仙诗（仙真人诗）也全部都亡佚。现在能看到的仅仅是秦始皇巡行各地时，李斯等人写作的歌颂功德的文字，由于它们刻在各地山石之上，后世称为石刻。它们在形式上模仿雅颂，为四言韵文，多以三句为韵。文学价值不高，但由于它们是今存最古的碑文，对后世的碑志文有一定影响。除此之外，汉代文学最重要的就是李斯的说理散文《谏逐客书》。

汉代初年的文学取得了什么样的成就？

汉初文学成就，主要表现在和辞赋的发展上。汉初文士有战国游士的余风，

喜欢奔走于诸侯、权贵之门，比较关心国家和社会的问题，并勇于发表自己的看法，这就促进了政论文的发展。汉初政论文作者以贾谊晁错为最著名。他们注意总结秦王朝由弱转强、政权得而复失的经验教训，对如何巩固汉王朝的统治、完善中央集权的政治制度，表达了自己的政治见解。这些政论文议论宏阔，说理畅达，感情充沛，富于文采，对唐宋以后散文创作有明显的影响。汉初的辞赋属于战国的余绪，但汉初辞赋作者缺乏那样的强烈感情，多为模拟之作，作品亦多亡佚。现存的《招隐士》，其气象、格调逼近屈宋，为其中的佼佼者。贾谊在贬谪长沙时写有《吊屈原赋》和《鸟赋》，其中渗透了个人的身世感叹，抒发了自己的政治抱负，特别是后者，在体制和写法上，显示了由楚辞到汉赋过渡的痕迹。晁错是文景时期的重要作家，他以上书吴王、谏阻其谋反而知名于世。他的《七发》虽然不是以赋名篇，但其写法和格局都可以说是汉代新体赋——汉大赋形成的第一篇作品，在汉赋发展上占有重要地位。

汉武帝时代对文学的发展产生了什么样的影响?

汉武帝时代，西汉封建王朝进入了全盛时期。经过汉初以来六、七十年的休养生息，经济得到一定的恢复和发展。汉武帝雄才大略，内外经营，进一步加强了汉王朝的封建集权制。与此相适应，在思想文化方面，罢黜百家，独尊儒术。以为代表的儒家学者，在儒家思想的外衣下，包容了战国以来的阴阳五行和黄老、刑名等思想。它不仅解释了汉王朝夺取政权的

合理性，而且也指出了巩固统治的方法。从此以后，儒家思想就一直成为封建统治阶级的正统思想。这一方面对封建统一帝国的形成和封建集权制的巩固起着促进作用，另一方面，又结束了战国以来百家争鸣的局面，思想定于一尊，对当时和以后的学术和文化的发展有重大的影响。

汉武帝之后的西汉文学取得了什么样的成就?

汉武帝时期至西汉末，文学上的成就，主要表现为乐府机关的设立、扩展，以及辞赋创作的繁荣。

汉高祖时，叔孙通制定朝仪，使汉高祖体会到了"为皇帝之贵"，也使他认识到制礼作乐对建立封建王朝秩序的重要。汉初设立的乐府，其主要职能就是为了管理郊庙、朝会的乐章。但由于"大汉初定，日不暇给"，还无力进行大规模的"定制度，兴礼乐"的工作。汉武帝以"兴废继绝，润色鸿业""以兴太平"为目的，把乐府规模和职能加以扩大，大规模搜集各地的民间歌谣，以丰富朝廷乐章。所谓"武宣之世，乃崇礼官，考文章，内设金马石渠之署，外兴乐府协律之事"，反映了当时制礼作乐的实际情况。乐府机关的设立和扩大，使各地民歌有了记录、集中和提高的条件，这在中国文学史上有着划时代的意义，它对中国古代诗歌的发展有着深远的影响。西汉乐府所演奏的乐章，除汉高祖唐山夫人以"楚声"为基础创立的《安世房中歌》和武帝时《郊祀歌》外，据《汉书·艺文志》所载还有遍及黄河、长江两大流域的各地民歌55首。现除《铙歌十八曲》外，大部分没

有流传下来。《铙歌》是武帝时吸收北方民族音乐所制的军乐，它的歌词由于文字衍误过多，大都难于读通，其中少数言情和反映战场惨象的篇章，明白可诵，有一定现实意义。

魏晋南北朝文学呈现什么样的特点？

魏晋南北朝文学是典型的乱世文学。作家们既要适应战乱，又要适应改朝换代，一人前后属于两个朝代甚至三个朝代的情况很多见。敏感的作家们在战乱中最容易感受人生的短促，生命的脆弱，命运的难卜，祸福的无常，以及个人的无能为力，从而形成文学的悲剧性基调，以及作为悲剧性基调之补偿的放达，后者往往表现为及时行乐或沉迷声色。这种悲剧性的基调又因文人的政治处境而带上了政治的色彩。在这种情况下，文学创作很自然地形成一些共同的主题，这就是生死主题、游仙主题、隐逸主题。

魏晋文学是如何展现生死主题的？

生死主题主要是感慨人生的短促，死亡的不可避免，关于如何对待生、如何迎接死的思考。在汉乐府和《古诗十九首》中已有不少感叹生死的诗歌，如《薤露》、《蒿里》之作，以及"人生非金石，岂能长寿考"等诗句，可以说是这类主题的直接源头。魏晋以后生死主题越发普遍了，曹丕的《又与吴质书》很真切地表现了当时带有普遍性的想法。生与死是一个带有哲理意味的主题，如果结合人生的真实体验可以写得有血有肉，如"对酒当歌，人生几何。譬如朝露，去日苦多。"（曹操《短歌行》）"有生必有死，早终非命促。""死去何所道，托体同山阿。"（陶渊明《拟挽歌辞》）如果陷入纯哲学的议论又会很枯燥，如东晋的玄言诗。

魏晋文学是如何展现游仙主题的？

游仙主题与生死主题关系很密切，主要是想象神仙的世界，表现对那个世界的向往以及企求长生的愿望。《楚辞》中的《离骚》、《远游》已开了游仙主题的先河，不过那主要是一种政治的寄托。魏晋以后，游仙主题作为生死主题的补充，企求长生的意思变得浓厚了。如曹操的《气出唱》、《精列》，曹植的《游仙》、《升天行》、《仙人篇》，张华的《游仙诗》，何劭的《游仙诗》，已经构成一个游仙的系列。特别是郭璞的多首《游仙诗》，使游仙主题成为魏晋南北朝文学中不可忽视的一个主题了。

魏晋文学是如何表现隐逸主题的？

隐逸主题包括向往和歌咏隐逸生活的作品，也包括招隐诗、反招隐诗，形成这个时期的一种特殊的文学景观。隐逸思想早在《庄子》书中就体现得很强烈了，隐逸主题可以追溯到《楚辞》中淮南小山的《招隐士》。汉代张衡的《归田赋》，可以视为表现这类主题的早期作品。到了魏晋以后，沿袭《招隐士》的作品有左思和陆机的《招隐诗》、王康琚的《反招隐诗》。沿袭《归田赋》的作品有潘岳的《闲居赋》。而陶渊明的大量描写隐逸生活和表现隐逸思想的作品，则使这类主题达到登峰造极的地步，所以钟嵘《诗品》

说他是"古今隐逸诗人之宗"。至于其他许多人的作品中，表达隐逸思想的地方就不胜枚举了。隐逸主题的兴起与魏晋以后士人中希企隐逸之风的兴盛有直接关系，而这种风气又与战乱的社会背景和玄学的影响有关。

什么是建安风骨？

建安风骨指汉魏之际曹氏父子、建安七子等人诗文的俊爽刚健风格。汉末建安时期文坛巨匠"三曹"（曹操、曹丕、曹植）、"七子"（孔融、陈琳、王粲、徐干、阮瑀、应场、刘桢）继承了汉乐府民歌的现实主义传统，普遍采用五言形式，以风骨遒劲而著称，并具有慷慨悲凉的阳刚之气，形成了文学史上"建安风骨"的独特风格，被后人尊为典范。无论是"曹氏父子"还是"建安七子"，都长期生活在河洛大地，这种骏爽刚健的风格是同河洛文化密切相关的。建安是汉献帝的年号（196-220），以曹操三父子为代表的创作在反映了社会的动乱和民生疾苦的同时，又表现了统一天下的理想和壮志，有着鲜明的时代特色。有着政治理想的高扬、人生短暂的哀叹、强烈的个性、浓郁的悲剧色彩，这些特点构成了"建安风骨"（也叫"魏晋风骨"）这一时代风格。魏国统治者曹氏父子都爱好和奖励文学，招揽文士，在他们周围聚集了众多作家。他们直接继承汉乐府民歌的现实主义传统，掀起一个诗歌高潮。这一时代的作家，逐步摆脱了儒家思想的束缚，注重作品本身的抒情性，加上当时处于战乱动荡的年代，思想感情常常表现得更为慷慨激昂，他们创作了一大批文学巨著，其文学作品形成了内容充实、感情丰富的特点。

什么是后邺下文人集团时期？

后邺下文人集团时期，时间从建安二十三年（218年）至魏明帝太和六年（232年）。这一时期，邺下文人集团的一些主要成员已经去世，如阮瑀死于建安十七年，陈琳、王粲、应场、刘桢死于建安二十二年。另一些成员也相继去世或被杀，如繁钦、徐干死于建安二十三年，杨修被杀于建安二十四年，曹操死于建安二十五年。同年，丁仪也被杀戮。曹丕继位魏王后不久，即代汉自立为皇帝，忙于政务，剩下的主要诗人中就只有曹植了。因此，可以说这一阶段主要是曹植的诗歌创造，而曹植因为和曹丕有过争立太子的嫌隙，故而备受曹丕父子的猜忌和迫害，名为侯王，实同囚徒。他在这时期的创作，重在抒发个人的不幸遭际，以及他有志投笔，却无路请缨的痛苦。如《杂诗》六首，《赠白马王彪》、《吁嗟篇》、《野田黄雀行》等，即是其中的名篇。

什么是正始文学？

正始是魏废帝曹芳的年号（240-249年），但我们习惯上所说的"正始文学"，还包括正始以后直到西晋立国（265年）这一段时期的文学创作。

正始时期，玄学开始盛行。玄学中包含着一种穷究事理的精神，表露了对于社会现象的富有理性的清醒态度，打破了拘束、迷信的思想方法。同时，庄子所强调的精神自由，也为玄学家所重视。当时，还出现了主张名教与自然相统一的一派，即要求个性自由不超越和破坏社会规范；

也有主张"越名教而任自然"的一派，即崇奉发自内心的真诚的道德，而反对人为的、外在的行为准则。

正始文学时期的政治背景是怎样的？

正始文学时期的政治现实却是相当的严酷。从司马懿用政变手段诛杀曹爽而实际控制政权开始，到其子司马师、司马昭相继执政，在这十几年期间，酝酿着一场朝代更替的巨大变化。他们为了维护自己的政权、地位，大量杀戮异己分子，造成极为恐怖的政治气氛。"天下名士，少有全者"，许多著名文人不幸地成为了这一场残酷的权力斗争中的牺牲品。另一方面，司马氏集团为了掩饰自己的罪孽行为和为夺取政权制造舆论，又竭力提倡儒家的礼法，造成严重的道德虚伪现象。以清醒和理智的思维，面对恐怖和虚伪的现实，知识分子阶层的精神痛苦，也就显得十分的尖锐、深刻。

正始文学与建安文学有什么区别？

在这样的背景下，文学发生了翻天覆地的变化。对于建立不朽功业的渴望和自信，奠定了建安文学的昂扬基调。但是，同时也存在另外不利的一面，那就是对于个体生命能否实现其应有价值的怀疑。阮瑀的诗已包含有这样的内容，曹植后期的某些作品关于这方面的内容就更为突出了。正始文人面对极其严酷的现实，很自然地发展了建安文学中表现"忧生之嗟"的一面，集中抒发了个人在外部强大力量的压迫下的悲哀。也就是说建安文学中占主导地位的、高扬奋发、积极进取的精神

曹植

在正始文学中已经逐渐被取代了。

魏晋南北朝的散文有什么特点？

魏晋南北朝时期，历时约400年，社会处于长期分裂和动荡不安的状态。在这复杂的历史情况下，中国文学也发生了许多变化，但它是文学走上独立自觉的时代.这一时期的散文，不仅讲求遣词造句的艺术技巧，逐渐走向骈偶化，而且在表达社会政治见解的同时，个人抒情色彩也越来越浓厚。整个时期，骈文有突出发展，南朝文坛骈文占据着统治地位，纯粹的散体文章的创作处于衰微的地步。在史传方面较为著名的作品有宋范晔的《后汉书》，但也受到骈俪文风的影响。在南北文化不断交流融和的过程中，北朝散文虽也受到骈体文的影响，但其的文学水平有了显明显的提高，出现了郦道元《水经注》、杨衒之《洛阳伽蓝记》和颜之推《颜氏家训》等著名作品。

梁代文学最主要的贡献是什么？

梁代文学除包含了魏晋以来流行的常见题材外，最为引人注目的还有以描摹女性

容貌举止为中心，也包括传统闺怨题材的宫体诗和以边塞风光及战争生活为主题的边塞诗。如果简单地以传统伦理标准来衡量这两种题材的诗，很容易把这两种中的内容看做是截然对立的东西，而给以完全不同的评价。但它们都是当代文人竭力追求文学的美感与抒情性的成果。因为这两种题材在他们看来，都能够达到引起兴奋和感动的抒情强度，符合于"情灵摇荡"的文学标准（宫体诗人大都也写边塞诗，甚或将两种内容写入一篇之中，就是一个直接的证明）。从渊源关系来说，宫体诗是对齐代出现的艳情诗的发展；边塞诗作为一种有意识地追求审美效果的创作，始于鲍照。除他以外，同时作者甚少。到了梁代，边塞诗的写作才开始流行。

陈代文学有什么特点？

由于陈代的大部分主要作家在梁代就开始了创作活动，并且与梁代几个重要的文学集团有各种关联。因此，陈代文学基本上是沿着梁代文学的道路继续发展的。由梁入陈的张正见、阴铿、徐陵、江总和由梁流寓北朝的庾信、王褒等人，虽处地域不同，但时代相同，他们共同构成了南北朝文学向唐代文学过渡的重要环节。在陈代，尤其陈后主的宫廷文学集团中，宫体文学仍然很盛行。宫体诗的一般弊病，在此时显得愈加明显，语言更为绮艳，描写更为直露，但里面却缺乏真正的生命热情。

隋唐时期的政治制度对文学有什么样的影响？

隋唐统治者为了扩大统治基础，除经济方面采取措施而外，在用人方面也一反魏晋以来保护士族特权的九品中正制，实行科举，通过明经、进士等常科以及其他种种名目的制科考试，选取官吏。许多宰相、大将都是科举出身，这就在许多中下层地主阶级文人面前展开了比较宽广的出路，激发了他们对功名事业的种种幻想。作家的队伍扩大了，许多作家都来自中下层地主阶级，生活上都经历过不同程度的磨炼，他们对社会情况、人民生活都比魏晋六朝那些上层文人更为熟悉，思想感情、精神面貌也比他们充实而健旺。

隋唐时期的宗教文化对文学产生了什么样的影响？

在宗教和文化上，唐统治者对儒、道、释三家思想都很重视，儒、道经典都列为科举考试的重要内容，佛教也得到武后、宪宗等的提倡，其他宗教和学说也未受排斥，这对文人思想的活跃也是很有利的条件。"遍观百家"、"好语王霸大略"、"喜纵横任侠"成为唐代许多文人共同的风尚，在政治上，他们更往往高谈"济苍生"、"安社稷"、"致君尧舜"。韩愈的辟佛老，俨然以天下为己任；柳宗元的《封建论》更在肯定君权前提下倡言"公天下"。这种思想活跃的状况，对文学有相当深刻的影响。儒家的仁政思想，对杜甫、白居易等现实主义诗人的创作有明显的好影响。道家蔑视礼法，独与天地精神往来的思想，在李白等浪漫主义诗人的作品里也焕发了光彩。此外佛教的流传，除对王维等作家的思想有影响外，对变文及其他讲唱文体也有很大的作用。

隋唐时期国家的统一对于文学产生了什么样的影响?

国家空前规模的统一,对文学繁荣也提供了有利的条件。过去由于南北对立,文化发展殊途。在学术上是"南人约简,得其英华;北学深芜,穷其枝叶"。在文学上是"江左宫商发越,贵于清绮;河朔词义贞刚,重乎气质"。但自隋代统一,双方就开始互相吸收。唐初文人更明确地提出南北文学应"各去所短,合其所长"的要求。这种愿望终于在统一局面下实现了。盛唐的诗歌,中唐的古文,正体现出南北文化汇流的汪洋浩瀚的局面。同时国家的统一,水陆交通的发达,也使作家生活视野扩大了。唐代作家如李、杜、高、岑、元、白、韩、柳等都走过很多地方,都有许多出身地位、思想性格不同的朋友,这是六朝文人,乃至许多两汉文人所不及的。尤其值得注意的,是唐代国内各民族关系比过去更为融洽,中外文化的交流,也比过去更为活跃。各种艺术的发展,大大地促进了文学的发展。王维的山水诗,号称"诗中有画",显然受到山水画的积极影响。音乐的发展,不仅有助于诗歌的入乐传唱,还直接促成了词的诞生。更值得注意的是吸收其他民族文化的精华,使唐人精神生活大大地丰富了。

隋朝的文学呈现出什么样的特点?

隋文帝统一全国,结束了汉末以来四百年的分裂混乱局面,社会一度出现繁荣的景象。到了隋炀帝继位,却穷奢极欲,又多次发动侵略战争,严重地破坏社会生产力,不数年便弄得经济凋敝,民怨沸腾,隋王朝也就在四面八方的人民起义中灭亡了。隋朝前后只统治三十多年,作家大半是南北朝旧人,受南朝文风影响极深,加上隋炀帝大力提倡梁陈宫体,因此浮艳淫靡文风仍然泛滥文坛。但是,由于隋初国势增强,对外战争取得一定胜利,隋文帝又曾提倡改革文风,隋初的一些诗歌,尤其是边塞诗歌中也曾出现了一些比较清新刚健的作品。这又表明隋代文风开始向唐代过渡的特点。

五代文学有什么特点?

唐亡后,藩镇割据的局面延续下来,成为五代十国分裂混战的局面。当时北方战争频繁,文学毫无成就。南方十国之间,虽然也有战争,局势仍相对稳定。南唐、后蜀两国国势较强,历史较久,经济、文化都有所发展。五代十国时期,词的创作成就有新的发展。后蜀在温庭筠直接影响下,出现了花间派词人。他们的作品绝大多数是绮罗香泽之词,但有少数词人风格颇有变化。韦庄词有较多个人抒情意味,风格清丽疏雅,有一定意义。南唐词人有冯延巳和李璟、李煜。他们的词内容仍然很狭窄,感情也不够健康,但较少浓艳的脂粉气。李煜在亡国以后写的一些词,能直抒胸臆,写个人国破家亡的感受,扩大了词的表现范围,艺术上也有独特的成就,对词的发展有一定的贡献。

宋代词话发展的政治背景是什么?

北宋巩固中央集权,太祖杯酒释兵权时,劝诸大将"多积金帛田宅以遗子孙,歌儿舞女,以终天年"。上层官僚地

主广置田园，过着沉迷于歌台舞榭的生活。又优待文臣，除俸钱禄米外，又有职钱和职田，"恩逮于百官者惟恐其不足，财取于万民者不留其有余"。又广开科举，宋初进士，依唐旧制，每岁不过20～30人，太宗太平兴国二年（977年），放进士几500人，比旧制多20倍。宋的疆域小于唐，"官五倍于旧"。这也使中下层地主阶级士子有更多的可能进入仕途，可以过着醉歌曼舞的生活。这跟宋朝的经济发展有关。宋初兴修水利，扩大农田，增加农户。农业有了发展，工商业更得到空前的发展。孟元老《东京梦华录》记载汴京（现在的河南开封）的繁华景象；周密《武林旧事》记南渡后临安（浙江杭州）的盛况。宋代都市的繁荣，造成广大的市民阶层。歌楼舞榭，盛极一时，"瓦子"中表演技艺的场所空前繁荣。这都是宋代词和话本发展的重要条件。

宋代古文运动发展的社会背景是什么？

宋代为了加强中央集权，不让地方势力对抗中央，对地主阶级士子采取思想上的控制政策。北宋孙复著《春秋尊王发微》，既尊朝廷，又谓"《春秋》有贬无褒，大抵以深刻为主"，"变为罗织之经"（《四库全书总目》），适应宋朝的加强思想控制，跟着产生"正统"理论。司马光论正统，称"立法度，班号令，而天下莫敢违者乃谓之王"，强调思想统一，宋代道学家又提出"道统"，在散文创作上又有"文统"的说法。道统、文统都推本于韩愈。这又成为宋代的古文革新运动

的社会背景。

元代散文和小说有什么特点？

元代散文和小说，基本只是继承宋代创作的成就，很少创新；加之散文和程朱理学纠缠在一起，思想贫乏，绝大多数是应用文字，缺少情致。文字模仿唐代韩、柳以及宋代欧、苏，成就不高。世称元代古文二大家的姚燧和虞集，他们的散文也多为碑志和应制之作，文字虽典雅，但无特色。小说多经明朝人修改，具体写作年代很难判断，能够指为元人所作，只有陆显之《好儿赵正》（《宋四公大闹禁魂张》）一篇，其余不是残篇，即属推测莫定之作。惟历史平话，如《三国志平话》等数种，基本可断定是元代作品，其所叙史实，多系真假掺杂，虚实并行，乃是说书人备用的话本。

明代文学整体上呈现出什么特点？

明代是小说、戏曲等俗文学昌盛而正统诗文相对衰微的时期。然而这种力量消长的变化并不表现于诗文数量的减少，而是表现在作品思想和艺术质量的蜕化。从时间上看，明代享国的时间分别大致与唐代和宋代相等，都是约三百年左右；从数量上看，明代诗文作家及作品的数量也远在唐宋之上。仅《千顷堂书目》著录的明人别集就大约有近五千种，《明诗综》收录的诗人也有三千四百多人；然而从质量上看，明代的诗文作家很难找到像李白、杜甫、苏轼那样在诗文方面做出划时代贡献的巨匠，缺乏唐宋诗文作家在艺术上的创新精神。

明朝前期的文学有什么特点？

明代前期文学的发展，有个曲折的过程。除元、明之交产生了著名的长篇小说《三国演义》和《水浒传》外，这时期没有产生成就较大的作品，只是到成化年间戏曲和民歌才有一些新的开拓。因阶级矛盾和民族矛盾爆发而形成的元末农民大起义，声势浩大，使大部分地区陷入战火之中。这种局面必然直接或间接地影响到知识分子和作家，有的参加了农民起义队伍，有的因"避兵"而浪迹天涯，这就使他们开阔了视野，充实了生活体验。

明代文学取得了什么样的成就？

明代文学，小说成就最高，戏曲次之，诗文相对衰微。《三国志演义》可说是历史演义小说的高峰，《水浒传》则是英雄传奇小说的典范。《西游记》可说是神魔小说的楷模，《金瓶梅》在人情小说中揭露封建社会黑暗方面也是前无古人的。明代的白话短篇小说，是宋、元话本的继续和发展，其成就也很高，它犹如昙花在明后期一现，弥足珍贵。戏曲中的《牡丹亭》以其独特的构思，表现了强烈的反封建精神，影响深远。所以，明代小说、戏曲的成就是极为辉煌的。明代文学对后世的影响巨大。小说、戏曲的创作经验，为清代许多作家所吸取。清代诗、词、文号称"中兴"，但它们是汲取了明代诗文创作的教训，才开拓出一个新局面的。这些，都说明了明代文学在中国文学发展过程中重要的历史地位。

清代文学有什么特点？

清朝统治者在统一中国的过程中，镇压了以李自成、张献忠为首的农民起义军，消灭了南明政权，残酷地屠杀反抗的汉人。为了巩固统治，清王朝对于知识分子，严禁结社，大兴文字狱。表面上，内阁六部，满汉官员分设复职，实际上，权力掌握于满族议政王大臣之手，最后裁决于皇帝，形成带有种族歧视的封建专制。国内地主阶级的剥削制度依然存在，初期又有朝廷亲贵与旗兵的大规模掠夺汉人土地的"圈地"行动。这一切，形成了统治者和汉族及各族人民之间的尖锐民族矛盾和阶级矛盾。但同时，清朝统治者又采取一些缓和矛盾和怀柔笼络的措施，如经济上免除明末加收的"三饷"；奖励垦荒，屡次豁免灾区的多年赋税；康熙亲政以后，下令禁止"圈地"；改进明朝的"一条鞭"地丁税收制度，宣布"滋生人丁，永不加赋"，使农民减轻负担。在政治、文化上，继续推行科举考试，另开博学鸿词科，以功名利禄笼络知识分子，提倡程、朱理学，宣扬纲常名教，以削弱人们的反抗意识。康熙后40年出现了安定局面，促进了农业、手工业和商业的发展。

什么是近代文学？

从20世纪初到五四运动前夕，清代末年到民国初期，是中国资本主义得到进一步发展的时期，资产阶级民主革命取得伟大胜利又转为失败的时期。以孙中山为代表的资产阶级中下层，毅然走革命的道路，积极进行推翻清王朝的民族民主革命运动。帝国主义和腐朽的清王朝，成为广大人民愤恨和斗争的焦点。许多爱国青年，接着先进人物的足迹，纷纷东渡日本留学，寻求救国真理，一时形成了声势浩

大的留学热潮。清政府迫于危亡形势，也不得不向资产阶级作某些让步，实行"新政"，废八股，停科举，开办新式学堂，等等。随着革命运动的兴起和发展，国内外先后产生了许多革命小团体。1905年许多革命小团体联合。成立了以孙中山为首的"中国同盟会"，创办了机关刊物《民报》，这标志着中国资产阶级民族民主革命已走向高潮。它和改良派展开了激烈的论战和斗争。革命报刊和文学期刊纷纷出现，文学团体"南社"在1909年正式成立，参加者17人，其中14人是同盟会会员，文学为政治服务的目的更加明确，各种文学形式一时都成为革命斗争的工具，进步的文学得到进一步的发展。

近代文学有什么特点？

近代文学区别于传统封建文学有以下的特点：

第一，文学的政治性、战斗性随着近代社会的发展，愈来愈加强和显著了。进步作家和作品，继承了中国文学的优良传统，为反对帝国主义和封建专制主义的内外压迫，争取民族独立和自由平等而斗争。

第二，在文学的题材和内容上文学反映现实的领域空前地扩大了。

第三，现实主义和浪漫主义的优良传统得到继承和发展。

第四，随着资产阶级改良运动和民主革命的宣传的需要，出现了文学团体和文学刊物，它们起着前所未有的组织、教育与鼓舞群众的作用。

第五，随着题材和内容的扩大，文学的形式、语言乃至风格特征也有了新的变化，一般趋向通俗化。

第六，由于近代社会迅速的变化以及作家阶级立场和世界观的局限，文学发展呈现复杂景象和过渡状态。进步作家的进步性往往表现不彻底，并有前后期的不同。传统派作家也不能避免时代潮流的影响，产生某些可取的作品。新旧派作家都有内容和形式矛盾的作品。新旧派有对立的一面，也有联系的一面。新派对旧形式、旧风格突不破，缺乏艺术上彻底革新的自觉的努力。

现代文学是如何诞生的？

现代文学发端于"五四"新文学运动和文学革命，到1949年10月中华人民共和国成立为转折。早在19世纪末与20世纪初，随着帝国主义侵略所造成的民族危机日益加重，中国先进知识分子即在西方新思潮、新文学的启迪下，产生了改革文学以唤起民族觉醒的启蒙要求，在理论、诗歌、小说、戏剧、散文各个领域进行了文学改良的初步尝试，为"五四"文学革命作了思想与文学的准备。第一次世界大战前后，随着中国新的资本主义经济关系的发展，中国社会新的民主势力——无产阶级、资产阶级和小资产阶级知识分子的力量有了很大发展。十月革命又给中国送来了马克思主义，带来民族解放的新希望。在这样的经济、政治、思想背景下，触发了反帝反封建的"五四"新文化运动。作为这一运动的重要组成部分与突破口，"五四"文学革命以反对封建蒙昧主义与专制主义的旧教条，提倡科学、民主和社会主义，反对文言文、提倡白话文为主要旗帜，向封建旧文学展开了猛烈进攻，锋芒所及，从内容到形式，无不引起巨大的变革，开始了文学现代化的历史进程。这个新的文学运动，发轫于北京、上海等少数文化发达的城市，在中国现代历史发展过程中逐渐深入全国各地。在日本统治下的台湾省和以后沦为日本殖民地的东北地区以及香港、澳门等地，也都发生了并且进行着同样的或者类似的文学变革。

现代文学经历了哪两个发展阶段？

现代文学在"五四"文学革命以后的60多年发展过程中，随着中国革命与社会性质的演变，以1949年10月中华人民共和国成立为转折，经历了新民主主义革命时期与社会主义时期两个历史阶段。两个阶段的文学既有各自的历史面貌，显示出不同阶段的差异性，又具有共同的传统与特点，存在着内在的连续性。新民主主义文学中所孕育的社会主义因素，保证了文学的社会主义发展方向，到中华人民共和国成立后，便形成了社会主义文学的洪流。

"五四"运动以后的现代文学有什么特点？

"五四"以后，无产阶级作为独立的力量登上政治舞台，并在社会生活中日益显示出自己的力量。与历史的这一发展相适应，20年代中后期起在文学上提出了以"农工大众"为主要服务对象与表现对象的要求。中国左翼作家联盟成立以后，更明确规定以大众化作为无产阶级文学运动的中心。在创作实践上，进行了正面表现中国共产党所领导的群众斗争和塑造觉醒中的工人、农民形象的艺术尝试；知识分子题材的作品获得了新的开掘；从知识分子与人民、革命的关系的角度，探讨与展示现代知识分子的历史命运，指出了个性解放与社会解放相结合的道路。这时期革命作家与进步作家还作了文学形式通俗化、大众化的实验，显示了文学与人民结合的新发展。

抗战时期的现代文学有什么特点？

在抗日战争时期，民族危难使作家与人民有了共同命运，推动着许多曾经有过脱离人民的倾向、"为艺术而艺术"的作家走出个人小天地。"文章下乡，文章入伍"成为抗战初期不同政治艺术倾向的作家的共同要求。在抗战中期民族形式问题的讨论中，文学与人民的关系、作家与人民的关系成为理论家与作家关注、思考的中心。在创作实践上，爱国主义成为文学的重大主题。作家们热情地表现伟大民族解放战争中新人的诞生和新的民族精神面貌的形成；抗战中后期，又转向对现实与历史的深入思考，着力于暴露破坏抗战、阻碍民族进步的现实黑暗势力，进一步探索民族传统文化与传统性格的优劣得失，充分显示了作家对于国家、民族强烈的责任感，与祖国、人民休戚与共的血肉关系。民族解放战争也带来了文学形式的新变化。抗战初期小型、通俗作品的大量出现，中后期长篇小说、多幕剧、长篇叙事诗的繁荣，都促进了文学艺术与人民群众和时代更密切的结合。

新中国成立之后的现代文学有什么特点？

中华人民共和国的成立，人民在中国历史上第一次成为国家的主人，为文学与

人民在更大的广度与深度上的结合开辟了广阔的道路。作家获得了深入工农兵和表现工农兵的自由及各种物质上的保证。随着人民文化科学水平的提高，人民群众不仅充分享有欣赏文学艺术作品的权利，而且从直接参加体力劳动的工农群众中不断产生出有文学才能的专业和业余作者。社会主义祖国的统一和团结，促进了各兄弟民族文学的发展。在民主革命时期和社会主义革命时期，先后有为数众多的少数民族作家参加了新文学的创造，如老舍（满族）、沈从文（苗族）、纳·赛音朝克图（蒙族）、黎·穆塔里甫（维吾尔族）、李乔（彝族）、李准（蒙族）、玛拉沁夫（蒙族）、饶阶巴桑（藏族）、陆地（壮族）、金哲（朝鲜族）、晓雪（白族）、康朗甩（傣族）等。现代文学成为多民族的文学，获得了更广泛的群众基础。热情歌颂中国共产党领导工农兵群众在民主主义革命和社会主义革命与建设中所建立的功绩，塑造无产阶级和劳动人民的英雄形象，在五六十年代的新中国形成强大的文学潮流，给文学的题材、主题、艺术表现方法与形式、风格带来深刻的影响。

新中国成立之后的现代文学取得了什么样的成就？

新中国成立带来的巨大历史变革，人民当家作主、创造历史的自觉努力，为社会主义文学的发展提供了坚实的生活基础。新中国的作家坚持真实地、历史地、在现实的变革和发展中反映生活，自觉地把革命现实主义即社会主义现实主义作为最根本的创作原则与方法。经过长期的艺术实践，在五六十年代逐渐形成了代表社会主义新中国文学的主导性风格与特征，即注重题材与主题的重大性与时代性，自觉追求具有"巨大的思想深度"与"广阔的历史内容"的史诗性，对民族性格进行具有历史的纵深度的开掘，创造雄浑壮阔的艺术境界，以及从历史进程中所汲取的昂奋的战斗精神。思想上艺术上的这些特点，在《红旗谱》、《创业史》、《红岩》、《茶馆》等优秀作品中，都表现得相当鲜明和突出。尽管这一时期的文学在多样性发展上有所不足，并存在着粉饰现实的偏差，但具有中国民族特色及时代特色的主导性风格的初步形成，无疑表现了中国社会主义文学日渐成熟的趋向。

"文化大革命"之后的现代文学有什么特点？

"文化大革命"中政治生活的逆转，人为地遏止了正在发展着的上述文学趋势，粉饰与歪曲现实的文学逆流却获得恶性发展，造成了灾难性的后果。粉碎江青反革命集团以后，经过拨乱反正的艰苦努力，文学的革命现实主义传统获得了恢复与发展，以题材的广阔性、揭露生活矛盾的深刻性与塑造人物性格的丰富性构成了这一时期文学的主要特征。社会主义文学的批判功能与歌颂功能得到了辩证的统一；作家怀着强烈的社会责任感与历史使命感，站在党和人民的立场，揭露与鞭挞阻碍民族振兴的腐败和消极的事物和现象，歌颂和赞美振兴中华、建设"四化"的伟大事业中新的思想感情和新的人物。作家倾心于人物内心世界的开掘，努力按照生活的本来面目写出人物思想性格的复杂性、丰富性与独特性，在历史的纵深运动中揭示人物思想性格形成的根源及发展趋向。乔光朴（蒋子龙《乔厂长上任》）、陈奂生（高晓声《陈奂生上城》、《陈奂生转业》）、陆文婷（谌容《人到中年》）等艺术形像的成功塑造，就显示出了作家们的这种追求，表现了革命现实主义文学的深化。王蒙等一批作家还以"拿来主义"的态度，从浪漫主义、象征主义、现代主义等多种流派中吸取艺术养料，以丰富、发展革命现实主义的艺术表现力，作品的表现手法、艺术形式有了新的开拓，进行了多方面富有创造性的探索，充分显示了革命现实主义文学的生命活力。

七月诗派有什么特点？

社会上的影响，引发了七月诗派的两个基本的诗学命题：生活态度和诗人的主体性问题。七月派诗人在创作上坚持现实主义原则，力求生活实践和创作实践的统一，反对亦步亦趋地描摹生活现象的本身，而主张凭借正确把握了的历史力量，突入生活的底蕴，开掘出源于现实而高于现实的艺术形象。但是，倾心于生活深度的表现却让他们忽略了对复杂的艺术形式的探求。七月派诗人认为"人、生活、风格，是一元的"，这种一元论，揭示了生活对诗歌创作所起的决定性作用。在这种思想的支配下，诗的许多问题被简单地还原为诗人的生活态度问题，从而导致了七月派诗人形成了重生活而不重视技巧表现的风格。

什么是文学研究会？

文学研究会是建立最早、也是实力最雄厚的一个文学社团，于1921年1月在北京正式成立。发起人有周作人、耿济之、朱希祖、瞿世英、郑振铎、沈雁冰、王统照、叶绍钧、蒋百里、孙伏园、郭绍虞、许地山等12人。后来会员发展到170余人，就连冰心、朱自清、庐隐等著名作家也都纷纷加入了其中。

会刊是《小说月报》、《诗》月刊、《文学旬刊》、。1921年1月12卷1号起，由沈雁冰等革新主编，出至1931年12月，第22卷12号，毁于"一·二八"战火，共出132期。

文学研究会"以研究介绍世界文学、整理中国旧文学、创造新文学"为宗旨，比较重视文学的社会功用。在《文学研究会宣言》中，针对当时流行的视文学为游戏的观点做出特别的批评："将文艺当作高兴时的游戏或失意时的消遣的时候，现在已经过去了。"又特别强调文学是一种对人生有相当意义的工作和事业："我们相信文学是一种工作，而且又是于人生很

★胡风与夫人梅志

紧密的一种工作。"这些话基本上代表了文学研究会成员的共同意愿。因此，文学研究会也就有了"人生派"之称。文学研究会的不少成员还肯定文学是"人生的镜子"，比较注重写实主义的创作方法。1932年，《小说月报》停刊后，该会活动也基本停止。

什么是创造社?

创造社于1921年7月在日本东京成立。成员有留日学生郭沫若、郁达夫、成仿吾、田汉、郑伯奇、张资平等。出版《创造丛书》、《创造》季刊、《创造周报》、《创造日》、《洪水》等十多种刊物。

创造社与文学研究会注重文学的社会功用有所不同，它在理论上强调"本着内心的要求从事文艺活动"，推崇"天才"；重"神会"讲求文学的"全与美"，强调创作的"无目的"，被视为与人生派对立的"艺术派"。但是，实际上他们却并不是真正的"为艺术而艺术"的唯美主义者。在文学创作的无目的与有目的、内心要求与社会功用的关系上，创造社大多数成员的态度总是存在着矛盾，他们更多的是在努力寻找着二者之间的统一。创造社在其成立之后曾在创作、翻译和文学批评等问题上与文学研究会发生过争论，其中不免有宗派主义、门户之见在作怪，但确实反映出两个社团在文艺主张、文艺见解上的不同。

什么是新月社?

1923年由胡适、闻一多、陈源、徐志摩、梁实秋等人在北京发起。原是一个文化社交团体，没有明确、严格的组织形式，是一个沙龙俱乐部，其内部形成一个诗人群，称新月社。以1928年徐志摩创办《新月》月刊为标志，分前后两个时期：前期提倡新格律诗，其中闻一多、徐志摩、朱湘、饶孟侃、孙大雨等都是在这方面很有建树的诗人。

《现代评论》周刊（1924年胡适、徐志摩陈源创办）、徐志摩1925年接编《晨报》副刊并于1926年4月在《晨报》副刊开辟《诗镌》作为新月派活动阵地。1928年徐志摩在上海创办《新月》月刊，从而形成了一个知识分子派别。

新月社的成员大部分是具有自由主义和改良主义思想的英美留学生。既有反帝反封建的进步性，另一方面又蔑视工农，对社会思潮怀有恐惧和排斥心理。因此，新月社文学主张有重形式美的古典主义倾向。

什么是语丝社?

1924年11月17日，语丝社在北京因创办《语丝》周刊而得名。该社以鲁迅、周作人为中坚，另外成员还有钱玄同、林语堂、孙伏园、刘半农、川岛（章廷谦）等。

该刊主要发表杂感、时评、小品，兼及其他形式的文学作品和有关社会历史的研究文章。这些不同形式的文章，"任意而谈，无所顾忌，要催促新的产生，对于有害于新的旧物，则竭力加以排击"，在指摘社会弊端和抨击旧文化方面，作出巨大的贡献，深深地影响了后来的散文创作。语丝社成员之间，思想本来就存在分歧，后来分歧日益扩大，最后于30年代走向了分裂。

什么是湖畔诗社？

1922年4月成立于杭州，因出版四人合集《湖畔》而得名。成员有冯雪峰、应修人、汪静之、潘漠华。代表作有冯雪峰、应修人、潘漠华的诗歌总集《春的歌集》和汪静之的《惠的风》。湖畔诗社的特色以专心致志做情诗而引人注目。

什么是莽原社和未名社？

1925年4月至11月，莽原社因由鲁迅主编创办的《莽原》而得名，其在抗击旧势力和抨击旧文明方面作出了很大的努力。其中大部分成员如高长虹、向培良、尚钺等曾自组狂飙社，于1924年和1926年两次编辑《狂飙》周刊，出版《狂飙丛书》，试图发动"狂飙运动"。未名社的成员主要有韦素园、李霁野、曹靖华、韦丛芜、台静农等，他们编辑出版过《莽原》半月刊、《未名》半月刊以及《未名丛刊》、《未名新集》。主要贡献在译介外国文学方面。

什么是问题小说？

"问题小说"是"五四"时期小说创作的一个突出现象。主要兴盛于1919-1923年之间，当时几乎所有的新小说作者都尝试过"问题小说"。因此艺术倾向是不尽相同，未能形成一种流派。1919年上半年《新潮》作家群的作品中，已出现了"问题小说"的端倪。1919年下半年冰心的《两个家庭》、《斯人独憔悴》等短篇小说的发表，就正式开创了"问题小说"的创作风气。后期的文学研究会公开倡导

"表现并且讨论一些有关人生一般的问题"，更将"问题小说"创作推向高潮。其中冰心、王统照、庐隐、许地山等是最具影响力的作家。

什么是乡土小说？

人生派写实小说除叶圣陶以外，主要是由一群乡土小说作家群组成的。20年代前期，在新文学社团流派蜂起的高潮中，一个引人注目的小说创作流派——乡土小说也孕育而生了。从总体上讲，它属于"为人生"的现实主义小说大潮中的一支。在鲁迅的影响下，1921年以后，随着新文学作家纷纷突破个人生活的小圈子以及艺术视野的不断拓展和新文学创作题材范围的不断扩大等等。到1923年前后，一个以文学研究会和语丝社、未名社的青年作家为主干，充满着清新淳朴的乡土气息的"乡土文学"作家群在文坛上出现了，其代表作家有王鲁彦、台静农、彭家煌、潘训、许杰、玉诺、蹇先艾、黎锦明、许钦文、王任叔等，他们的作品展示了"乡土文学"最初的实绩。

什么是人生派写实小说？

由于文学研究会在它的成立宣言中强调文学与人生的关系，加上后期的创造社又打出"为艺术"的旗帜与文学研究会进行抗衡，因此，人们便把文学研究会称为"人生派"或"为人生"的一派。尽管文学研究会是一个非流派的作家团体，而"为人生"的这个概念也远不能囊括文学研究会的整体特征；但是在文学研究会中的较多作家，的确是带着对现实人生与社会问题的关注进行创作并企图为社会"开

药方"的。因而对比浪漫抒情小说的自我表现，我们可将文学研究会中这类以人生和社会为描写对象的小说称为"为人生"的小说。人生派写实小说的代表人物是叶绍钧。

什么是体验追忆小说？

抗战时代动荡的生活，造成了一些作家内心感觉方式和审美格调发生了变化。在40年代的部分作家看来以往的那种客观冷静叙事，已经过时了，而是逐渐地被对现实的体验所代替，因此，有人称之为"体验现实主义"。在变化的同时，也引发了40年代中期酿成的一场大论战，这就是关于"主观论"和现实主义问题的论争：其中一方是以胡风为代表的七月派小说群，他们以沙汀和严文井为靶子批判客观主义和公式主义；另一方是共产党领导下的文人，他们对"胡风小集团"的主观唯心论更是大加讨伐。

体验追忆小说主要以七月派的"体验现实主义"小说为代表，其中又以路翎为集大成者，路翎的大量情绪芜杂但强烈扩张的小说，在40年代的文坛上刮起了一阵旋风，影响甚是巨大。

什么是寻根小说？

1985年前后，"寻根小说"自觉地超越社会政治层面，从历史传统的深处对中国的民族性格进行了文化学和人类学的思考，可以看做是中国文学发展做的一项长远投资。以贾平凹、韩少功、阿城、张承志、陆文夫、王安忆为代表的作家，在一种强烈的现代意识的指导下，积极的关照现实和历史，反思传统文化，企图从中重

★阿城

铸惨遭"文革"破坏的民族灵魂，探寻中国文化重建的道路。

阿城的《棋王》是这一类型小说的代表。《棋王》描写的下放知青王一生在那个混乱的世道中，痴迷于象棋，以棋来排遣人生痛苦，追求心灵的清净和精神的自由。《棋王》表现出的对中华传统文化的深刻认识，因而成为文化"寻根"的一个相当成功的范例。另外还有韩少功的中篇小说——《爸爸爸》，体现的另一种探索的角度。小说采用的是一种富于想象力的魔幻现实主义手法，通过对湘山鄂水之间一个原始部落的历史变迁的描写，同时还把祭祀打冤、迷信掌故、乡规土语糅合在了一起，刻画出了一幅具有象征色彩的民俗画，其中隐喻着封闭、凝滞、愚昧落后的民族文化形态。

什么是先锋小说？

在"寻根小说"推进的同时，一种激进的叙事实践的先锋小说也应运而生了。它给中国小说真正带来了一次脱胎换骨的革命，这便是以马原的《拉萨河女神》、《冈底斯的诱惑》等小说为肇始，以洪峰的《极地之侧》、余华的《鲜血梅花》、

格非的《褐色鸟群》、孙甘露的《访问梦境》、苏童的《妻妾成群》等为响应的"先锋小说"潮流。

马原的创作是对当时国际上正在兴起的后现代主义思潮的一种响应。一方面，他接受了外来的后现代主义文学及其理论的影响，另一方面，它融合了自己在中国当代环境中的感受，采用西方结构主义的方法，把小说的叙述形式和叙事结构看做是创作的本体和目的，在非因果性的、现时性、随意性和不可捉摸性的故事叙述中，将传统小说的"意义"和"内容"全部解构。

中国左翼作家联盟是如何成立的？

革命文学争论的结果，直接导致了"左联"的成立。这场关于革命文学的争论同时引起了国民党和共产党两党的注意。国民党所持太熟就是要扼杀革命文学、无产阶级文学；而共产党则是指示创造社、太阳社立即停止对鲁迅的攻击，同鲁迅及其他的革命同路人联合起来，成立统一的革命文学组织。

这场争论长达近两年。1930年3月2日，中国左翼作家联盟（简称左联）在上海成立，出席成立会议的有鲁迅，冯乃

★郁达夫故居

超、冯雪峰、蒋光、李初梨慈等四十余人，加盟的有五十多人，郭沫若、郁达夫大后来也纷纷加入了"左联"。会议通过了"左联"的理论纲领和行动纲领，做出了成立马克思主义文艺理论研究会、外国文化研究会、文艺大众化研究会等重大决定。

在左联成立大会上，鲁迅做了后来题为《对于左翼作家联盟的意见》的重要讲话，总结了革命文学倡导中的经验教训。茅盾、周起应（周扬）从日本回国后，也相继加入了"左联"。1936年春，为了服从民族统一战略政策，抵抗日本侵略，"左联"解散，前后共存在了6年的时间。

什么是东北作家群？

东北作家群指"九一八事变"后从沦陷的东北流亡到上海、北平等地的一些青年作者，如萧军、端木蕻良、萧红、舒群、罗烽、骆宾基、李辉、白朗英等人。他们的作品大多数反映的是东北人民在日本帝国主义的蹂躏下的苦难以及斗争生活，表达了对敌伪的极大仇恨，对故乡的深深眷恋和早日光复国土的美好愿望，人们习惯上把他们称为"东北作家群"。代表作主要有萧军的《八月的乡村》、萧红的《生死场》，舒群的《没有祖国的孩子》等。东北作家群的创作实际上已经构成了"左联"创作的一部分，虽然其中有些人并未加入其中。正是这一批东北青年作家开创了抗日文学的先河。其作品充溢着深沉的力量，把作家的心血和东北广袤的黑土、铁蹄下的不屈人民、茂草、高粱搅成一团，形成一种浓郁的眷恋乡土的爱

国主义情绪和粗犷的地方风格，令人为之感奋。

什么是现实主义作家群？

在30年代的文坛上，活跃着一支坚实的现实主义作家群，他们中的大多数是早期文学研究会的成员，始终坚持为人生而艺术，到了30年代，思想更加成熟，现实主义精神也更加深化了。他们一方面和左翼保持着良好的关系，另一方面仍然独立地坚持自己的人生派立场和现实主义风格。虽然没有左翼文学那种巨大的历史冲击力，但也同样受到了时代潮流的影响，面对动荡不安的社会生活，使其小说的现实深广度加强了。代表作家主要有叶圣陶、王鲁彦、王统照、许地山等人。

什么是中国诗歌会？

殷夫牺牲后，引导左翼诗歌发展的是"左联"领导下的中国诗歌会。中国诗歌会于1932年9月在上海成立，它是一个"左联"直接领导下的有组织、有纲领的革命诗歌社团。中国诗歌会由穆木天、任钧、杨骚、蒲风、卢森堡等人发起，并在1933年3月，正式出版了机关刊物《新诗歌》。该会以"推进新诗歌运动，致力中国民族解放，保障诗歌权利"为宗旨，在"左联"理论纲领的领导下，针对"新月派""现代派"诗歌的倾向，提倡"大众歌调"，坚持现实主义方向，探索诗歌大众化途径的主张。1937年4月宣告解体。

中国诗歌会诗人创作了大量的诗歌，体现了他们的诗学追求，其中影响较大的诗人有蒲风、任钧、穆木天、王亚平、杨骚、柳倩等，而以蒲风成就最为突出。

什么是现代诗派？

30年代初出现的诗歌流派，因《现代》杂志而得名。代表诗人有戴望舒、施蛰存、何其芳、卞之琳等人。他们在诗歌主张上继承和发展了象征派，提倡写作"纯然的现代的诗"，大多数作品都不讲究诗形的整齐和韵脚，而以口语和自由的形式来表现情绪的节奏，追求诗歌的散文美，以繁复的意象、丰富的内涵、奇特的组合著称，形成了朦胧而晦涩的诗风。诗作多表现的是诗人瞬间的情绪和遐想，因此被称为"意象抒情诗"。

什么是"鲁迅风"杂文？

30年代，瞿秋白在鲁迅的影响下，杂文大多数是对政治和文化的批判，如《拉块司令》、《曲的解放》、《苦闷的答复》、《出卖灵魂的秘诀》、《王道诗话》、《流氓尼德》、《狗道主义》、《红萝卜》等，同时还有对新世界的诞生的呼唤，如《一种云》、《暴风雨前》。瞿秋白在这一时期的作品表现出其艺术视野开阔、善取类型、杂文形式不断创新的特点。

鲁迅的杂文影响并启发了一大批作者，形成了"鲁迅风"杂文作者群。主要作家及作品有徐懋庸及其《打杂集》、《不惊人集》，唐弢及其《推背集》、《海天集》，以及聂绀弩、柯灵、周木斋、徐诗荃、巴人等。

第二章 创造了璀璨文学的大家

《左传》的作者存在什么样的质疑？

《左传》的作者，司马迁和班固都说是春秋末期的史官左丘明。有人认为这个左丘明就是《论语》中提到的、与孔子同时代的左丘明。这是目前最为可信的史料。现在有些学者认为是战国初年之人所作，但均为质疑，因为《左传》中某些文章的叙事风格与其他不符，但并无任何史料佐证，只能归为臆测。《左传》记事年代大体与《春秋》相当，只是后面多十七年。与《春秋》的大纲形式不同，《左传》相当系统而具体地记述了这一时期各国的政治、军事、外交等方面的重大事件。

开创了儒家学派的至圣是谁？

孔丘（公元前551－前479年），字仲尼，世称孔子，鲁国陬邑（现在的山东曲阜）人。他是我国古代伟大的思想家和教育家，儒家学派创始人，在民族文化的发展史上是一个极重要的人物，也世界最著名的文化名人之一。

孔丘在鲁国做过官，又曾游说四方，但总的来说，一生是郁郁不遇的。其主要活动是聚众讲学，由此建立了中国古代第一个私家学派——儒家。他还整理过许多重要的古代典籍。孔子被后代奉为圣人、当作偶像崇拜，实际上与历史上的原貌并不是完全相符的。这里面既利用了孔子学说对统治秩序有利的内容，又有偶像制造者按照自己的需要灌注进去的东西。孔子的言行思想主要载于语录体散文集《论语》及先秦和秦汉保存下的《史记·孔子世家》。

★孔子讲学图

19

被称为"贱人"的诸子是谁?

墨翟,名翟,生活时代约在公元前468~前376年,即春秋战国之际。相传他原为宋人,长期居住在鲁国,因此后被称作鲁国人。《墨子》书中提到,他被人称为"贱人";又提到他能制作车辖,大概是出身比较卑微的原因吧。早期曾"学儒者之业,受孔子之术",后来创立了与儒学相对立的墨家学派。墨家不但是一个思想学派,而且是一个有严格纪律的民间团体。领袖称为"钜子",门徒众多,重视艰苦实践,不惧艰难险阻。

被尊为亚圣的儒家大师是谁?

孟轲(约公元前372-约前289年),邹人,于战国时期鲁国人。他是中国古代著名思想家、教育家,战国时期儒家代表人物。著有《孟子》一书,他继承和弘扬了孔子的思想,成为儒家的又一名大师,后世尊称他为"亚圣",与孔子合称为"孔孟"。他的行事也仿佛孔子,收过不少门徒,率领着他们游说各国。由于各国间都以力相争,他却鼓吹以德为王,言仁义而不言利,终不能被任用,于是退而著书。

孟轲的思想在继承孔丘的基础上又有所发展。他主张施仁政,使人民安居乐业。他描绘出的理想社会,是一种黎民百姓不饥不寒,年老者能安享晚年之乐的小康景象。"民为贵,社稷次之,君为轻。"是他的著名论点。

被封为太上老君的道家学者是谁?

老子(约公元前571-前471年),姓李,名耳,字伯阳,谥曰聃,楚国苦县

★老子

人,曾做过周朝的守藏史。老子幼年牧牛耕读,聪颖勤快。晚年在故里陈国居住,后出关赴秦讲学,死于扶风。老子是我国古代伟大的哲学家和思想家,道家学派创始人,其被唐皇武后封为太上老君,世界文化名人,世界百位历史名人之一。存世有《道德经》(又称《老子》)。

老子是为我国几乎人所皆知的一位古代伟大思想家,他所撰述的《道德经》开创了我国古代哲学思想的先河。他的哲学思想和由他创立的道家学派,不但对我国古代思想文化的发展作出了重要贡献,而且对我国2000多年来思想文化的发展产生了深远的影响,同时也是世界的宝贵文化遗产。

被封为"南华真人"的道家创始人是谁?

庄子(约公元前369-前286年),名周,字子休(一说子沐),我国战国

时期伟大的思想家、哲学家和文学家。原系楚国公族，楚庄王后裔，后因乱迁至宋国蒙（现在的安徽蒙城县），是道家学说的主要代表人物，代表作《庄子》。后世将他与老子并称为"老庄"，他们的哲学思想体系，被思想学术界尊称为"老庄哲学"。庄子被唐明皇封为南华真人，《庄子》一书被封为《南华经》，并被尊崇者演绎出多种版本，名篇有《逍遥游》、《齐物论》等，庄子主张"天人合一"和"清静无为"。

主张性恶论的儒家大师是谁?

荀况（约公元前313—前238年），又称荀卿，生于战国末期，赵国人，是先秦儒家的最后一位大师。他是我国著名的思想家、文学家、政治家，也是儒家代表人物之一。曾游学于齐，后去楚，春申君以为兰陵令，死于楚。他的著作，后人编定为《荀子》三十二篇。《荀子》和《韩非子》，代表了先秦论说文的新成就。

法家学派的集大成者是谁?

韩非（约公元前280-前233年），战国晚期韩国人，韩国公子。起初秦始皇读他的著作，十分佩服，邀他来到秦国。他的同学李斯恐怕他被重用而动摇自己的地位，将他陷害入狱。最后自杀于狱中。他是中国古代著名的哲学家、思想家，政论家和散文家，法家思想的集大成者，后世称其"韩子"或"韩非子"。他的著作《韩非子》，是先秦法家的代表作，共五十五篇。

我国诗歌之父是谁?

屈原（约公元前340-约前278年），名平，字原，战国时期楚国人，是伟大的爱国主义诗人、我国诗歌之父、楚辞的创立者和代表者。20世纪，曾被推举为世界文化名人而受到广泛纪念。

屈原出身贵族，在七雄激烈争斗之时很受楚怀王信任重任，任其为左徒，常出使齐国，主张联齐抗秦。任职期间，怀王让他"造为宪令"，即主持国家政令的起草、宣布等事项。屈原因此提出了不少新的政治改革主张，但由于触犯了贵族利益，遭到旧贵族们的中伤打击，尤其被同僚上官大夫所妒忌，加之楚怀王的无主见而被逐放汉北地区。以后，楚怀王因听信错误的亲秦路线，而死于秦国。顷襄王时期，屈原虽被召回，却又遭令尹子兰及上官大夫的谗害而再次被放逐到江南。他流落江郊9年之久。公元前278年，秦国大将白起带兵南下，攻破了楚国国都，屈原的政治思想破灭，对前途感到绝望，虽有心报国，却无力回天，只得以死明志，就在同年五月五日端午节这天投汨罗江自杀，死时年约62岁。我国人民为纪念伟大爱国诗人屈原，每年农历五月初五都要过端午节。

古代四大美男之中紧追屈原的楚辞作家是谁?

宋玉，又名子渊，战国晚期楚鄢郢人（现在的湖北宜城人），是紧跟伟大诗人屈原之后（相传是屈原的弟子）的著名楚辞赋大家。也是古代四大美男之一，美貌名流千古。由于他的辞赋创作承袭屈原而

又独具一格，有着举足轻重的地位，故历史上每以"屈宋"联骈并称，所谓"屈宋逸步，莫之能追"，"屈平联藻于日月，宋玉交彩于风云"。

宋玉，生卒年已不能确考，大约生于楚怀王十年（前319年）前后。爱国诗人屈原出仕怀王，为了刷新政治，振兴楚国，曾网罗培育人才。宋玉早年曾师从屈原，与唐勒、景差同辈。宋玉出身低微，有才学而不能从俗。屈原遭谗被逐，宋玉曾企图靠同学朋友出仕，顷襄王仅以为"小臣"。宋玉主要生活于顷襄王时期，当时强秦压境，国土沦丧，楚国朝不保夕。宋玉尝在顷襄王面前谈说利害，陈述计划，但顷襄王终不见察。他虽常侍顷襄王左右，但"好乐爱赋"的顷襄王只欣赏他的"识音而善属文"，只不过把他视为一个"词臣"而已。有时他在赋作中微作讽喻，但终不能有大建树。有人嘲笑他时，他曾以鲸、凤、猿自喻，认为自己"处势不便"，而难以较功量能，施展抱负。又称自己"曲高和寡"而难以被人了解。晚年时期，受奸佞谗害，离开宫廷，生活困顿。他忠君爱国之心不改，始终系念君国的安危，渴求得到楚王的信任。但君门九重，关梁不通，忠悃难伸，回归无望。面临悲惨的处境，他持守高洁，"食不偷而为饱兮，衣不苟而为温"，表示"宁穷处而守高"，而不乐"浊世而显荣"（《九辩》）。约卒于顷襄王末年至考烈王初年（公元前262年）前后，年约六十岁。

担任过秦朝丞相的文学家是谁？

李斯（约公元前281年-前208年），姓李，名斯，字通古（其实应该是氏李名斯，先秦的男子称氏而不称姓，女子才称姓，贱民没有姓氏只有名）。战国末年楚国上蔡（现在的河南上蔡西南）人。

李斯早年为郡小吏，后从荀子学帝王之术，学成入秦。初被吕不韦任以为郎，后劝说秦王政灭诸侯、成帝业，被任为长史。秦王采纳其计谋，遣谋士持金玉游说关东六国，离间各国君臣，又任其为客卿。秦王政十年（公元前237年）下令驱逐六国客卿。李斯上《谏逐客书》阻止，为秦王赵政所采纳，不久官为廷尉。

李斯在秦王政统一六国的事业中起了较大作用。秦统一天下后，与王绾、冯劫议定尊秦王政为皇帝，并制定有关的礼仪制度。被任为丞相。他建议拆除郡县城墙，销毁民间的兵器，以加强对人民的统治；反对分封制，坚持郡县制；又主张焚烧民间收藏的《诗》、《书》、百家语，禁止私学，以加强专制主义中央集权的统治。还参与制定了法律，统一车轨、文字、度量衡制度。

秦始皇死后，他与赵高合谋，伪造遗诏，迫令始皇长子扶苏自杀，立少子胡亥为二世皇帝。后为赵高所忌，于秦二世二年（公元前208年）被腰斩于咸阳闹市，并夷三族。

因为遭到群臣嫉恨而被贬谪的贾长沙是谁？

贾谊（前200-前168年），洛阳人，西汉初年著名的政论家、文学家。在他18岁的时候就以诵诗书而闻名遐迩。文帝即位初期，在吴公的极力推荐下，只有二十多岁的贾谊就做了博士，众博士中他最

★贾谊故居

年轻。由于每次商讨诏令时，他都表现出众，最后不到一年被破格提为太中大夫。在他二十三岁时汉文帝想把他升擢为公卿，但遭到群臣的反对。因遭群臣忌恨，被贬为长沙王的太傅。他听说长沙地势低，湿度大，自认为此去长沙将享寿不长，而且又因为是被贬谪，心情非常不好，常常拿自己与屈原作比。在这种情况下，他便写下了千古流传的《吊屈原赋》。后被召回长安，为梁怀王太傅。梁怀王坠马而死后，贾谊深感内疚，认为自己作为梁怀王的太傅而没有尽到自己的责任，直至忧伤而死，死时年仅33岁。

七王之乱之中两谏吴王的西汉辞赋家是谁？

枚乘（？～公元前140），字叔，西汉辞赋家，汉族，秦建治时古淮阴人。枚乘因在七国叛乱前后两次上谏吴王而显名。枚乘曾做过吴王刘濞、梁王刘武的文学侍从。七国之乱前，曾上书谏阻吴王起兵；七国叛乱中，又上书劝谏吴王罢兵。吴王均不听。七国之乱平定后，枚乘因此而显名。景帝时，拜为弘农都尉，因非其所好，以病去官。武帝即位后，以"安车蒲轮"征之，因年老，死于途中。枚乘文学上的主要成就是辞赋。《汉书·艺文志》著录"枚乘赋九篇"。今仅存《七发》、《柳赋》、《菟园赋》三篇。后两篇疑为伪托之作。

被称为赋圣的西汉辞赋家是谁？

司马相如（公元前1797-前118年），字长卿，汉族，蜀郡成都人，西汉大辞赋家。其代表作品为《子虚赋》。作品辞藻富丽，结构宏大，使他成为汉赋的代表作家，后人称之为赋圣。他与卓文君的私奔故事也广为流传。

司马相如原名司马长卿，因仰慕战国时的名相蔺相如的为人，更名相如。少年时代喜欢读书练剑，二十多岁时以訾（钱财）为郎，做了汉景帝的武骑常侍，但这些并非其所好，因而有不遇知音之叹。景帝不好辞赋，待梁孝王刘武来朝时，司马相如才得以结交邹阳、枚乘、庄忌等辞赋家。后来他因病退职，前往梁地与这些志趣相投的文士共事，就在此时他为梁王写了那篇著名的《子虚赋》。

梁孝王卒，司马相如乃西归故里成都，与临邛富人卓王孙之女文君结为夫妇。武帝即位，读《子虚赋》非常喜欢，以为是古人之作，叹息自己不能和作者同时代。但通过侍奉刘彻的狗监杨得意（他是蜀人），得知《子虚赋》是相如所作。帝乃召问相如，司马相如向武帝表示说，

"《子虚赋》写的只是诸侯王打猎的事，算不了什么，请允许我再作一篇天子打猎的赋"，这就是内容上与《子虚赋》相接的《上林赋》，不仅内容可以相衔接，文字辞藻也都更华美壮丽。此赋以"子虚""乌有先生""亡是公"为假托人物，设为问答，放手铺写，以维护国家统一、反对帝王奢侈为主旨，歌颂了统一大帝国无可比拟的声威，又对最高统治者有所讽谏，开创了汉代大赋的一个基本主题。此赋一出，司马相如被刘彻封为郎，奉命出使蜀地，通西南夷。其后，有人上书诬陷说他出使时受金纳贿，司马相如因此失官。居岁余，复召为郎，旋拜孝文园令。后病免，卒于茂陵家中。

"三世不徙官"的西汉辞赋家是谁？

扬雄（公元前53-前18年），字子

★扬雄雕像

云，汉族，西汉蜀郡成都人，是文风复古时期最重要的学者文人。西汉后期著名学者，哲学家、文学家、语言学家。早年他以司马相如的赋为范本，写了不少华丽的辞赋，故后世有"扬马"之称。传至京师，为汉成帝所喜，召为给事黄门郎，与王莽、刘歆、董贤等为同僚。其官职一直很低微，历成、哀、平"三世不徙官"。王莽称帝后，扬雄校书于天禄阁。后受曾从其学过上古文字的刘歆之子刘棻牵累，即将被捕，于是坠阁自杀，未死。后召为大夫。

扬雄一生淡泊功名，"好古而乐道，其意欲求文章成名于后世"，因此其著述严谨，多有创造。"以为经莫大于《易》，故作《太玄》；传莫大于《论语》，作《法言》；史篇莫善于《仓颉》，作《训纂》；箴莫善于《虞箴》，作《州箴》；赋莫深于《离骚》，反而广之，辞莫丽于相如，作四赋，皆斟酌其本相与放依而驰骋云"。

子承父业的东汉文史学家是谁？

班固（32-92年），东汉史学家、文学家，字孟坚。父亲班彪（3-54），字叔皮，扶风安陵（现在的陕西咸阳东北）人。东汉初曾任徐令，因病免官。后来专门从事史学工作。他看到《史记》所记史实只到汉武帝太初年间，便打算将它续载到西汉末年，于是尽力搜集史料，作《史记后传》65篇。班彪死后，班固继承父业。他一边为父亲守丧，一边整理父亲的遗稿，用了5年时间完成了《史记后传》。这期间，他深感汉朝需要一部自己的历史著作对本朝的功业进行弘扬总结，于是就在公元58年在其父基础上着手《汉书》的编撰工作，这一年他27岁。但不久就被人告发在家私改国史而下狱。幸亏得到他的弟弟东汉名将班超上书力辩才得以释放。明帝也因此而知其才华，召为兰台（国家图书馆）令史，负责典校秘书。又奉诏续成其父所著史书，共历20余年。公元89年，班固随大将窦宪攻匈奴，为中护军，窦宪因为擅权被杀，班固也受牵连而下狱，死于狱中。当时《汉书》的八表和《天文志》尚未完成，后由其妹班昭（约49–约120）奉诏和另一学者马续共同完成。

究天人、穷古今而成一家之言的西汉史学家是谁？

司马迁，生卒年不详，约相当于汉武帝时期。西汉史学家、文学家和思想家，字子长。夏阳（现在的陕西韩城南）人。史学家司马谈之子。20岁时从京师长安南

★司马迁

下漫游，遍及江淮流域和中原一带，专门考察风俗，采集传说。不久后任郎中，成为汉武帝的侍卫和扈从，多次随驾西巡，并奉命出使巴蜀。公元前108年，继承父亲的职位担任太史令，职掌天时星历，管理皇家图籍，改革历法。此后开始撰写《史记》，后来因为李陵出击匈奴兵败投降一事为李陵辩护而触怒汉武帝，下狱受腐刑，获赦出狱之后，担任中书令，发愤继续完成所著史籍，胸怀"究天人之际，通古今之变，成一家之言"的雄伟目标，汉代文化开拓宏阔的博大气势在是书中得到了充分体现。

著有"熹平石经"的东汉辞赋家是谁？

蔡邕（132～192年），东汉辞赋家、散文家、书法家，字伯喈，陈留圉（现在的河南杞县）人。博学多识，擅长辞章，并精通音律。桓帝时宦官专权，听说他善于鼓琴，于是奏请天子令陈留太守督促他入京。行至偃师，称疾而归。灵帝时召拜郎中，校书于东观，迁议郎。公元175年（熹平四年），曾上奏请求正定《六经》文字，自写经文，刻碑石立于太学门外，世称"熹平石经"。后因弹劾宦官，被流放朔方。遇赦后，不敢归乡里，亡命于今江浙一带有12年之久。献帝时董卓强迫他出仕。董卓被诛，邕被捕死于狱中。曾著诗、赋、碑、诔、铭等共104篇。书法精妙，尤工隶书，影响甚大。《隋书·经籍志》有《蔡邕集》12卷已散佚，明代张溥辑有《蔡中郎集》，收入《汉魏六朝百三家集》。

以天文学家而著称的东汉辞赋家是谁？

张衡（78-139年），字平子，汉族，南阳西鄂人。他是我国东汉时期伟大的天文学家、数学家、发明家、地理学家、制图学家、诗人、汉朝官员，为我国天文学、机械技术、地震学的发展作出了不可磨灭的贡献。由于他的贡献突出，联合国天文组织曾将太阳系中的1802号小行星命名为"张衡星"。

张衡诞生于南阳郡西鄂县石桥镇一个破落的官僚家庭。祖父张堪是地方官吏，曾任蜀郡太守和渔阳太守。张衡幼年时候，家境已经衰落，有时还要靠亲友的接济。由于家中的经卷典籍慢慢地不能满足张衡的求知欲望了，于是从16岁开始，他便离乡游学，广结学者名流。17岁游学三辅，至洛阳，"通五经，贯六艺"，他曾到汉朝故都长安一带，游览了当地的名胜古迹，考察了周围的山川形势、物产风俗、世态人情。后来他又到了当时的首都洛阳，就读于最高学府——太学，并成为学识比较渊博的学者。

和帝永元十二年（100年），23岁的张衡应邀回乡出任南阳太守鲍德的主簿，掌管文书工作。并在办理政务之余，潜心于文学创作。他以游学长安和洛阳的见闻作为素材，先后花了十年工夫，精心雕琢、反复修改，于安帝永初元年（公元107年）写成著名的《东京赋》和《西京赋》，总称为《二京赋》，为人们广为流传，他画的画也很出色。

在张衡34岁的时候，他的研究兴趣

不患位之不尊
而患德之不崇
不耻禄之不伙
而耻智之不博

张衡

★张衡

逐渐转到哲学和自然科学方面。他很喜爱扬雄的哲学著作《太玄经》。《太玄经》的内容涉及天文、历法、数学等方面，引起了他很大的兴趣。《太玄经》里的一些朴素的唯物主义观点也给了张衡以很大的启发。当时，地方上曾经推举他做"孝廉"，公府也多次招聘他去做官，但他淡于名利，不愿出仕。直到33岁时，才应朝廷之召为郎中。时当安帝时，再迁为太史令，担任太史令时间较长，前后达十四年之久。太史令是主持观测天象、编订历法、候望气象、调理钟律（计量和音律）等事务的官员。在他任职期间，对天文历算进行了精湛的研究，做出了重大的贡献。永和四年（公元139年），张衡请求告老还乡不准，又被调到朝中做尚书，但只任职一年就与世长辞了，终年六十一岁。

裸体击鼓骂曹操的东汉辞赋家是谁？

祢衡，（173～198年）东汉末年名士、辞赋家。字正平，平原郡般人（现在的山东省临邑县德平镇小祢家村）。幼时聪敏好学，少有才辩，长于笔札，性情刚傲，好侮慢权贵。因拒绝曹操召见，操怀忿，因其有才名，不欲杀之，罚作鼓吏，祢衡则当众裸身击鼓，反辱曹操。曹操怒，欲借人手杀之，因遣送与荆州牧刘表。仍不合，又被刘表转送与江夏太守黄祖。后因冒犯黄祖，终被杀。代表作《鹦鹉赋》是一篇托物言志之作，是汉末小赋中的优秀之作。另有《吊张衡文》，《文心雕龙·哀吊》称为"缛丽而轻清"。《隋书·经籍志》有《祢衡集》2卷，久佚。今存文、赋见严可均《全上古三代秦汉三国六朝文》。

为《汉书》的修订奠定了基础的东汉文学家是谁？

班彪，（3～54）汉代文学家。字叔皮。扶风安陵（现在的陕西咸阳东北）人。出生于官宦世家，从小好古敏求，与其兄班嗣游学不辍，才名渐显。西汉末年，为避战乱至天水，依附于隗嚣。不久，王莽政权被推翻，刘秀在冀州称帝。班彪欲劝说隗嚣归依汉室，作《王命论》感化之，结果未能如愿。后至河西（现在的河西走廊一带），为大将军窦融从事，劝窦融支持光武帝。东汉初，举茂才，任徐县令，因病免官。班彪学博才高，专力从事于史学著述。司马迁之《史记》所记史实止于汉武帝太初年间，班彪收集前史遗事，写成《后传》60余篇，斟酌前史，纠正得失，为后世所重。其子班固修成《汉书》，史料多依班彪，实际上是他修史工作的继续。其女班昭等又补充固所未及完成者。

因为买不起书而在书市学习的东汉大儒是谁？

王充，字仲任，东汉著名思想家，公元27年出生于现在的浙江上虞，大约在公元100年去世，著作为《论衡》。

王充在非常小的时候就表现出非凡的智慧，他8岁的时候就能一字不差地背诵《论语》、《尚书》等典籍。15岁的时候，王充来到京都洛阳深造，系统地研究了儒学的经典篇章，之后因为出身卑微，并且多次和上级争论而愤然辞职回家潜心著书，终于成为了中国少数的古代唯物主义思想家之一。

王充年少的时候就成为了孤儿，在京城求学期间，他拜班彪为师。因为买不起书，所以他就经常在洛阳集市之上的书店闲逛，因为他有过目成诵的本领，所以他就逐渐地精通了百家之言。

挟天子以令诸侯的政治家诗人是谁？

曹操（155-220），字孟德，既是杰出的军事家、政治家，又是一位诗人，今存诗20余首。曹操的诗歌，受乐府影响极大，现存的诗歌全是乐府歌词。这些诗歌虽用乐府旧题，却不因袭古人诗意，自辟新蹊，不受束缚，却又继承了"感于

哀乐，缘事而发"的精神。例如《蕹露行》、《蒿里行》原是挽歌，曹操却以之悯时悼乱。《步出东门行》原是感叹人生无常，须及时行乐的曲调，曹操却以之表达一统天下的抱负及北征归来所见的壮景。曹操富有创新民歌的精神，开启了建安文学的新风，也影响到后来的杜甫、白居易等人。

三曹之中登基称帝的是谁？

曹丕（187-226），字子桓，是曹操次子，于公元220年废汉献帝自立，是为魏文帝。现存诗约40首，形式多样，四言、五言、六言、七言、杂言无所不备，多为对人生感慨的抒发和人生哲理的思考。题材上除一部分写游赏之乐的宴游诗外，以表现游子行役思亲怀乡、征人思妇相思离别居多。

七步成诗的八斗之才是谁？

曹植（192-232），字子建，为曹操第四子，天资聪颖，才华过人。现存诗90多首，创作以建安二十五年为界，分为前后两期。曹植诗歌文采气骨兼备，取得了很高的成就。他对诗歌的题材和内容进行了多方面开拓，艺术上注重声色的描绘和技巧的琢磨，富于创造，大大丰富了诗歌艺术的表现力。钟嵘《诗品》评价其诗曰："骨气奇高，词采华茂，情兼雅怨，体被文质。"曹植又是第一位大力写作五言诗的文人，现存诗中有三分之二是五言诗。他以自己杰出的创作为我国古典诗歌从朴质无华的民歌向体被文质的文人诗转变做出了巨大贡献，不愧是建安诗坛最杰出的代表。

因为曹爽而被杀的玄学哲学家是谁？

王弼（226-249年），字辅嗣，魏晋玄学的创始人之一，刘表的曾外孙，出生于现在的山东邹城、金乡一带，代表著作为《周易注》、《周易略例》、《老子注》、《老子微旨略例》和《论语释疑》。

王弼，出身官僚世家，六世祖王龚，官至太尉，位列"三公"；五世祖王畅为汉末"八俊"之一，官至司空，同样位列"三公"；父亲王业，官至谒者仆射，他的继祖王粲更是"建安七子"之一，这些都会对他的成长产生极大的有利影响。王弼幼年非常的聪明，十岁的时候就开始学习老子之学，精通辩论善言辞，他曾经和当时许多清谈名士辩论各种问题，以"当其所得，莫能夺也"，深得当时名士的赏识。但是王弼这人有个毛病，那就是骄傲自大，经常用自己的长处取笑别人，所以他基本上就没有什么朋友。他曾经在曹爽的军中担任官职，但是后来在24岁的时候因为曹爽被杀，他受到牵连丢职，在这一年的秋天，他因病去世。

被誉为"太康之英"的西晋文学家是谁？

陆机（261～303年），字士衡，吴郡华亭人（现在的上海松江），西晋文学家、书法家，祖父是曾经担任东吴丞相的陆逊，父亲陆抗也曾经担任东吴大司马。陆机与弟弟陆云合称"二陆"。曾经历任平原内史、祭酒、著作郎等官职，后世称为"陆平原"。"二陆"均为西晋时期的

★陆机

著名文学家，其中陆机还是一位杰出的书法家，他的《平复帖》是我国古代现在存世的最早的名人书法真迹。

陆机被赞誉为"太康之英"，共流传下来诗104首，赋27篇，其中104首诗大部分为乐府诗和拟古诗。代表作有《君子行》、《长安有狭邪行》、《赴洛道中作》等。27篇赋之中比较出色的有《文赋》、《叹逝赋》、《漏刻赋》等。散文之中，除了著名的《辩亡论》，代表作还有《吊魏武帝文》。陆机还模仿扬雄"连珠体"，作《演连珠》50首。此外，陆机在史学方面也是颇有建树，曾经写有《晋纪》4卷，《吴书》（未成）、《洛阳记》1卷等。

被称为潘安的西晋文学家是谁？

潘岳（247—300年），字安仁，后人常称其为潘安，西晋文学家。祖籍荥阳

中牟（现在属于河南）。但有人认为，从他父亲一辈起，他家实际居住在巩县。潘岳的祖父名瑾，曾为安平太守。他的父亲名芘，曾为琅邪内史；从父潘勖在汉献帝时为右丞，《册魏公九锡文》即出自其手笔。潘岳从小受到很好的文学熏陶，"总角辩惠，摛藻清艳"，被乡里称为"奇童"，长大以后更是高步一时。与夏侯湛友善，常出门同车共行，京城谓之"连璧"。

司马炎建晋后，潘岳被司空荀勖召授司空掾，举秀才。武帝躬耕藉田，潘岳作《藉田赋》称美其事。才名冠世，招致忌恨，滞官不迁达十年之久。咸宁四年（278年），贾充召潘岳为太尉掾。32岁时已生白发，写下著名的《秋兴赋》。后出为河阳令，四年后迁怀令，有政绩。后调补尚书度支郎，迁廷尉评，不久被免职。永熙元年（290年），杨骏辅政，召潘岳为太傅府主簿。杨骏被诛后，他被免职，不久又选为长安令。将西行途中见闻所感写成《西征赋》。后来因为依附贾谧构陷他人而遭遇他人仇怨，潘岳在296年曾作《闲居赋》，述说退官止足之分，可惜不能淡于荣利，轻于躁进，终于被祸。

作品导致洛阳纸贵的西晋文学家是谁？

左思（约250～305年）字太冲，齐国临淄（现在的山东淄博）人。西晋著名文学家，其《三都赋》颇被当时称颂，造成"洛阳纸贵"。左思自幼其貌不扬却才华出众。晋武帝时，因妹左棻被选入宫，举家迁居洛阳，任秘书郎。晋惠帝时，依附权贵贾谧，为文人集团"二十四友"的重

要成员。永康元年（300年），因贾谧被诛，遂退居宜春里，专心著述。后齐王司马冏召为记室督，不就。太安二年（303年），因张方进攻洛阳而移居冀州，不久病逝。

闻鸡起舞的中山靖王后裔是谁？

刘琨（271～318年），字越石，汉中山靖王刘胜的后裔，美姿仪，弱冠以文采征服京都洛阳，"人称洛中奕奕，庆孙越石"。为司州主簿时，与祖逖闻鸡起舞，逐渐成为一个成熟的男人，八王之乱后又经永嘉之乱，神州陆沉，北方沦陷，只有刘琨坚守在并州，是当时北方仅存的汉人地盘。后因爱慕刘琨发兵帮助的鲜卑首领拓跋猗卢被兄弟杀死，没有兵力与各族争斗，投奔辽北，最后因辽北内部争权而死。诗仅存3首，却与左思齐名。刘琨早年生活豪纵，且慕老、庄。后来参加卫国斗争，思想感情发生变化，闻鸡起舞的故事，最能体现其性格。

正始文学的主要代表人物有哪些？

深刻的理性思考和尖锐的人生悲哀，构成了正始文学最基本的特点。

正始时期著名的文人，有所谓的"正始名士"和"竹林名士"。前者的代表人物是何晏、王弼、夏侯玄。他们的主要成就在哲学方面。后者又称"竹林七贤"，指阮籍、嵇康、山涛、王戎、向秀、刘伶、阮咸七人。其中阮籍、嵇康的文学成就最高。

刑场高奏《广陵散》的嵇中散是谁？

嵇康，字叔夜，三国时谯国铚县（现在的安徽宿州西南）人。虽然家世儒学，但是却不学习老师传授的知识，唯独喜欢老庄的学问。与魏宗室通婚，官至中散大夫，所以又称为嵇中散。崇尚自然、养生之道，著有《养生论》，倡导"越名教而任自然"。与王戎、刘伶、向秀、山涛、阮咸、阮籍等人交游非常亲密，被称为"竹林七贤"。后来因为与山涛志趣不同，山涛准备离官去职，推荐自己代替他，于是就作书与山涛绝交；又因为和钟会有嫌隙，被钟会在大将军司马昭面前诋毁，40岁的时候被杀害。嵇康善于鼓琴，以弹《广陵散》著名。有《嵇中散集》，以鲁迅辑校的《嵇康集》最为精准。

醉酒60天逃婚的阮步兵是谁？

阮籍，字嗣宗，三国时期曹魏末年诗人，竹林七贤之一。陈留尉氏（河南开封）人，曾任步兵校尉，世称阮步兵。崇奉老庄之学，政治上则采取谨慎避祸的态度。与嵇康、刘伶等七人为友，常集于竹林之下肆意酣畅，世称竹林七贤。阮籍是"正始之音"的代表，其中以《咏怀》八十二首最为著名。阮籍透过不同的写作技巧如比兴、象征、寄托，讥古讽今，寄寓情怀，形成了一种"悲愤哀怨，隐晦曲折"的诗风。除诗歌之外，阮籍还长于散文和辞赋。今存散文九篇，其中最长及最有代表性的是《大人先生传》。另又存赋六篇，其中述志类有《清思赋》、《首阳山赋》；咏物类有《鸠赋》、《猕猴赋》。考《隋书·经籍志》著录阮籍集十三卷，惜已佚。明代张溥辑《阮步兵集》，收《汉魏六朝百三家集》。至近人黄节有《阮步兵咏怀诗注》。另据史料记载，魏文帝司马昭欲为其子求婚于阮籍之女，阮籍借醉60天，使司马昭没有机会开口，于是只好作罢。这些事在当时颇具有代表性，对后世影响也非常大。

天地为宅屋宇为衣裤的刘伯伦是谁？

刘伶，字伯伦，沛国（今安徽宿县）人。竹林七贤之一，爱喝酒并且擅长品酒。魏朝末年，曾经担任建威参军。晋武帝泰始初年，曾经召唤他询问国策，他强调无为而治，于是就被黜免。他反对司马氏的黑暗统治和虚伪礼教。为避免政治迫害，于是就嗜酒假装张狂，任性放浪。一次有客来访，他不穿衣服。客责问他，他说：“我以天地为宅舍，以屋室为衣裤，你们为何入我裤中？”他这种放荡不羁的行为表现出对名教礼法的否定。唯著《酒德颂》一篇。

热衷仕途的山巨源是谁？

山涛，字巨源，竹林七贤之一。西晋河内怀县（现在的河南武陟西）人。很早就成了孤儿，家里贫困，喜欢老庄的学问，与嵇康、阮籍等交游。山涛准备去官离职，于是想要推荐嵇康代替自己，嵇康写信和他绝交。40岁的时候担任郡主簿，他看到司马懿与曹爽争权，于是就隐身不问事务。司马师执政之后，想要他倾心依附自己，被举秀才，授予郎中的职位，累迁尚书吏部郎。司马昭因为钟会作乱于蜀，准备西征，任命山涛为行军司马，镇守邺城。司马昭进爵晋公，山涛主张以司马炎为世子。司马炎代魏称帝的时候，任命山涛为大鸿胪，加奉车都尉，进爵新沓

伯。外出担任冀州刺史，搜访贤才三十余人。后又进入朝廷担任侍中，升任吏部尚书、太子少傅、左仆射等。每次选用官吏，都要先秉承晋武帝的意旨，并且亲自作评论，当时称为《山公启事》。他曾经多次以老病辞官，但是却得不到朝廷的准许。后来被任命为司徒，再次坚决请辞，这才得以回家。有集十卷，亡佚，今有辑本。

“隐逸诗人之宗”的五柳先生是谁？

陶渊明（约365-427年），字元亮，号五柳先生，谥号靖节先生，入刘宋后改名潜。东晋末期南朝宋初期诗人、文学家、辞赋家、散文家。浔阳柴桑（现在的江西省九江市）人。曾做过几年小官，后辞官回家，从此隐居，田园生活是陶渊明诗的主要题材，相关作品有《饮酒》、《归园田居》、《桃花源记》、《五柳先生传》、《归去来兮辞》、《桃花源诗》等。

陶渊明被称为“隐逸诗人之宗”。他的创作开创了田园诗一体，为我国古典诗歌开创了一个新的境界。从古至今，有很多人喜欢陶渊明固守寒庐、寄意田园、超凡脱俗的人生哲学，以及他冲淡渺远、恬静自然、无与伦比的艺术风格。

确立山水诗地位的康乐公是谁？

谢灵运（385-433年），汉族，浙江会稽人，原为陈郡谢氏士族。东晋名将谢玄之孙，小名客，人称谢客。又因袭封康乐公，称谢康公、谢康乐。著名山水诗人，主要创作活动在刘宋时代，中国文学

★谢灵运

郯（现在的山东郯城）人，南朝梁陈间的诗人，文学家。早年即以诗文闻名，八岁能文，十二岁通《庄子》、《老子》。年轻时与父亲徐摛一起出入于萧纲门下，为宫体文学集团的核心人物之一。期间他奉萧纲之命，专收艳情诗，编成《玉台新咏》。他又与庾信并称为"徐庾"，而所谓"徐庾体"，有时被当作宫体的代名词。徐陵入陈历任要职，曾官吏部尚书、尚书左仆射、太子少傅，封侯。在朝虽无大建树，而自持颇严。《陈书》本传说他："其文颇变旧体，缉裁巧密，多有新意。每一文出手，好事者已传写成诵，遂被之华夷，家藏其本。"可见他在当时影响之大。今存《徐孝穆集》6卷和《玉台新咏》10卷。

史上山水诗派的开创者。主要擅长山水诗。由灵运开始，山水诗乃成中国文学史上的一大流派。他的山水诗特点是，能把自己的感情贯注其中，但有些诗字句过于雕琢，描写冗长，用典、排偶不够自然。其诗充满道法自然的精神，贯穿着一种清新自然恬静之韵味，一改魏晋以来晦涩的玄言诗之风。

谢灵运还有赋10余篇，其中《山居赋》、《岭表赋》、《江妃赋》等比较有名，景物刻画颇具匠心，但成就远不及诗歌。谢灵运早年信奉佛道，曾注释过《金刚般若经》，润饰过《大般涅盘经》，有《辩宗论》为其阐释顿悟的哲学名篇。

被称为"一代文宗"的陈代文学家是谁？

徐陵（507-583年），字孝穆，东海

以《水经注》而闻名的北魏文学家是谁？

郦道元（约470-527年），字善长，范阳（现在的河北涿县）人，北魏平东将军、青州刺史、永宁侯郦范之子，我国著名地理学家、文学家，撰写了地理巨著《水经注》。

著有《颜氏家训》的南北朝作家是谁？

颜之推（约529-591年），字介，琅琊临沂（现在的山东临沂）人，中国古代文学家，生活年代在南北朝至隋朝期间。初仕梁，梁元帝江陵败亡后，入北齐，官至平原太守。后仕周、隋。颜之推学识渊博，阅历深广，其所著《颜氏家训》，保存了丰富的历史资料，是北朝散文的杰作。

出身寒门死于乱军鲍明远是谁？

鲍照（约415-470年），字明远，汉族，东海（现在的江苏涟水县）北人，南朝宋文学家。他长于乐府诗，其七言诗对唐代诗歌的发展起了很重要的作用。鲍照出身寒庶，少有文学才情，因献诗临川王刘义庆，得到赏识，擢为国侍郎。以后作过秣陵令、永嘉令、临海王子顼参军。生活在门阀士族统治的时代，他始终是"下僚"，不能有所作为，而且处处受人压抑。为此，胸中郁结着愤愤不平之气，他在《瓜步山揭文》里曾经叹息说："才之多少，不如势之多少远矣！"这和左思《咏史》中"地势使之然，由来非一朝"的愤慨不平是完全一致的。后子顼因谋反赐死，他也死于乱军之中。

由一部《文心雕龙》奠定文学史地位的南北朝作家是谁？

刘勰（约465-约532年），字彦和，东莞莒（现在的山东莒县）人，世居京口，生活于南北朝时期，中国历史上著名的文学理论家。少时家贫，曾依随沙门僧十余年，因而精通佛典。梁初出仕，做过南康王萧绩的记室，又任太子萧统的通事舍人，为萧统所赏爱。后出家，法名慧地。刘勰虽任多官职，但其名不以官显，却以文彰，一部《文心雕龙》奠定了他在中国文学史上和文学批评史上不可或缺的地位。

刘勰受儒家思想和佛教的影响都很深。就像《文心雕龙·序志》篇中所说，他在三十多岁时，"梦执丹漆之礼器，随仲尼而南行，旦而寤，乃怡然而喜"。有一回梦见孔夫子，便兴奋得不知如何。因此，他作《文心雕龙》也与他对孔夫子的崇仰有关，有阐明文章之源俱在于经典的意识。

陈后主宫廷诗人中最具代表性的作家是谁？

江总（519-594年），字总持，济阳考城（现在的河南兰考）人，南朝陈诗人。他出身高门，早年即以文学才能被梁武帝赏识，官至太常卿。侯景之乱后，他避难会稽，又转到广州，至陈文帝天嘉四年（563）才被征召回建康，任中书侍郎。陈后主时，官至尚书令，"总当权宰，不持政务，但日与后主游宴后庭"，"由是国政日颓，纲纪不立"（《陈书·江总传》）。隋文帝开皇九年（589）灭陈，江总入隋为上开府，后放回江南，去世于江都（现在的江苏扬州）。江总是陈代亡国宰相，后宫"狎客"，宫体艳诗的代表诗人之一，在历史上声名不佳。作为文学家，他的才华仍为后世所重。但随着国家兴亡和个人际遇的变化，他的诗也渐渐洗去浮艳之色，而时有悲凉之音。

擅长写景的陈代文学家是谁？

阴铿（511－563年），字子坚，武威姑臧（现在的甘肃武威）人。南北朝时期陈朝文学家，其高祖袭迁居南平（在今湖北荆州地区），其父亲子春仕梁，为都督梁、秦二州刺史。铿幼年好学，能诵诗赋，长大后博涉史传，尤善五言诗，为当时所重，仕梁官湘东王萧绎法曹参军；入

陈为始兴王陈伯茂府中录事参军，以文才为陈文帝所赞赏，累迁晋陵太守、员外、散骑常侍。他与何逊齐名并称，诗歌风格相似，以写景见长，但也有不同之处。天嘉末年去世。

惊悸而死的《滕王阁序》作者是谁？

王勃（649-676年），字子安，绛州龙门（现在的山西河津）人。初唐四杰（王勃、杨炯、卢照邻、骆宾王）之一。曾任虢州参军，他年幼时写的骈俪文《滕王阁序》是我国古典文学中的名篇，久为众口传诵。据说他写文章之前，把笔墨纸砚准备好，饮酒后蒙被而睡，醒后一挥而就，不改一字，当时的人称为"腹稿"，他的诗清新自然，一篇之中常有警句，有如奇花异草杂缀在幽谷之中，使人百读不厌。有名的"落霞与孤鹜齐飞，秋水共长天一色"就是他文章中的名句。王勃的作品，明人辑有《王子安集》。

王勃的祖父王通是隋末著名学者，号文中子。父亲历任太常博士、雍州司功等职。王勃才华早露，未成年即被司刑太常伯刘祥道赞为神童，向朝廷表荐，对策高第，授朝散郎。666年为沛王李贤征为王府侍读，两年后因戏为《檄英王鸡》文，被高宗怒逐出府。随即出游巴蜀。672年补虢州参军，因擅杀官奴当诛，遇赦除名。其父也受累贬为交趾令。675或676年，王勃南下探父，渡海溺水，惊悸而死。

以边塞诗闻名的杨盈川是谁？

杨炯（650-693年），唐代诗人，弘衣华阴（现在陕西华阴）人。659年举神童。676年应制举及第。补校书郎，多次升迁为詹事司直。685年坐从祖弟杨神让参与徐敬业起兵，出为梓州司法参军。690年，在洛阳宫中习艺馆担任教师。692年的秋后升任盈川令，吏治以严酷著称，卒于官，世称杨盈川。

杨炯以边塞征战诗著名，所作如《从军行》、《出塞》、《战城南》、《紫骝马》等，表现了为国立功的战斗战斗精神，气势轩昂，风格豪放。其他唱和、纪游的诗篇则无甚特色，且未尽脱绮艳之风。另存赋、序、表、碑、铭、志、状等50篇。

投颍水而死的幽忧子是谁？

卢照邻（632－695年），唐代诗人。字升之，自号幽忧子，汉族，幽州范阳（治所在现在的河北省涿州市）人。年少的时候跟从曹宪、王义方接受小学及经史，博学能文。654年担任邓王（李元裕）府典签，非常受邓王爱重，将他比作司马相如。668年初，外出担任益州新都（现在的四川成都附近）尉。任期满了之后，在蜀中漫游。离开蜀地之后，寓居早洛阳，曾经因为遭遇横祸而被下狱，因为好友的救护而得以幸免。后来染风疾，居住在长安附近的太白山，因为服丹药中毒，手足残废。迁徙到阳翟具茨山下居住，买园数十亩，疏凿颍水，环绕住宅，预筑坟墓，偃卧其中。由于政治上的坎坷失意和长期病痛的折磨，终于自投颍水而死。

卢照邻擅长诗歌骈文，以歌行体为佳，意境清迥，明代胡震亨说"领韵疏拔，时有一往任笔，不拘整对之意"
（《唐音癸签》），卢照邻《长安古
意》："得成比目何辞死，愿作鸳鸯不羡
仙。"，乃千古名句。作品有《卢升之
集》七卷和《幽慢子集》七卷，《全唐
诗》收其诗二卷，傅璇琮著有《卢照邻杨
炯简谱》。

初唐四杰之中诗作最多的是谁？

骆宾王（约640-687年）唐代诗人。
字观光，婺州义乌人（现在的中国浙江义
乌）人。唐朝初期的诗人，又与富嘉谟并
称"富骆"。在四杰中他的诗作最多。尤
擅七言歌行，名作《帝京篇》为初唐罕有
的长篇，当时以为绝唱。骆还曾久戍边
城，写有不少边塞诗"晚风迷朔气，新月
照边秋。灶火通军壁，烽烟上戍楼。"诗
篇充满豪情壮志亲切的见闻。唐中宗复位
后，诏求骆文，得数百篇。后人收集之骆
宾王诗文集颇多，以清陈熙晋之《骆临海
集笔注》最为完备。

被称为陈世遗的唐代文学家是谁？

陈子昂（661-702年），字伯玉，梓
州射洪（现在的四川射洪县）人，唐代文
学家，初唐诗文革新人物之一。因曾任右
拾遗，后世称为陈拾遗。其现存诗共100
多首，其中最有代表性的是《感遇》诗
38首，《蓟丘览古赠卢居士藏用》7首和
《登幽州台歌》。

陈子昂自幼具有豪侠浪漫的性格。少
年时代曾闭门读书，遍览经史百家，树立
了远大的理想和政治抱负。24岁举进士，
上书论政，后得到武则天的赏识，任其为
麟台正字，再迁为右拾遗。他一方面支持

武后的政治改革，另一方面对武后不合理
的弊政也屡次提出尖锐的指责。他曾在26
岁、36岁两次从军边塞，对边防军事问题
也曾提出过一些有远见的建议。后一次出
塞，因为和主将武攸宜意见不合，发生争
执，遭受排斥打击。38岁后就辞职还乡。
最后被武三思指使县令段简加以迫害，冤
死狱中。

陈子昂针对六朝及唐初文风的绮靡华
艳，力倡汉魏风骨，其复古主张对李白、
杜甫有重要影响，对唐代文学健康发展有
着重要的贡献。

被封为燕国公的张道济是谁？

张说（667-731年），字道济，又字
说之，唐代文学家，诗人，政治家。原籍
范阳（现在的河北涿县），世居河东，徙
家洛阳。自武后时代起历仕四朝，玄宗时
任中书令，封燕国公。玄宗本人颇有标榜
崇儒复古的意识，但实际上他对文艺有浓
厚的兴趣和较好的修养，并不以狭隘的功
利眼光来看待。所以，他的这种对文学的
态度在文学领域上起到了一定的客观作
用，主要是阻遏了专事辞藻雕饰的浮华倾
向。张说作为玄宗长期信任的辅弼大臣，
是这一过程中的关键性人物。开元十三
年，玄宗改丽正书院为集贤书院，并扩大
规模，增设学士，以时任中书令的张说知
院事。而张说"喜延纳后进"，张九龄、
王翰等许多著名文士均常游其门下。他实
际是盛唐前期文学界的领袖人物，与苏颋
（封许国公）齐名，俱有文名，掌朝廷制
诰著作，人称"燕许大手笔"。公元730
年，不幸病逝，寿63岁。著有《张燕公
集》。

开元盛世的尚书丞相诗人是谁？

张九龄（678-740年），字子寿，曲江人，唐开元尚书丞相，诗人。后罢相，为荆州长史。长安年间进士，官至中书侍郎同中书门下平章事。他为张说所奖掖和拔擢，张说去世后，他又于开元二十二年辅佐玄宗为宰相。作为开元盛世的最后一个名相，他深为当时人们所敬仰，王维、杜甫都作有颂美他的诗篇。他曾辟孟浩然为荆州府幕僚，提拔王维为右拾遗；杜甫早年也曾想把作品呈献给他，未能如愿，晚年追忆，犹觉得可惜。他是一位有胆识、有远见的著名政治家、文学家、诗人、名相。他忠耿尽职，秉公守则，直言敢谏，选贤任能，不徇私枉法，不趋炎附势，敢与恶势力作斗争，为"开元之治"作出了积极贡献。他的五言古诗，以素练

★张九龄

质朴的语言，寄托深远的人生慨望，对扫除唐初所沿习的六朝绮靡诗风，贡献尤大，被誉为"岭南第一人"，著有《曲江集》。

终生未得唐玄宗赏识的山水诗人是谁？

孟浩然（689-740年），字浩然，襄州襄阳（现在的湖北襄樊）人，世称孟襄阳。以写田园山水诗为主，与另一位山水田园诗人王维合称为"王孟"。因他未曾入仕，曾隐居鹿门山，又称之为孟山人。孟浩然40岁时，游长安，应进士举不第。曾在太学赋诗，一时名动公卿，令在座的诸人倾服，纷纷为之搁笔。当时他和王维交谊甚笃。传说王维曾私邀其入内署，适逢玄宗至，浩然惊避床下。王维不敢隐瞒，只好据实禀报，玄宗命出见。于是，浩然开始自诵其诗，诵读到"不才明主弃"之句，玄宗大为不悦，说："卿不求仕，而朕未尝弃卿，奈何诬我！"因此被放归襄阳，后又漫游吴越，穷极山水之胜。开元二十二年（734年），韩朝宗为襄州刺史，约孟浩然一同到长安，为他延誉。但因他不慕荣名，至期竟失约不赴，终无所成。开元二十五年，张九龄为荆州长史，招致幕府。不久，又返回故居。开元二十八年，王昌龄游襄阳，探访孟浩然，相见甚欢。适浩然病疹发背，医治将愈，因纵情宴饮，食鲜疾发逝世。

被称为"诗佛"的王摩诘是谁？

王维（701-761年），字摩诘，原籍祁（今山西祁县），后迁至蒲州（现在的山西永济），是盛唐时期的著名诗人。其

出身世代官僚地主之家，官至尚书右丞，崇信佛教，晚年居于蓝田辋川别墅。王维诗书画都很有名，非常多才多艺。音乐也很精通。受禅宗影响很大。

王维青少年时期就富有文学才华。开元九年（721年）中进士第，为大乐丞。因故谪济州司仓参军，后归至长安。开元二十二年张九龄为中书令，王维被提拔为右拾遗。当时作有《献始兴公》一诗，赞扬张九龄反对植党营私和滥施爵赏的政治主张，体现了他当时要求有所作为的心情。二十四年（736年）张九龄罢相，次年贬荆州长史。李林甫任中书令，这是玄宗时期政治由较为清明而日趋黑暗的转折点。王维对于张九龄被贬一事，感到非常沮丧，但他并未因此退出官场。开元二十五年，曾奉使赴河西节度副大使崔希逸幕，后又以殿中侍御史知南选。天宝中，王维的官职逐渐升迁。安史之乱前，官至给事中。他一方面对当时的官场感到厌倦和担心，但另一方面却又恋栈怀禄，不能决然离去。于是随俗浮沉，长期过着半官半隐的生活。

世称"高常侍"的唐代边塞诗人是谁？

高适（704-765年），字达夫，渤海蓚（现在的河北景县）人，我国唐代著名的边塞诗人，世称"高常侍"。作品收录于《高常侍集》。高适与岑参并称"高岑"，其诗作笔力雄健，气势奔放，洋溢着盛唐时期所特有的奋发进取、蓬勃向上的时代精神。

高适少孤贫，爱交游，有游侠之风，并以建功立业自期。二十岁曾到长安，求

仕不遇。于是北上蓟门，漫游燕赵，想在边塞寻求报国立功的机会，但最终也没有找到出路。此后，他在梁宋一带过了十几年"混迹渔樵"的贫困流浪生活。这一时期，他曾经和李白、杜甫在齐赵一带饮酒游猎，怀古赋诗。天宝八载，他已经将近五十岁，才由宋州刺史张九皋推荐，举有道科，任封丘尉。他不甘作这个"拜迎长官"、"鞭挞黎庶"的小官，因弃官客河西，由于河西节度使哥舒翰的推荐，掌幕府书记。安禄山之乱发生，他被拜为左拾遗，转监察御史，佐哥舒翰守潼关。潼关失守后，他奔赴行在，见玄宗陈述军事，得到玄宗、肃宗的重视，连续升迁，官至淮南、剑南西川节度使，最后任散骑常侍。永泰元年（765年）卒，终年64岁，赠礼部尚书，谥号忠。死于长安。

驻守边塞6年之久的唐代边塞诗人是谁？

岑参（715-770年），南阳人，唐代著名的边塞诗人。其诗歌富有浪漫主义的特色，气势雄伟，想象丰富，色彩瑰丽，热情奔放，尤其擅长七言歌行。

岑参出身于官僚家庭，曾祖父、伯祖父、伯父都官至宰相。由于父亲早死，家道衰落。他自幼便随从兄长学习，遍读经史。二十岁至长安，献书求仕。以后曾北游河朔。三十岁举进士，授兵曹参军。749年，充安西四镇节度使高仙芝幕府书记，经过十年才回到长安。754年又作安西北庭节度使封常清的判官，再度出塞。安史之乱后，至757年才回朝。前后两次在边塞长达六年之久。他的诗说："万里奉王事，一身无所求。也知边塞苦，岂为

妻子谋。"又说:"侧身佐戎幕,敛衽事边陲。自随定远侯,亦着短后衣。近来能走马,不弱幽并儿。"由此可以看出他两次出塞都是颇有雄心壮志的。他回朝后,由杜甫等推荐任右补阙,以后转起居舍人等官职,大历元年官至嘉州刺史。以后罢官,客死成都旅舍,时年56岁。

被称为诗仙的唐代诗人是谁?

李白(701-762年),字太白,号青莲居士,唐绵州人。他的诗歌题材广阔,内容丰富,感情强烈奔放,想象奇伟丰富,语言清新流畅,风格雄健,可称为屈原以后我国最伟大的浪漫主义诗人,被后人尊称为"诗仙"。其诗大多为描写山水和抒发内心的情感为主。他与杜甫并称为"李杜"。李白在政治上始终未能实现理想,但在诗歌创作中却取得了伟大的成就,在我国文学史上具有崇高的地位。继承并发扬了自屈原以来积极浪漫主义的诗歌传统,把浪漫主义精神和创作方法推向了新的高峰。他与杜甫并称为"李杜"。有《李太白集》传世,诗作中多以醉时写的,代表作有《望庐山瀑布》、《行路难》、《蜀道难》、《将进酒》、《梁甫吟》、《早发白帝城》等多首。

被称为诗圣的唐代现实主义诗人是谁?

杜甫(712-770年),汉族,字子美,世称杜少陵、杜工部、杜拾遗等,自号少陵野老,生于河南巩县,远祖为晋代功名显赫的杜预,祖父为初唐诗人杜审言,父亲杜闲曾为兖州司马和奉天县令。我国唐代最伟大的现实主义诗人,与李白并称"大李杜",人称"诗圣"。一生写诗一千四百多首。唐肃宗时,官左拾遗。后入蜀,友人严武推荐他做剑南节度府参谋,加检校工部员外郎。故后世又称他杜拾遗、杜工部。他三十五岁以前读书与游历。天宝年间到长安,仕进无门,困顿了十年,才获得右卫率府胄曹参军的小职。安史之乱开始,他流亡颠沛,竟为叛军所俘;脱险后,授官左拾遗。乾元二年(759),他弃官西行,最后到四川,定居成都,一度在剑南节度使严武幕中任检校工部员外郎,故又有杜工部之称。晚年举家东迁,途中留滞夔州二年,出峡。漂泊鄂、湘一带,贫病而卒。

被称为"百代文宗"的韩昌黎是谁?

韩愈(768-824年),字退之,河阳

★李白塑像

（现在的河南孟县）人，郡望昌黎，自称昌黎韩愈，所以后人又称他为韩昌黎。唐代古文运动的倡导者，宋代苏轼称他"文起八代之衰"，明人推他为唐宋八大家之首，与柳宗元并称"韩柳"，有"文章巨公"和"百代文宗"之名，著有《韩昌黎集》四十卷、《外集》十卷、《师说》等。

韩愈在功名与仕途上屡受挫折。贞元八年（792年），韩愈25岁时中进士，过了四年才被宣武节度使任命为观察推官。贞元十八年（802年）授四门博士，历迁监察御史，因上书言关中灾情被贬为阳山县令。元和初任江陵府法曹参军，国子监博士，后随宰相裴度平淮西之乱，迁刑部侍郎，又因上表谏宪宗迎佛骨被贬潮州刺史。穆宗时，任国子监祭酒，兵部、吏部侍郎等。

被称为"诗囚"的唐代诗人是谁？

孟郊（751-814年），字东野，汉族，武康（现在的浙江德清）人，唐代诗人。早年屡次参加科举而不得中，直到四十六岁才进士及第，又过了四年才当上一个小小的溧阳尉。元和初年又当过河南水陆转运从事、试协律郎。元和九年得暴疾而死。张籍私谥为贞曜先生。现存诗歌500多首，以短篇的五言古诗最多，代表作有《游子吟》，有《孟东野诗集》。有"诗囚"之称，又与贾岛齐名，人称"郊寒岛瘦"。

以苦吟而出名的唐代诗人是谁？

贾岛（779～843年），汉族，字阆仙。河北道幽州范阳县人，唐代诗人。贾岛是一位以苦吟而出名的诗人，着重创造一种未经人道的新的意境，这在他自己的诗句中也有所反映。如他在《送无可上人》诗"独行底影，数息树边身"句下就自注："二句三年得，一吟双泪流。知音如不赏，归卧故山秋。""二句三年得"自然是夸张说法，但他吟诗常常煞费苦心是确有其事。

世称"张水部"的唐代诗人是谁？

张籍（约766-约830年），字文昌，苏州（现在属江苏）人，唐代诗人。张籍贞元十五年（799年）进士，曾任水部郎中、国子司业。有《张司业集》。世称"张水部"、"张司业"。张籍的乐府诗与王建齐名，并称"张王乐府"。

他待人真诚热情，交游甚广，与以韩愈为首的诗人群体和以白居易为代表的诗人群体都有密切的关系。正如他自称的"学诗为众体"，他既写有像《城南》那样颇似孟、韩的作品，也写有《宿江店》、《雪溪西亭晚望》这样近似大历十才子诗风的作品，也写有《野老歌》、《废宅行》这样反映现实、通俗晓畅的乐府诗。著名诗篇有《塞下曲》、《征妇怨》、《采莲曲》、《江南曲》等。

拓跋部后裔的唐代诗人是谁？

元稹（779-831年），字微之，汉族，洛阳人，唐代诗人。父元宽，母郑氏。为北魏宗室鲜卑族拓跋部后裔，是什翼犍之十四世孙。早年和白居易共同提倡"新乐府"。世人常把他和白居易并称"元白"。其15岁以明经擢第，元和元年（806年）登才识兼茂明于体用科第一

名，授左拾遗，历仕监察御史，因触怒宦官被贬。元和十年（815年）回京不久又被外任通州司马，后召回。自此仕途顺达，长庆二年，曾短时期任宰相（工部尚书同平章事）。以后又任过浙东观察使、尚书左丞、武昌军节度使等高职，53岁时死于任上。有《元氏长庆集》。

香山居士白居易的文学主张是什么？

白居易（772年2月28日-846年），字乐天，号香山居士。祖籍太原，到了其曾祖父时，又迁居下邽（现在的陕西渭南北）。白居易的祖父白湟曾任巩县县令，与当时的新郑县令是好友。见新郑山川

★白居易

秀美，民风淳朴，白湟十分喜爱，就举家迁移到新郑城西的东郭宅村（现在的东郭寺）。著有《白氏长庆集》七十一卷。晚年官至太子少傅，谥号"文"，世称白傅、白文公。在文学上积极倡导新乐府运动，主张"文章合为时而著，诗歌合为事而作"，写下了不少感叹时世、反映人民疾苦的诗篇，对后世颇有影响，是我国文学史上相当重要的诗人。白居易一生以44岁被贬江州司马为界，可分为前后两期。前期是兼济天下时期，后期是独善其身时期。他的诗歌题材广泛，形式多样，语言平易通俗，有"诗魔"和"诗王"之称。有《白氏长庆集》传世，代表诗作有《长恨歌》、《卖炭翁》、《琵琶行》等。

被称为"诗豪"的唐代诗人是谁？

刘禹锡（772-842年），字梦得，汉族，洛阳人，唐朝文学家，哲学家，也是唐代中晚期著名诗人，有"诗豪"之称。

刘禹锡出身在一个世代以儒学相传的书香门第的家庭。政治上主张革新，是王叔文派政治革新活动的中心人物之一。贞元九年（793年）进士。贞元末任监察御史时，与柳宗元等人参与了由王叔文、王伾领导而很快宣告失败的革新活动，因此被贬为朗州司马，此后长期在外地任职。据湖南常德历史学家、收藏家周新国先生考证刘禹锡被贬为朗州司马其间写了著名的"汉寿城春望"。至大和二年（828年）才回到长安，先后任主客郎中、集贤殿学士。此后又曾出外任苏州、汝州刺史，继而迁太子宾

晚唐最为著名的小杜是谁？

杜牧（803-853年），字牧之，京兆万年（现在的陕西西安）人。唐文宗大和二年进士，历任监察御史，黄州、池州、睦州等地刺使，以及司勋员外郎、中书舍人等职。杜牧有政治理想，但由于秉性刚直，屡受排挤，一生仕途不得志，因而晚年纵情声色，过着放荡不羁的生活。杜牧的诗、赋、古文都负盛名，而以诗的成就最大，与李商隐齐名，世称"小李杜"。其诗风格俊爽清丽，独树一帜。尤其擅长七言律诗和绝句。

杜牧出身于官宦世家，他的祖父杜佑既是大官又是学者，著作颇丰。这种世家的出身一直是小杜引以为自豪的事情，他在诗中言道："我家公相家，剑佩尝丁当。旧第开朱门，长安城中央。第中无一物，万卷书满堂。家集二百编，上下驰皇王。"这一世家传统无疑对他的影响是极大的，使他常以天下为己任，特别喜欢引古论今地给当政者写信议论政治、军事、经济，用他的话说就是"平生五色线，愿补舜衣裳"，就像上梁山的好汉们时常挂在口头的一句口号："学成文武艺，卖与帝王家。"可惜这一切也不过是他的书生意气，当权者并不采纳他的那些纸上谈兵式的乱谈。所以他的仕途也并不是太顺利，26岁中了进士以后的十年时间里，大多在幕府中沉沦下僚，直到四十岁才做了个州官。因而他的心里常常又充斥着一种心灰意懒的情绪，无可奈何之余也只好以一咏一觞，歌儿舞女来打发生活了。他那种"十年一觉扬州梦"的放浪形骸，与"嗜酒好睡，其癖已痼"的懒散颓唐，和

★刘禹锡像

客。有《刘梦得文集》。

世称柳河东的唐代文学家是谁？

柳宗元（773-819年），字子厚，河东解（现在的山西运城）人，世称"柳河东"，我国唐朝著名的文学家，与唐代的韩愈、宋代的欧阳修、苏洵、苏轼、苏辙、王安石和曾巩，并称"唐宋八大家"。一生留诗文作品达600余篇，其文的成就大于诗。

柳宗元与刘禹锡同年中进士，又一起参加永贞革新，失败后先贬永州，后贬柳州。他的遭遇比刘禹锡更不幸，一直到元和十四年，这种贬斥的厄运还没有离开他。而当唐宪宗因裴度的请求下诏召回他的时候，他却与世长辞了，年仅四十七岁。著有《柳河东集》。

他先前那种以天下为己任的雄心合起来，正好是一个完整的杜牧。

忧郁之中的玉溪生是谁？

李商隐（813-858），字义山，号玉溪生，比杜牧小十岁，怀州河内人（今河南沁阳）。虽然他自称是帝胄之后，但实际上早已家道败落，只不过和大唐皇帝共姓一个"李"字而已。李商隐幼时是"四海无可归之地，九族无可倚之亲"。他只能苦苦地奋斗，力争从科举得到一个出人头地的机会，所以杜牧式的自豪与他是无缘的，倒是时常有一种自卑与自负扭曲而成的心理充斥着他的心灵。因此，他一方面对政治倾注了极大的热情，一方面又感到愤慨与失望，像《贾生》中"可怜夜半虚前席，不问苍生问鬼神"，就是他怀才不遇的感慨，《安定城楼》中的"永忆江湖归白发，欲回天地入扁舟"，就是他自嘲的哀叹。入世不得，出世也不得，正是他忧郁的来源。作为一个不挣扎就没有地位的文人，他不可能像杜牧那样陶醉于自我，因此他的性格就无法像杜牧那样爽朗开阔，反而时时陷入难以排解的忧郁之中。

春风不度玉门关的作者是谁？

王之涣（688-742），是盛唐时期的诗人，字季陵，祖籍晋阳（现在的山西太原），其高祖迁今山西绛县。豪放不羁，常击剑悲歌，其诗多被当时乐工制曲歌唱，名动一时，常与高适、王昌龄等相唱和，以善于描写边塞风光著称。因为史料的关系，后世对王之涣身世所知甚少，但他作为一个名诗人，却几乎尽人皆知。他那首脍炙人口的《凉州词》，即"黄河远上白云间，一片孤城万仞山。羌笛何须怨杨柳，春风不度玉门关"，历代被人们广为传诵，被章太炎先生称为"绝句之最"。《登鹳雀楼》中的"欲穷千里目，更上一层楼"，更为千古名句。王之涣的诗流传下来的甚少，今可见者只有六首。而此六首，确为我国古典文学宝库的精华，足使王之涣诗名与宇宙共存。如此有才华之人，可惜终不见用，天也不假其年。这也是一切有才华的正直知识分子的常见结局。

被称为"温八叉"的唐代文学家是谁？

温庭筠（约812-866年），本名岐，字飞卿，世居太原，是晚唐著名的诗人、词家。也是当时作词最多，对后世长短句的发展影响极大的词人之一。唐初宰相温彦博之后裔，《新唐书》与《旧唐书》均有传。年轻时苦心学文，才思敏捷。晚唐考试律赋，八韵一篇，据说他叉手一吟便成一韵，八叉八韵即告完稿，时人亦称为"温八叉"或"温八吟"。诗词兼工，诗与李商隐齐名，并称"温李"；词与韦庄齐名，并称"温韦"。

温庭筠虽然甚有才思，少年有志。然而，仕途上却并不得意。从28岁到35岁的八年之中，他屡屡应试，屡屡不第，尤其是最后一次应试，因其恃才傲物，讥讽权贵，触犯上司，被诬为"有才无行"，再次名落孙山，以至于一生都未能得中进士。

死于牵机毒的李后主是谁？

李煜（937年-978年）是历来大家比较熟悉的南唐词人，他是李璟的儿子即李后主，字重光，是五代最有成就的词人，也是整个词史上一流的大家。他洞晓音律，工书善画，尤善于作词。李煜虽生于帝王之家却没有帝王之志，登上国主之位，却无国主之行。他的性格根本不合适做政治家，而南唐的军事力量也根本不能与宋相提并论，所以他在二十五岁当了国君以后，为了苟安于一隅之地，甘愿年年向宋朝称臣纳贡。当他三十九岁时，南唐被宋所灭，已经投降的李煜也被押到汴京，开始了半是俘虏、半是寓公的生活，过了两年多最终被宋太宗用毒药杀死。

做过南唐中主宰相的五代词人是谁？

冯延巳（903-960年），又名延嗣，字正中，五代广陵（现在的江苏扬州）人，做过南唐中主的宰相。他也是一个五代比较有代表性的词人，对词的发展做出了一定的贡献，对北宋初期的词人有比较大的影响。宋初《钓矶立谈》评其"学问渊博，文章颖发，辩说纵横"，其词集名《阳春集》。

冯延巳的词介乎晚唐五代花间词风与北宋词风之间，不少作品也带有浓艳色彩。"金笼鹦鹉"、"玉箸双垂"之类的语辞也还经常出现，但他也还是有进步的，那就是他的词风已开始向清新流畅、深婉含蓄的方向转变。后来北宋重要词人欧阳修、张先、晏殊都曾受他的影响。

南唐第二代国君词人是谁？

李璟（916-961年），字伯玉，原名李景通，徐州人，是南唐第二代国君，他在治国方面虽软弱无能，但其文艺修养比较高，词也写得很好，在他周围曾聚集了徐铉、韩熙载、冯延巳等文才之士。可惜他传世的作品很少，其中最出色的一首是《浣溪沙》。这首词刻画了了一个面对秋景触景生情思念丈夫的妇女的艺术形象。反映了封建统治阶级精神空虚，表现了南唐国势日衰的情势。

被称为"王黄州"的宋代文学家是谁？

王禹偁（954-1001年），字元之，汉族，巨野（现在的属山东）人，宋代诗人、散文家。宋太宗太平兴国八年（983年）进士，当过翰林学士，三任知制诰，

★王禹偁

又三次受黜外放，晚年曾被贬官于黄州，故又称"王黄州"。出身较贫寒，有《小畜集》。

他为人刚直，怀有来自儒家传统的政治伦理观和正直士大夫的强烈社会责任感，敢于发表自己的观点。他自称要"兼磨断佞剑，拟树直言旗"（《谪居感事》），在第三次遭贬斥于黄州时，还是很不服气地寄诗给当权者道："未甘便葬江鱼腹，敢向台阶请罪名。"

世称宛陵先生的北宋现实主义诗人是谁？

梅尧臣（1002-1060年），字圣俞，汉族，宣城人，世称宛陵先生，北宋著名现实主义诗人。当过尚书都官员外郎，后人因此称他为"梅都官"，又以宣城之古名，称之为"梅宛陵"。有《宛陵先生义集》。

梅尧臣初试不第，以荫补河南主簿。50岁后，于皇祐三年（1051）才被宋仁宗召试，赐同进士出身，为太常博士。后因欧阳修推荐，为国子监直讲，累迁尚书都官员外郎。曾参与编撰《新唐书》，并为《孙子兵法》作注，所注为孙子十家著之一。有《宛陵先生集》60卷，有《四部丛刊》影明刊本等，现仅存词二首。

大力支持范仲淹的苏子美是谁？

苏舜钦（1008-1048年），字子美，开封人，北宋诗人，曾任县令、大理评事、集贤殿校理、监进奏院等职。据说因支持范仲淹的庆历革新，被人借故诬陷，罢职后闲居苏州。后来复起为湖州长史，但不久就病故了。他与梅尧臣齐名，人称"梅苏"。有《苏学士文集》。

苏舜钦在对诗歌的政治作用的认识上，与梅尧臣是一致的。他大力赞扬穆修等人"任以古道"，石曼卿的诗能"警时鼓众"，而严厉批评"以藻丽为胜"的文学风气。而且如前面所说，他还提出过"文之生也害道德"颇为极端的意见。实际上苏舜钦为人性格偏于豪放开张，并不带有道学家的气息，他的这些主张与他在仕途上积极进取的欲望有重要的关系。

代表宋代散文的醉翁是谁？

宋代散文代表人物之一欧阳修字永叔，号醉翁，晚年又号六一居士，庐陵（现在的江西吉安）人。著有《新五代史》、《归田录》、《六一居士集》，又与宋祁等修纂《新唐书》。其天下金石之

★欧阳修像

刻无所不阅，从而品藻，凡周汉以来金石遗文，断简残编，掇拾异同，辑成《集古录》十卷，是开创金石学的先导人物。喜探讨评论古今书，书论代表作有《论南北朝书》、《论仙篆》、《六一题跋》、《集古录跋尾》等。后人编次其诗文为《欧阳文忠公集》。

欧阳修一生写了500余篇散文，各体兼备，有政论文、史论文、记事文、抒情文和笔记文等。他的散文大都内容充实，气势旺盛，具有平易自然、流畅婉转的艺术风格。叙事既得委婉之妙，又简括有法；议论纡徐有致，却富有内在的逻辑力量。章法结构既能曲折变化而又十分严密。

来自乌程的张子野是谁？

张先（990-1078年），字子野，乌程人，天圣八年（1030年）进士，曾任吴江知县。晏殊当京开封府尹时，聘他任通判，后历官至都官郎中。有《张子野词》。他与晏殊交情很深，词作的题材也与晏殊相似。不过由于他生性浪漫，其词内容大多反映士大夫的诗酒生活和男女之情，对都市社会生活也有所反映，语言也较工巧。在宋代词人中，张先较早、较多地写了长调的词，其中以慢词为多，如《破阵乐》、《谢池春慢》、《剪牡丹》、《山亭宴慢》、《卜算子慢》等。

子承父志著有《鹧鸪天》的小山是谁？

晏几道（约1030-约1106年），字叔原，号小山，晏殊之子。有《小山词》。晏氏父子均以词盛名，合称"二晏"。晏几道虽是晚一辈的词人，但他的词风与其父及张先、欧阳修诸人相似，也是值得称道的。其词精巧流丽，情调感伤。有《小山词》，存250多首。名作有《临江仙·梦后楼台高锁》、《鹧鸪天》、《蝶恋花》等，境小意浓，精致流丽，别有一番深婉柔情。

第一个专心作词的词人是谁？

柳永（约987-1053年），原名三变，字耆卿，福建崇安（一作乐安）人。因排行第七，又称柳七。北宋词人，婉约派最具代表性的人物之一，代表作《雨霖铃》。

宋仁宗朝进士，官至屯田员外郎，世称柳屯田。他又做过余杭令，昌国州晓峰盐场大使，监督制盐，因此深知贫苦盐民的悲惨生活。他的《煮海歌》说他们终年"周而复始无休息，官租未了私租逼。驱妻逐子课工程，虽做人形俱菜色"。他的诗流传下来的不多，只有两三首。但柳永的创作了大量的词，佳作颇多，是第一个专心作词的词人，他自称"奉旨填词柳三变"，以毕生精力作词，并以"白衣卿相"自许。

堪称全才的"东坡居士"是谁？

苏轼（1037-1101年），字子瞻，又字和仲，号"东坡居士"，世人称其为"苏东坡"，北宋眉州眉山人，是宋代（北宋）著名的文学家、书画家、词人、诗人，美食家，唐宋八大家之一，豪放派词人代表。其诗、词、赋、散文成就均极高，且善书法和绘画。其散文与欧阳修并称欧苏；诗与黄庭坚并称苏黄；词与辛弃

疾并称苏辛；书法名列"苏、黄、米、蔡"北宋四大书法家之一；其画则开创了湖州画派。他与他的父亲苏洵、弟弟苏辙皆以文学闻名于世，世称"三苏"；与汉末"三曹父子"（曹操、曹丕、曹植）齐名。且苏轼与唐代的韩愈、柳宗元和宋代的欧阳修、苏洵、苏辙、王安石、曾巩合称"唐宋八大家"。

来自济南的易安居士是谁？

李清照（约1084-约1155），济南章丘人，号易安居士。宋代女词人，婉约派代表。生于书香门第，在家庭熏陶下小小年纪便文采出众。对诗词散文书画音乐无不通晓，以词的成就最高。词清新委婉，感情真挚，且以北宋南宋生活变化呈现不同特点。18岁嫁给赵明诚。早年夫妻恩爱，晚年境遇孤苦，凄凉悲惨。其词早年多写自己悠闲生活和幸福爱情。晚年则多写国破家亡的悲伤与哀思，令人不忍卒读。有《易安居士文集》等传世。代表作有《声声慢》、《一剪梅》、《如梦令》等。其文学创作具鲜明独特的艺术风格，居婉约派之首，对后世影响较大，称为"易安体"。

力主抗金的杨廷秀是谁？

杨万里（1127-1206年），字廷秀，号诚斋，江西吉水人。南宋杰出的诗人，汉族人。一生力主抗金，与范成大、陆游等合称南宋"中兴四大诗人"，有《诚斋集》。绍兴二十四年（1154年）进士，历任太常博士、宝谟阁直学士等职。韩侂胄当政时，因政见不合，隐居十五年不出，最后忧愤成疾而终。

石湖居士是谁？

范成大（1126-1193年），字致能，号石湖居士，吴郡（现在的江苏吴县）人。他与杨万里年龄相仿，都是在北宋灭亡前后出生的，又同在绍兴二十四年中进士，他与杨万里、陆游、尤袤合称南宋"中兴四大诗人"。不过范成大在仕途上更为得志，做到参知政事，晚年退职闲居。有《石湖居士诗集》。

现存诗最多的放翁是谁？

陆游（1125-1210年），字务观，中年自号放翁，山阴人（今浙江绍兴）。南宋爱国诗人，著有《剑南诗稿》、《渭南文集》等数十个文集存世，自言"六十年间万首诗"，今尚存九千三百余首，是我国现有存诗最多的诗人。

在靖康元年（1126年）金兵南侵前后，陆游的父亲陆宰被免职，带着家眷南归故乡，侥幸地逃过了那一场大劫难。但北宋王朝覆灭的耻辱，却深深地铭刻在当日每一个怀有民族自尊感的士大夫心中。据陆游《跋傅给事帖》说，绍兴初年他刚懂事时，经常看到长辈们"相与言及国事，或裂眦嚼齿，或流涕痛哭，人人自期以杀身翊戴王室，虽丑裔方张，视之蔑如也"。陆游在这样一个时代、社会和家庭氛围中，从小就受到了一种民族意识的熏陶。

成年后的陆游，生活道路大致可以分为三个阶段：从绍兴十四年（1144年）到乾道五年（1170年）为第一阶段；从乾道六年（1170年）到淳熙五年（1178年）

是第二阶段；从淳熙五年到去世是第三阶段。

代表南宋豪放派的幼安是谁？

辛弃疾（1140-1207），字幼安，号稼轩，历城（现在的山东济南）人。南宋主战派人物，受主和派打击，长期落职闲居江西上饶、铅山，与陆游成为好友。陆诗辛词，南宋文坛双璧。晚年一度被起用。其词抒写力图恢复国家统一的爱国热情，倾诉壮志难酬的悲愤，谴责当政者的屈辱求和，兼有歌咏祖国大好河山，反映人民生活。风格多样，豪放为主。与苏轼并称"苏辛"。在苏词基础上进一步"以文为词"。有《稼轩长短句》，存词630余首。传世名作有《永遇乐·京口北固亭怀古》、《破阵子·为陈同甫赋壮词》、《水龙吟·登建康赏心亭》、《菩萨蛮·书江西造口壁》等。辛派词人所留下的词作，是中华民族思想艺术宝库中不可多得的财富。

著有《沧浪诗话》的南宋诗人是谁？

严羽，字仪卿，号沧浪逋客，邵武（现在的福建邵武县）人，南宋诗论家、诗人，一生未仕。他在诗歌创作方面虽然没有很突出的成就，但他的《沧浪诗话》却是一部极重要的诗歌理论著作。此书分"诗辨"、"诗体"、"诗法"、"诗评"和"考证"五部分，其中以第一部分为核心。严羽论诗立足于它"吟咏性情"的基本性质，而《福建文苑传》亦以"扫除美刺，独任性灵"

总括严氏诗论。全书完全不涉及诗与儒道的关系及其在政治、教化方面的功能，而只是单纯地重视诗的艺术性和由此造成的对人心的感发，这与理学家的文学观恰成对立。

誓死不降元文山是谁？

文天祥（1236-1283年），字宋瑞，别号文山，庐陵（今江西吉水）人，南宋民族英雄。20岁中进士第一名，官至右丞相兼枢密使。蒙古大军进逼临安时，他出使谈判，被无理扣押。后脱险南逃，组织义军力图恢复失地，再度因兵败被俘，押到大都被囚禁四年。尽管忽必烈一再威胁利诱，他宁死不屈，从容赴义，生平事迹被后世称许，与陆秀夫、张世杰被称为"宋末三杰"。有《文山先生全集》。

作品被称为"宋亡之诗史"的南宋作家是谁？

汪元量，字大有，钱塘人，南宋末诗人、词人。他是供奉内廷的琴师，元灭宋后，出于对南宋朝廷的忠心，随六宫到燕京，晚年请为黄冠道士，自号水云，又南归钱塘，不知所终。汪元量的特殊经历，使他对由于国家的覆亡所带来的耻辱有他人所不及的痛切感受，所以他创下了不少感慨深沉的作品。尤其是《醉歌》十首、《越州歌》二十首、《湖州歌》九十八首，采用七绝联章的形式，每一首写一事，组合成相互衔接的流动画面，分别记叙了南宋皇室投降的情形、元兵蹂躏江南的惨状，和他北上途中所见所闻，广泛地反映了南宋亡国前后的历史，因此有"宋亡之诗史"

之称。

做文章为萧皇后辩诬的辽代散文家是谁？

王鼎，涿州人，曾任翰林学士，今存文七篇，其中三篇属寺庙塔桥记，叙事清楚，层次分明，语言流畅。又有《焚椒录序》，为萧皇后辩诬，作于贬所。由于是自己的亲身感受，与一般客观评论不同。其中说："鼎观懿德之变，固皆成于乙辛。然其始也，由于伶人得入宫帐；其次则叛家之婢，使得近左右。"乙辛固"凶残无比"，宫中制度亦疏而不密。儒臣遇大事不诤谏，"亦昧心声"。皇后本人好音乐，能诗画，如果不写《回心院》那样的曲子词，也不至于取祸。文章有反证，也有分析，从多角度的全面其剖析原因，颇具说服力，不像乙辛密奏那样纯粹一面之词。

自称闲闲老人的金朝文学家是谁？

赵秉文（1159-1232年），字周臣，号闲闲居士，晚年称闲闲老人，磁州釜阳（现在的河北磁县）人，金朝著名学者。他是进士出身，官至礼部尚书兼侍读学士，主盟文坛多年，被当时人誉为"今之韩欧"。传世有《滏山集》。

其杂记如《磁州石头桥记》、《寓乐亭记》，雍容博大，气魄雄浑，颇见功力之深，但也留有一些模仿宋人的痕迹。

号滹南遗老的金代文学家是谁？

王若虚（1174-1243年），字从之，号滹南遗老，河北藁城人。早年尽力于学，以其舅周昂和古文家刘中为师。章宗承安二年（1197）中进士，累官至翰林学士，金亡后不仕。他是著名的文学理论家，有《滹南遗老集》、《文辩》、《滹南诗话》等专著。

王若虚主张"凡文章须典实过于浮华，平易多于奇险，始为知本末。世之作者，往往致力于其末，而终身不返，其颠倒甚矣。"其杂文言简意赅，往往针对时弊而发。此外，王若虚的其他文章如《门山县吏隐堂记》，借更改堂名，宣泄心中牢骚，语言平淡而富于情感。《恒山堂记》写景甚有文采，抒情更是贴切得体。

被称为遗山先生的金代文学家是谁？

元好问（1190-1257年），号遗山，世称遗山先生，山西秀容人。从小受到很好的义化教养，进士出身，官至尚书省左司员外郎。金亡后不仕，从此便以著述为己任。他的诗文创作有《遗山集》，诗歌评论有《论诗三十首》，曾辑集金代诗歌总集为《中州集》，执文坛牛耳近30年，被推崇为金代第一大散文家。他的散文今存250多篇，众体皆备，以碑铭记序居多。师法欧苏，委婉自然、平易畅达。元好问还有其他一些文章，如《崔府君庙记》、《济南行记》、《送高雄飞序》、《邓州新仓记》、《西山行记》，都各具特色。而其中突出特点在于能在记事中引发议论，能对古老命题开掘新义，提出己见，展示个性。不过也有些文章"往往以空议冠首，多宋人理学腐语"，行文不免"重滞平衍"。"往往不注意剪裁，又不免显得累赘，有些文章过于质朴，读起来味道不浓，这些都是遗山文的不足。"

第二章　创造了璀璨文学的大家

代表婉约派的秦少游是谁？

秦观（1049-1100年），字少游，一字太虚，号淮海居士，高邮（现在江苏高邮）人。词风委婉含蓄，多写男女情爱和人生惆怅，感伤柔弱，凄婉动人，悱恻缠绵之至极。有《淮海词》传世。代表作有《鹊桥仙》、《踏莎行》、《浣溪沙》等，其中《浣溪沙》小巧精致，含蓄微妙，清丽淡雅，赋予了景物细腻的主观感情色彩，婉约极致，堪称婉约派词的典范。

西昆体的代表作家有哪些？

李商隐一派的诗歌风格，在宋初也有人效仿。一些高级官僚出身的文人，将文学作为显示自己才学和身份的工具，在唱酬应和时往往就会创作一些多用典故、深婉绮丽的诗篇，在表面特征上很容易看出其是在向李商隐诗的方向靠拢。宋太宗时，姚铉以一首《赏花钓鱼侍宴应制》赢

★杨亿

得太宗的重赏，为时人所羡，所以这种诗在当时的上层社会有相当大的影响。到真宗时期，以杨亿（974-1021年）、刘筠（971-1031年）、钱惟演（977-1034年）为首的一批馆阁诗人，创下了大量的辞采华丽、属对精工的诗篇，彼此唱和应酬，一起编入《西昆酬唱集》，西昆源由此得名，并且促使这种诗风进一步流行起来。

词人、音乐人双重身份的白石道人是谁？

姜夔（约1155-约1221），字尧章，号白石道人，饶州鄱阳（现在的江西鄱阳）人。词人兼音乐家。上承周邦彦，下开格律词派，以洒脱清空的语言抒写凄怆哀婉的怀抱，风流儒雅，空灵蕴藉，但内涵虚弱。他有幅诗意画，诗云："自制新词韵最娇，小红低唱我吹箫。曲终过尽松溪路，回首烟波十四桥"，既是其人生写照，也是其诗词品格。名作为《暗香·旧时月色》和《疏影·苔枝缀玉》，扑朔迷离。又有《扬州慢·淮左名都》和《杏花天影·绿丝低拂鸳鸯浦》等。传世《白石道人歌曲》存词80多首，多自度曲，是现存宋人词集中仅见的完整词曲谱，是迄今为止研究宋代词乐的最宝贵的资料。

一部《西厢记》天下夺魁的元曲作家是谁？

王实甫，名德信，大都人，《录鬼簿》列为"前辈已死名公才人"而位于关汉卿之后，据此推断他大约与关汉卿同时或稍后。

从贾仲明对他的吊词来看，他好像是一个混迹于教坊勾栏的风流落拓的文人，

49

"作词章风韵美，士林中等辈伏低"，在当时有很高的声望。王实甫的剧作，见于载录的有十三种。现存的除《西厢记》外，尚有《丽春堂》和《破窑记》。《丽春堂》写金章宗时丞相完颜乐善仕途沉浮的故事；《破窑记》写吕蒙正始贫终富过程中与刘月娥的曲折的婚姻，成就都不太突出。另外，《贩茶船》和《芙蓉亭》二剧各存一折曲文。可以说王实甫是以一部《西厢记》而"天下夺魁"的。

漂流南北十五年的元曲四大家是谁？

白朴，原名恒，字仁甫，后改名朴，字太素，号兰谷，终身未仕。他是元代著名的文学家、杂剧家，元曲四大家之一。

其父白华，曾任金朝枢密院判官，又是著名文士。白朴出生不久，金王朝被蒙古所灭。其幼年过着颠沛流离的生活，母亲也死于战乱中。长成后，家世沦落，郁郁不欢，对仕途毫无兴趣，几次拒绝了官员的荐举，漂流大江南北十五年之久。五十五岁时定居金陵。在他的词和散曲中，常表现出故国之思、沧桑之感和身世之悲，情调凄凉低沉。

有"曲状元"之称的元曲四大家是谁？

马致远，字千里，晚号东篱，汉族，大都人，以示效陶渊明之志。他的年辈晚于关汉卿、白朴等人，生年当在至元（始于1264年）之前，卒年当在至治改元到泰定元年（1321-1324年）之间。曾任江浙行省务官。他是我国元代著名的大戏剧家、散曲家。

马致远从事杂剧创作的时间很长，名气也相当大，有"曲状元"之誉。他的作品见于著录的有十五种，今存《汉宫秋》、《岳阳楼》、《荐福碑》、《陈抟高卧》、《任风子》、《青衫泪》六种，另有《黄粱梦》，是他和几位艺人合作的。

以《倩女离魂》而著名的元曲四大家是谁？

郑光祖，生卒年不详，字德辉，平阳襄陵人（今山西临汾附近）。《录鬼簿》说他"以儒补杭州路吏，为人方直，不妄与人交"，"名香天下，声振闺阁，伶伦辈称郑老先生"。他是元代著名的杂剧家和散曲家，所作杂剧在当时"名闻天下，声振闺阁"，周德清在《中原音韵》把他与关汉卿、白朴、马致远并列，后人称为"元曲四大家"。剧作可考者有十八种，今存八种：《倩女离魂》、《梅香》、《王粲登楼》、《三战吕布》、《周公摄政》、《伊尹耕莘》、《老君堂》、《智勇定齐》。其中，《倩女离魂》最著名。

自号菜根道人的元代戏曲家是谁？

高明，（约1305-1359年），字则诚，自号菜根道人，温州瑞安人，元代戏曲作家。他出身于书香门第，是理学家黄溍的弟子。至正五年中进士后，先后任处州录事、江浙行省椽吏、浙东阃幕（统帅府）都事、福建行省都事等职，为官清廉，官声颇佳。晚年隐居于宁波城东的栋社，以词曲自娱。另有少量诗文传世。

从高明的诗文中，可以看到他对仕途险恶的深刻认识和对田园生活的无限留恋，以及对民间疾苦的深入了解和同情。另外，他还创下了一些表彰孝子节妇的诗文。通过宣扬儒家传统道德来纠正"恶化"的风俗和调和社会矛盾，构造了一种理想的社会，也是他创作《琵琶记》的基础。在《琵琶记》的开场词中，作者批评一般的戏剧"少甚佳人才子，也有神仙幽怪，琐碎不堪观"，又宣称"不关风化体，纵好也枉然"，表明他有意识地利用戏剧作为道德教化的工具。但在这前提下，他也触及了一些较为深刻的社会问题。

元末明初的湖海散人是谁？

罗贯中（约1330—约1400年），汉族，名本，字贯中，号湖海散人。他是元末明初著名小说家、戏曲家，是中国章回小说的鼻祖。罗贯中的一生著作颇丰，小说有《隋唐两朝志传》、《残唐五代史演义》、《三遂平妖传》、《粉妆楼》等，其中《三国演义》是最具代表性的作品。此外，他还是一位杂剧作家，剧作存目三种，今传《赵太祖龙虎风云会》；传世的《隋唐志传》、《三遂平妖传》、《残唐五代史演义传》，也是罗贯中剧作。因此，他在文学史上占据着极高的地位。

中国第一部白话文章回小说作者是谁？

施耐庵（1296-1371年）元末明初的小说家，字肇瑞，号子安，别号耐庵，兴化白驹场人（现在的属江苏）。祖籍福建泉州市，住苏州阊门外施家巷，后迁居当时兴化县白驹场（现在江苏省大丰市白驹镇）。他根据民间流传的宋江起义故事，写了长篇古典小说《水浒传》。《水浒传》是中国历史上第一部用白话文写成的章回小说，是中国四大名著之一。

《水浒传》的艺术成就，最突出地表现在英雄人物的塑造上。全书巨大的历史主题，主要是通过对起义英雄的歌颂和对他们斗争的描绘中具体表现出来的。因而英雄形象塑造的成功，是作品具有光辉艺术生命的重要因素。在《水浒传》中，至少出现了一二十个个性鲜明的典型形象，这些形象有血有肉，栩栩如生，跃然纸上。

号射阳山人的明代小说家是谁？

吴承恩（约1500-约1582年），字汝忠，号射阳（今江苏淮安）山人，淮安山阳人，明代杰出的小说家。博学多才，幽默诙谐，在仕途上却极不得意，中年以后才补为岁贡生，当了一个小官，不久后他便辞官归隐，以卖文为生。在以后的归隐期间，吴承恩对以前取经故事进行了改造，冲淡了故事原有的宗教色彩，丰富了故事的现实内容，并将思想的时代特征深深地融入了小说之中。他把"大闹天宫"的故事作为小说的开篇，突出孙悟空的中心地位，又把许多人们熟知的神话传说有机地组织起来，用幽默、讽刺的笔调进行描写、渲染，赋予了小说崭新的艺术风格。

元末明初的宋潜溪是谁？

宋濂（1310-1381年），字景濂，号潜溪，浦江人，元末明初文学家，与宋濂与高启、刘基并称为"明初诗文三大家"。曾受业于浙东大儒吴莱、柳贯、黄

潜。元末隐居于乡里，一度信奉道教。至正二十年（1360年）为朱元璋所征召，明开国后为《元史》总裁，官至翰林学士承旨、知制诰，曾被明太祖朱元璋誉为"开国文臣之首"。后因其孙宋慎受胡惟庸一案牵连，全家谪徙茂州，途中病死于夔州。有《宋学士文集》。

辅佐朱元璋开创明朝的刘伯温是谁？

刘基（1311-1375年），字伯温，汉族，青田（现在属浙江）人。元末进士，至正二十年与宋濂同为朱元璋所召，后成为开国功臣，封诚意伯（因此人们又称他为刘诚意），官至御史中丞。刘基也是一位儒者，他的文学思想与宋濂大致相近。但也有不同之处：刘基在学术方面涉猎广泛，个性又慷慨豪迈，所以思想不那么拘谨，理学家的气息较淡。而且，他的诗文大多作于元末，还没有受到明初那种高压环境的压迫，因此体现更多的是传统儒学中积极的因素，表现了对社会政治、民生疾苦的关怀以及个人追求功名的愿望。他的散文以短篇寓言著称。《郁离子》中"楚有养狙以为生者"一章提出以"术"欺民而不能以"道"治民者必败；《卖柑者言》讽刺元末身居庙堂高官"金玉其外，败絮其内"，思想都很尖锐。不过，由于刘基的寓言主要是为了借故事论说政治方面的道理，因此在文学性方面注重较少。

以台阁大臣的身份改革台阁体的作家是谁？

李东阳（1447-1516年），以台阁大臣的身份主持诗坛，他对当时的诗歌创作进行了一些变革。他论诗，一是强调宗法杜甫，一是比前人更多重视诗歌语言的艺术。在其《怀麓堂诗话》中，比较细致地分析了诗歌的声律、音调、结构、用字等方面的问题。这看起来好像是细枝末节的议论，实际上对恢复诗歌的抒情功能却有一定的效用。但李东阳的努力仅仅局限于写法的研究和模仿上，终究没有走出内容平淡、格调庸俗的怪圈。真正扭转"台阁体"这股逆流之风的是于谦。

以《石灰吟》表明心迹的明代廉吏文学家是谁？

于谦（1398-1457），他是一个有名的民族英雄，也是一个忧民的诗人。他的《荒村》描写的是农民为了交纳粮租而沦落到卖儿卖女，而地方官却为了讨好上司隐瞒灾情，其中已暗含了对这些毫无人性的官吏们的抨击。又如他的《石灰吟》歌颂石灰历经磨难永不变质的坚韧精神，表现了自己不畏艰难、坚贞不屈、甘为民众的利益牺牲自我的高尚气节。于谦的这种种努力，在扭转"台阁体"这股文学逆流起到了重大的作用。

玉壶道人和周宪王是谁？

李唐宾，生卒年均不详，号玉壶道人，广陵人。官淮南省宣使，曾与贾仲明交厚且久。"衣冠济楚，人物风流，文章乐府俊丽"（《录鬼簿续编》）。明·朱权《太和正音谱》评其词"如孤鹤鸣皋"。所作杂剧有《梨花梦》、《娇红记》、《梧桐叶》三种。今存的《娇红记》，是一部伟作。

朱有燉（1379-1439年），号诚斋，明太祖之孙，袭封周王，谥"宪"，故世称周宪王，中国明代杂剧作家。

著有《空同集》的李献吉是谁？

李梦阳（1473-1530年），字献吉，号空同子，汉族，庆阳人。明代中期文学家，复古派前七子的领袖人物。他工书法，得颜真卿笔法，精于古文词，提倡"文必秦汉，诗必盛唐"，强调复古。其书法著作《自书诗》结体方整严谨，不拘泥规矩法度，学卷气浓厚。有《空同集》。

李梦阳的一些诗文中对商人善于牟利的才能颇为赞许，大概与其家庭的情况有关。弘治六年（1493年）中进士后，他为官刚劲正直，敢于同权宦、皇戚作对，以至屡次入狱。

吴中四才子是如何形成的？

在明中期文学复兴时，在北方以李、何为代表的文学流派崛起时，在南方的"吴中四才子"也渐成气候。"四才子"主要代表有祝允明、唐寅、文徵明和徐祯卿。其中徐祯卿于弘治末进士及第后，在北京加入李、何为首的文学群体，成为"前七子"之一。"四才子"与"前七子"的基本方向是一致的——反宋儒理学、要求人性解放、重视"古文辞"自身的价值，正表明当时社会思潮出现了一种整体性的骚动。而徐祯卿加盟李、何的群体，恰好体现南北文学潮流有汇合的趋势。

玩世不恭的桃花庵主是谁？

唐寅（1470-1524年），字伯虎，一

★唐寅像

字子畏，号六如居士、桃花庵主等，吴县人。他玩世不恭而又才气横溢，诗文擅名，与祝允明、文徵明、徐祯卿并称"江南四才子"，画名更著，与沈周、文徵明、仇英并称"吴门四家"。

唐寅少年时已"漫负独名"（《国宝新编·唐寅传》）。其家世代为商人，他是这个家庭中第一个选择读书求仕道路的人。弘治年间中乡试第一名。正当他于功名踌躇满志时，却因在会试中被牵连进一桩科场舞弊案，被逮下狱，继遭罚黜，从此与仕途诀别。归吴中后以卖画为生，过着"益放浪名教外"的生活。这一命运的转折造成他文学创作前后不同的风貌。

明四家之中的名门之后是谁？

文徵明（1470-1559年），原名壁，字徵明，后更字徵仲，因先世为楚人而号衡山，江南长洲（现在的苏州市）人。生于明宣宗成化六年，五十四岁那年，由岁贡荐举特授翰林院待诏，不到三年而辞

归。博雅多能，尤长于书画，主吴中风雅之盟三十余载;书画与沈周、唐寅、仇英并称为"明四家"，诗词文均有可观，然大抵为书画所掩。

徵明词刚开始并未做专门的收集，直到嘉靖年间俞宪刻《盛明百家诗》，将其收入《文翰诏集》，其中诗九十七首，词九首。另外还有《甫田集》三十五卷本，未收词。今人综合各本，编为《文徵明集》。

来自昆山的震川是谁？

归有光（1507-1571年），字熙甫，又字开甫，别号震川，又号项脊生，江苏昆山人，明代散文家，是"唐宋八大家"与清代"桐城派"之间的桥梁，被称为"唐宋派"。有《震川集》、《三吴水利录》等。

归有光是嘉靖进士，官长兴今，南京太仆寺丞。他因场屋不利，出仕较晚，在文坛带来的影响比唐顺之、王慎中等人要迟，他所批评攻击的对象，也主要是嘉靖后期声势煊赫的"后七子"。归有光既对文学复古的主张不满，对模拟的文风更是采取强烈的批评态度，为文主张根于六经，宣扬道德。

后七子之中成就最高的是谁？

王世贞（1526-1590年），字元美，号凤洲、弇州山人，江苏太仓人。嘉靖二十六年（1547年）进士，授刑部主事。严嵩当权期间，其父王忬因疏失职事，被处决，遂弃官家居。隆庆初，复出仕，历官浙江右参政、山西按察使、南京刑部尚书等。有《弇州山人四部稿》等。他是后七子之中才学最富、成就最高的一位。

王世贞的《艺苑卮言》是一部相当受人们重视的文学批评著作。在这本著作中，他建立了一种以形式批评为中心的、具有系统性的理论，丰富了中国古代的文艺学。他的理论虽包含崇古的偏见，但也有很多精辟的看法。譬如他强调"有物有则"，即文学有其自身的法则，离开了法则就谈不上文学。

因为清兵破绍兴绝食而死的小品作家是谁？

王思任（1574-年），字季重，号谑庵，山阴人，是一位具有特异语言风格的小品作家。他万历进士，著有《王季重十种》。张岱《王谑庵先生传》谓其"聪明绝世，出言灵巧，与入谐谑，矢口放言，略无忌惮"。但到关键时刻，他又是一个不肯随便的人。马士英奔逃至浙，他作书斥骂，称"越乃报仇雪耻之国，非藏污纳垢之地也"；清兵破绍兴，他绝食死。

王思任在《世说新语序》中称其书："本一俗语，经之即文；本一浅语，经之即蓄；本一嫩语，经之即辣。盖其牙室利灵，笔颠老秀。"他的散文用语尖新拗峭，与竟陵派有几分相似之处。然而他也有与之不同之处：意态跳跃，想象丰富巧妙，常常出人意表。并富于诙谐之趣，又常在瑰丽之辞中杂以俗语、口语。

出身仕宦家庭的张陶庵是谁？

张岱（1597-1697年），字宗子，又字石公，别号陶庵，山阴人。出生仕宦世家，少为富贵公子，精于茶艺鉴赏，明亡后不仕，入山著书以终。他是明末清初文学家、史学家，其最擅长散文，著有《琅嬛文集》、《西湖梦寻》、《陶庵梦忆》、《三不朽图赞》、《夜航船》、《白洋潮》等绝代文学名著。

张岱是一个生活经历和思想情感都非常丰富的人。他少年灵隽，六岁时即被名士陈继儒引为"小友"，知识广博，著述浩繁。他爱好享乐，性情放达，守大节而不拘小节。《自题小像》所说"忠臣耶怕痛"，作者表明了自己既怀念旧朝却不愿成为殉难烈士的坦诚态度。

著有《金瓶梅词话》的文学家是谁？

《金瓶梅词话》的作者，据卷首"欣欣子"序说，是"兰陵笑笑生"。因古名称为"兰陵"之地有二，一在今江苏武进县，一在今山东峄县，究竟是哪一个，至今尚无定论。这位"笑笑生"究竟为何人，至今也无法确认。沈德符在《万历野获编》中说作者是"嘉靖间大名士"，谢肇淛《金瓶梅跋》说作者是"金吾戚里"的门客，袁中道在《游居柿录》中说作者是"绍兴老儒"，皆记载不详。关于小说的创作年代，也有嘉靖与万历两种说法，大多数研究者比较承认后者。如小说中引用的《祭头巾文》，系万历间著名文人屠隆之作；写西门庆家宴分别用"苏州戏子""海盐子弟"演戏，为万历以后才有的风气，都可以作为证据。

以"三言"而闻名的明代文学家是谁？

冯梦龙（1574-1646年），字犹龙，号龙子犹，长洲（现在的江苏苏州）人，是明代文学家、戏曲家。出身书香门第，少有才名，年轻时行为举止颇为风流。然科场困顿，五十七岁时才选为贡生。天启年间，冯梦龙在广泛收集宋元话本和明代拟话本的基础上，经过加工编成了《喻世明言》《警世通言》《醒世恒言》三部小说集，它们简称"三言"。崇祯年间做过几年福建寿宁知县。清兵渡江后，曾参与抗清活动，至南明政权相继覆亡，忧愤而死。

以"二拍"而闻名的明代文学家是谁？

凌濛初（1580-1644年），字玄房，号初成，别号即空观主人，浙江乌程（现在的吴兴）人。十八岁补廪膳生，和冯梦龙一样科场不利，不得已而转向著述，五十五岁方任上海县丞，后因功擢徐州判官。他是明代文学家、小说家和雕版印书家，小说代表作是"二拍"（《初刻拍案惊奇》《二刻拍案惊奇》），还有戏曲《虬髯翁》、《红拂》以及其他类型的多种著作。

《初刻拍案惊奇》）撰成于天启七年，共四十卷四十篇；《二刻拍案惊奇》是因前书发行后受到普遍欢迎，应书商之请续作，完成于崇祯五年，与前书同，共四十篇，但现存只有三十八篇。

独自扛起明代传奇的清远道人是谁？

汤显祖（1550-1616年），字义仍，号若士，出身于江西临川一个"书香"人家。他早年即有文名，由于不肯攀附权贵，直到三十四岁才中进士，在南京做一

名太常博士的闲官。万历二十六年（1598年），他怀着满腔悲愤，弃官归临川，并在这一年完成他的著作《牡丹亭》。此后家居十八年，主要是过着读书著作、教子养亲的生活。他是明代末期戏曲剧作家、文学家，在中国和世界文学史上有着重要的地位，被誉为"东方的莎士比亚"。代表作除《牡丹亭》外，还有《紫钗记》、《南柯记》、《邯郸记》等。

明清传奇剧的代表人物有哪些？

明代传奇剧发源于宋元南戏。初期体制不完善，内容陈旧、保守。中叶以后迅速崛起，其势头远超当时杂剧，成为明代戏剧主流。明代传奇剧与元杂剧前后辉映，各领风骚，汇成中国戏曲文化的泱泱大观。

清初的传奇剧以李玉、朱佐朝、朱素臣等苏州戏剧家群体为代表。如朱素臣的《十五贯》、李玉的《清忠谱》、朱佐朝的《渔家乐》。其后又有洪昇的《长生殿》和孔尚任的《桃花扇》，它们则为清代戏剧的一流名作，世称"南洪北孔"。

乾隆时期诗作被毁的钱牧斋是谁？

钱谦益（1582-1664年），字受之，号牧斋，晚号蒙叟，常熟（现在属江苏）人，清初诗坛的盟主之一。明万历三十八年（1610年）进士，崇祯元年（1628），任礼部侍郎、翰林侍读学士，后因与温体仁争权失败而被革职。在明末他作为东林党首领，在当时颇具影响。后任南明朱由嵩弘光朝廷礼部尚书，当兵临城下时，他便缴械投降了。他在明末所作的诗收于《初学集》，入清以后的诗篇被收入《有学集》；另有晚年之作《投笔集》，多抒发的是反对清朝、恢复故国的心愿。乾隆时，他的诗文集遭到禁毁。

开创了娄东诗派的清代文学家是谁？

吴伟业（1609-1672年），字骏公，号梅村，太仓（现在属江苏）人。明末清初著名诗人，与钱谦益、龚鼎孳并称"江左三大家"，又为娄东诗派开创者。长于七言歌行，初学"长庆体"，后自成新吟，后人称之为"梅村体"。有《梅村家藏稿》。

明崇祯四年（1631年）进士，为翰林院编修，官至左庶子。明亡后曾与侯方域相约归隐，但迫于清朝朝廷的压力，还是应召北上，当了国子监祭酒，一年多后便辞职南归。和钱谦益不同的是，吴伟业没有很强烈的用世之心，入清以后也不再参与政治性的活动。但为了保全家族，他又不得不出仕清朝；仕清以后，则感受到传统"名节"观念的沉重负担，自悔愧负平生之志，心情又十分痛苦。

以"肌理说"闻名的清代学者是谁？

翁方纲（1733-1818年），以提倡"肌理说"闻名。他是一位学者，也以学者的态度来谈诗，认为"为学必以考证为准，为诗必以肌理为准"。

所谓肌理，兼指诗中的义理和做诗的条理。他认为学问是做诗之根本，"宜博精经史考订，而后其诗大醇"。同时认为宋诗的理路细腻，而这则是唐诗无法比拟的，所以主张宗法宋诗。在提倡诗风的

"纯正"方面,他其实与沈德潜相合,其诗作质实却少情趣。

来自阳湖的赵瓯北是谁?

赵翼(1727-1814年),字云崧,号瓯北,江苏阳湖人。乾隆中期进士,官至贵西兵备道。晚岁辞官,专心著述,对史学专注颇深,《陔余丛考》、《廿二史札记》为世所重。文学方面有《瓯北诗钞》和《瓯北诗话》。在一部分诗上,赵翼与袁枚相近之处,那就是以创新为最高标准,绝不甘落人后,更别说是模拟了。他的另一部分诗好发议论,思想机智而敏锐。如《闲居读书》之六从看戏者因所处位置不同而所见各异譬喻读书的道理,《后园居诗》之三从自己的诶墓之作联想到史籍的可疑,都是能启发人思考很好的见解。咏史而感时的《读史二十一首》更集中表现了这一特点。如第八首论"二十四孝"中"郭巨埋儿"故事,与袁枚早年所作《郭巨论》一样,对封建道德中反人性的东西加以抨击,开头"衰世尚名义,做事多矫激"二句,指出貌善而实恶之事,每因求名而起,下笔峻切。

来自宁都的魏冰叔是谁?

魏禧(1624-1681年),字冰叔,江西宁都人。与兄瑞、弟礼合称"宁都三魏"。他在文章方面强调"积理""练识",以合于实用。魏氏无甚文才,好发议论,文章没有什么趣味。他入清不仕,爱表彰那些抗清的志节之士,如《江天一传》、《高士汪沨传》等,写侠士的《大铁锤传》也暗寓了反清之志。由于作者重在表达他的政治态度,这些传记中的人物大都是有事迹而无个性。另外,魏禧集中有不少文章好谈奇异之事,议论驳杂,这也是招致四库馆臣不满的原因。

来自昆山的亭林先生是谁?

顾炎武(1613-1682年),原名绛,入清后更名炎武,字宁人,人称亭林先生,江苏昆山人。他年少时与同乡归庄参加"复社",清兵南下,曾在昆山、嘉定一带抗争多年,并始终不仕于清朝。有《亭林诗文集》,另有《日知录》、《天下郡国利病书》等论著。

如果把顾炎武作为"思想家"来看,他并没有提供历史上具有新价值的东西。但学术方面来看,他一生还是有很多很重要的成就:他的舆地学、音韵学研究都有很重大的创新和收获;他的重考据的研究方法,开创了清代的朴学风气。在文学方面,由于顾炎武本不屑为文人,因此也少有性情流露的创作。他的诗共存四百余首,大部分是五言诗。内容多记述明清之际的史实,具有较高的史料价值;在艺术表现方面,喜用典故、语言简朴古雅,呈现出学者的本色。

岭南三家之中最为出众的文学家是谁?

屈大均(1629-1696年),字翁山,一字介子,广东番禺人。曾参加抗清武装,失败后削发为僧,不久还俗,北上游历,开始与顾炎武等人交往密切。屈大均与陈恭尹、梁佩兰并称"岭南三家",而以屈最为杰出。有《翁山诗外、文外》、《道援堂集》等。

屈大均与顾炎武两人,虽同以"遗

民"自居，气质却相差甚远。顾炎武大有纠正一代士风和文风的宏愿，其诗显得古雅持重；而屈大均则以英雄之士自许，其诗具有肆扬奔放，富于才情的特点。无论在诗歌还是人格上，屈大均对李白都极为推崇，其《采石题太白祠》诗扬李抑杜："千载人称诗圣好，风流长在少陵前。"他的诗也常有逼近李白风范之作，如《鲁连台》。

来自长洲的沈归愚是谁？

沈德潜（1673年-1769年）字确士，号归愚，江苏长洲（今江苏苏州）人。他生活年代较早，但在乾隆元年（1736），当时他已六十七岁，才中进士，为乾隆帝所器重，官至内阁学士兼礼部侍郎，故其在诗坛的影响主要在乾隆时代。著有《沈归愚诗文全集》，并编选了《古诗源》、《明诗别裁集》、《国朝诗别裁集》（即《清诗别裁集》）、《唐诗别裁集》等书。

号随园主人的清代文学家是谁？

袁枚（1716-1797年），字子才，号简斋，又号随园主人，浙江钱塘人，清代诗人、散文家。乾隆四年（1739年）进士，入翰林院，因不娴满文，出为地方官，历任溧水、江宁等县知县。40岁后辞官，居于江宁小仓山下的随园。在后半生的四十多年中，过着诗酒优游的名士生活，广交四方文士，负一时重望。生活放浪，经常被礼法之士讥讽。有《小仓山房集》、《随园诗话》及笔记小说《子不语》。袁枚是乾嘉时期代表诗人之一，与赵翼、蒋士铨合称"乾

隆三大家"。

以"诗、书、画"三绝闻名于世的清代文学家是谁？

郑燮（1693-1765年），字克柔，号板桥，江苏兴化人，是中国历史上杰出的艺术名人，"扬州八怪"的主要代表，以三绝"诗、书、画"闻名于世的书画家、文学家。他的一生可以分为"读书、教书"、卖画扬州、"中举人、进士"及宦游、作吏山东和再次卖画扬州五个阶段。有《郑板桥全集》。

郑燮出身贫困，乾隆元年（1736）进士，以做好官为人生志愿，服膺儒家的政治理想，但也很向往、羡慕徐渭、袁枚那样的自由放达之士，有愤世之心。总体来说，他是一个稍带狂诞习气，而思想和性格却并不敏锐和强烈的正直人士。就像他的书画，有些"怪"味却并不放纵，其实还是比较秀雅的，内蕴也比较浅。

来自四川的张船山是谁？

张问陶（1764-1814年），字仲冶，号船山，四川遂宁人。乾隆末年进士，授翰林院检讨，曾官莱州知府。有《船山诗草》。

张问陶论诗与袁枚相似，特别强调性情，所谓"诗中无我不如删"（《论文八首》），"写出此身真阅历"、"好诗不过近人情"（《论诗十二绝句》）。他的诗作抒发感情也含有自由解放的精神，如中国古代诗歌对夫妇之间亲昵的感情生活作的正面描写很少，而张问陶却对此则无所忌讳。

在语言艺术上，张问陶与袁枚一脉相

承，其诗大都写得清浅灵动，追求"百炼功纯始自然"的境界。

以《海国图志》而闻名的清代文学家是谁？

魏源（1794-1857年），字默深，湖南邵阳人，和龚自珍是好友。他是一位有见识的学者和思想家，曾受林则徐嘱托编纂叙述各国历史地理的《海国图志》，是使中国放眼看世界的先驱者之一。书中提出"师夷长技以制夷"，代表了那个时代进步的士大夫中一种比较普遍的思想。有《古微堂集》等。

魏源的不少诗篇，如《江南吟十章》、《寰海十章》及《秋兴十章》、《后十章》等，都是议论时事、抒写愤慨的政治诗。其主张是在坚持中国固有传统的前提下反对闭关自守、主张学习西方技术，具有巨大的历史价值。

在普通的抒情诗篇中，魏源的山水诗颇为有名。他喜欢描绘雄壮奇伟的景象，《太室行》、《天台石梁雨后观瀑歌》、《湘江舟行》、《钱塘观潮行》等均具有此特点，可以看出作者豪迈活跃的个性。另外，他的咏史诗也颇为人赞赏。魏源的诗与其开张的个性是相一致的，语言则较为明白流动；但他缺乏龚自珍在特异的语言构造中所表现出的尖锐的人生感受。

"宋诗运动"的代表作家有哪些？

以"中学为体"学派人物在文学上也是以传统的面貌出现的，他们就是散文中承桐城派余绪的"湘乡派"和诗歌中的"宋诗运动"，其核心人物是因镇压太平天国而获得显赫地位并成为洋务派领袖的曾国藩。

但"宋诗运动"的兴起并不是始于曾国藩。早一时期的程恩泽和祁寯藻已经提倡过。曾国藩的登高力呼，使推崇宋诗尤其是黄庭坚诗的风气更是空前繁盛。曾氏自谓"自仆宗涪公，时流颇忻向"，施山亦称"今曾相国酷嗜黄诗，诗亦类黄，风尚一变"。除曾国藩本人外，这一派中较著名的诗人还有何绍基、郑珍、莫友芝等。他们的诗论，既重视正统道德的修养，又强调自我独立品格的表现，以此求得"不俗"的诗风。如何绍基《使黔草自序》说："直起直落，独来独往，有感则通，见义则赴，则谓不俗。"又引黄庭坚语："临大节而不可夺，谓之不俗。"

维新变法作家都有谁？

康有为（1858-1927年），字广厦，号长素，广东南海人。他是戊戌变法的发动者，当反清革命兴起后，又成为保皇派领袖。康有为为人雄强自负，其诗亦气势不凡。

梁启超（1873-1929年），字卓如，号任公，又号饮冰室主人，广东新会人。早年师事康有为，是戊戌变法的核心人物之一。后与康有为一起组织保皇会。但梁的思想能跟上时代的步伐，不断接受新事物，故后期在推进文化革新方面仍有很多建树。他学问博杂，笔力纵横，著作宏富，有《饮冰室合集》。

谭嗣同（1865-1898年），字复生，号壮飞，湖南浏阳人。参与戊戌变法，失败后拒绝逃离，以自身的死作为警世的力

量、作为人格的完成。

章炳麟和秋瑾是谁？

章炳麟（1868-1936年），字枚叔，号太炎，浙江余杭人，为当时著名学者。甲午战争后主要从事政治活动，曾因在《苏报》发表著名的《驳康有为论革命书》和为邹容《革命军》所写的序文痛斥清廷而入狱。章太炎精通文字学，好用古字。

秋瑾（1879-1907年），字竞雄，号鉴湖女侠，浙江山阴人。她是一位著名的女革命家，因参与策划武装起义而被迫害。秋瑾喜酒善剑，其性格果敢明决，以雄豪的女侠形象流传于人间。

号人境庐主人的晚清诗人是谁？

黄遵宪（1848-1905年），字公度，号人境庐主人，广东嘉应人，晚清诗人、外交家、政治家、教育家。光绪二年举人，曾任驻日、英使馆参赞及旧金山、新加坡总领事。回国后积极参加维新变法，变法失败后去职家居，最后老死在乡里。有《人境庐诗草》、《日本杂事诗》、《日本国志》等。

来自香山中日混血的晚清文学家是谁？

苏曼殊（1884-1918年），原名玄瑛，字子谷，曼殊是其僧号，广东香山人。生于日本，母亲是日本人。幼年随父回国，为族人所歧视，经历了很多磨难。后去日本学习美术、政治和陆军，并参与了留日学生的政治活动。二十岁回国后，从事教育及翻译等工作，并与章炳麟、柳亚子等革命者交游。他一生曾两次为僧，踪迹无穷，行为举止奇特，性情放浪。有《苏曼殊全集》。

苏曼殊是一个极富灵性和浪漫气质的人。他能诗善画，还写过小说，且通日、英、法、梵等多种文字，曾译过拜伦、雪莱的诗作和雨果的《悲惨世界》。他既是和尚，又是革命者，而两者都不能安顿他的心灵；他以一种时而激昂，时而颓废的姿态，表现出强烈的生命热情。

来自宜兴的陈其年是谁？

陈维崧（1625-1682年），字其年，号迦陵，江苏宜兴人。清代词人、骈文作家。出身名门，其父贞慧是复社的重要人物，以气节著称。他少就颇负才名，性格豪爽，明末为诸生，入清周游四方，仕途较曲折，屡考不中，晚年才举博学鸿词科，授翰林院检讨。能诗，工骈文，尤以词著称，有《陈迦陵文集》、《迦陵词》（或称《湖海楼词》）《湖海楼诗集》等。其弟宗石在《湖海楼词序》称其"中年始学为诗余"，又同里蒋景祁序云："向者诗与词并行，迨倦游广陵归，遂弃诗弗作。"可见他的词基本上都是在入清以后作的。这种情况，或是他的个性同清诗风气的变化不合、难以满足他的抒情需要有关。所作词约一千八百首，为古今词人所罕见。

号小长芦钓鱼师的清代文学家是谁？

朱彝尊（1629~1709），字锡鬯，号竹垞，晚号小长芦钓鱼师，又号金风亭长，汉族，秀水人。清代诗人、词人、学者。

他认为明词因专学《花间集》、《草堂诗余》，有气格卑弱、语言浮薄的缺陷，于是标举"清空""纯雅"（其说源于张炎）以矫之。他主张宗法南宋词，尤其尊崇其时格律派词人姜夔、张炎，提出"世人言词，必称北宋，然词至南宋始极其工，至宋季而始极其变。姜尧章氏最为杰出。"又云"倚新声玉田差近。"他还选辑唐至元人词，编撰了《词综》，借以推衍自己的主张。这一主张被不少人尤其是浙西词家所接受并一致风从，"数十年来，浙西填词者，家白石而户玉田"。后龚翔麟选朱彝尊、李符、李良年、沈岸登、沈皞日及本人词作《浙西六家词》，遂有"浙西词派"之称。其势力笼罩了康熙、雍正、乾隆三朝百余年的词坛。

朱彝尊的《曝书亭词》由数种词集汇编而成。所作讲求词律工严，用字致密清新，其佳者意境纯雅净亮，极为精巧。

清代最为著名的满洲词人是谁?

纳兰性德（1655-1685年），原名成德，字容若，号楞伽山人。满洲正黄旗人，大学士明珠长子。康熙十五年（1676年）进士，官至一品侍卫。自幼敏悟，好读书，与陈维崧、朱彝尊等众多当世名士相交甚密，与词人顾贞观感情最为深厚。曾救助吴兆骞由宁古塔戍所归还，为世所称，而落拓之士得其力者甚多。纳兰性德是清代最为著名的词人之一。他的诗词不但在清代词坛享有很高的声誉，在整个中国文学史上，也以"纳兰词"在词坛占有光采夺目的一席之地。有《通志堂集》、《纳兰词》（又名《饮水词》）。

他生活于满汉融合的时期，虽侍从帝王，却向往平淡的生活。由于他所处的特殊生活环境和背景，加上他个人的超逸才华，使其诗词的创作呈现独特的个性特征和鲜明的艺术风格。

以词和散文著称的张茗柯是谁?

张惠言（1761-1802年），字皋文，号茗柯，江苏武进人，嘉庆四年（1799年）进士，官翰林院编修。他是一位经学家，同时还以词和散文著名，是当时"常州词派"和古文中"阳湖派"的首领。有《茗柯词》、《茗柯文编》，另编有《词选》，代表他的词学观点。其《词选序》中所述主张中，我们可以看出作者提出的最根本一点，是词和诗一样要讲求比兴、要有寄托，"要其至者，莫不恻隐盱愉，感物而发，触类条鬯，各有所归，非苟为雕琢曼辞而已"。从这种标准出发，他认为宋亡以后"四百余年"的词家，都是"安蔽乖方，迷不知门户者也"，当然也包括了风行一时的浙派词。

清朝晚期的代表词人都有谁?

蒋春霖（1818-1868年），字鹿潭，江苏江阴人。曾为淮南盐官，一生落拓。少年工诗，中年后全身心致力于词上，负有盛名。有《水云楼词》。他的部分作品在反对太平天国的立场上，抒发了由战乱而引起的世事衰残之感，其余则多抒发的是个人身世的哀伤。情调低徊，语辞精丽。

王鹏运（1849-1904年），字佑遐，号半塘，广西临桂人，是晚清著名词人。同治举人，官至礼科掌印给事中。有《半

塘定稿》。他的词颇有关涉清末时事之作，常常透露出一种伤感的情调。如《念奴娇·登旸台山绝顶望明陵》以怀古形式描写了一种现实的感触。

朱孝臧（1857-1931年），原名祖谋，字古微，号彊村，浙江归安人。光绪进士，官至礼部侍郎。词风与姜夔、吴文英相近，著有《彊村语业》。朱孝臧词作大多闪烁其词，不易理解。只有《鹧鸪天·庚子岁除》，描写的是对世情的不满和厌倦，还算是可以理解的。

人称梨洲先生的清代文学家是谁？

黄宗羲（1610-1695年），字太冲，号南雷，人称梨洲先生，浙江余姚人。曾参与武装抗清，后隐居专门从事著述。有《明夷待访录》、《南雷文定》及学术史性质的《宋元学案》、《明儒学案》等。他主要是一位学者，但并不排斥具有文学性的散文。

开创了桐城派的清代文学家是谁？

方苞（1668-1749年），字灵皋，号望溪。康熙四十五年（1706年）进士，曾因同乡戴名世《南山集》案牵连入狱，几乎论斩，后得赦，官至内阁学士、礼部侍郎。其门人王兆符于《望溪文集序》中记方氏自言以"学行继程朱之后，文章介韩欧之间"为人生志向，这为了解他的文学主张提供了一个重要的依据。有《方望溪先生全集》。

来自江都的汪容甫是谁？

汪中（1744-1794年）字容甫，江苏江都（现在的扬州）人。他是清代哲学家、文学家、史学家，与阮元、焦循同为"扬州学派"的杰出代表。乾隆四十二年（1777年）为贡生，后绝意仕进，钻研经史，以博学著称。能诗，工骈文，所作《哀盐船文》，为杭世骏所叹赏，因此文名大显。精于史学，曾博考先秦图书，研究古代学制兴废。著有《述学》、《广陵通典》、《容甫遗诗》等。

被称为"惜抱先生"的文学家是谁？

姚鼐（1731-1815年），字姬传，世人以其书室名称其为惜抱先生。乾隆二十八年（1763年）进士，官至刑部郎中，任四库馆修纂。后辞官，历主江宁、扬州等地书院凡四十年。著有《惜抱轩诗文集》，又编有《古文辞类纂》，流传极广。

姚鼐虽在文学上没有多大自己独特的造诣，但他却是一个很聪明的人，桐城派因他而声势大张。另外，姚鼐所选编的《古文辞类纂》，选择精细，体例清楚，并附以评论，便于学习掌握桐城派古文理论的要旨，此书流布天下，也极大地助长了桐城派的声势。

来自武进的恽子居是谁？

恽敬（1757-1817年），字子居，武进人，乾隆四十八年举人，官吴城同知。恽敬自幼饱读诗书，广泛涉猎天文地理，他不仅勤勉好学，更善于思考，持论独具眼光、独出己见，著有《大云山房文稿》。

恽敬与桐城派还是有区别的。一是取法较广，在桐城派所定的"文统"之外，还兼取子史百家；二是反对在字句上过于斟酌取删，笔势较为放纵；三是把骈文的笔势引入古文，使古文也具有骈文博雅工丽的特点。但由于他们的思想都很陈腐，这一点变化未必能带给他们多大的收获。这一派的活动也仅限于阳湖一隅，故影响微弱且短暂。

代表作为《浮生六记》的清代文学家是谁？

作者沈复（1763-1826年），字三白，号梅逸，江苏苏州人，他出身于幕僚家庭，没有参加过科举考试，曾以卖画维持生计。其《浮生六记》是自传性的作品，原有6卷，今存前四卷，记述的是家居及游历生活。前三卷《闺房记乐》、《闲情记趣》、《坎坷记愁》多讲述的是他与妻子陈芸之间的感情和日常琐事，表达自己想要过一种布衣蔬食而从事艺术的生活，但由于封建礼教的压迫与贫困生活的煎熬，终至理想破灭。文字细腻，不作妆点，俞平伯在《重刊浮生六记序》中评到："无酸语、赘语、道学语"，并且自然明莹纯净，感情尤其真实动人，是中国文学中具有新鲜意味的创作。

继承桐城派的湘乡派的代表人物是谁？

曾国藩作为洋务派的领袖，在思想文化方面，他力图通过发扬儒教义理来重建清王朝的稳定秩序，其倡导宋诗和桐城派古文，均有这方面的意义。但我们不能把他看成一个简单的守旧人物。

曾国藩门下曾汇聚了众多文士，不少人一时颇为闻名，尤以吴汝纶、张裕钊、薛福成、黎庶昌著称，世称"曾门四弟子"，而吴汝纶更被视为桐城派最后一位宗师。他不但关心西学，而且声称"仆生平于宋儒之书独少浏览"，并预言"后日西学盛行，六经不必尽读"，这在前代桐城派人物中，实在是不可想象的。此外，以"古文家"自命的严复和林纾，前者翻译《天演论》等多种西方社会学著作，引起了巨大的社会震动，后者与他人合作翻译了大量的西洋小说。在他们身上虽留有旧派人物的色彩，但又有很多新思想，特别是严复，对于社会文化的变革起到了相当大的推动作用。

别号柳泉居士的清代文学家是谁？

蒲松龄（1640-1715年），字留仙，一字剑臣，别号柳泉居士，世称聊斋先生，山东淄川（今山东淄博）人，他出身于一个衰落已久的世家，其父因科举不显

★蒲松龄塑像

而弃儒从商，却仍不能忘怀于光复门庭。蒲松龄从小随父读书，19岁时应童子试，接连获得县、府、道三个第一，名震一时，后补博士弟子生员。自此文名大振，而自视甚高。但他此后的仕途上极其坎坷，屡试不第，一直考到六十多岁，才接受老妻之劝，放弃了仕途幻想。后到71岁时，才援例做了一个有名无实的岁贡生。在蹭蹬科场的数十载中，他先后做过短期的幕宾、官宦人家的私塾教师，并以此糊口。大致从中年开始，他一边教书一边写作《聊斋志异》，直到晚年。书未脱稿，便在朋辈中传阅，并受到当时诗坛领袖王士禛的常识。除《聊斋志异》外，他还存有相当数量的诗、词、文、俚曲等，今人编为《蒲松龄集》。

代表作为《水浒后传》的小说家是谁？

陈忱（1615～1670年），字遐心，号雁宕山樵，浙江乌程（今吴兴）人，明末清初小说家。他学识渊博，注重名节，明亡后他绝意仕进，靠卖卜为生，而"穷饿以终"。他对经史及稗编野乘，都熟读贯通，又好作诗文，引用典故，如数家珍，而笔端常有一股不平之气。除《水浒后传》外，他还作有《续二十一史弹词》，但没有留存下来。他以亡明遗民自居，常有国破家亡的愤恨与伤感。

代表作为《长生殿》的清代戏曲家是谁？

洪昇（1645年-1704年），字昉思，号稗畦，浙江钱塘人，清代戏曲作家、诗人。他出身于已趋衰落的世宦之家，康熙

七年（1668年）北京国子监肄业，二十年均科举不第，未获一官半职。康熙二十八年（1689年），更因在佟皇后丧期内观演《长生殿》而被弹劾下狱，并革去学籍。此后往来于吴越山水之间，过着放浪潦倒的生活，最后在浙江吴兴夜醉落水而死。洪昇才情超脱，与当世名流如王士禛、赵执信、陈维崧、朱彝尊等都有密切的交往，但其一生却是坎坷的，生活也很贫困。

《长生殿》这一创作过程花费了作者十余年的时间，最后一稿写定于康熙二十七年（1688年）。据洪昇此剧《例言》说，他曾三易其稿：最初所作名《沉香亭》，后因"排场近熟"，删去有关李白的情节，加入李泌辅肃宗中兴事，改名为《舞霓裳》；"后又念情之所钟，在帝王家罕有，马嵬之变，已违凤誓，而唐人有玉妃归蓬莱仙院、明皇游月宫之说，因合用之，专写钗合情缘，以《长生殿》题名。"

代表作为《桃花扇》的清代戏剧家是谁？

孔尚任（1648年-1718年）字聘之，又字季重，号东塘、岸堂，自称云亭山人。山东曲阜人、孔子后裔，清初诗人、戏曲作家。在康熙帝一次南巡返经曲阜时（1684年），孔尚任被推荐到御前讲《论语》，颇受康熙帝赏识，由国子临生的身份破格被任为国子监博士。他为此作下《出山异数记》，以表感激心情。后迁至户部员外郎，因故罢官。孔尚任兴趣广泛，知识渊博，尤其爱好书画古玩，有《享金簿》一书，记载其收藏。他也擅长

诗文，有《岸堂稿》、《湖海集》等传世，代表作品为戏剧《桃花扇》。

来自汉军正白旗的唐叔子是谁？

唐英（1682-约1754年），字俊公、叔子，汉军正白旗人，著有《古柏堂传奇》十七种。唐氏剧作有些明显是宣扬封建礼教的，如《佣中人》写一卖菜佣人听说崇祯帝自杀的消息后，遂触石而死。其总体的艺术成就不高，但他的若干剧目有浅俗单纯、便于演出的优点。他根据梆子腔剧目改编的《面缸笑》、《梅龙镇》、《十字坡》等，后来又被改编成京剧《打面缸》、《游龙戏凤》、《武松打店》等，并被广泛演出，这在清代戏曲家中不多见。

乾隆时期最富盛名的清容居士是谁？

蒋士铨（1725-1785年），字心余、苕生，号藏园，又号清容居士，江西铅山人，清代诗人、戏曲家。乾隆二十二年（1757）进士，官翰林院编修。工诗文，与袁枚、赵翼并称"乾隆三大家"，有《忠雅堂集》。作剧三十余种，今存十六种，较为通行的有《藏园九种曲》。

代表作为《己亥杂诗》的清代文学家是谁？

龚自珍（1792-1841年），一名巩祚，字瑟人，浙江仁和（今杭州）人。他是清代思想家、文学家及改良主义的先驱者。其27岁中举人，38岁中进士。曾任内阁中书、宗人府主事和礼部主事等官职。主张革除弊政，抵制外国侵略，曾全力支

持林则徐禁除鸦片。48岁辞官南归，次年暴卒于丹阳云阳书院。他学识宏富，通经史、诸子、文字音韵及金石学，精研西北历史地理，晚年爱好天台宗佛学，并以诗、词、文著名。他既是一个敏锐而深刻的思想家，又是一个富于激情和想象力的文学家。著有《定庵文集》，留存文章300余篇，诗词近800首，今人辑有《龚自珍全集》。著名诗作《己亥杂诗》共315首。

自号文木老人的清代小说家是谁？

吴敬梓（1701-1754年），字敏轩，号粒民，晚年自号文木老人，汉族，清代小说家，安徽全椒人。自其曾祖起一直科第不绝，官位也较高，有过五十年"家门鼎盛"的时期，但到他父亲时这种盛象已经衰败了。他少年时代生活还算很优裕，受到了良好的教育。这种教育并不局限于八股文训练，还涉及到经史和诗赋。

《儒林外史》约作于吴敬梓四十岁至五十岁时，这正是他经历了家境的剧变而深悉世事人情的时期。此书现在所见的最早刻本（卧闲草堂本）为五十六回，而程晋芳在《文木先生传》中记为"五十卷"（即五十回），他是吴敬梓长期交往的好友，所言应当可信。五十六回中，最后一回是后人所添加的，这已为学界所公认。而除此以外，我们认为还有一些内容也是后人窜入的，这主要有两大块：一是三十八回至四十回前面一大半，即萧云仙在青枫城的故事；一是四十一回结尾至四十四回前面一小半，即以汤镇台野羊塘大战为核心的故事。这两部分偏离了全书的主题和结构，思想倾向与全书不合拍，

艺术性也很差。此外，吴敬梓还著有诗文集《文木山房集》。

生于百年望族的清代小说家是谁？

曹雪芹，名霑，字梦阮，又号芹圃、芹溪，"雪芹"是他的别号，清代小说家。于康熙五十四年（1715年），出生于一个"百年望族"的大官僚地主家庭，后因家庭的衰败使曹雪芹饱尝了人生的辛酸。他在人生的最后几十年里，以坚韧不拔的毅力，历经十年创作了《红楼梦》并专心致志地做着修订工作，死后遗留下《红楼梦》前八十回的稿子。《红楼梦》内容丰富、情节曲折、思想认识深刻、艺术手法精湛，是中国古典小说中伟大的现实主义作品。卒于乾隆二十七年（1763年）除夕或次年除夕。

在封建时代残酷的权力斗争中，像曹家那样由盛而衰的剧变，并非罕见。但只有亲身经历这种剧变的人，才会对人生、对社会、对世情产生不同寻常的真切感受，这和旁观世事变幻者的感受不同。在饱经沧桑之后，曹雪芹郁结的情感需要得到宣泄，他的才华也需要得到一种实现，从而，他的生命才能从苦难中解脱而成为有意义的完成。他选择了艺术创造——被不幸的命运所摧残的天才重建自我的唯一方式。

续写《红楼梦》的清代作家是谁？

高鹗（约1738-约1815年）字兰墅，一字云士，别号"红楼外史"，清代文学家。他是汉军镶黄旗人，乾隆六十年（1795年）进士，官至翰林院侍读。其所作的《红楼梦》的后四十回的艺术水平与前八十回相比有很大的差距，但比起其他名目繁多的红楼续书的成就还是要高很多。它终究给《红楼梦》这部"千古奇书"以一种差强人意的完整形态，满足了一般读者的要求。因而，这一系统的本子也就成为《红楼梦》的流行版本。

二十年创作一部小说的松石道人是谁？

李汝珍（约1763-约1830年）字松石，号松石道人，直隶大兴（现在属北京）人。少年时从凌廷堪学习古代礼制、乐律、历算、疆域沿革，李汝珍对疆域沿革特别感兴趣。由于他不屑于八股文，故他终生不达，只做过几年县丞一类佐杂官职。他学问广博，对经史之学以及医、算、琴、棋、星相、占卜等各种"杂学"都有所钻研，对各种游戏也极为熟悉，而在音韵学方面的成就尤为突出，其青少年时代所作的《音鉴》一书颇为学者所重。他一生生性耿直，不阿权贵，不善钻营，始终没有谋到像样的官职。中年以后，他感到谋官无望，便全身心投入到钻研学问中，自1795年起到1815年，花费了二十年时间写成了与《西游记》、《封神榜》媲美的《镜花缘》一书。

著有昆曲代表作《十五贯》的明清剧作家是谁？

朱素臣，名曜，字素臣，号笙庵，吴县（现在的江苏苏州）人，为明末清初剧作家。作有传奇《十五贯》、《秦楼月》、《翡翠园》、《未央天》、《锦衣归》、《聚宝盆》、《文星现》、《朝阳凤》、《万年觞》、《龙凤钱》、《四大庆》、《四奇观》、《清忠谱》。其中《十五贯》是的昆曲代表性作品之一。

作品具有强烈的人民性的苏门啸侣是谁？

李玉，字玄玉，号苏门啸侣，又号一笠庵主人，江苏吴县（现在的江苏苏州）人。李玉的剧作在艺术上的突出特点是人物形象个性鲜明、情节安排紧凑严密、场面描写宏伟活跃。他精通音律，曲词遵守格调而且流畅自然，雅俗适中。李玉是明清之际苏州派戏曲作家的代表人物，他生活于市民群众之中，从舞台演出的实际需要出发编写剧本，作品的内容和形式都表现出较强的人民性。他的创作对后世戏曲的发展产生了重要的影响。

别号南亭亭长的晚晴小说家是谁？

李宝嘉（1867-1906年），字伯元，别号南亭亭长，江苏武进人，晚清小说家。他少有才名，擅长诗赋和八股文，曾以第一名考取秀才，却始终未能中举，因而对社会抱有强烈的不满。三十岁时来上海，先后创办了《指南报》、《游戏报》、《世界繁华报》，这几种报纸经常刊登一些妓馆、戏院的消息及戏谑文字，是具有较浓文艺气息的消闲性小报，为后来的文艺报刊的先导。另外，他还曾担任过著名的小说期刊《绣像小说》的主编。

李宝嘉是个多产的作家，他构思之敏捷、写作之神速，是极为少见的。他先后写成《庚子国变弹词》、《官场现形记》、《文明小史》、《中国现在

记》、《活地狱》、《海天鸿雪记》，以及《李莲英》、《海上繁华梦》、《南亭笔记》、《南亭四话》、《滑稽丛话》、《尘海妙品》、《奇书快睹》、《醒世缘弹词》等书十多种。其中《官场现形记》是其最著名的作品，更是晚清谴责小说的代表作。

自号"我佛山人"的清代小说家是谁？

吴沃尧（1866-1910年）字趼人，广东南海人，因家居佛山，自号"我佛山人"。他出身于一个衰落的仕宦人家，二十多岁时到上海，常为报纸撰文，后与周桂笙等创办《月月小说》，并自任主笔。他所作小说，最为有名的是《二十年目睹之怪现状》，此外还有《痛史》、《电术奇谈》、《劫余灰》、《九命奇冤》等三十余种。

贬谪新疆而死的老残是谁？

刘鹗（1857-1909年）字铁云，又字公约，号老残，江苏丹徒人。他出身于官僚家庭，既受过传统的儒家教育，又对"西学"非常感兴趣，懂得数学、水利、医学，当过医生和商人，但都不得意。后因在河南巡抚吴大澂门下协助治理黄河有功，官至知府。他的思想与洋务派接近，终生主张以"教养"为大纲，发展经济生产，富而后教，养民为本的太谷学说。他还曾帮张之洞筹办洋务，自己也从事过铁路、矿藏、运输等洋务实业活动。八国联军侵占北京时，他用贱价向俄军购买其所掠之太仓储粟以赈济饥民，后因此事被弹劾，谪徙新

疆而死。

代表作为《孽海花》的小说家是谁？

曾朴（1872-1935年）字孟朴，江苏常熟人。其出身于官僚地主家庭，光绪举人，曾入同文馆学法文，对西方文化尤其法国文学有很深的了解，翻译过雨果等人的作品。他曾参加过康有为、梁启超组织的变法。辛亥革命后进入政界，做过江苏省财政厅长。1927年以后主要在上海从事书刊出版方面的文化活动。他是清末民初小说家，也是近代文学家、出版家。

曾朴一生著作丰富，而以小说《孽海花》最为著名。此书初印本署"爱自由者发起，东亚病夫编述"，后者是曾朴的笔名，前者是其友人金松岑的笔名。小说的始作者是金松岑，他写了开头的六回，而后由曾朴接手，对前几回作了修改，并续写以后的部分。全书原计划写六十回，金、曾二人已共同拟定了全部回目，但最后完成的只有35回。故全书共35回，前二十五回作于1904—1907年年间，后十回作于1927年以后的一段时间。所以，《孽海花》已不完全是清末的小说。

以《倪焕之》为代表作的文学家是谁？

叶绍钧（1894-1988年），辛亥革命后改字圣陶，江苏苏州人，文学研究会发起人之一。在1914年，他就开始在一些通俗杂志上发表文言小说和旧体诗词，1919年开始创作白话文学。叶绍钧家境贫寒，曾从事了多年的小学教育。他的小说常常揭示的是下层人民的痛苦与不幸，其中写

得最出色的，就是小市民和具有小市民习性的知识分子的灰色生活。20年代先后创作的主要作品有短篇小说集《隔膜》、《火灾》、《线下》、《城中》、《未厌集》及长篇小说《倪焕之》。

代表作为《伤兵旅馆》的镇海作家是谁？

王鲁彦（1901-1944年），原名王衡，浙江镇海人。代表作有短篇小说集《柚子》、《童年的悲哀》、《屋顶下》、《黄金》等。30年代写有长篇小说《野火》（《愤怒的乡村》）、《童年的悲哀》、《小小的心》、《屋顶下》、《河边》、《伤兵旅馆》和《我们的喇叭》等。他的作品，在暴露社会黑暗的同时充满了呼之欲出的荒诞感和沉重的幽默感，挖掘了浙东沿海乡镇子民们在农业经济衰败的社会动荡中的心理状态，始终对乡民持有批判态度，审美上偏重于对恶的、丑陋的事物的深入体验，使乡土小说免于流入肤浅。

最体现鲁彦小说特征的是《菊英的出嫁》和《黄金》等。王鲁彦此类作品小说典型环境描写提供了新的范式，也使早期乡土小说获得了民俗学的价值。周作人说过："若在中国想建设国民文学，表现大多数民众的性情生活，本国民俗研究也是必要，这虽然是人类学范围内的学问，却和文学有极重要的关系。"

代表作为《地之子》的安徽文学家是谁？

台静农（1903-1990年），安徽霍邱人，主要的作品有小说集《地之子》

和《建塔者》。他的小说大多数是悲剧型的乡镇传奇，大都笔调冷峻并深藏忧郁，善于以深挚的同情写出人间的凄怆，抒发无限的忧愤。同时，他的作品民间性特别强，大部分以故乡安徽的人事为题材，描写宗法制度对乡村底层的精神统治，生生死死，尤为杰出。鲁迅说他"能将乡间的死生，泥土的气息，移在纸上"。正如王鲁彦学习了鲁迅对国民性的批判，彭家煌有鲁迅的含泪微笑，而出身未名社、与鲁迅关系密切的台静农，似乎专注的师承了"安特莱夫式的阴冷"，把中国乡间的恐怖，和盘托出。

中国新诗奠基人是谁？

郭沫若（1892–1978年），原名开贞，笔名郭鼎堂、麦克昂等，四川乐山人。他是中国共产党优秀党员，致力于世界和平运动，是我国现、当代的无产阶级文学家、诗人，剧作家，历史学家，古文字学家、考古学家、思想家、书法家，学者和著名的革命家、社会活动家，蜚声海内外。他还是我国新诗的奠基人，是继鲁迅之后革命文化界公认的领袖。

郭沫若在中小学期间，阅读了很多中外文学作品，还积极参加反帝爱国运动。1914年初到日本学医，接触到泰戈尔、海涅、歌德、斯宾诺莎等人的著作，思想比较倾向于泛神论。由于五四运动的冲击，郭沫若怀着改造社会和振兴民族的热情，投入到文学活动中，从1919年开始发表新诗和小说。1920年出版了与田汉、宗白华通信合集《三叶集》。1921年出版的诗集《女神》，其强烈的革命精神，鲜明的时代色彩，浪漫主义的艺术风格，豪放的自由诗，开创了一代诗风。同年夏天，与成仿吾、郁达夫等联合发起组织创造社。1923年大学毕业后，弃医回国到上海，开始编辑《创造周报》等刊物。1924年，通过翻译河上肇的《社会组织与社会革命》一书，比较系统、全面地了解了马克思主义。1926年任广东大学文科学长。7月随军参加北伐战争，此后又参加了南昌起义，1929年初加入了倡导无产阶级革命文学运动中，其间写有《漂流三部曲》等小说和《小品六章》等散文，作品中充满主观抒情的个性色彩。还出版有诗集《星空》、《前茅》、《恢复》、《瓶》，并写有历史剧、历史小说、文学论文等作品。1928年起，郭沫若在日本流亡长达10年，其间运用历史唯物主义观点研究中国古代历史和古文字学，著有《中国古代社会研究》、《甲骨文字研究》等著作，成绩卓越，为史学研究开辟了一片新天地。

抗日战争爆发后，郭沫若别妇抛雏，只身潜回祖国，着手筹办《救亡日报》，并出任国民政府军委政治部第三厅厅长和文化工作委员会主任，负责有关抗战文化宣传工作。在这期间创下了《棠棣之花》、《屈原》等6部具有充分浪漫主义特色的历史剧，这是他创作的又一巨大成就。这些剧作借古喻今，与现实的斗争紧密配合。1944年，写下了《甲申三百年祭》，总结了李自成农民起义的历史经验和教训。抗战胜利后，在生命不断受到威胁的情况下，始终坚持反对独裁和内战，为争取民主和自由而斗争。中华人民共和国成立后，郭沫若曾任政务院副总理、中国科学院院长、中国科技大学校长、中

国科学院哲学社会科学部主任、全国人大常委会副委员长等职，其主要精力放在政治社会活动、文化的组织领导工作以及世界和平、对外友好与交流等事业上。同时，他没有放弃文艺创作，又创作了历史剧《蔡文姬》、《武则天》，诗集《新华颂》、《百花齐放》、《骆驼集》，文艺论著《读〈随园诗话〉札记》，《李白与杜甫》等。郭沫若一生写下了诗歌、散文、小说、历史剧、传记文学、评论等不同类型的大量著作，另外还有很多史论、考古论文和译作，对中国的科学文化事业的多方面做出了重大贡献。他是继鲁迅之后，中国文化战线上又一面光辉的旗帜。著作结集为《沫若文集》17卷本（1957-1963年）；新编《郭沫若全集》，分文学（20卷）、历史、考古三编，1982年起陆续出版发行。许多作品已被译成日、德、俄、英、意、法等多种文字。

第一个在《新青年》发表白话诗的文学家是谁？

胡适（1891-1962年）是在《新青年》上发表白话诗的第一人。他在1920年出版的《尝试集》，是中国现代文学史上第一部白话诗集。但其中他在留美时期的创下的作品"不过是一些洗刷过的旧诗！"1917年回国以后的作品，在诗的形式上产生了新的变化。在遣词、造句、用韵，音节等方面，打破了旧体诗的束缚，展现了他在新诗创作上的探索的勇气。

被称为"中国最杰出的抒情诗人"是谁？

冯至（1905-1993年），字君培，原名冯承植，河北涿县人，现代诗人，翻译家，教授。他也是浅草社—沉钟社的一位诗人，在艺术特征上比较倾向于以创造社为代表的浪漫主义手法。从数量上看，冯至的新诗算不上是高产；但他的诗有其独特的艺术风格，诗歌，意不浅露，词不穷出，表现出来的是一种含蓄蕴藉，意在言外的意味。与唐宋的"婉约词派"一脉相承，被称为"新婉约派"。鲁迅夸赞冯至是"中国最为杰出的抒情诗人"。

1927年早期出版的《昨日之歌》初步奠定了冯至在现代文学史上地位，其中收入的是诗人20年代初期的诗作。诗集上卷主要是抒情短诗，下卷是四首叙事长诗。诗集的主旋律是青春、爱情、生命。1929年出版后期的《北游及其它》，内容扩展到对中国社会的黑暗腐败现象的揭露。

被国民党特务暗杀的新月派代表诗人是谁？

闻一多（1899-1946年），原名家骅，又名多、亦多、一多，字友三、友山，湖北浠水人。他是我国现代伟大的爱国主义者，坚定的民主战士，中国民主同盟早期领导人，中国共产党的挚友，诗人、学者，也是新月派的代表诗人，作品主要收录在《闻一多全集》。

闻一多出生于"世家望族，书香门第"，幼年就深受古典诗词的熏陶并酷爱美术。1913年考入清华学校，读书期间受到过"五四"新思潮的影响。1922年大学毕业后赴美深造，在深造期间他主要是学习绘画和文学。清华九年的美式教育和留美三年的艺术研究，他不仅受到了唯美主义艺术思潮的影响，而且孕育了他浓厚的爱国主义情怀。1925年回国后，他积极加入到《诗镌》的活动中，并且成为了新格律诗的主要倡导者。1928年之后，他潜心研究中国古典文学和古代文化。40年代起，他积极投身到爱国民主运动中，在1946年7月15日不幸被国民党特务暗杀。闻一多的一生，走的是诗人、学者、斗士的道路，无论是他的诗作、学识，还是他的人格，都在现代文学史上写下了光辉的一页。

诗作被称为"古典理想的现代重构"的文学家是谁？

徐志摩（1896-1931年），浙江海宁人。1917年入北京大学学习政法，毕业后先后到美、英留学，深受西方现代艺术的熏陶。尤其是1921年在英国剑桥大学学习期间，徐志摩一方面接受了大量欧美浪漫主义和唯美派诗人的影响，另一方面又比较倾向于英国式的资产阶级民主政治。这种特殊的思想和艺术素养，对徐志摩此时开始创作新诗，具有重要的导向作用。1922年回国后，徐志摩主要从事新月社的活动和新诗创作。1931年11月因飞机失事不幸罹难。对徐志摩其人其诗，可称为"古典理想的现代重构"：他活泼潇洒的个性，不羁的才华，以及对爱、美和自由的热烈追求，形成了其诗歌中特有的飞动飘逸的风格。对徐诗要注意运用全观的把握，即在阅读中整体感受其情绪、韵味和那相应的节奏诗律。

代表作为《夏天》和《草莽集》的新月派诗人是谁？

朱湘（1904-1933年）是新月派又一位重要诗人。他在1925年和1937年分别出版了《夏天》、《草莽集》两本薄薄的诗集后，就愤然、凄然弃世，未收集稿又由友人收集编成了《石门集》。朱湘是将新月派"理性节制情感"的美学原则实践地最认真、最彻底的一个人。他是一位性格焦躁、诗风却有"东方的静的美丽"和古典美的诗人。

开创了"闲话风"散文风气的文学家是谁？

"五四"时期，首先兴起的是由《新青年》的"随感录"所创始的现代杂文。1921年6月，周作人发表《美文》一文，倡导幽默、雍容、漂亮、缜密的艺术性散文——"美文"，并身体力行，创下了很多范例，由此引来许多追随者，如钟敬文、废名、俞平伯等，从而开创了"闲话风"散文创作的风气。

周作人（1885-1968年），原名遐寿，字启明、起孟，号知堂，浙江绍兴人，是鲁迅的二弟。周作人的小品文以清新随意见长，他将生活中的一件事、一段情、一种景，总是写得玲珑剔透，情趣盎然。从思想性方面来讲，虽然他的小品的战斗锋芒显得比较微弱；但就艺术性而言，小品散文这一形式在他手中确实得到了真正的发展，使其变得更为圆熟、更为精粹了，可以说这是他对散文艺术的又一大贡献。他常常在旁征博引之中自然而然地表现出丰富有趣的知识，或是抓住生活中一鳞半爪的，再结合自己的所见所闻和所思所感，进行旁敲侧击、左右逢源，充分展现了学者式散文的特色。如《喝茶》所沉醉的是"于瓦屋纸窗下，清泉绿茶，

用素雅的陶瓷茶具，同二、三人共饮，得半日之闲，可抵十年的尘梦"。凡是受过中国传统文化熏陶的读者，读了周作人此类描写，往往都会心领神往。

代表作为《背影》的现代散文家是谁？

朱自清是现代著名散文家、诗人、学者、民主战士。在现代文学史上，是极少数能用白话写出脍炙人口的散文名篇的大家，其抒情散文是公认的现代散文和现代汉语的楷模。朱自清抒情散文的具有以下特点：感情真挚醇朴；对自然景物观察准确精当，对声音、色彩非常敏锐；善于集赋、比、兴各种手法，起承转合，手挥目送，曲尽意未尽；文笔精美婉丽，节奏跌宕有致，饱含诗意和生活情趣。其代表作有《荷塘月色》、《背影》、《桨声灯影里的秦淮河》等。

第一部作品为《幻灭》的文学家是谁？

茅盾（1896-1981年），原名沈德鸿，字雁冰，浙江嘉兴桐乡人。茅盾是他1927年发表第一篇小说《幻灭》时所用的笔名。他是中国现代著名作家、文学评论家和文化活动家以及社会活动家，五四新文化运动先驱者之一，也是我国革命文艺奠基人之一。

茅盾出身于世代书香门第，父亲沈永锡是清末的秀才，通晓中医，是具有开明思想的维新派人物，注重自然科学，希望儿子学实业，没想到茅盾却走向了文学这条道路。在茅盾10岁时父亲就逝世了，他是在母亲的教育下成长的。茅盾的母亲陈爱珠是大家闺秀，通文理，有远见，对孩子们严格要求，茅盾称"我的第一个启蒙老师是我母亲"。

被称为"人民艺术家"的正红旗文学家是谁？

老舍（1899-1966年），原名舒庆春，字舍予，笔名老舍，中国现代小说家、文学家、戏剧家。老舍的一生，总是在忘我地工作，他是文艺界当之无愧的"劳动模范"，发表了大量影响后人的文学作品，获得"人民艺术家"的称号。

他是满族正红旗人，出身在北京城的一个贫民家庭，在大杂院里度过了艰难的幼年和少年时代。父亲舒永寿，是清朝保卫皇城的一名护兵，在八国联军攻陷北京的时候阵亡。父亲死后，家境是一日不如一日，老舍就和性格刚强的母亲相依为命，过着艰苦的日子。后来，因得到别人的资助，到一家改良的私塾读书，1913年，考入了免费供应吃住的北京师范学校。五四运动的前一年，从北京师范学校毕业的老舍，不但没有参加激进的新文化运动，而且对五四运动采取的也是一种旁观的态度。可以说，在二三十年代，老舍与时代主流始终保持着一定距离，并且常常试图在创作中突破一般感时忧国的范畴，而去探索现代文明的病源。1924-1929年，老舍旅居在英国，开始了其真正的文学创作，这一时期的作品有三部长篇小说《老张的哲学》、《赵子曰》、《二马》，都曾在《小说月报》上连载过。1926年，经许地山的介绍，老舍加入了文学研究会。

1930年回国，到三十年代中期，老

舍的创作进入了巅峰期。他于1936年写下的著名的长篇小说《骆驼祥子》，可堪称是现代文学史上最出色的长篇小说之一。此外，还有写于1930-1931年年间的《大明湖》、《猫城记》（1932年）、《离婚》（1933年）《牛天赐传》（1934年）《文博士》（1936-1937年）等长篇巨制。《大明湖》的原稿被战火焚毁，未能出版。后来，他从中提炼出了一部中篇小说，就是著名的《月牙儿》。这一阶段，他还创作了中篇小说《新时代的旧悲剧》（1935年）和三个短篇小说集《赶集》、《樱海集》、《蛤藻集》，展现了其旺盛的创作力。

从抗战爆发到全国解放的这十几年间，是老舍创作的又一个阶段。1938年中华全国文艺界抗敌协会后，老舍曾任总务部主任，积极投身抗战文艺工作。这一时期他创下了大量的作品，主要有长篇《火葬》（1944年）、《四世同堂》（1944-1948年）、《鼓书艺人》（1949年）、中篇《我这一辈子》（1947年）、中篇小说集《月牙集》、短篇小说集《火车集》、《东海巴山集》、《微神集》、《贫血集》，和话剧《残雾》、《面子问题》、《张自忠》等9种，以及相当数量的通俗文艺作品。这些作品涉及的内容广泛，风格迥异，显示出老舍雄厚的艺术创造功力。

老舍在五六十年代最成功的作品有话剧《茶馆》和未完成的自叙传长篇小说《正红旗下》，1966年8月23日，老舍遭揪斗毒打，次日便选择了自杀，一代"人民艺术家"就这样走入了太平湖，永远地离我们而去了。

老舍在长篇小说上的重要地位是毋庸置疑的。另外，虽然他号称"才力不长于写短篇"，但他的为数不少的短篇中也有一些佳作，如《月牙儿》、《断魂枪》、《微神》、《黑白李》、《柳家大院》、《上任》等都具有很高的艺术造诣和思想价值，并且许多短篇中对人物的刻画也相当的成功。

处女作为《灭亡》的现代文学家是谁？

巴金（1904-2005年），原名李尧棠，字芾甘，现代文学家、出版家、翻译家。巴金，是他第一次发表小说时使用的笔名，大概和当时巴金崇尚的俄国两位无政府主义者巴枯宁、克鲁泡特金的名字有关。巴金被誉为是"五四"新文化运动以来最有影响的作家之一，是20世纪中国杰出的文学大师、中国当代文坛的巨匠。

巴金少年时就深受五四运动影响，1902年考入成都外语专门学校，并和当地进步青年共同结社办刊。1923年离开家庭，到上海、南京等地求学，并积极参加社会活动。1927年赴法国，研读西方资产阶级政治、经济、哲学著述，在求学期间翻译了无政府主义思想家克鲁泡特金的《伦理学》，并开始了文学创作，创下处女作《灭亡》。

代表作为《边城》的现代文学家是谁？

沈从文（1902-1988年），原名沈岳焕，湖南湘西凤凰县人。其祖母是苗族、母亲是土家族，他本人自认为是汉族，是个具有传奇色彩的人物。现代著名小说

家、散文家、历史文物研究专家。一生创下40多本书，包括重要短篇小说结集《龙朱》、《阿黑小史》、《虎雏》、《八骏图》、《月下小景》等；中、长篇小说《边城》、《长河》等；散文《从文自传》、《湘西》、《湘行散记》；文论《废邮存底》、《云南看云集》、《烛虚》等，是现代文学史上多产的作家之一。

1902年，沈从文出生在凤凰城内一个旧式官吏家中，16岁时加入了本乡土著部队，在部队的六年中，他踏遍了湘、川、黔边境各县和沅水流域，领略了无数的秀山丽水，见识了很多奇特古朴的风俗人情，广泛接触到士兵、土匪、农民、船夫、流氓、矿工、妓女、铁匠等下层人民，亲眼目睹了湘兵的勇猛威武，也看到了嗜杀者的残酷无情，这些经历和见闻为他日后的创作打下了坚实的生活基础，年轻的沈从文过早地接触到了生活中的鲜血和阴暗面，反而成就了他后来追求真善美的艺术品格。在军队生活的后期，沈从文的性格和经历发生了改变，他逐渐由贪玩转向好学，开始如饥似渴地学习书本知识。五四之后新书报、新思想的影响增强了他支配自己生命的独立意识，为他走上文学创作之路带来了真正的契机。

1923年8月，沈从文来到北京，先是在北大当旁听生，后来成为中国文坛上崭露头角的青年作家。1933年，沈从文接编《大公报·文艺副刊》，并主持《大公报》文艺奖，有力地扩大了京派的影响，后来曾任西南联大教授。建国后，沈从文转业到了中国历史博物馆，开始潜心研究中国历史文物，并且在这个领域创下了辉煌的成就。1981年正式出版了中国第一部系统研究古代服饰的大型学术专著——《中国古代服饰研究》，赢得了国内外学术界、读书界的高度评价。1988年5月10日，因为心脏病突发去世，终年86岁。

代表作为《莎菲女士的日记》的现代女作家是谁？

丁玲（1904-1986年），原名蒋伟，字冰之，笔名彬芷、从喧等，湖南临澧人。丁玲是一个始终站在女性立场上的作家。她的代表作《莎菲女士的日记》描写的就是"五四"退潮后叛逆苦闷的知识女性。在人物心理刻画上，丁玲非常细腻大胆，感情也很饱满，同时她还追求那种了无出路，伤感、自恋、颓唐的"时代病"，表现的是病态的反抗，包含深刻的历史批判性。另外，她的《韦护》反映了作者流行于公式的独特观察和善于捕捉过渡性历史人物的特殊矛盾。《一九三〇年春上海》表现的是从个人主义走向集体主义的知识分子。《水》记叙的是"普罗"文学重大突破，着重于表现农民觉醒、反抗的群像，放弃了对个别典型的刻画。《母亲》则描写的是封建大家庭的崩溃没落，第一代新女性的坎坷路程。

开创了40年代国统区讽刺小说先河的文学家是谁？

张天翼（1906-1985年）是左联优秀的讽刺小说家以及这一时期少有的文体家。早年的漂泊经历使他对现实社会有了更深更广的了解，他的文学生涯的开始以在鸳鸯蝴蝶派刊物上发表滑稽小说和侦探小说为标志，练就了扎实的文字根底，奠定了幽默讽刺的风格和敏锐的文体意识。1928年，经过鲁迅的手，张天翼在《奔流》上发表了《三天半的梦》，并从此成为新文学作家。

张天翼从发表描写兵士的小说《二十一个》后便崭露头角了。1938年，其代表作《华威先生》问世，从而引发了长达数年的关于抗战文学要不要排斥暴露的争论，为整个40年代国统区的讽刺文学开创了先河。他的小说以幽默轻松的笔调伸向中国社会中下层的各个角落，在营造的别具一格的喜剧世界中展现了旧中国千姿百态的悲剧性社会真相。其作品主要有长篇小说《鬼土日记》、短篇《脊背与奶子》、《笑》、《包氏父子》、《华威先生》、《清明时节》等。

来自益阳的只有6年创作生涯的文学家是谁？

叶紫（1912-1939年）原名俞鹤林，湖南益阳人。他虽然存世只有短暂的27年，但在短短六年的创作生涯中，为革命文学留下了一些重要的作品。他写有短篇集《山村的一夜》、《丰收》和中篇小说《星》。比较遗憾的，他酝酿多年的长篇《太阳从西边出来》和中篇《菱》都没有来得及完成。

叶紫在少年时代就和全家人一起投身于大革命的浪潮，家族中有很多人都为革命而牺牲了。他在流亡中深入地了解到了各种各样的社会现实，促使了他的革命热情不断的高涨。叶紫投身于左翼创作，正如他自己所说：我的对于客观现实的愤怒的火焰，已经快要把我的整个的灵魂燃烧殆尽了。

因病客死香港的天才女作家是谁？

萧红（1911-1942年）是中国现代文学史上一位才华横溢、风格独特的天才女作家，东北作家群的代表人物之一。与世界上绝大多数的天才女作家一样，萧红的一生寂寞坎坷，情感上屡遭不幸，创作生涯仅仅9年，年仅31岁就因病客死香港，其本身的经历就是一部小说。她和萧军、端木蕻良之间的感情纠葛，更成为了长期以来能够引起人们兴趣的话题。也正是由于她凄惨的人生，使得她在这短暂的生命历程中创作了大量凄美动人的文学作品，早在三四十年代就风靡一时，经久不衰。主要作品有长篇小说《呼兰河传》、中篇小说《生死场》《马伯乐》、短篇小说《小城三月》以及短篇集《牛车上》《旷野的呐喊》等，在自己不足十年的创作生涯中，创造了东京时期和香港时期两个高峰，留下了许多佳作。

将东北山野气息带入文坛的萧"侠客"是谁？

萧军（1907-1988年）在中国现代文学史上与萧红齐名，两人不但是爱侣，而且是战友，人称二萧。萧军是中国现当代文学史上非常富有传奇色彩的作家，这与他的作品无关，当然也不仅仅是因为他与萧红的爱情故事，更多的是因为他的性格。萧军是典型的关东大汉，为人粗犷豪放，具有"侠客"的精神。再加上青年时当过士兵、下级军官，长期生活在社会底层，嫉恶如仇，为人仗义，个性倔强，具有强烈的反抗精神。萧军把东北山野的强悍气息带进了文坛之中，读他的作品，扑面而来的

便是那粗犷、强悍的气息。

代表作为《大地的海》的东北文学家是谁？

端木蕻良（1912-1996年）是东北作家群的重要一员，也是典型地表现大地深情的流亡者文人。其成名作是短篇小说《鹭鹭湖的忧郁》，此外还有《浑河的急流》《雪夜》《遥远的风沙》，以及长篇小说《大地的海》《科尔沁旗草原》等。

被誉为"小说的近代史"的作家是谁？

李劼人（1891-1962年）的三部曲小说《死水微澜》、《大波》和《暴风雨前》，在中国现代文学史上负有盛名，被郭沫若称为"小说的近代史"。

20年代的李劼人还只是一个著名的法国文学翻译家，作为一个具有全国影响的重要小说家出现在文坛，是三十年代中期的事。1925年，李劼人刚从法国回来，便萌生了模仿法国大河文学来表现中国当代历史的念头，后来经过三年的不懈努力，终于写成了连续性的近代史长篇小说《死水微澜》《暴风雨前》《大波》，其中前两部是在1936年完成的，后者则是在1937年完成的。

代表作为《卖布谣》的文学家是谁？

刘大白（1880-1932年）在新诗创建时期的贡献是非常值得重视的。在五四新思潮的激荡之下，他从1919年便开始创作白话新诗。出版新诗集《旧诗新话》和《邮吻》、《旧梦》。

刘大白的早期诗歌中，也有不少写景诗和爱情诗，还有一些哲理性的小诗。但是，最能体现他早期诗歌的思想和艺术特征并一向受人称赞的，却是那些揭示民间疾苦，反映阶级压迫和劳动人民（农民和手工业者）痛苦生活的诗篇。代表作《卖布谣》、《田主来》。

代表作为《扬鞭集》的文学家是谁？

刘半农（1891-1934年），代表作诗集《扬鞭集》和《瓦釜集》。现实感强的诗歌收集在《扬鞭集》中；用江阴方言写的民歌体诗作，结集为《瓦釜集》。

刘半农在改革诗歌形式和音节上也曾作过各种探索和尝试。《瓦釜集》中的诗，有一些是收集和整理民歌民谣的成果。诗人在《瓦釜集·代自序》中说"集名叫'瓦釜'，是因为我觉得中国的'黄钟'实在太多了"。"黄钟毁弃，瓦釜齐名"，他要尽力"把数千年来受尽侮辱与蔑视，打在地狱里而没有呻吟的机会的瓦釜的声音，表现出一部分来。"诗人在这方面的主张和实践，对以后中国新诗创作的群众化和新的民族形式的创造，都具有开创意义。

"左联"五烈士之中来自象山的诗人是谁？

殷夫（1909-1931年），本名徐伯庭（一说徐祖华），笔名殷夫、白莽、徐白等，浙江象山人。他是我国的诗人和革命家，在他短暂的革命青春中曾经三次被捕，是"左联"五烈士之一。1931年2月7日，在上海龙华被国民党反动派秘密杀害，年仅21岁。

殷夫的早期抒情诗构思新颖、音韵和谐，在孤寂中蕴藏着浓烈的感情，显示了他较高的才华。但由于他是处于革命转变时期的知识分子，所以抒情总是比较婉约纤丽，大都是歌颂爱情和自然的。如"我的爱是一朵玫瑰，五月的蓓蕾开放于自然的胸怀"（《呵，我爱的》）。当时的殷夫对于人民革命的时代主潮既向往又隔离。随着革命斗争的深入，殷夫的诗作表现出的堂堂正正的无产阶级气魄越来越明显，把"红色抒情诗"的创作推向了一个艺术高峰。风格也变得更加粗犷、激越、语言趋于自然质朴。代表作有《血字》和著名的《别了，哥哥》。

殷夫的诗，以壮为诗魂，采用的多是浪漫主义直抒胸臆的抒情方法，以英雄主义的调子，再加上急骤的旋律和钢铁般的语言，表现出一种刚健雄浑的诗风。

被誉为"泥土诗人"的现代作家是谁？

臧克家（1905-2003年），山东诸城人。他刚登上诗坛时，受到了闻一多的直接影响。他的诗歌创作在形式上也表现出明显的新月派风格，如他的成名作《难民》就有闻一多写作的关于农村题材的作品《荒村》的影子。但乡土题材只是闻一多诗中的一小部分，而臧克家因在乡村成长的经历，最终给他带来的是别人无法模仿的独特的诗歌风格。尽管他并没有直接表现工农革命斗争，但对下层人民却表示了极大的同情。在坚持现实主义这一点上，他和中国诗歌会的诗人确有相通的地方。从1932年开始写诗，到诗集《烙印》、《罪恶的黑手》、《自己的写照》问世，臧克家始终坚持自己的贴近泥土的创作原则，被誉为"泥土诗人"。

朱自清指出，中国现代诗歌从臧克家起，"才有了有血有肉的以农村为题材的诗"，这主要是因为诗人和农村血肉般的紧密联系，以及对底层艰难困苦的人民的关注和同情。

1933年，臧克家第一本诗集《烙印》出版，立刻引起文坛的广泛关注。茅盾甚至说在当今青年诗人中，《烙印》的作者也许是最优秀的一个了。臧克家之后又相继出版了《罪恶的黑手》《自己的写照》《运河》等诗集。此外，他的《烙印》《老马》《当炉女》《难民》等，都是比较著名的诗篇。

被称为"世纪老人"的现代女作家是谁？

冰心（1900年10月5日-1999年2月28日）享年99岁，籍贯福建福州长乐横岭村人，原名为谢婉莹，笔名为冰心。取"一片冰心在玉壶"为意。被称为"世纪老人"。现代著名诗人、作家、翻译家、儿童文学家。曾任中国民主促进会中央名誉主席，中国文联副主席，中国作家协会名誉主席、顾问，中国翻译工作者协会名誉理事等职。

1926年，冰心获文学硕士学位后回国，执教于燕京大学和清华大学等校。此后著有散文《南归》，小说《冬儿姑娘》等，表现了更为深厚的社会内涵。抗日战争期间在昆明、重庆等地从事创作和文化救亡活动。1946年赴日本，曾任东京大学教授。1951年回国，先后任《人民文学》

编委、中国作家协会理事、中国文联副主席等职。作品有散文集《归来以后》《我们把春天吵醒了》《樱花赞》《拾穗小札》和《晚晴集》等，展示出多彩的生活，艺术上仍保持着她的独特风格。其中《寄小读者》《再寄小读者》《三寄小读者》，表现了她对儿童的爱，她希望儿童们能有一个美好的心。她的作品还有诗集《繁星·春水》，为无标题的自由体小诗，以"自然""童真"与"母爱"为主题，以对母爱与童真的歌颂、对自然的赞颂以及对人生的思考和感悟为主要内容，表达了她对母亲的情感、对孩子的喜爱、对自然的赞叹及对人生的理解，被著名作家茅盾称为繁星格与春水体。她的短篇小说《空巢》获1980年度优秀短篇小说奖。儿童文学作品选集《小桔灯》于同年在全国少年儿童文艺创作评奖中获荣誉奖。冰心的作品除上面提到的外，还出版有小说集《超人》《去国》《冬儿姑娘》，小说散文集《往事》《南归》，散文集《关于女人》，以及《冰心全集》《冰心文集》《冰心著译选集》等。

"现代派"诗人的领袖是谁？

戴望舒（1905-1950年），原名戴梦鸥，浙江杭州人，现代著名诗人，文学翻译家，被称为"现代派"诗人的领袖。先后出版诗集有《我底记忆》《望舒草》《望舒诗稿》等。

从诗艺探索的阶段性方面看，可将戴望舒的诗作分为四个阶段，经历了从早期浪漫主义的感伤抒情到成为"现代派"代表诗人的发展过程；从思想发展的阶段性来看，可以以抗日战争的全面爆发为界，

分为前后两个阶段。

戴望舒的艺术创作可以分为四个阶段：

第一个阶段：创作的早期，以写于1922-1924年，《我底记忆》中的"旧锦囊"一辑12首诗为代表，是他的少年习作。

第二个阶段：向现代诗过渡的阶段，不但吸收了西方现代派的艺术手法，而且还受到了新月派格律诗的影响。所以这一段时期的诗比较注重音乐性，句式大体整齐，押韵且韵位固定，追求回荡的旋律和流畅的节奏。如《雨巷》就是这一时期的著名的代表作。

第三个阶段：创作的成熟期。这一时期，戴望舒摆脱了音乐的束缚，采用自然进展的现代口语，服从诗人情绪展开所需要的内在节奏，向以散文美为特征的自由体诗形式转化，将字句的节奏用情绪的节奏代替了，诗风也开始转向"厚朴"。《我的记忆》这首诗是这一时期的主要成果。

第四个阶段：后期的创作。他早期和成熟期的作品，表现的多是爱情苦闷和个人的忧郁，离时代很远。而1937年抗日战争爆发之后，戴望舒加入民族解放斗争的行列中，诗的内容和歌调都发生了巨大的变化。于1939年写下的《元日祝福》，就是这种巨大变化的标志。

现代话剧的真正意义上的奠基人是谁？

曹禺（1910-1997年），原名万家宝，出生在天津一个没落的封建官僚家庭中，母亲在生下他三天之后就因患产褥热

★曹禺

野》《北京人》等。

而去世，是由其继母把他抚养成人的。其父于辛亥革命之后曾出任宣化镇守使等职，但不久官场失意，回到家经常是牢骚满腹，使整个家庭笼罩在非常抑郁的氛围中。

1928年，曹禺升入南开大学政治系学习，1930年离开南开，转入清华大学西洋文学系。1933年，又入清华大学校研究院进行深造，专攻戏剧。在这期间，曹禺研读了大量的戏剧文学作品，从古希腊三大悲剧作家，以及莎士比亚、易卜生、契诃夫、奥尼尔等戏剧大师的创作中汲取了丰富的文化艺术以及文学修养，为他戏剧创作的腾飞打下了坚实的基础。曹禺可谓是现代话剧真正意义上的奠基人，也是现代话剧艺术的一座高峰，他的剧作影响和培养了中国几代剧作者、导演、演员，在中国现代话剧整体面貌上打上了自己深深的印记。代表作品有《雷雨》《日出》《原

来自杭州的夏端先是谁？

夏衍（1900-1996年），字端轩（端先），原名沈乃熙，出生于浙江省杭州市郊一个没落的书香门第家庭。他于1920年留学日本，并深受国内革命浪潮的影响。1927年大革命失败后，夏衍回国，在革命处于低潮时期毅然加入中国共产党，并先后加入左翼作家联盟和左翼戏剧家联盟，成为中国左翼文化运动的领导者之一。在数十年的文学生涯中，在戏剧、电影、杂文、散文、政论、随笔、报告文学、翻译等诸多领域都留下了他光辉的一笔，取得了相当丰硕的成果。

发表了《母亲的梦》等剧作的文学家是谁？

李健吾（1906-1982年），山西省运城县，其父是辛亥革命晋南领导人，1919年被北洋军阀杀害。这在很大程度上影响了李健吾于民主主义的倾向。李健吾毕业清华大学西洋文学系，30年代留学法国。

其戏剧创作观基于人性，他认为作品应该建立在一个深广的人性上面，并且要富有地方色彩，然后传达人类普遍情绪，对戏剧人物的刻画重在人性中"善恶并存"，重在描写人物内心的矛盾冲突。

李健吾的早期创作有《母亲的梦》等剧作，1933年回国后，又先后发表了《这不过是春天》《梁允达》《村长之家》《以身作则》《新学究》《十三

年》等，是30年代具有一定影响的剧作家。

以《丰饶的原野》而闻名的小说家是谁？

艾芜（1904-1992年），原名汤道耕，四川新繁县人，是沙汀的同乡，也是同学，为了创作，两人还同时请教过鲁迅，他们的创作生涯也差不多是同时开始的。艾芜早年，在五四新文化思潮的影响下，曾经怀着"劳工神圣"的信仰，孑然一身，在我国西南边境、缅甸、新加坡、马来亚等东南亚一带流浪，曾从事过杂役、马店活计、僧人伙夫、报馆校对、小学教师等各种各样的职业，也曾在云南西部的群山中度过一段时间，并以此为基础走上了创作的道路，是一位颇具传奇色彩的作家。艾芜的《南行记》里面的那些特异的生活素材来源于他的亲身经历，体现的是社会下层人民的思想感情。后来因为从事革命活动，被缅甸当局驱逐回国，不久就成为"左联"的青年作家之一。

艾芜在抗战的环境中明显地看出他由独特的浪漫风格转向了暴露压迫和苦难，主要代表作是三部长篇小说《丰饶的原野》（由三个系列性的中篇《春天》《落花时节》和《山中历险记》组成）《山野》和《故乡》；以及中篇小说《一个女人的悲剧》短篇小说《石青嫂子》。

被称为"农民诗人"的讽刺小说家是谁？

沙汀（1904-1992年）是继鲁迅之后、赵树理之前，在讽刺中国农村现实方面具有鲜明的民族特色的作家，被评论家杨晦誉为"农民诗人"，具有与鲁迅相似的沉郁厚重的讽刺美学风格。

与张天翼一样，沙汀是以"左联"新人的身份而登上文坛的。他早年积极参加革命，流落上海时与成都省立第一师范的同学艾芜相遇，从此便开始自己的创作生涯。两人曾一起就如何写作的问题向鲁迅先生请教，这就是有名的关于题材问题的通信，鲁迅先生所说的"选材要严，开掘要深"成为了沙汀创作的座右铭。

沙汀30年代的小说创作反映了左翼文学的深化过程。其成名作是《法律外的航线》，剪辑的是长江航线上一艘外国商船上的一连串镜头，不但从正面写出帝国主义分子对中国人民的欺凌，而且还从侧面展示了两岸农村土地革命的斗争。但是这一时期的创作带有印象式的痕迹，后来他接受了茅盾的建议，放弃了这种写法，把笔锋转向了极为熟悉的四川农村社会中，大放讽刺的光彩。

著有长篇小说《财主的儿女们》的文学家是谁？

路翎（1923-1994年），原名徐嗣兴，江苏南京人。1939年开始在胡风主编的《七月》杂志上发表文章，主要作品有短篇集《青春的祝福》《求爱》《在铁链中》，中篇《饥饿的郭素娥》《蜗牛在荆棘上》《燃烧的荒地》，及长篇代表作《财主的儿女们》。1943年3月，路翎发表了中篇小说《饥饿的郭素娥》，这部作品是路翎早期的典范之作，具有强烈的路翎式风格。

以《金锁记》而闻名的现代女作家是谁？

张爱玲（1920-1995年），中国现代作家，原名张瑛，生于上海租界，祖父张佩伦是清代的名门重臣，祖母是李鸿章的女儿。童年时期生活在朱门大院，得以贪图到前清贵族的荣华富贵。其父是典型的遗少派子弟，与其母亲，即西洋化的南京黄军门的小姐长期感情不和，致使母亲经常出走国外，十岁时父母离异。张爱玲从小就在父亲、姨太太、生母、后母的中间周旋，在高门巨族中过着孤独且凄凉的生活。1943年，是张爱玲奇迹般地出现在上海文坛的一年，第一篇小说《沉香屑·第一炉香》登在周瘦鹃主编的《紫罗兰》杂志上，后来《茉莉香片》《心经》《倾城之恋》《金锁记》《封锁》《琉璃瓦》及一些随笔，相继出现在上海的各个杂志上，倍受称赞。从1943年—1946年，张爱玲和伪政府要员汉奸胡兰成的短暂婚恋，给她的心灵和生命都蒙受了巨大的阴影，再加上李鸿章重外孙女的身份，以及对新生活的不习惯，张爱玲在1950年终告别了生她养她培养了她的上海，先去香港，后来辗转到美国。于1956年，张爱玲和美国著名戏剧家赖雅缔结姻缘。1995年9月，孤独地死在自己的寓所。

著有中短篇小说集《传奇》散文集《流言》，长篇小说《十八春》等，电影剧本《多少恨》《太太万岁》，以及学术专著《红楼梦魇》等。具有代表性的作品有《金锁记》《红玫瑰与白玫瑰》《倾城之恋》《自己的文章》《沉香屑第二炉香》《公寓生活记趣》等。

来自无锡的钱槐聚是谁？

钱钟书（1910-1998年），字默存，号槐聚，江苏无锡人，中国现代著名作家、文学研究家。书评家夏志清先生评论其小说《围城》是"中国近代文学中最有趣、最用心经营的小说，可能是最伟大的一部"。钱钟书在文学、国故、比较文学、文化批评等领域的成就，推崇者甚至冠以"钱学"。

钱钟书出身书香世家，古文家钱基博的长子。早年毕业于清华大学西洋语言文学系。1935年，考取英国退回庚子赔款留学名额，在牛津大学英国语文系攻读两年，又到巴黎进修法国文学一年，于1938年回国。曾先后在多所大学任教：西南联大外文系教授、湖南兰田师范学院英语系主任、上海暨南大学外语系教授、中央图书馆英文总纂、清华大学外文系教授。从1953年起，任文学研究所研究员，1982年任中国社会科学院副院长。

钱钟书1941年回上海探亲期间，正赶上太平洋战争爆发，上海孤岛落入了日本兵的手里，被困居在上海。他主要从事学术研究，文艺创作的数量并不算多。但是，由于他对中外渊博精深文化的把握，还有对世态人情的细致入微的体察，使他的作品在主题、叙事和风格上独树一帜，获得了机智、博学和讽刺作家的崇高声誉。同年，钱钟书出版散文集《写在人生边上》，1946年出版短篇小说集《人·兽·鬼》。1947年，发表长篇小说《围城》，才情横溢，妙喻连篇，可谓是家喻户晓。此外，还有诗学著作《谈艺

录》和一些学术著作《宋诗选注《管锥篇》《七缀集》等。

钱钟书深入研读过中国的史学、哲学、文学经典，同时不曾间断对西方新旧文学、哲学、心理学等的阅览和研究，著有多部享有声誉的学术著作。

以《金粉世家》而闻名的小说家是谁？

张恨水（1895-1967年），原名张心远，出生在江西广信一个小官吏家庭。1914年在汉口为小报写补白，开始以"恨水"为笔名。1924年发表了处女作《春明外史》，在当时是具有很大影响的一部长篇小说，从此踏上了通俗文学的创作之路。随后张恨水倾其一生创作了一百多部中长篇通俗小说，发表的文字超过了两千万，以抗战为界分为前后两个时期。在前期，他更多的是把文学当作"高兴时的游戏或失意时的消遣"，代表作有《金粉世家》《啼笑姻缘》《春明外史》等；抗战爆发所造成的民族意识空前统一的文化局面，使张恨水通俗小说的雅化转向另一面，创作进入了一个新的阶段，呈现出了新的风貌。其后期代表作有《八十一梦》《五子登科》《魍魉世界》等讽刺小说和《水浒新传》《丹凤街》《秦淮世家》等历史、言情小说。其中尤其以讽刺小说获得的成就最大，并得到了新文学界的高度肯定。

张恨水有着独特的创作立场：一方面，他的文学观念中始终没有放弃章回小说的形式和通俗文学的娱乐性；另一方面，他又立足章回体而不断拓宽通俗小说的功能，追求时代的潮流，不甘落后，让章回小说能够容纳不同时代的题材内容，从而把章回体调适为一种富于弹性的新旧皆宜的文体，并不仅仅能用来写鸳蝴式的故事。

以《荷花淀》而闻名的文学家是谁？

孙犁，原名孙树勋，出生于河北省安平县，1938年投身于抗战洪流，长期在晋察冀根据地从事抗战文化宣传工作。1939年开始正式发表小说、散文，1944年到延安鲁迅艺术学院当研究生、教员，在《解放日报》副刊上陆续发表了《荷花淀》《芦花荡》《麦收》等一批清新亮丽的白洋淀系列小说。在慷慨激昂的战争年代，这些小说立刻引起了文坛的关注。孙犁先后结集出版了《荷花淀》《芦花荡》《嘱咐》《采蒲台》等和中篇小说《村歌》，其中《荷花淀》和《白洋淀纪事》是散文、小说的合集。作者那种清新而又细腻的艺术格调，受到了读者广泛的喜爱和赞赏。

被称为"吹芦笛的诗人"的作家是谁？

艾青（1910-1996年），原名蒋海澄，号海澄，曾用笔名莪加、克阿、林壁等，浙江金华人，艾青出身于地主家庭，但因为刚出生就有术士说他命克父母，以致引起了父母的厌烦，将其送到一个贫苦农妇家里寄养，这位农妇即"大叶荷"。这使他和父母的感情非常淡漠，以及从小就同情农民，并感染了农民的淳朴和忧郁。他是中国现代诗人，被认为是中国现代诗的代表诗人之一。主要作品有《大堰河——我的保姆》《艾青诗选》。在精神历程上，艾青是从画家成为诗人的，则是从时代的"叛逆者"逐渐变成了时代的"吹号者"。

以"时代三音曲"而闻名的文学家是谁？

1997年4月，一位青年作家因心脏病突发在北京病逝。他生前默默无闻，死后他的小说却在社会上引起了巨大的轰动。这个人就是王小波。王小波在小说上的贡献，主要是以《黄金时代》《白银时代》《青铜时代》命名的"时代三音曲"。这些小说始终以"文革"时期这一动乱年代作为基本的叙事母题，在对性与政治、社会、革命的关系的剖露中，展现出那个环境中，作为主体的个人所蒙受的理性损伤、创造力的毁灭以及健康自然的生命状态的扭曲。这是对我们泛道德化世界的尽情嘲讽，是对支撑中国几千年的反智主义思维的沉重一击。在自由不羁、充满即兴意味的叙事中，作品形成了机智而不做作，也不沉溺的独特风格。

卧轨自杀的最具独创性的诗人是谁？

在新诗发展的历程中，海子是最具独创性的一位诗人，也是最出色的抒情诗人。海子原名查海生，1964年生于安徽省怀宁县高河查湾，1979年入北京大学法律系就读，毕业后在中国政法大学执教。他在生前几乎无人知晓，然而当他在1989年3月26日在河北省山海关卧轨自杀后，却震惊了整个中国诗坛。正如谢冕先生所说，"他已成为一个诗歌时代的象征"。

他的诗在20世纪80年代末曾有多大影响，在他死后，社会上却掀起了一股狂热的学习海子的风潮，很多人不仅学习他在诗歌中写"麦地""村庄"，写神圣、纯洁，甚至追随他的道路去自杀。第三代诗人所开拓的平民化、口语化的诗歌道路，几乎在他一个人手中中止了。海子的诗歌将自己童年与少年时代的乡村生活的体验融入了诗歌中，构造了一个由"麦地"、"天空"、"土地"、"村庄"、"月亮"等原始意象构成的单纯世界。他的短诗营造了一个纯粹、唯美、圣洁的艺术境界，具有一种美得令人心碎的抒情力量。

墨子的思想主张是什么？

墨子主张"兼爱"，反对儒家从宗法制度出发的亲疏尊卑之分；提出"非攻"，反对各国之间以掠夺为目的的战争；要求"节葬"、"节用"，反对奢华的生活方式以及礼乐制度；鼓吹"尚同"、"尚贤"，反对任人唯亲。他还相信"天志"和鬼神的存在。所以，有的学者认为墨子的思想代表了"农与工肆之人"的利益。墨学在战国时曾一度盛行，与儒学同为当代的"显学"。西汉以后，逐渐衰弱。《墨子》为墨翟及其弟子、后学所著，是墨家学派的著作总汇，汉代有七十一篇，现存五十三篇。

孟子的政治思想是什么？

孟子继承和发展了孔子的德治思想，发展为仁政学说，成为其政治思想的核心。他把"亲亲"、"长长"的原则运用于政治，以缓和阶级矛盾，维护封建统治阶级的长远利益。孟子一方面严格区分了

统治者与被统治者的阶级地位，认为"劳心者治人，劳力者治于人"，并且模仿周制拟定了一套从天子到庶人的等级制度；另一方面，又把统治者和被统治者的关系比作父母对子女的关系，主张统治者应该像父母一样关心人民的疾苦，人民应该像对待父母一样去亲近、服侍统治者。他对当时某些统治者虐民以逞的行为提出尖锐的批判，甚至斥责为"率兽而食人"（《梁惠王》），同时基于宗族统治集团的利益对君主的个人绝对权威表示否定："君有大过则谏，反复之，不听，则易位。"（《万章》）"君之视臣如草芥，则臣之视君如寇仇。"（《离娄》）"闻诛一夫纣矣，未闻弑君也。"（《梁惠王》）这样的话，在专制强化的后世未有第二人敢说了。

老子在文学史上占据什么样的地位？

老子在文学史上的地位，主要是由其精深的辩证法思想和美学体系所奠定的。历代学者对《道德经》的文章也颇为赞赏，如刘勰称其"精妙"，薛道衡称"其辞简而要，其旨深而远。飞龙成卦，未足比其精微；获麟笔削，不能方其显晦"（《老子庙碑》）。但总的来说，其文学成就较之思想与美学成就，思想与美学成就反倒更高一筹。

庄子的哲学思想是什么？

庄周的思想，是以老子为依归。但《老子》的中心，是阐述自然无为的政治哲学。《庄子》的中心，则是探求个人在沉重黑暗的社会中，如何实现自我解脱和

自我保全的方法。庄子的思想包含着朴素辩证法因素，主要思想是"天道无为"，认为一切事物都在变化。他认为"道"是"先天生地"的，从"道未始有封"，庄子主要认为自然的比人为的要好，提倡无用，认为大无用就是有用。因此庄子提倡的无用精神（即"道"是无界限差别的），属主观唯心主义体系。对于个人人生，《庄子》强调"全性保真"，舍弃任何世俗的知识和名誉地位，以追求与宇宙的抽象本质"道"化为一体，从而达到绝对和完美的精神自由。《庄子》对现实有深刻的认识和尖锐的批判。在政治上庄周主张"无为而治"，反对一切社会制度，摈弃一切文化知识。不同于其他人只是从统治者的残暴来看问题，作者还更为透彻地指出，一切社会的礼法制度、道德准则，本质上都只是维护统治的工具。《胠箧》说，常人为防盗，总把箱子锁得很牢；遇上大盗，连箱子一起偷了。"圣知仁义"就是锁牢箱子的手段；大盗窃国，"并其圣知仁义而窃之"。所以，"窃钩者诛，窃国者侯。诸侯之门，而仁义焉存。"

荀子的思想与孔孟有什么区别？

荀子的思想偏向经验以及人事方面，是从社会脉络方面出发，重视社会秩序，反对神秘主义的思想，重视人为的努力。孔子中心思想为"仁"，孟子中心思想为"义"，荀子继二人后提出"礼"，重视社会上人们行为的规范。以孔子为圣人，但反对孟子和子思为首的"思孟学派"哲学思想，认为子贡与自己才是继承孔子思想的学者。荀子认为人与生俱来就想满足

欲望，若欲望得不到满足便会发生争执，因此主张人性本恶，须要由圣王及礼法的教化，来"化性起伪"使人格提高。

韩非如何看待民众、君主和臣下？

对于民众，他吸收了其老师荀子的"性本恶"理论，认为民众的本性是"恶劳而好佚"，不相信人可以经教育感化而为善。只相信赏罚分明，以利驱使人、以害禁制人。即要以法来约束民众，施刑于民，才可"禁奸于为萌"。因此他认为施刑法恰恰是爱民的表现。容易让人忽视的是韩非是主张减轻人民的徭役和赋税的。他认为严重的徭役和赋税只会让臣下强大起来，不利于君王统治。

对于君主，他主张"事在四方，要在中央；圣人执要，四方来效"，国家的大权，要集中在君主一人手里，君主必须有权有势，才能治理天下，"万乘之主，千乘之君，所以制天下而征诸侯者，以其威势也"。为此，君主应该使用各种手段清除世袭的奴隶主贵族，"散其党""夺其辅"；同时，选拔一批经过实践锻炼的封建官吏来取代他们，"宰相必起于州部，猛将必发于卒伍"。

对于政治，韩非主张改革和实行法治，要求"废先王之教"，"以法为教"。他强调制定了"法"，就要严格执行，任何人也不能例外，做到"法不阿贵""刑过不避大臣，赏善不遗匹夫"。

对于臣下，他认为要去"五蠹"，防"八奸"。这些人都有良好的条件威胁国家安危，要像防贼一样防备他们。

为什么说屈原的思想是悲愤的？

屈原所处的时代是社会发展动荡的时代。战国时期，激烈的政治变革促使奴隶制度彻底瓦解，新兴的封建势力已经成为了不可阻挡的历史趋向，旧的思想观念已不能适应新的需要。屈原身为协助君王制定国策的左徒，以及主管教育的三闾大夫，当然提出了不少顺应时代发展的主张。最初他的这些主张，虽然受到楚怀王的青睐，但由于触及了统治阶级的利益而被陷害。在政治上，屈原遭遇的虽然是一个悲剧，但却造就了他的艺术成就。思想的悲愤，使他开创了"发愤抒情"的先声，著述了《离骚》等楚辞巨篇。政治的革新虽然失败了，但对他的诗体革新却产生了影响。

屈原有什么样的重要贡献？

屈原突破传统的四言诗的桎梏，创立了自由长短句的新体诗。这一诗体的大变革与屈原的美政本民的政治变革交相辉映，成为了屈原一生中的两大丰碑。政治变革虽以悲剧而告终，但诗体变革的光辉却烛照千古！

因此屈原最大的贡献是开创并著作了《楚辞》，在我国诗史上占有极重要的地位。屈原的诗是我国诗文的重要源头，对我国诗歌的发展产生了巨大的影响。屈诗具有的强烈爱国主义精神和鲜明政治观点，以及现实主义与浪漫主义相结合的风格，奠定了我国诗歌的风骨。屈原不愧是我国诗歌之父。

宋玉的楚辞作品有哪些？

关于宋玉的作品，《汉书·艺文志》着录16篇，无具体篇目。现可见署名宋玉的作品，王逸《楚辞章句》载《九辩》和

《招魂》两篇，萧统《文选》载《风赋》《高唐赋》《神女赋》《登徒子好色赋》《对楚王问》以及《九辩》（五章）和《招魂》。无名氏《古文苑》载《笛赋》《大言赋》《小言赋》《讽赋》《钓赋》《舞赋》六篇。另外，清严可均所辑《全上古三代秦汉三国六朝文》又增辑《高唐对》一篇。其他如《高唐赋》《神女赋》《登徒子好色赋》《风赋》等篇，也有人认为不是宋玉所作，不过它们在文学史上的地位还是相当重要的。

宋玉的成就虽然难与屈原相比，但他是屈原诗歌艺术的直接继承者。在他的作品中，物象的描绘趋于细腻工致，抒情与写景结合得自然贴切，在楚辞与汉赋之间，起着承前启后的作用。后人多以"屈宋"并称，可见宋玉在文学史上的地位。

贾谊在辞赋方面取得了什么样的成就？

贾谊赋的艺术形式基本取法于楚辞，所以他被视为汉代骚体赋的开山作家，但他的作品与《离骚》《九章》《九歌》《九辩》等纯正的屈宋楚辞又有所不同，这表现在《吊屈原赋》《鹏鸟赋》及《旱云赋》三作都或多或少透露了一些变化的痕迹。《吊屈原赋》直抒胸臆，风格朴实，异于屈辞的瑰丽幽渺，尤其是后面的"讯曰"，不仅篇幅比屈辞的"乱曰"明显加长，而且由屈辞的抒情为主转为偏于议论；《鹏鸟赋》假托自己与鹏鸟对话的形式，显然是出于有意识的虚构，已与设为问答、虚构情节的大赋体式相似，借鹏鸟之口宣扬道家思想，与屈辞的抒情亦颇为不同，而更接近汉代的某些赋作；《旱云赋》用相当的篇幅细致地铺写云聚云散、酷旱不雨的景象，则跟接近于以铺采摛文见长的汉大赋。由以上种种表明贾谊又是比较早的一位由楚辞向汉代大赋演进的过渡作家。

司马相如的作品有什么样的独特艺术特点？

第一是结构宏伟，富丽堂皇。表现在讲究场面的开阔，讲究层次分明；多层次的描写，由外及里，由上及下，由近及远；空间的转移，时间的流动；司马相如主张"赋家之心要包括宇宙，总揽人物。"故此，他的赋形成了多种生活，多种场面，多种气氛构成的广阔复杂而又极其统一和谐的艺术画面。

第二是讲究绘声绘色，有声有色。声音、色彩的种类极多，变化大，穷尽极相，惊心动魄。但总体气氛富丽、欢愉、热烈、庄严。

第三是极大程度地利用了汉字字形构造的特点，在字形排列上给阅读者强烈视觉刺激。几十个山字头、鱼字旁，草字头等等的连用，增强文章视觉上的气势。

司马相如的文学成就主要表现在辞赋上。他是汉赋的奠基人，扬雄欣赏他的赋作，赞叹说："长卿赋不似从人间来，其神化所至邪！"

扬雄在辞赋方面取得了什么样的成就？

扬雄是西汉末年著名辞赋家他写的《甘泉》《河东》《羽猎》《长杨》四赋，处处有模拟司马相如赋作的痕迹，缺乏创造性，但由于他才高学博，有的赋还写得比较流畅，有气魄。扬雄晚年认识到汉赋无补于讽谏的根本弱点，辍不复为，并在《法言》等著述中正面提出了自己的文学主张，强调文学的社会作用，强调文学内容与形式统一，这在当时有一定的进步意义。

扬雄的文学思想对后世有怎样的影响？

扬雄的儒家思想表现在其作品中的政教理论意识，强调文学的教化作用。对后世文以载道思想的形成有重要影响。而其思想中的道家因素，又表现为审美的自然情趣。他又提出文质要副称的观点，提倡作文要华实相符，事辞相称，"事胜辞则伉，事辞称则经"。"文以见乎质，辞以睹乎情"，"质干在于自然，华藻在乎人事"，"阴敛其质，阳散其文，文质斑斑，万物粲然"。扬雄的文质副称理论，上接孔子"文质彬彬"，下启魏晋文质理论之端，改变了西汉以来散文质胜于文的状况，其雄辞丽文为东汉文人钦服和效仿。

扬雄对东汉文学有什么样的影响？

扬雄对东汉文学的影响，主要是以下几点：

第一是重视文学的作用，讲究文学的写作技巧。他"少而好学，不为章句。""欲求文章成名于后世"，这就把学术和宦途区分开来，专攻学术文章，对学术和文学创作多有精辟见解。他"好为精湛之思"，不迷信前人古人，不认为先秦人物已把天地间道理穷尽，认为自己也可以发展创新，成为学术伟人。他的创新

精神为桓谭、王充所继承。王充自以为《论衡》与太玄"同一趋"，"文与扬雄为双，吾荣之"。其后，张衡、王符等人都不同程度地受到他的影响。

二是扬雄立"玄"，开东汉学术玄远旨趣的同时，亦开创了东汉文学中崇尚自然的思想情趣和达观玄览的学术境界。

三是扬雄在时代变革时期对儒学传统与辞赋艺术的反思，促进了东汉文学自觉观念的演变。

总而言之，扬雄不为章句、反思复古、创新的精神，促进了他个性意识的觉醒与先秦人本位思想的复苏，开了文学笔触品藻人物的风气。这种倾向成为东汉清议品藻、魏晋清淡品藻风气的滥觞。

张衡的文学作品有哪些？

张衡的文学作品，至今尚存有诗、赋等。诗有《四愁诗》《同声歌》，是五言诗成熟期和七言诗创始时期的重要作品。今存完整的赋作有《二京赋》、《思玄赋》《归田赋》《南都赋》《骷髅赋》《应问》《冢赋》；存有残文的赋有《定情赋》《温泉赋》《羽猎赋》《舞赋》《扇赋》《七辩》。其中以《二京赋》《思玄赋》《骷髅赋》《归田赋》值得一说。

张衡的赋有什么特点？

张衡所有的赋，在语言上都有极为显著的特点，那就是严格的骈偶化。西汉的赋自王褒始就有骈偶的倾向，后来冯衍、班固都注意了骈偶。但真正讲究并且几乎在所有赋中、尤其是大赋中注意追求骈偶，却唯有张衡也。张衡诸赋，音节的协

调铿锵，读起来朗朗上口、回味无穷。即以本书所举例证看，语言形式的讲究，就是史无前例的。所以可以说，汉赋格律化是从张衡开始的。这种格律化，对后来文学形式的影响是非常深远的。骈赋的出现，律赋的形成，以至于影响古文的领域，都和这有着很大的关系。

司马迁的思想有哪些进步？

司马迁接受了儒家的思想，继承孔子的事业，把自己的著作看成是第二部《春秋》。但他并没有承认儒家的独尊地位，同时还接受了各家特别是道家的影响。他的思想中有唯物主义因素和批判精神，特别由于自身的遭遇，更增加了他本身思想的反抗性。班彪、班固父子指责司马迁"是非颇谬于圣人：论大道则先黄老而后六经，序游侠则退处士而进奸雄，述货殖则崇势和而羞贫贱"，这正说明了司马迁的思想比他同时代的许多人站得更高，看得更远，而为一些封建正统文人所无法理解。我们今天正是从这些封建正统文人的指责中，看到了司马迁进步思想的重要方面。

班固的思想对《汉书》有什么样的影响？

由于作者本人具有强烈的正统儒家思想观念，所以，《汉书》中既不具备司马迁那种相对独立的学者立场，也不具有司马迁那样深刻的批判意识。对许多问题的看法，班固甚至是同司马迁直接对立的。只是，我们应该承认班固是一位严肃而有才华的历史学家。他作为东汉的史官记述西汉的历史，站在儒家传统的政治立场，他对西汉历代统治的阴暗面也有相当多的揭露，对司马迁的不幸遭遇也表现出惺惺相惜的同情。

竹林七贤的政治态度有什么不同？

在政治态度上的分歧比较明显。嵇康、阮籍、刘伶等仕魏而对执掌大权，已成取代之势的司马氏集团持不合作态度。竹林七贤的不合作态度为司马朝廷所不容，最后分崩离析：阮籍、刘伶、嵇康对司马朝廷不合作，嵇康被杀害。王戎、山涛则投靠司马朝廷，竹林七贤最后各散西东。

陶渊明如何看待劳动？

陶渊明后期最值得一提的是他亲自参加了劳动。这对当时文人来说是一件非常了不起的大事。封建社会和儒家思想本是鄙视劳动的，两晋南北朝士族表现更为明显。陶渊明却冲破了这种剥削阶级的意识，坚决地踏上了躬耕自给的道路。他改变了剥削阶级鄙视劳动的态度，在一定程度上认识到了劳动的价值；也在与农民共同劳动、平等交往的生活中，对农民产生了亲切的感情，培植了倾向于平等的思想。他原本以为劳动可以自养，所谓"力耕不吾欺"的。但是他的生活，却和一般农民一样，不断地走着下坡路，经常受到饥寒的折磨，有时甚至不得不出去乞食，这也促使他不得不从别的方面去寻求贫困的原因了。上述这些思想的变化，推动诗人提出了没有剥削和压迫的桃花源的理想社会，对不合理的封建社会表示了抗议。

陶渊明在辞赋方面有什么成就？

陶渊明的辞赋继承了抒情小赋的传统，但能洗净铅华，与他的诗、散文在风格上有相同之处。《归去来辞》是历来为人称颂的名篇。这是诗人归田时的作品。文中有力描写了他由迷途折回的喜悦以及对田园生活的热爱，从而表现了他的高洁志趣。篇中如"舟遥遥以轻飏，风飘飘而吹衣，问征夫以前路，恨晨光之熹微。乃瞻衡宇，载欣载奔"一段，诗人从远道归来时的那种愉快心情，仿佛我们亲身感受到一般。又如"云无心以出岫，鸟倦飞而知还"，"木欣欣以向荣，泉涓涓而始流；善万物之得时，感吾生之行休"，蕴意深远，但又表现的极为自然。他的《感士不遇赋》抒发了诗人对士不遇的感慨，也揭露了士不遇的原因。赋中说："宁固穷以济意，不委曲而累己。"表现了他的耿介不阿的品格。他的《闲情赋》则用铺排的写法表现了男女之间深挚的感情，从序文来看，它也是有寄托的。

谢灵运在文学史上占有什么样的重要地位？

谢灵运出身名门，兼负才华，但仕途坎坷。为了摆脱自己的政治烦恼，谢灵运常常放浪山水，探奇览胜。谢灵运的诗歌大部分描绘了他所到之处，比如永嘉、会稽、彭蠡等地的自然景物，山水名胜。谢灵运的诗歌虽不乏名句，但通篇好的很少。他的诗文大都是一半写景，一半谈玄，仍带有玄言诗的尾巴。但尽管如此，谢灵运以他的创作极大地丰富和开拓了诗的境界，使山水的描写从玄言诗中独立了出来，从而扭转了东晋以来的玄言诗风，确立了山水诗的地位。从此山水诗成为中国诗歌发展史上

的一个流派。

鲍照在文学史上占有什么样的地位？

鲍照虽一生仕途坎坷，但他的诗文，在生前就颇负盛名，对后来的作家更产生过重大影响。他的文学成就是多方面的。诗、赋、骈文都不乏名篇，而成就最高的则是诗歌，其中乐府诗在他现存的作品中所占的比重很大，而且多为传诵名篇。最有名的是《拟行路难》18首。他还擅长写七言歌行，能吸收民歌的精华。感情丰富，形象鲜明，并具有浓厚的浪漫主义色彩，对唐代的李白、高适、岑参等人的创作有一定的影响。杜甫评论李白、高适、岑参的诗都提到鲍照，绝不是偶然的。鲍照与谢灵运、颜延之同时，合称"元嘉三大家"。鲍照的集子有南齐永明年间虞炎奉文惠太子萧长懋之命所编10卷。现存鲍照集以《四部丛刊》影印明毛斧季校本《鲍氏集》为较早。明代张溥《汉魏六朝百三家集》本《鲍参军集》最为流行。

陆机为什么创作《文赋》？

陆机首先言作文的原因，第一是有感于外物，第二是有感于前人的作品，强调了其创作的欲望源于对生活的感动和对美文的爱好。一开始，作者就表明他所要探讨的对象偏重于艺术性作品。文章中还指出创作的开始，是高度活跃的、无定规的一连串想象与联想，可上重天，可下九泉，而不是枯燥的理性思索。这就是我们现在所谓的"形象思维"。这个问题，是过去从未有人触及的。同时这里还提出文贵独出心裁，不蹈袭前人。

隋代宫廷文人的作品有什么特点？

隋代还有一群人主要是围绕在隋炀帝杨广周围的宫廷文人。杨广为晋王时，便喜爱招贤纳士，即位之后，这些人大多数都成为了宫中的文学之臣。其中主要人物，如柳䛒、王胄、王眘、虞世基、徐仪、诸葛颖等，都是从梁、陈入隋的。他们本来就熟谙绮丽文风，再加上又是作为文学侍臣，所以作品大多属于"应制""奉和"一类，其才能也只能是用在文章绘句上，这就更引出南朝文学为文造情的一面。从《暮秋望月示学士各释愁应教》这一类题目，不难看出其有一种无病呻吟的倾向。与此对比，杨广本人的某些诗篇倒是还有些可观之处。如一首失题的小诗：寒鸦飞数点，流水绕孤村。斜阳欲落处，一望黯销魂。意象的配置很是巧妙，画面既简单又富有情味。

初唐四杰是如何改变唐诗的面貌的？

"初唐四杰"是指我国唐代初期四位文学家王勃、杨炯、卢照邻、骆宾王的合称，简称"王杨卢骆"。他们都是官小而名大，年少而才高的诗人。他们在初唐诗坛的地位很重要，上承梁陈，下启沈宋，其中卢、骆长于歌行，王、杨长于五律。后人所说的声律风骨兼备的唐诗，从他们才开始定型。

他们开始把诗歌从宫廷移到了市井，从台阁移到了江山和塞漠，题材扩大，思想严肃，五言八句的律诗形式由他们开始了初步的定型。他们怀着变革文风的自觉意识，有一种十分明确的审美追求：反对纤巧绮靡，提倡刚健骨气。他们的诗尽管未能摆脱南朝风气，但其诗风的转变和题材的扩大，预示了唐诗未来的发展方向，

并起了积极进步的作用，他们是真正的唐诗的揭幕人。

在唐诗史上，他们是勇于改革齐梁浮艳诗风的先驱。唐太宗喜欢宫体诗，写的诗也多为风花雪月之作，有很明显的齐梁宫体诗的痕迹。大臣上官仪也秉承陈隋的遗风，其作风靡一时，士大夫们争相效法，世号"上官体"。在齐梁的形式主义诗风仍在诗坛占有统治地位的时候，"四杰"挺身而出，王勃首先起来反对初唐诗坛出现的这种不正之风，接着其余三人也都起来响应，一起投入了反对"上官体"的创作活动之中。他们力图冲破齐梁遗风和"上官体"的牢笼，把诗歌从狭隘的宫廷转到了广大的市井，从狭窄的台阁移向了广阔的江山和边塞，开拓了诗歌的题材，丰富了诗歌的内容，赋予了诗歌新的生命力，提高了当时诗歌的思想意义，展现了带有新气息诗风，推动初唐诗歌向着健康的道路发展。

初唐四杰是如何批判社会的不公的？

他们以寒士的不平批判上层的贵族社会，否定了贵族社会秩序的永恒价值。四杰中较早的卢、骆，都写过一些长篇巨制如《帝京篇》、《长安古意》等。这些诗对帝京的昏庸以及豪贵们骄奢淫逸的生活方式极尽铺张排比之能事，吸收了齐梁以来的歌行的特点，但其思想情调却截然不同。卢照邻的《长安古意》在极写车骑、宫殿、林苑、妖姬、歌舞的豪华后，笔锋突然一转：自言歌舞长千载，自谓骄奢凌五公。节物风光不相待，桑田沧海须臾改。昔时金阶白玉堂，即今惟见青松

在。寂寂寥寥扬子居，年年岁岁一床书。独有南山桂花发，飞来飞去袭人裾。在流动不已的宇宙中，荣华富贵不过如过眼烟云，终归幻灭；而这种穷奢极侈的生活又建筑在多少失志人的贫困之上，尤见荒悖可恨。骆宾王的《帝京篇》也有同样的笔法，也是由敷陈炫耀转为揶揄嘲讽，以失志不平的愤懑取代了歆羡和赞慕。故初唐诗风之转向，实则是由此发端。

为什么孟浩然没有得到唐玄宗的赏识？

经过长达30年的刻苦学习，当他认为自己的诗赋（这是当时科举考试的必考科目）已达到相当水平后，便满怀希望，于开元十六年（728年）赴京应举。虽然考试失利，但早年创作的那些优美诗篇已在京广泛流传，文人名士无不以与他交往为乐事。尤其是当时的大诗人张九龄、王维等都非常赏识他。据传有一天王维私自邀请他到内署作客。不料当朝天子唐玄宗李隆基突然驾临，情急之中，孟浩然隐避于床下。玄宗见王维神情不自然，便问缘故，王维只得据实相告。玄宗一听，说："我早就听说过他的大名，却一直未能见一见他，有什么必要躲起来呢？"于是诏令孟浩然出见，并让他吟诵所作诗文。当孟浩然念到"不才明主弃"一句时，玄宗生气地说："你自己不求仕进，而我并没有抛弃你，为什么要诬蔑我呢？"终于没有任用他。应试不第，对孟浩然无疑是一个沉重打击。从此他绝意仕途，重返故乡隐居，偶而外出游历，纵情于山水田园风光之中。开元二十八年（740年），著名的边塞诗人王昌龄游襄阳，与孟浩然相

会，二人忘情纵饮。当时孟浩然疾疹发背，正在治疗之中，不料因饮酒过量，加重了病情，不久便溘然长逝，终年52岁。

为什么王维会被称为"诗佛"？

王维诗现存不满400首。其中最能代表其创作特色的是描绘山水田园等自然风景及歌咏隐居生活的诗篇。王维描绘自然风景的高度成就，使他在盛唐诗坛独树一帜，成为山水田园诗派的代表人物。他继承和发展了谢灵运开创的写作山水诗的传统，对陶渊明田园诗的清新自然也有所吸取，使山水田园诗的成就达到了一个高峰，因而在中国诗歌史上占有重要的位置。与孟浩然并称，是唐代山水田园诗派的代表人物。王维以清新淡远，自然脱俗的风格，创造出一种"诗中有画，画中有诗""诗中有禅"的意境，在诗坛树起了一面不倒的旗帜。苏轼曾说："味摩诘之诗，诗中有画，观摩诘之画，画中有诗"。

为什么王维的晚年会过着消沉的生活？

王维青少年时期即富于文学才华，9岁知属辞，19岁应京兆府试点了头名，21岁（开元九年）中进士，授大乐丞。但不久即因伶人越规表演黄狮子舞被贬为济州（在今山东境内）司功参军。宰相张九龄执政时，王维被提拔为右拾遗，转监察御史。李林甫上台后，王维曾一度出任凉州河西节度使判官，二年后回京，不久又被派往湖北襄阳去主持考试工作。安史之乱前，官至给事中。他一方面对当时的官场感到厌倦和担心，但另一方面却又恋栈

怀禄，不能决然离去。于是随俗浮沉，长期过着半官半隐的生活。他原信奉佛教，此时随着思想日趋消极，其佛教信仰也日益发展。他青年时曾居住山林，中年以后一度家于终南山，后又得宋之问蓝田辋川别业，遂与好友裴迪优游其中，赋诗相酬为乐。天宝年间，王维在终南山和辋川过着亦官亦隐的优游生活。公元756年，王维被攻陷长安的安禄山叛军所俘，他服药取痢，佯称痦疾，结果被安禄山"遣人迎置洛阳，拘于普施寺，迫以伪署"。平叛后，凡做伪官的都判了罪，但王维因在被俘期间作《凝碧池》诗怀念朝廷、痛骂安禄山，得到唐肃宗的赞许，加之平乱有功的胞弟王缙极力营救，仅降职为太子中允，后来又升迁为尚书右丞。但自此，王维变得更加消沉了。在半官半隐、奉佛参禅、吟山咏水的生活中，度过了自己的晚年。

第三章　诞生最早的文学体裁——诗歌

陈代的诗歌有什么特点？

在诗歌形式方面，七言歌行继续着保持兴旺的势头。相对于梁代作品来说，其篇制更长，换韵也更有规则了。五言诗则普遍律化，对仗、声律的运用也普遍比前代更为严格和纯熟。陈代诗人张正见，诗作的评价一向不高，但他写作了大量格律严整的五言诗，是值得注意的。另外阴铿也是这一时期具有代表性的诗人。虽然拿唐代规定的格律来衡量他们的诗，难免有些不合理，但即使如此，两者的差别也甚小。所以说，诗歌律化过程从齐永明年代开始，至陈代一部分诗人创作中已接近尾声。在内容上，陈代五言诗也有追求简洁、集中、紧凑，避免松散、平冗的趋向。虽不如居于北朝的庾信、王褒那样明显，但总的趋势还是一致的。

"永明体"是如何出现的？

永明是齐武帝年号（483-493年）。当时，围绕着武帝次子竟陵王萧子良，形成了一个庞大的文学集团。但凡当代稍有才名者，均曾被竟陵藩邸所网罗。其中最著名的有萧衍、沈约、谢朓、王融、萧琛、范云、任昉、陆倕八人，号称"竟陵八友"。八友中的沈约和另一位同样与萧子良交密的周颙，是声韵学的专家，他们把考辨四声的学问运用到文学创作中，创下四声八病之说；谢朓、王融、范云等人也积极投入到这种新诗体的创作，造成了古体诗向格律诗演变的一次重大的转折。

永明体的声律有什么要求？

永明新体诗的声律要求，以五言诗的两句为一基本单位，一句之内，平仄交错，两句之间，平仄对立。其余类推。另外又要求避免平头、上尾等八种声韵上的毛病，即"八病"之说。只是"八病"的规定过于苛细，当时人不能完全遵守，后来定型的律诗也并不避忌所有"八病"。除了四声八病的讲究，永明体还有一些写作上的习惯。如篇幅的长短，虽无明确规定，但通常在十句左右。由此发展下去，形成的律诗以八句为一首的定格。还有，除首尾二联外，中间大都用对仗句，这也成为后来一直沿用的律诗定式。

永明体的出现对诗歌有什么样的影响？

导致声律论的提出和运用最直接的原因是，诗歌大多已脱离歌唱，因而作者需要从语言本身去挖掘音乐性的美。当然声律能得到应用的意义还不止于此。因为讲求了音乐性，提出了"好诗圆美流转如弹丸"的审美观念，这就帮助矫正了晋、宋以来文人诗的语言过于艰深沉重的弊病，

从而使其转为清新通畅的风格。因为艰深的词语即使在声律上符合要求，但由于阅读上的障碍，也不能达到通俗流畅的实际目的。再者，由于新体诗的篇幅有一定的限制，不容许过去那种肆意铺排、一味卖弄才华学问的写法。作为一种流行的风气，即使并非新体诗，芜杂拖沓的毛病也渐渐少了，明净凝练的作品开始多起来。这个意味深远的变化，对于梁、陈直到唐代诗歌的语言风格造成了极为巨大的影响。

什么是"艳体诗"？

所谓"艳体诗"，渊源可以追溯到汉代历史悠久的描绘女性美的赋，近因则是模仿南朝民歌的结果。南朝民歌有两个基本的特点，语言华美，色彩浓艳为第一个特点，内容多写男女之情为第二个特点。这种情诗，有表达得委婉含蓄的，也有相当直露的。如《子夜四时歌》中："开窗取月光，灭烛解罗裳。含笑帷幌里，举体兰蕙香。"就表现得相当绮艳。由于南朝社会传统道德意识有所淡化，加以民间风情小调的熏染，从鲍照开始，诗中已经有了艳情成分，至齐代谢朓、沈约等人更为突出。谢诗《赠王主簿》："轻歌急绮带，含笑解罗襦。"沈诗《六忆》："解罗不待劝，就枕更须牵。复恐旁人见，娇羞在烛前。"明显可以看出与民歌的关系。这种艳体诗就是梁代宫体诗的先导。

梁代诗文有什么特点？

梁代文学延续了齐代文学的发展趋势，许多作家的活动也跨越两代，所以习惯上常以"齐梁文学"并称。但梁代文学

也出现了不少新的现象，成为南朝文风最盛的一个时期。从社会环境来说，自梁朝建立到侯景之乱，武帝萧衍当政达四十七年之久，是整个魏晋南北朝政权稳定时间最长的，这为文学的繁荣发展提供了优厚的条件。加上萧衍、萧统、萧纲、萧绎父子数人，都爱好文学，并在文学创作和理论上屡有建树，也大大刺激了文学的兴盛。正如《南史·文学传序》所说："自中原沸腾，五马南渡，缀文之士，无乏于时。降及梁朝，其流弥甚。盖由时主儒雅，笃好文章，故才秀之士，焕乎俱集。"

太康诗风有什么特点？

与汉魏古诗相比，太康诗风"繁缛"的特征表现在以下几个方面：

第一是描写由简单趋向繁复。

第二是语言由朴素古直趋向华丽藻饰。

第三是句式由散行趋向骈偶。

追求辞藻华丽、描写繁复详尽及大量运用排偶，是太康诗风"繁缛"特征的主要表现。从文学发展的规律来看，由简单到繁复，由质朴到华丽，是一个必然的趋势。正如萧统所说："盖踵其事而增华，变其本而加厉，物既有之，文亦宜然。"陆、潘发展了曹植"辞采华茂"的一面，对中国诗歌的发展作出了比较大的贡献，对南朝山水诗的发展及声律、对仗技巧的成熟，也起到了一定的促进作用。

为什么梁代的七言诗会有蓬勃发展？

因为七言诗比五言诗更为舒展且

富于音乐感，也更为和婉动人。在此以前，除鲍照以外，几乎没有人特别注意这一诗型。而在梁代，以现存资料而言，七言诗的作者有十余人，作品数量在百篇以上（包括含七言句的杂言诗）。这就扩大了七言诗的影响，使之成为可与五言诗媲美的重要形式。梁代七言诗与鲍照的作品存在很大差异。即使是杂言的，句式组合也较有规律，不像鲍照《行路难》那样，节奏错综变化，并且大多数是齐言体。但从中产生了一种篇幅较长、隔句押韵、数句一转韵的极富于音乐感的七言歌行（如吴均的《行路难》，萧绎、王褒的《燕歌行》等），以后成为陈、隋及唐人常用的一种形式。如张若虚《春江花月夜》、卢照邻《长安古意》等，均由此生。

唐代民间的诗歌风气是怎样的？

唐代人民群众爱好诗歌成为普遍风气。《全唐诗》中收录了很多和尚、道士、尼姑、宫人、歌妓，以及无名氏的作品，可以看到诗歌在唐代的确不是少数文人的专利品。唐代小说不少引用诗歌，变文和其他通俗文学大量应用五言、七言诗歌作唱词，都说明群众对诗的喜爱。高适、王昌龄、王之涣在旗亭听歌妓唱诗的故事，以及白居易的诗传诵于"王公、妾妇、牛童、马走之口"的事实，更可以想见著名诗人作品在人民群众中广泛流传的盛况。这种诗歌和群众之间的亲密关系，是过去的诗人所无法想象的。这固然是唐诗繁荣的结果，但反过来对诗歌创作也是一种促进

的力量。

唐朝初期的诗歌有什么特点？

唐初诗歌，并没有随着政治经济的统一繁荣而迅速转变，相反地齐梁诗风凭借着帝王的势力还继续统治着诗坛。唐太宗时的虞世南、高宗时的上官仪，都是皇帝优宠的专写浮艳的宫廷诗的代表人物。武后时的沈全期、宋之问也写了大量宫廷诗，但是他们继承前人的成绩，完成了五、七言律诗形式的创造，对诗歌发展有一定的贡献。唐代诗风转变的关键，在于代表中下层地主阶级利益的新起诗人和宫廷诗人展开了斗争。高宗时，"初唐四杰"崛起于诗坛，他们虽然还没有脱尽齐梁诗风的影响，但是已经提出了轻"绮碎"，重"骨气"的主张，对以上官仪为代表的宫廷诗风，深表不满。他们的诗或表现从军报国的壮志，或揭发贵族生活的荒淫空虚，或抒发自己怀才不遇的悲愤，题材内容扩大了，思想感情也开始变化了。武后时代，陈子昂更高地举起了诗歌革新的旗帜，有破有立，提出了在复古中实现革新的主张。而且在创作实践上完全摆脱了齐梁浮艳习气，反映了当时社会、政治上存在的种种矛盾，显示了刚健的风骨，终于改变了齐梁诗风统治的局面，端正了唐诗发展的方向。

盛唐时期的诗歌有什么特点？

盛唐时代，唐诗的发展达到了繁荣的顶峰。充满蓬勃向上精神的浪漫主义的诗风是这时期诗坛的主流。以高适、岑参为主，并有王昌龄、李颀等人共同形成了边塞诗派，这是浪漫主义中一个重要流派。

他们的诗表达了将士们从军报国的英雄气概，不畏边塞艰苦的乐观精神，描绘了雄奇壮丽的边塞风光，也反映了战士们怀土思家的情绪，揭露了将士之间苦乐悬殊的不合理现象，使唐诗增加了无限新鲜壮丽的光彩。以王维、孟浩然为代表的山水诗派，受佛老消极思想影响较深，在政治失意后过着退隐生活。他们的作品以描写悠闲宁静的山水田园生活为主，思想虽然不高，但艺术上很有成就。他们的诗使晋宋以来形成的田园、山水诗更加丰富，在文学史上也具有一定的地位。

中晚唐时期的诗歌有什么特点？

在社会矛盾复杂尖锐的形势下，诗歌创作中的现实主义潮流形成了波澜壮阔的局面。安史之乱后，元结、顾况等揭发社会矛盾的诗歌，成为杜甫的同调。中唐时代，白居易、元稹、张籍、王建等更继承杜甫的传统，进一步主张"文章合为时而著，歌诗合为事而作"，掀起新乐府运动。他们的新乐府诗揭发了统治阶级的骄奢淫逸、残酷剥削，对人民的深重疾苦表示同情，对国势的削弱也深感不安。他们的诗在当时就产生了广泛而深刻的影响。除了以白居易为首的现实主义诗派而外，中唐时代诗歌的风格流派比盛唐更多了。大历年间，刘长卿、韦应物的山水诗，李益、卢纶的边塞诗，都是盛唐诗风的余响。贞元、元和之际，韩愈、孟郊以横放杰出的诗笔，开创了奇险生新的新风格。青年诗人李贺，更融合楚辞、乐府的浪漫幻想的传统，以浓丽的色彩，出人意表的想象，写出了精神上的种种苦闷和追求。刘禹锡的学习巴楚民歌，柳宗元的借山水

以抒幽愤，艺术上也有独到的成就。

晚唐时期的诗歌有什么特点？

晚唐诗歌，随着国势的衰危动乱，风格面貌也有很大的变化。杜牧、李商隐的诗歌，在艺术上有一些新的发展，但无论写忧国忧民，或写爱情生活，都有相当浓厚的感伤情调。皮日休、聂夷中、杜荀鹤在黄巢起义前后写的一些揭露社会黑暗的诗篇，继承了白居易新乐府的传统，但感情更愤激，批判的锋芒也更尖锐，从他们诗里，我们看见了唐朝国势摇摇欲坠的景象。

宋诗的特点是什么？

宋诗是在唐诗的基础上发展起来的，但又自具特色。文学史上提到宋诗，有时作为宋代诗歌的简称，有时则指某种与唐诗相对的诗歌风格。宋代诗歌依时间先后可以分为六个不同的发展时期。虽然其成就不如唐诗，但对后世的影响是不可忽略的，在中国文学史上占有重要地位。

北宋前期的诗文有什么特点？

宋初文学，元代方回《送罗寿可诗序》称，"宋划五代旧习，诗有'白体''昆体''晚唐体'"。仿效白居易体的有王禹偁，他也提倡杜甫的诗。倡"昆体"的为杨亿、刘筠等的《西昆酬唱集》，效李商隐体，以《宣曲》诗讽刺宫掖，被下诏禁止。效晚唐体的有九僧、林逋、魏野等人，用清淡的风格来写幽静的隐居生活，都受到晚唐诗人贾岛、姚合的影响。这时期的宋诗，还是模仿唐诗，没有形成自己的独特风貌。到梅尧臣起来，

他的诗用思深远，风格平淡，虽作近体，而存古意，"意新语工"，苏舜钦跟他并称。苏舜钦的诗，笔力豪俊、超迈横绝，好作古体，内容多结合当时现实。欧阳修学韩愈的以文为诗，又受李白诗的影响。但韩诗矫健，欧诗舒畅，风格不同，这时开始显出宋诗的特色。

宋诗沿袭期的特点是什么？

从北宋开国到宋真宗赵恒朝七八十年的时间里，宋诗基本上沿袭唐风。主要流派有以王禹偁（954-1001年）为代表的白居易体（简称白体），魏野（960-1019年）、林逋（968-1028年）为代表的晚唐体和杨亿（974-1020年）、刘筠（970-1030年）、钱惟演（977-1034年）为代表的西昆体。诗人的个人成就以王禹偁为最大。他是宋代提倡向李白、杜甫、白居易学习的第一个诗人，写下不少关心民间疾苦的诗篇。就流派而言，以雕章丽句、多用典故的西昆体影响最大。11世纪初二三十年的诗坛，基本上为它所把持。

宋诗复古期的特点是什么？

宋仁宗赵祯时，欧阳修、梅尧臣（1002-1060年）、苏舜钦（1009-1048年）、欧阳修（369）等青年文学家，在反对骈文，提倡古文的同时，连带反对杨亿、刘筠片面追求偶切、不重内容的近体唱和诗风，上承宋初王禹偁关心现实的精神，主张大量创作以反映国计民生为传统的古体诗，以配合当时的政治改革运动。这一时期，梅尧臣同情民间疾苦的名篇有《田家语》《汝坟贫女》，苏舜钦反映宋廷积贫积弱社会问题的《城南感怀呈永

叔》《庆州败》，欧阳修揭露官府腐败的《食糟民》，蔡襄（1012-1067年）、石介（1005-1045年）等人直接干预政局的《四贤一不屑》和《庆历圣德颂》等古体之作陆续问世，名重一时，朝野诗风为之一变。宋诗议论化、散文化的独特面目，也在此时初步形成。

宋诗革新期特点是什么？

11世纪后半期，王安石、苏轼相继主盟诗坛，宋诗创作形成第一个高峰期。王、苏两人政治见解和诗歌主张多所不同，但锐意创新，力图建立个人风格的不倦追求则是一致的。代表作如王安石的《明妃曲》《乌江亭》诗，在传统的题材上翻出新意，充分发挥了宋诗长于议论的特点，读后耐人回味，被公认超出唐人的同类作品。苏轼则在"以诗为词"的同时，将欧阳修、梅尧臣等人开了头的"以文为诗"推进到"别开生面，成一代之大观"的地步。苏诗的超迈豪纵，触处生春，富于创新精神，其名作《百步洪》诗中一气呵成的七个联喻："有如兔走鹰隼落，骏马下注千丈坡，断弦离柱箭脱手，飞电过隙珠翻荷"，是最好的自然写照。王、苏两人刻意求新而创作的一些小诗，如王诗《泊船瓜洲》、苏诗《题西林壁》，或以新鲜的意象示人以奇想，或以丰富的哲理发人以深思，历久而传诵不衰，也为宋诗增添了不少光彩。这一时期的重要诗人还有黄庭坚、陈师道等，并都出自苏轼门下，但诗风与苏轼不同。

宋诗凝定期的特点是什么？

黄庭坚作诗，有所谓"点铁成

金""脱胎换骨"的方法，目的是"以故为新"，尚不失宋诗革新期的首创精神。后来起而效法者，以此为定式，形成在南北宋之际影响十分巨大的江西诗派。宋诗重新走上了模仿前人，只在文字技巧、声韵格律方面颠来倒去的形式主义道路。直到南渡之际，陈与义等人由早期江西诗人对杜诗声律的偏爱转向学习杜甫忧国忧民的精神和苍凉沉郁的风格，在诗歌中反映出民族灾难降临之初知识分子的爱国情怀，至此宋诗停滞不前的现象才有所改变。

宋诗中兴期的特点是什么？

南宋前期，抗敌，北伐成为诗人表现的重大主题，爱国诗的大量涌现，使宋诗在这方面成为超越前代并给后世以莫大影响的典范，是这一时期的主要贡献。以陆游为代表的中兴诗人，纷纷从江西诗派的束缚下解脱出来，建立起自己的风格。陆游的"从军乐"、杨万里的"诚斋体"、范成大的田园诗，均能独当一面，在文学史上占有一席之地。除爱国、抗战之外，农村下层民众的生活，也是他们的共同题材。诗歌语言也开始趋于通俗、自然和口语化。杨万里的"活脱"，陆游的平易，范成大的明白如话，包括以朱熹为代表的理学家诗歌的平直质朴，均使这一时期的诗歌表现出与前几个时期以及唐诗的不同面貌。

宋诗飘零期的特点是什么？

南宋后期，再也没有出现比较重要的诗人。先后活跃在诗坛上的"永嘉四灵"和"江湖诗派"，为诗宗贾岛、姚合，重新走宋初的沿袭晚唐诗风的老路，虽也写出一些清新可读的作品，但总的来说，宋诗也如当时的政局，已是风雨飘摇，每况愈下。直至宋末文天祥等爱国志士以血泪凝成的正气歌留名汗青，宋诗才最后进出了一道引人注目的亮光。

元代前期诗歌有什么特点？

元代前期诗文是由北方作家和南方作家两个群体的不同创作构成的。从诗来说，北方作家的风格雄犷而豪健，体现出异民族文化素质与中国传统文化结合所产生的新的活力，但艺术上较为粗糙；南方作家的风格偏于清婉秀雅，情调较低沉，艺术上更为讲究。其中由宋入元的方回、戴表元，在元代诗坛上的影响比较深远。

元代中期诗歌有什么特点？

元代中期，战争的创伤渐渐平复，社会逐渐稳定，民族矛盾也有所缓和。在这种历史背景下，诗歌创作空前繁盛，出现了大量的诗人。诗坛上占主导地位的诗学观念是"雅正"。所谓"雅正"，有两层涵义：一是诗风以温柔敦厚为皈依，二是题材以歌咏升平为主导。"雅正"的观念在当时得到许多诗人的认同，后代也有人把这看作元代中期诗歌兴盛的标志。其实，这种观念对诗歌创作的负面影响最多。正是在追求"雅正"的支配下，此期的诗歌削弱了对社会、政治的批判功能，也降低了抒发真情实感的抒情功能。诗坛上最流行的是歌颂功德、粉饰太平和赠答酬唱、题咏书画的题材，仅有少数诗人偶尔能突破这种风气。所谓"元诗四大家"，正是在这种风气孕育下的产物。

元代末年的诗歌有什么特点？

元代末年，张士诚在南方建立政权，实际是封建割据。在张士诚的政权统治下，士人中出现一个新的情况。杨维桢和这个政权有一种不即不离的关系。他的朋友和学生陈基、张宪则是张士诚兄弟的幕僚。昆山人顾瑛，尽散家财，削发为在家僧。江阴人许恕学韩康卖药自养。无锡倪瓒尽弃田庐，东奔西走。他们把田园财产看作一身之累，宁可流浪他乡，也不居家过财主生活。元末诗人和元初诗人一样在民族矛盾中讨生活，社会动乱使得一些诗人进退两难。这在他们的作品中在不同程度上有所反映。

清朝的诗歌有什么特点？

清初诗人可分为两类，一类是抗清爱国志士，如顾炎武、黄宗羲、王夫之，他们的诗表现了强烈的爱国主义精神与民族气节。另一类是仕清又忏悔者，如钱谦益、吴伟业，他们的晚年在痛苦中度过，思想矛盾都表现在诗中。康熙年间的诗坛领袖王士禛创立神韵说，影响极大。乾隆年间的袁枚创性灵说，沈德潜创格调说，翁方纲创肌理说，他们的创作和理论都有各自的特点。

新时期诗歌有什么特点？

对于中国诗歌来说，20世纪已经成了一个远去的背影。激情与泪水，呐喊与彷徨，世俗与崇高、悲观与绝望交织成一曲悲情布鲁斯，演奏着不堪一击的理想主义和哀而不伤的情怀，让走过它的人们刻骨铭心。那些出生于20世纪中叶的诗人们以其悲悯的朝圣者姿态，忘情地吟咏苦难的经历，含蓄地表达他们特殊的精神体验，而其后涌现的"后朦胧诗"、"新生代诗人"、"先锋诗人"则毫不客气地漫过了20年前的往事，从没顶的水中直立起来。一个丰富的文化时代、诗歌时代就要来临了。

唐代的词有什么特点？

在唐代城市繁荣，音乐发达，歌楼妓馆大量出现的情况下，出现了配合"胡夷里巷"歌曲的曲子词。现存敦煌曲子词，多数是中晚唐时代歌妓们传唱的民间词。内容相当广泛，有歌楼妓女的辛酸，也有征夫思妇的痛苦。中唐时代开始有文人词出现。到晚唐时代，以温庭筠为代表的文人词，内容偏于艳情，成就不大，但艺术上有独创性，影响较深远。

宋代的词取得了什么样的成就？

词这种体裁，从唐末到五代，配合燕乐，作为歌楼舞馆的唱辞，所谓"拾翠洲边，自得羽毛之异；织绡泉底，独殊机杼之功"，用翠羽轻绡来比，指出当时的词，风格和语言要求轻靡。又称"自南朝之宫体，扇北里之倡风"，写柔靡的恋情。到北宋初年，士大夫的流连歌舞，加上都市的歌楼舞榭中都在唱词，这种轻靡和绮丽的词盛极一时。北宋晁补之说词是"当行家语"，李清照称词"别是一家"，除了词要合乐外，主要指词的内容和风格都与诗不同。到了苏轼手里，以诗为词，到了辛弃疾手里，以文为词，打破了词和诗文的界线，扩大了词所反映的生

活领域，从而使词成为宋代最重要的文学形式。

北宋前期的词取得了什么样的成就？

北宋前期的词，代表作家有晏殊、欧阳修、柳永等。晏、欧的词主要是小令，多写闲情逸致，词风则承袭五代，受南唐冯延巳影响尤深，但基调有所变化。晏词趋向雍容淡逸，和雅温婉；欧词较为疏宕俊朗，深挚清丽。柳永是北宋第一个大量写作慢词的词人。他的词长于铺叙，不避俚俗，以白描的手法，极写都市繁华和悲欢离合之情。"尤工于羁旅行役"，且多以同情态度描写伶工乐妓的生活和愿望，发展了词体，扩大了词境。但也时有下笔率易、迹近淫靡之病。这一时期以小令著称的还有宋祁、范仲淹、晏几道等。宋、范均存词不多，前者有一些佳句流传很广，后者在内容上有重要突破；塞垣风光，戍边情怀，苍凉悲壮，慷慨生哀，确是俯视群流，独放异彩。晏几道是晏殊的幼子，与其父合称"二晏"。所作多数是对往事的低回追忆，感伤惆怅，委婉深沉。这一时期的慢词作家还有张先。其词与柳永齐名，但才力稍逊，长于炼句而短于炼意，词风偏于纤巧冶艳，意境不高。

南宋时期的词风发生了什么样的变化？

社会的动荡导致南北宋之际词风大变。李清照、张元干（1091-1170年）、叶梦得（1077-1148年）、朱敦儒、陈与义（1090-1138年）等北宋婉约词人，南渡后或凄恻悲凉，或慷慨豪迈，婉约豪放

兼而有之。其中张元干的《贺新郎》二阕为南渡爱国诗的第一通怒吼。稍后有岳飞的《满江红》二阕。再后有张孝祥、文天祥、韩元吉、陆游、陈亮、刘过、刘克庄等词人，在南宋词坛上刮起了一股豪迈旋风。其中张孝祥《六州歌头·长淮望断》、陆游《诉衷情·当年万里觅封候》、陈亮《水调歌头·不见南师久》、刘过《沁园春·斗酒彘肩》、刘克庄《贺新郎·湛湛长空黑》等，都是豪放词中的名作。这其中，又以辛弃疾的成就为最，所以后世称他们为辛派词人他们的豪迈词则称为"辛派词"。从此以后，豪放词与婉约词齐头并进，直到清代。

元代的词有什么特点？

元代的词，比较宋词，颇为逊色。元词可以约分为两个时期。第一时期的词人大体上包括由金入元、由南宋入元的词人和在蒙古王朝统治下的北方词人三个部分。这时候的词作中写得比较动人的是表现故国之思的作品。第二时期的词作家大抵出生在忽必烈改元之后。这一时期的著名词人有张翥、萨都和虞集等。虞集的《风入松》，萨都的《满江红》《金陵怀古》，脍炙人口。而张翥的词清丽细腻，尤具特色。

清朝初期的词有什么特点？

词经历元、明的衰落，到清代重又繁荣起来了，这种变化与时代风气的变化密切相关。在传统习惯上，相比于诗而言，词和散曲都较为轻松自由，而且比较贴近日常生活和具有鲜活的情感。并且散曲的语言常常是以尖新、浅俗、活泼为胜，比

较接近口语。因此，词与散曲相比，又要显得"雅"一些。清代初期的词，最具代表性的有陈维崧、朱彝尊、纳兰性德。

清中期词有什么特点？

浙派词的势力从清前期延伸到中期，厉鹗继朱彝尊成为其支柱。浙派词自厉鹗之后，虽仍保持一定影响，但声势已大不如以前。

这主要是因为包括朱彝尊、厉鹗在内的浙派词人，取材范围都比较窄，在追求意境上也比较单一。再加上，他们又很乐于写咏物词借以表现音律与辞藻之长，这些特点本身就很容易造成内容和风格的重复；尤其是在才力不足的词人手中，更容易走向枯寂、琐碎。在这种状况下，浙派后期词人吴锡麒，郭麐等先后试图通过对浙派传统理论的变通以此来扭转这种委顿的态势，但并没有起到很大的作用。嘉庆年间，张惠言用经学方式提高词的身份，独树一帜与浙派对立，使得浙派更难以与之相抗衡了。

清后期的词有什么特点？

清后期词学非常兴盛。在词集的整理方面，谭献选辑清人词收入《箧中词》中，王鹏运校刻五代至元人词总集、别集及《词林正韵》共57种为《四印斋所刻词》，朱孝臧校刻唐至元人词总集、别集197种为《强村丛书》，都是词史研究的重要资料，朱刻尤为集大成者。在传统词论方面也出现了众多著作，较著名的有陈廷焯《白雨斋词话》、况周颐《蕙风词话》、谭献《复堂词话》等，立论多以常州派为宗，重视有寄托而表现含蓄。

这一时期诗文的创作与时事密切相关，面貌多变而呈现出多样化，词仍以传统的面貌出现，显得比较陈旧。但词也并没有与时代完全脱离，不可避免的历史变化，尤其是传统文化所面临的深重危机所引起的种种伤感，在许多词作中都渗透。如以一般的标准来衡量，清后期的词不仅较多地保持着纯文艺性质，而且写作的技巧也相当高。但它致命的弱点也正是缺乏全新的创造。在那一时代，词比其他文学样式更像是哀婉的"古典"回声。比较重要的词人有蒋春霖、王鹏运、朱孝臧、文廷式、郑文焯、况周颐等，后四人并称为"清末四大家"。

什么是汉乐府？

乐府是自秦代以来设立的配置乐曲、训练乐工和采集民歌的专门官署。两汉乐府是指由朝廷乐府系统或相当于乐府职能的音乐管理机关搜集、保存而流传下来的

★乐府钟 秦

101

汉代诗歌。这些诗，原本在民间流传，经由乐府保存下来，汉人叫做"歌诗"，魏晋时始称"乐府"或"汉乐府"。后世文人仿此形式所作的诗，亦称"乐府诗"。汉乐府掌管的诗歌按作用主要分为两部分，一部分是供执政者祭祀祖先神明使用的效庙歌辞，其性质与《诗经》中"颂"相同；另一部分则是采集民间流传的无主名的俗乐，世称之为乐府民歌。

《孔雀东南飞》和《陌上桑》都是汉乐府民歌，前者是我国古代最长的叙事诗。《孔雀东南飞》与《木兰诗》合称"乐府双璧"。

汉乐府在文学史上占有什么样的重要地位？

汉乐府是继《诗经》之后，古代民歌的又一次大汇集，但又不同于《诗经》，它开创了诗歌现实主义的新风。汉乐府民歌中女性题材作品占重要位置，它用通俗的语言构造出贴近生活的作品，由杂言渐趋向五言，采用叙事写法，刻画人物细致入微，创造人物性格鲜明，故事情节较为完整，而且能很好地突出思想内涵，着重描绘典型细节，开拓了叙事诗发展成熟的新阶段，是中国诗史五言诗体发展的一个重要阶段。因此，汉乐府在文学史上有极高的地位，可与诗经，楚辞鼎足而立。

汉乐府的内容有什么特点？

两汉乐府诗都是创作主体有感而发，具有很强的针对性。激发乐府诗作者创作热情和灵感是日常生活中的具体事件，乐府诗所表现的也多是人们普遍关心的敏感问题，道出了那个时代的苦与乐、爱与恨，以及对于生与死的人生态度。

汉代乐府诗还对男女两性之间的爱与恨作了直接的坦露和表白。爱情婚姻题材作品在两汉乐府诗中占的比重较大，这些诗篇多是来自民间，或是出自下层文人之手。因此，在表达婚恋方面的爱与恨时，都显得大胆泼辣，毫不掩饰。

汉乐府的语言有什么特点？

汉乐府的语言朴素自然而带感情。汉乐府民歌的语言一般都是口语化的，同时还饱含着感情，饱含着人民的爱憎。即使是叙事诗，也是叙事与抒情相结合，因而具有很强的感染力。胡应麟说："汉乐府歌谣，采摭闾阎，非由润色；然而质而不俚，浅而能深，近而能远，天下至文，靡以过之！"（《诗数》卷一）正好说明了乐府民歌这一语言的特色。汉乐府民歌一方面由于所叙之事大多数都是人民自己的事，诗的作者往往就是诗中的主人公；另一方面也由于作者和他所描写的人物有着共同的命运、共同的生活体验，所以叙事和抒情便能很自然地融合在一起，做到"浅而能深"。

东汉的五言诗取得了什么样的成就？

东汉文学的另一重大收获，是在乐府民歌和民谣影响下，文人五言诗的形成，无名氏的古诗十九首是东汉文人五言诗的成熟作品。东汉文人五言诗是东汉后期中下层士人生活和思想的反映。它们的作者有一定的文化素养，在创作中既保持了乐府民歌的朴素自然、平易流畅的特色，又能借鉴《楚辞》的艺术手法，在朴素自然中求工整，在平易流畅中见清丽，"深衷浅貌，短语长情"，极大地提高了诗歌的表现力和抒情性，这对以后魏晋五言诗的发展和的产生都产生了巨大影响。

什么是南朝乐府民歌？

南朝乐府民歌，产生年代始于三国东吴，迄于陈，以《清商曲辞》中的"吴声歌"和"西曲歌"为主。前者产生于六朝都城建业（现在的南京）及周围地区，这一带习称为吴地，故其民间歌曲称为"吴歌"；后者产生于江汉流域的荆（现在的湖北江陵）、郢（现在的江陵附近）、樊（现在的湖北襄樊）、邓（现在的河南邓县）等几个主要城市，是南朝西部重镇和经济文化中心，故其民间歌曲称为"西曲"。其中"吴声歌"共计326首，"西曲歌"142首。

南朝乐府民歌有什么特点？

南朝民歌的作者情况，比较复杂。这些歌曲是在城市中产生的，其作者应该主要是歌女和中下层的文士。因此，它们固然具有鲜明的民歌情调，语言也相当浅显，但其中有相当大一部分，表现了较高的文学素养和修辞技巧。至于是否有贵族文人的拟作混杂在内，也很难说。总之，我们把这些无名氏作品笼统地称之为"民歌"，主要应当从这些作品属于社会性、集体性创作这一特点来着眼，绝不可偏狭地理解为"劳动人民"的创作。

地理环境对南朝乐府民歌有什么样的影响？

南朝民歌产生于长江流域，这里气候湿润，物产丰饶，山川明媚，花木繁荣，容易培养居民热烈而浪漫的情思，对享乐生活的追求，以及以艳丽优美为特征的艺术趣味。这从楚辞与《诗经》的比较中，已可以看出。《南史·循吏传》说，宋世太平之际，"凡百户之乡，有市之邑，歌谣舞蹈，触处成群"。其实当时南方的民间歌舞一向是比较发达的，作为一种传统习俗，只要有适当条件，随时都会变得活跃，绝不止是宋、齐两代某些特定的时期才如此。

为什么南朝民歌会绝大部分都是情歌？

南朝民歌也有一些不足，那就内容比较狭窄，绝大多数是情歌。产生这局限性的主要原因，首先是由于这些民歌并不是来自广大的农村，而是以城市都邑为其策源地。由此可见，这些民歌其实是"都市

★南朝时钱塘 苏小小

之歌"。这也就决定了它的狭隘性，不能反映广大农村的面貌，并且难免有些小市民的低级趣味。其次，也是由于统治阶级有意识的采集。南朝统治阶级是腐朽透顶的士族地主，他们采集民歌，丝毫也没有"观风俗，知薄厚"的意识，而只是按照他们的阶级趣味、享乐要求，来加以选择和集中。

什么是北朝民歌？

如果说北朝土著文人诗歌大抵模仿南方风格而又远不能与之分庭抗礼的话，那么，北朝的民歌，虽与南朝民歌风格迥异，但与之相比是毫不逊色的。北朝民歌，产生于黄河流域，歌辞的作者主要是鲜卑族，也有氐、羌、汉族的人民。主要是北魏以后用汉语纪录的作品，现存的作品，有六十多首，大多收录在《乐府诗集·梁鼓角横吹曲》中。另有几篇收在《杂曲歌辞》和《杂歌谣辞》中，以《敕勒歌》最为著名。鼓角横吹曲是军乐，也用于仪仗、典礼、娱乐等场合。

北朝民歌的主要内容是什么？

北朝民歌的主要内容：有的是反映战争和北方人民的尚武精神（如《木兰诗》），有的反映人民的疾苦，有的反映婚姻爱情生活，有的描写北方特有的风光景色（如《敕勒歌》）。它内容丰富，语言质朴，风格豪放；形式上以五言四句为主，也有七言四句的气绝体和七言古体及杂言体，对唐代的诗歌的发展有较大影响。

北朝民歌与南朝民歌有什么区别？

北朝民歌与南朝民歌的差异，大致可以概括如下：在感情表现上，北朝民歌以直率粗犷为特征，少有南方民歌那种婉转缠绵的情调；在语言风格上，北朝民歌以质朴刚健、富有力感见长，没有南方民歌那样华美的文辞、精致的手法，更没有采用双关隐语的技巧。在诗歌形式上，以五言四句体式为主体，约占60%。其余多为整齐的七言、四言诗，杂言体较少。但这里要指出一点，许多诗是经过翻译的。如《敕勒歌》《乐府广题》说："其歌本鲜卑语，易为齐言（指汉语）。"又《折杨柳歌》有"我本房家儿，不解汉儿歌"二句，则可见原非汉语。翻译也算是一种再创作，这方面的成绩也不容忽视，也是值得赞美的。

为什么北朝民歌会有《木兰诗》这样的作品？

在民风勇悍、战争连年的北朝社会中，完全有可能发生过女扮男装从军杀敌的真实事件。这种事情最容易引起社会中的好奇心理，因而流传开来，逐渐就成一个文学上的一个题材。在这首诗中，故事的传奇性，人物的英雄性格，收尾的喜剧色彩，都反映了那时普通民众的生活理想和审美趣味，反映了人们在平凡生活中对不平凡事物的追求。木兰这个人物，被塑造成十分美好的形象。她有对父母的挚爱，有勇毅的个性，也有女子对家庭的眷恋。归来后一节，又描写了她的美貌和富有生活情趣、机智活泼的一面。总之，作者把自己所要求的人物品性都赋予了她，使她成为一个健康明朗、充满人情味的女英雄。所以，从古到今，她一直受为人们所喜爱。

陆机与潘岳在诗歌技巧方面有什么贡献？

在诗歌技巧方面，陆机、潘岳诸人进行了多方面的努力，形成了与汉魏古诗不同的艺术风貌。首先表现出的是繁缛。"繁缛"，本指繁密而华茂，后用以比喻文采过人。换而言之，繁是指描写繁复、详尽，不避繁琐。缛，指色彩华丽。《说文》曰："缛，繁彩也。"《晋书·夏侯湛潘岳张载传论》说：夏侯湛"时标丽藻"，"缛彩雕焕"；"机文喻海，韫蓬山而育芜；岳藻如江，濯美锦而增绚"；"岳实含章，藻思抑扬"；"尼标雅性，凤闻词令"；"载、协飞芳，棣华增映"。明确地指出了潘、陆、夏侯湛、张载、张协等人诗歌繁缛的特征。

左思的咏史诗有什么特点？

左思的咏史诗，既受前人的影响，又有自己一定创新。明代胡应麟说："太冲《咏史》，景纯《游仙》，皆晋人杰作。《咏史》之名，起自孟坚，但指一事。魏杜挚《赠毌丘俭》，叠用八古人名，堆垛寡变。太冲题实因班，体亦本社，而造语奇伟，创格新特，错综震荡，逸气千云，遂为古今绝唱。"对咏史诗的流变概括及左思《咏史诗》的价值评定都是相当准确、到位的。清人何焯则认为左思的《咏史》诗是变体："咏史者不过美其事而咏叹之，隐括本传，不加藻饰，此正体也。太冲多自摅胸臆，乃又其变。"从咏史诗的发展先后顺序可看出，以"隐括本传"者为正体，以"自抒胸臆"者为"变

体"，并不为错。然而左思的"变体"的成就远远超过了前人的正体。

曹操的诗歌有什么特点？

曹操诗的内容大致有三种：反映汉末动乱的现实、统一天下的理想和顽强的进取精神、以及抒发忧思难忘的消极情绪。

汉末大乱，曹操又南征北讨，接触的社会面非常广大，故多有亲身经验和体会如《蒿里行》谓汉末战乱的惨象，见百姓悲惨之余又见诗人伤时悯乱的感情。所以后人谓曹操乐府"汉末实录，真诗史也"。曹操生于官宦，对天下具有野心，故怀有统一之雄图，《短歌行》有谓"周公吐哺，天下归心"可资明证。其进取之心亦可见出，如《龟虽寿》言之"老骥伏枥，志在千里"言己虽至晚年仍不放弃雄心壮志。一代枭雄，纵风光一世，亦有星落殒灭之时。曹操对此也感到无能为力，只有作诗感叹，无可奈何。比如《短歌行》中"譬如朝露，去日苦多"的感伤，《秋胡行》之低沉情绪，《陌上桑》等游仙作品中都可见他的消极情绪。

为什么陶渊明会开创田园诗一体？

陶渊明的田园诗在东晋末年产生，与当时的社会文化背景紧密相关。魏晋时期，地主庄园经济进一步发展。永嘉之乱后，南逃的士族地主在东晋政权的庇护下，广置田园，掠夺土地，阶级矛盾日益激化。思想意识形态领域中，崇自然、尚清谈的玄学风气极盛，加上佛教的广泛传播，儒家经学暂时没落。当时的士族文人往往生活糜烂，意志颓废，精神上纷纷向"玄之又玄"的老庄道学寻求寄托，有的

纵情山水，以隐居逃避现实，所以文学领域玄言诗、山水诗盛行一时。与此相反，一部分不满现实的文人士大夫，深感仕途黑暗，于是弃官归隐，躬耕自食，去探索人生的真谛，寻求个人安身立命的场所，渐渐与统治集团有了距离，因而更接近于广大劳苦大众。陶渊明就是这些文人士大夫中的杰出代表。

《桃花源诗并记》的主要内容是什么？

陶渊明的《桃花源诗并记》大约作于南朝宋初年。它描绘了一个乌托邦式的理想社会。表现了诗人对现存社会制度彻底否定与对理想世界的无限追慕之情。它标志着陶渊明的思想达到了一个崭新的高度。陶渊明是田园诗的开创者。他的田园诗以纯朴自然的语言、高远拔俗的意境，为中国诗坛开辟了新天地，并直接影响到唐代田园诗派。在他的田园诗中，随处可见的是他对污浊现实的厌烦和对恬静的田园生活的热爱。在《归园田居》中，他将官场写成"尘网"，将身处其中比喻为"羁鸟"和"池鱼"，将退隐田园更是比喻为冲出"樊笼"，返回"自然"。因为有实际劳动经验，所以他的诗中洋溢着劳动者的喜悦，流露出只有劳动者才能感受到的思想感情。

鲍照的乐府诗有什么特点？

鲍照现存的诗约有二百多首，其中乐府诗就占八十多首，而且他的优秀诗篇大多数都是乐府诗。他继承和发扬了汉魏乐府民歌的传统精神，描写了广泛的社会生活，对受压迫的人民表示了深深的同情。他的乐府诗里，还反映了门阀统治下的社会不平现象。《代放歌行》里采用对比的手法，描写了不愿入仕途的旷达贤士和热衷于利禄的龌龊小人，并以正言若反的语气曲折有力地将贤士受压抑的痛苦心情表达了出来。《代贫贱愁苦行》写贫贱之士"黯颜就人惜"的屈辱沉痛，《代白头吟》写"人情贱恩旧，世议逐衰兴。毫发一为瑕，丘山不可胜"的炎凉世态，都是当时下层寒士受压抑后的苦闷心情的反映。

鲍照对七言诗的发展做出了什么样的贡献？

七言诗的产生和发展的过程，比五言诗更为漫长、更为曲折。先秦西汉时代已经有七言的民间谣谚。荀子的《成相篇》就是模仿民间劳动歌谣写成的七言杂言体韵文。建安时代曹丕的《燕歌行》两首，是现存最早、最完整的七言乐府诗。由于入乐时间较晚等原因，一般文人对七言体没有多大重视。鲍照所拟的《行路难》，本来也是北方牧族的歌曲。但是，鲍照不仅大胆地采用了这种一般文人视为鄙俗的形式，而且以丰富的内容充实了这种形式，以革新的面貌改造了这种形式，将逐句用韵变为隔句用韵，并且可自由换韵。这就为七言诗的进一步发展奠定了良好的基础，开拓了宽广的道路。自他以后，七言体就在南北朝文人诗歌中日益繁荣起来了。

徐陵的诗歌作品有哪些？

徐陵的诗歌留传至今的，大约只有四十篇。其中属于宫体性质的，除了在梁时所作《奉和咏舞》等之外，还有作于陈的《杂曲》。《杂曲》是一首七言歌行，内容是关于赞美陈后主之妃张丽华的美貌。形式上四句一转韵，平仄韵相间，比梁代歌行更为和谐婉转，并奠定了初唐歌行的基本格调。除了宫体诗外，徐陵还有一些其他内容的作品。其中写得较好的，是几首乐府题的边塞诗。如《陇头水》《出自蓟北门行》《关山月》等。

杨素的诗作有什么特点？

北方诗人的创作一向以南方诗歌为准则，但杨素的情况则稍为特别。由于他本身是一个豪杰式的人物，心雄志大，不可一世。因此今存诗多为五言，风格"雄深雅健"。诗中虽也有些细巧的文笔，如"兰庭动幽气，竹室生虚白。落花入户飞，细草当阶积"之类，在南朝诗中比较常见，但过于艳丽的词汇却是很少用的。而且从每首诗的总体气象来看，无论是向至友叙旧述怀，还是写边塞题材，都寄寓了一种人生的悲感，诗境苍凉老成。如《赠薛播州诗》十四章，感慨良深，举凡时世之变迁，故人之远谪，全身远祸之意念，刻骨铭心之思念，尽收笔底。又如其十四：衔悲向南浦，寒夜黯沈沈。风起洞庭险，烟生云梦深。独飞时慕侣，寡和乍孤音。木落悲时暮，时暮感离心。离心多苦调，讵假雍门琴。

卢思道和薛道衡的诗作有什么特点？

诗人卢思道、薛道衡的诗则大多偏向齐梁风格。如卢思道的《采莲曲》中"珮动裙风入，妆销粉汗滋"，《后园宴》中

"媚眼临歌扇，娇香出舞衣"一类诗句，表现出宫体气息甚浓。薛道衡的诗亦多以富丽精巧见长。他的名作《昔昔盐》，虽然采用的题材是传统的闺怨题材，没有多少新意，但其抒情委婉细致，可以说较好地发挥了南朝诗歌的长处。如一向为人们所称道的"飞魂同夜鹊，倦寝忆晨鸡。暗牖悬蛛网，空梁落燕泥"，以女子独居的凄凉冷落，衬托出其哀苦的心情。但作为北方的诗人，他们的诗在以南朝诗风为主导的同时，也体现了北方文人重"气质"的特色。薛道衡在行役途中写的一些咏怀诗，很是慷慨有力，如《渡北河》："塞云临远舰，胡风入阵楼。剑拔蛟将出，骖惊鼋欲浮。雁书终立效，燕相果封侯。勿恨关河远，且宽边地愁。"

初唐四杰为诗歌注入了什么样的情感？

他们以匡时济世、建功立业的人生理想和热情，为诗歌注入了高情壮思和倜傥意气。如杨炯的《从军行》在苍凉的戎马氛围中，直抒不甘庸碌为生的胸襟抱负：烽火照西京，心中自不平。牙璋辞凤阙，铁骑绕龙城。雪暗凋旗画，风多杂鼓声。宁为百夫长，胜作一书生。这种梗概多气的风貌，与建安诗颇有相近之处，但其时代内涵却又不相同。

初唐四杰是如何拓宽诗歌的视野的？

他们拓宽了诗歌的视野，使之从宫苑台阁走向江山和塞漠，从而便于容纳更丰富的感情内容。杨炯由梓州司法参军秩满后回洛阳，途中曾写有《巫峡》、《西

陵峡》、《广溪峡》诸诗。这些诗不仅展现了雄奇瑰伟的山水画面，同时也流露出诗人的豪迈襟怀，如《西陵峡》最后云："自古天地辟，流为峡中水。行旅相赠言，风涛无极已。"及余践斯地，瑰奇信为美。江山若有灵，千载伸知己。这种以风涛为美的眼光和胸襟，在那些习于吟咏月露芳草的宫廷诗歌中是见不到的。骆宾王曾从军西域，后又北游幽燕，集中颇多描写边塞题材的篇章，如《边城落日》、《晚度天山有怀京邑》《早秋出塞》《夕次蒲类津》等。这其中的诗句及对征人边愁的抒写，都富有生活实感，非一般泛泛的乐府拟古之作所能匹配的，可谓是首开唐代边塞诗之先声。

陈子昂为什么创作《登幽州台歌》？

《登幽州台歌》和《蓟丘览古赠卢居士藏用》七首也是他比较著名的代表作。这几首诗是他随建安王武攸宜出征契丹的时候写的。

他在《蓟丘览古》中，曾经歌颂了礼贤下士、知人善任的燕昭王、燕太子，感激知遇、乘时立功的乐毅、郭隗等历史人物。瞻仰今古，遥望未来，他更深刻地感受到生不逢时、理想无法实现的痛苦和悲哀，也更深刻地体会了古往今来许多仁人志士在困境中激愤不平的崇高精神。也正是这种不可遏止的理想和激情，使他唱出了这首浪漫主义的《登幽州台歌》。由于历史条件、当时形式的限制，他的苦闷无法释放，使这首诗的情调显得相当孤独。但是，也正是这首诗，在当时和后代得到无数读者的深刻同情，卢藏用说这首诗

"时人莫不知也"，就是有力的证明。这不愧是齐梁以来两百多年中没有听到过的洪钟巨响。

张九龄的诗与张说的诗有什么不同？

张九龄的诗文创作在精神上和张说有一脉相承之处。他曾对张说以王霸之气充实诗文的笔法进行了高度的评价，同时在他的诗里，也不时可以读到"中览霸王说，上徼明主恩"（《酬王履震游园林见贻》），"弱岁读群史，抗迹追古人。被褐有怀玉，佩印从负薪"（《叙怀二首》之一）之类的诗句。

但是，张九龄的诗歌与张说的诗歌重的重心不同，张说重在讴歌功业抱负，而张九龄更多地表现在穷达进退中保持高洁操守的人格理想。在遭李林甫排挤罢相以后，这种态度尤其鲜明。他一方面希望涉及社会政治，追求经国之大业和不朽之盛举，另一方面又力图持超越态度，把"仕"和"隐"这一对矛盾和谐地统一起来，不愿为追求功业而屈己媚世。这种进退裕如的生活追求，在当时是很具有代表性的，其中包涵了以主动姿态设计自我人生道路的欲望。而功名事业和自由人生，也正是盛唐诗的两条主要轨迹。

孟浩然的抒情诗有什么特点？

孟浩然的抒情之作，如《岁暮归南山》《万山潭作》《晚泊浔阳望庐山》《与诸子登岘山》《早寒江上有怀》等篇，往往点染空灵，笔意在若有若无之间，而蕴藉深微，挹之不尽。严羽以禅喻诗，称赞浩然的诗"一味妙悟而已"。

清代王士碌推衍严氏绪论，标举"神韵说"，崇尚王孟，曾以浩然《晚泊浔阳望庐山》一诗作为范本，说："诗至此，色相俱空，正如羚羊挂角，无迹可求，画家所谓逸品是也。"孟浩然的诗描写田园风光，表达对农家生活的热爱，读来朴质感人。他与王维是盛唐时期的田园山水诗的代表人物。天宝四载（745年），宜城王士源辑录孟浩然诗，得218首，其书已佚。现存《孟浩然集》，收诗263首，较王本多45首，其中窜人有别人的作品。

王维的诗有什么特点？

王维擅画人物、丛竹、山水。唐人记载其山水面貌有两类：一类似李氏父子；另一类则以破墨法画成。其传世作品有《辋川图》（藏日本圣福寺）《雪溪图》《江干雪霁图》《济南伏生像》。他在诗歌方面的成就最为显著，并且为多方面的。无论是边塞诗、山水诗、律诗还是绝句等都有脍炙人口的佳篇。他确实在描写自然景物方面，有其独到的造诣。无论是名山大川的壮丽宏伟，还是边疆关塞的壮阔荒寒，小桥流水的恬静，都能准确、精炼地塑造出完美无比的鲜活形象，着墨不多，意境高远，使诗情与画意完全融合成为一个整体。

王维诗现存不到400首，其中最能代表其创作特色的是描绘山水田园等自然风景，及歌咏隐居生活的诗篇。王维描绘自然风景的诗篇的高度成就，奠定了他在盛唐诗坛的地位，独树一帜，成为山水田园诗派的代表人物。他继承和发展了谢灵运开创的写作山水诗的传统，同时对陶渊明田园诗的清新自然也有所吸取，使山水田

园诗的成就达到了一个高峰，因而在中国诗歌史上占据着重要的位置。

岑参的诗歌有什么特点？

岑参的诗歌，其基本特征是有慷慨报国的英雄气概和不畏艰苦的乐观精神，这与高适是相一致的。不同点就是他更注重地描写边塞生活的丰富多彩，而缺乏高适诗中那种对士卒的同情。这主要是因为他的出身和早年经历和高适不同。

岑参的诗，富有浪漫主义的特色，并且气势雄伟、想象丰富、色彩瑰丽、热情奔放，他的好奇思想性格，使他的边塞诗绽放出奇情异彩的艺术魅力。他的诗，形式相当丰富多样，但最擅长七言歌行。有时两句一转，有时三句、四句一转，不断奔腾跳跃，处处形象丰满。在他的名作《凉州馆中与诸判官夜集》等诗中，我们还可以看出他也很注意向民歌学习。

诗圣的现实主义诗作代表是什么？

杜甫的思想核心是儒家思想。他有"致君尧舜上，再使风俗淳"的宏伟抱负。他热爱生活，热爱人民，热爱祖国的大好河山。他嫉恶如仇，对朝廷的腐败、社会生活中的黑暗现象都给予批评和揭露。这类题材的代表作为"三吏"、"三别"。

"三吏"、"三别"分别为《新安吏》《石壕吏》《潼关吏》，《新婚别》《垂老别》《无家别》，是杜甫现实主义诗歌的杰作。它真实地描写了特定环境下的县吏、关吏、老妇、老翁、新娘、征夫等人的思想、感情、行动、语言，生动地反映了那个时期的社会现实和广大劳动人

民深重的灾难和痛苦，展示给人们一幕幕凄惨的人生悲剧。在这些人生苦难的描述中，一方面，诗人对饱受苦难的人民寄予深深的同情，对官吏给于人民的奴役和迫害深恶痛绝；另一方面，他又拥护王朝的平乱战争，希望人民忍受苦难，与王朝合作平定叛乱。这种复杂、矛盾的思想是符合诗人忧国忧民的思想面貌的。

孟浩然的诗歌有什么特点？

孟浩然出身于一个推重儒风，讲究诗礼的家庭。从少时起，即属意诗文。在故乡，他不是研究学问，勤奋写作，就是为乡里排难释纷，访仙问道。曾效仿前代隐士，隐居于鹿门山，徘徊于隐居与入世的矛盾之中。

生于"开元之治"的盛唐而终生不用于当朝，这对孟浩然本人来说是一个很大的遗憾，然而后人却有理由为之庆幸。从此，在中国历史上虽然少了一位平凡官吏，却多了一位优秀诗人。丝毫不曾受到官场庸习的玷污，无疑是成就孟诗那独具神韵风格的重大契机。孟诗绝大部分为五言短篇，多写山水田园和隐逸、行旅等内容。其中虽不无愤世嫉俗之词，而更多属于诗人的自我表现。他和王维并称"王孟"，是盛唐时期山水田园诗派的杰出代表。虽远不如王诗境界广阔，但在艺术上有独特的造诣。有《孟浩然集》。孟浩然的诗不事雕饰，伫兴造思，富有超妙自得之趣，而不流于寒俭枯瘠。他善于发掘自然和生活之美，即景会心，写出一时真切的感受。如《秋登万山寄张五》《夏日南亭怀辛大》《过故人庄》《春晓》《宿建德江》《夜归鹿门歌》等篇，自然浑成，而意境清迥，韵致流溢。

为什么李白会有复杂的身份？

李白的一生是复杂的。不仅是一个天才诗人，他还兼有游侠、刺客、隐士、道人、策士、酒徒等一类人的气质或行径。这和他的思想的复杂性是紧密相关的。一方面他接受了儒家"兼善天下"的思想，要求"济苍生"、"安社稷"、"安黎元"，并且认为"苟无济代心，独善亦何益？"但是，另一方面他又接受了道家特别是庄子那种遗世独立的思想，追求绝对自由，蔑视世间一切，有时他甚至把庄子抬高到屈原之上："投汨笑古人，临濠得天和。"与此同时，他还深受游侠思想的影响。所谓"以武犯禁"、"羞伐其德"、"不爱其躯"这种游侠精神，在李白身上也是或多或少存在的。所以他又敢于蔑视封建统治，敢于打破传统偶像，轻尧舜，笑孔丘，平交诸侯，长揖万乘。儒家思想和道家、游侠本不相容，陈子昂就曾经慨叹于"儒道两相妨"，但李白却把这三者很好地结合起来了。这就是他在诗文中再三强调的"功成身退"。这也是支配他一生的主导思想。所以他非常钦幕范蠡、鲁仲连、张良等历史人物。主观上的结合并不等于事实，在黑暗的现实面前，李白这种人生理想始终未能实现。但他又始终在追求，矛盾、冲突以及遭受打击后的愤懑、狂放等中不自觉的都产生了。龚自珍说："庄、屈实二，不可以并，并之以为心，自白始；儒、仙、侠实三，不可以合，合之以为气，又自白始也。"这对于我们理解李白思想的矛盾复杂性质是很有帮助的。当然，李白的思想也有庸俗、消极的一面，如人生如梦、及时行乐等，这在他的生活和创作中都有所反映。

李白诗歌在文学史上占有什么样的地位？

李白的诗歌是盛唐气象的典型代表。诗人终其一生，都在以天真的赤子之心讴歌理想的人生，无论处于何种境地，总能以满腔热情去拥抱整个世界，追求充分地行事、立功和享受，对一切美好的事物都有敏锐的洞察能力和深切的感受，把握现实但又不满足于现实，投入生活的急流而又超越苦难的忧患，在高扬亢奋的精神状态中去实现自身的价值。如果说，理想色彩是盛唐时代诗风的主要特征，那么，李白所创的理想歌唱走在了时代的前沿。

李白的诗歌丰富和发展了盛唐诗歌中英雄主义的艺术主题。他和同时代的其他文士一样，具有恢弘的功业抱负，所谓"申管晏之谈，谋帝王之术，奋其智能，愿为辅弼。使寰区大定，海县清一"，就是贯穿其一生的最执著的信念。李白是否具有在复杂的权力结构中从事政治活动的能力，也许我们会持怀疑态度。但作为诗人，这种信念更多地成为他追求和歌颂壮丽人生的出发点。他从无数古代英雄的风度、气派中吸取力量，把现实的理想投影到历史中去，从而在诗歌中建立起英雄性格的人物画廊。

高适的诗作有什么特点？

高适的性格和李白有些相近，很有点目空一切、不可一世的气派。他在《别韦参军》中说自己"二十解书剑，西游长安城，举头望君门，屈指取公卿"。盛唐即是出狂人的时代，自然不会只出李白一个。他才气没有李白大，但有实际政治才干。整个唐代，大诗人中政治才干最出色的，官司也做的最大的就数高适。

高适擅长写七言古诗，气势壮阔，开合动荡，具有很强的感染力。他的七绝不多，但有几首也能于小中见大，具有丰富的内蕴，境界高远。千里黄云白日曛，北风吹雁雪纷纷。莫愁前路无知己，天下谁人不识君！诗人先极力渲染分手时环境的惨淡凉：黄云千里，白日昏暗，北风吹雪，大雁南归。在这各气候中与朋友分手，心情自然更觉沉重。但第三、四句突然一振，在这暗淡的天幕上划出一道亮色，使气氛一下变得轻松了。这正显示出盛唐人开阔的胸襟气度。"莫愁前路无知己，天下谁人不识君"，与王勃的"海内存知己，天涯若比邻"更多出几分豪迈，多出几分自信。

诗仙的作品有什么特点？

李白的诗纵放自如，想落天外，上天入地，真幻掺杂。奇特的夸张，瑰丽的色彩，神话故事，轶闻传说，熔铸于诗篇中。然而他的诗句又如出水芙蓉，不假雕饰。构成其飘逸豪放、雄奇洒脱的艺术风格。他最擅长七言歌行和绝句。他的绝句被后人奉为唐人绝句的典范。杜甫对李白极为倾服，对他的诗歌曾给予极高的评价："笔落惊风雨，诗成泣鬼神"（《寄十二白二十韵》）。有《李太白全集》传世，存诗九百九十余首。清人王琦的《李太白全集注》和今人瞿蜕园、朱金城的《李白集校注》。

李白诗歌的语言有什么特点？

李白诗歌的语言风格，用他自己的诗

句来说，是"清水出芙蓉，天然去雕饰"。他创下的大量乐府诗，几乎占全部诗歌的四分之一，是唐代写乐府诗最多的诗人。他最擅长的七言歌行，其渊源于乐府诗；而用为唐代乐府的绝句也正是李白所运用自如的。这一切都说明李白的诗具有接近于歌谣的特点，实际上也就是使诗歌语言在新鲜活泼的生活语言中得到充实和丰富，并加以提炼、升华。乐府诗自初唐以来没有多大发展，李白则融古朴森茂的汉魏乐府和清新明丽的六朝乐府为一炉，以其俊逸的才气创造了新鲜的诗歌语言。

杜甫采用五言古体形式写成的自叙性的诗篇有哪些？

《北征》《自京赴奉先咏怀五百字》是其中最著名的代表作。这类诗大都篇幅较长，往往是将写景、叙事、抒情、议论于融为一体，能把相当复杂的内容表达得非常清晰明了。如《北征》长达七百字，叙述作者自凤翔至鄜州探家的一路经历和所见所闻所思，沿途的景物、战乱的疮痕和对国家命运的无比忧虑、对个人遭遇的无限感慨以及与家人重聚的悲喜交加情形等多方面内容交织在一起，其中的情绪起伏变化，充分表现了杜甫当时复杂的心理。这类诗是从辞赋体变化而来的，带有明显的散文成分。宋代诗歌有"以文为诗"的倾向，杜甫显然受到了这一类作品的影响。但在杜甫诗中由于感情浓郁厚重，使得其仍有足够的力量支撑如此长篇，而不致失去诗的特性。

李清照在语言方面有哪些技巧？

在语言技巧上，李清照更是有很高的艺术造诣。其主要特点，一是经过精心锤炼，总是以浅显自然的面貌出现。像《声声慢》的开头，连用七对叠字，不仅很讲究声音之美，而且内涵丰富，又有连贯的意脉（由寻觅不得而感到冷清，在冷清中涌起内心的凄戚），可以说作者在这十四字上真是费尽苦心，使人读起来相当的自然，毫无生硬之感。又如《凤凰台上忆吹箫》中"多少事、欲说还休。新来瘦，非干病酒，不是悲秋"，看上去十分朴素平淡，但仔细体会，就会发现它是很精巧的。二是善于将雅语与俗语兼用，使词中的语言既有典雅的文人趣味，又富有生活气息。在李清照的词学观念中，词的语言既要符合乐府系统的习惯，写得浅俗平易，活泼动人，又不能染上庸俗的市民气味。所以，她常把典雅的语言用得自然，把俚俗的语言用得雅致，两者相融，别有风致。如《一剪梅》"此情无计可消除，才下眉头，却上心头"一句就是化用范仲淹《御街行》"都来此事，眉间心上，无计相回避"一句，但她把"眉"和"心"分开，用一下一上来说，把原来静态的叙述改为动态的描绘，语气变得生动了，同时也增添了不少韵味。

柳三变对词的主要贡献是什么？

柳永，原名三变，字景庄，后改名永，字耆卿，排行第七，崇安人。世称柳七、柳屯田，自称"奉旨填词柳三变"。柳永名作有《望海潮·东南形胜》《八声甘州·对潇潇暮雨洒江天》《雨霖铃·寒蝉凄切》《凤栖梧》等。金人元好问称赞柳词是"坎井俚词自一天"，极为贴切。但没能摆脱"词为艳科"，专主阴柔婉丽的传统束缚。有《乐章集》存词200余首。

柳永对词的贡献主要有三个方面：

第一、内容上多描绘城市风光和歌妓生活，尤长于抒写羁旅行役之情。改变了原来比较单一的士大夫小庭深院男女情爱取材范围。

第二、体式上一改单一小令词，起用新调，开始大量创作慢词长调，为此后宋词的发展开辟了广阔的道路。

第三、在词作中应用了大量的市井俗语俚词。

苏轼对词的主要贡献是什么？

苏轼所著《东坡乐府》词集，也有不少婉约词，如《江城子》（十年生死两茫茫）、《蝶恋花》（花褪残红青杏小）、《贺新郎·乳燕飞华屋》等，都是细腻婉约之佳作。苏轼弟子众多，以晁补之、秦观、黄庭坚、张耒最为有名，称"苏门四学士"。

苏轼的主要贡献集中在两个方面：

第一是他以散文家和诗人独特的眼光进一步"以诗入词"，使词散文化或诗化，取得了摇曳生姿、舒卷自由的效果。诸如《水龙吟》中"细看来，不是杨花，点点是，离人泪"、《定风波》中"试问岭南应不好？却道：此心安处是吾乡"、《念奴娇》中"遥想公谨当年，小乔初嫁了，雄姿英发"等等，即属此类。

第二是进一步扩大了题材范围，凡是在散文中能出现的题材都被他纳入词中，用来抒写豪情壮志和表达人生感慨。如《念奴娇·赤壁怀古》《水调歌头·丙辰中秋》《江城子·密州出塞》等，皆为豪迈慷慨、壮志满怀的杰作。苏轼首开豪放词风。

晏殊的词有什么特点？

晏殊的词擅长小令，多表现诗酒生活和悠闲情致，语言婉丽，雍容典雅，珠圆玉润。代表作为《浣溪沙》，用清新自然的语言勾画出一片亭台香径的精致环境，表达了因花开花落、岁月流逝而产生的轻愁。另有《踏莎行》中"春风不解禁杨花，蒙蒙乱扑行人面"、《蝶恋花》中"昨夜西风凋碧树，独上西楼，望尽天涯路"等几句亦颇为有名。晏殊这种精美而清雅的词风，推动了宋词进一步文人化和典雅化。

谢灵运的山水诗有什么特点？

谢灵运的山水诗，绝大部分是他作永嘉太守以后写的。在这些诗里，他用富丽精工的语言描绘了会稽、永嘉、彭蠡湖等地的自然景色。例如《石壁精舍还湖中作》描写的是他从石壁精舍回来，傍晚经湖中泛舟的美丽景色。它很像一篇清丽简短的山水游记，语言精雕细刻而能出于自然。"林壑""云霞"两处所写薄暮景色，观察入微，深为李白所赞赏。但美中不足的是结尾依然残留有玄言诗的痕迹。又如《石门岩上宿》叙述的是他夜宿石门，期待知音的感受和山中夜深人静的一种环境气氛，刻画得相当成功。诗中除借用楚辞的比喻外，没有任何玄言佛理的词句。但是，像这样把叙事、写景、抒情结合得如此之好、玄言佛理成分也不太多、艺术风格较为完整的作品，在他诗中为数不多的。

为什么谢灵运的山水诗无法做到情景交融？

谢灵运一生都无法忘怀政治权势，但他在政治和生活上又没有高尚的理想。他在政治失意时纵情于游山玩水，只是在声色狗马之外寻求感官上的满足，并以此掩饰他对权位的热衷。因此，他的山水诗虽然能够描绘一些外界景物，却很难看出其内心的思想感情。他对玄学佛典又有丰富的知识，所以当诗中涉及思想时，他总是借一些玄言佛理的词句来装点门面。刘勰《文心雕龙·情采篇》说的"志深轩冕，而泛咏皋壤；心缠机务，而虚述人外"，虽然主要是批评两晋那些伪装清高的文人，但可以看出对谢灵运也同样适用。所谓"山水不足以娱其情，名理不足以解其忧"，正是很准确地指出了他的山水诗存在的根本弱点。这就是他的山水诗不能做到情景交融和风格完整的原因之一。

陈子昂对于诗歌改革提出了什么样的主张？

陈子昂继承了四杰的主张，一针见血地指出初唐宫廷诗人们所奉为偶像的齐梁诗风是"彩丽竞繁，而兴寄都绝"，倡导了以"风雅兴寄"和"汉魏风骨"的光辉传统作为创作的先驱榜样，在复古的旗帜下实现诗歌内容的真正革新。他表现出的态度很坚定，所举旗帜也很鲜明，因此具有很强的号召力量。"兴寄"和"风骨"都是关乎着诗歌生命的首要问题。"兴寄"的实质是要求诗歌发扬批判现实的传统，要求诗歌有鲜明的政治倾向。"风骨"的实质是要求诗歌有高尚充沛的思想感情，有刚健充实的现实内容。从当时情

况来说，只有实现内容的真正革新，才能使诗歌肩负起时代的使命。同时，我们还应该看到，由于"初唐四杰"等诗人的积极努力，新风格的唐诗已经开始慢慢出现，沿袭齐梁的宫廷诗风已经越来越为人们所不满，诗歌革新的时机更加成熟了。陈子昂的革新主张在这个时候提出，既有理论的意义，又富有很强的实践意义；不仅批判了陈腐的诗风，而且还为当时正在萌芽成长的新诗人、新诗风开辟了宽阔的道路。

为什么张说喜欢吟咏杰出人物？

出于同样的人生志趣，张说比较偏向吟咏各种杰出人物。他在许多诗篇中，对曾在历史上建立殊勋的樊姬、商山四皓等表现出非常仰慕之情；《五君咏》更直接讴歌了魏元忠、郭元振等功名显赫的当代人物。在这方面，其中最著名的代表作有《邺都引》，这首七言歌行显得豪放但不觉粗率。诗中通过对古人壮举伟业的缅怀来表达诗人自己的理想怀抱。比起初唐卢、骆等人的歌行，此诗变铺陈为简洁凝练，意象更见集中，以气运词的飞跃力量也更为充沛。所以沈德潜评此诗云："声调渐响，去王杨卢骆体远矣。"意思指它更接近了盛唐歌行的风格。

为什么岑参的诗会不同于其他的边塞诗人？

岑参是盛唐最典型的边塞诗人。在8世纪50年代，他曾经两次出塞，在新疆前后待了六年。他边塞诗的特点，可以从两个方面去理解。第一，他是一个好奇的人，正如杜甫说的"岑参兄弟皆好奇"。

早年他喜欢从出人意表的角度去发现诗。有了边塞生活的体验以后，他的好奇天性也拓开了一个新的天地。第二，岑参诗中的一股一往无前的英雄气概，这也是其他边塞诗人所无法比拟的。他赞叹别人"功名只向马上取，真是英雄一丈夫"他自己就是这样作为戎装的少年英雄驰骋在西北战场上的。他出塞时，才三十出头，正是充满锐气的年龄。王昌龄、高适等年稍长的诗人，随着开元盛世的逐渐萎缩，朝政的日益腐败，已经开始认识到战争的残酷和非正义性的一面时，岑参却还在战阵上高呼驰骋显示英雄气概。这种心态和思想境界，就使他的诗和高适有较明显的区别。高适观察比较深入，更多地看到战士的艰苦，因而诗的色彩要淡一些。岑参则用绮丽的笔调来凸显西北地区冰天、雪地、火山、热海的异域风光，歌颂保卫边疆的战争，歌颂将士们不屈不挠，立功报国的豪情壮志。

兼济天下时期白居易诗歌有什么特点？

白居易29岁的时候考中进士，先后任秘书省校书郎、盩至尉、翰林学士，元和年间任左拾遗，写了大量讽喻诗，代表作是《秦中吟》十首和《新乐府》五十首，这些诗使权贵切齿、扼腕、变色。元和六年，白居易母亲因患神经失常病死在长安，白居易按当时的规矩，回故乡守孝三年。服孝结束后回到长安，皇帝安排他做了左赞善大夫。元和十年六月，白居易44岁时，宰相武元衡和御史中丞裴度遭人暗杀，武元衡当场身死，裴度受了重伤。对如此大事，当时掌权的宦官集团和旧官僚

集团居然保持镇静，不急于处理。白居易十分气愤，便上疏力主严缉凶手，以肃法纪。可是那些掌权者非但不褒奖他热心国事，反而说他是东宫官，抢在谏官之前议论朝政是一种僭越行为；还说他母亲是看花时掉到井里死的，他写赏花的诗和关于井的诗，有伤孝道，这样的人不配做左赞善大夫陪太子读书，应驱逐出京。于是他被贬为江州司马。实际上他得罪的原因还是那些讽谕诗。

独善其身时期的白居易的诗歌有什么特点？

贬官江州给白居易以沉重打击，他说自己是"面上灭除忧喜色，胸中消尽是非心"，早年的佛道思想滋长。三年后他升任忠州刺史。元和十五年，唐宪宗暴死在长安，唐穆宗继位。穆宗爱他的才华，把他召回了长安，先后做司门员外郎、主客郎中知制诰、中书舍人等。但当时朝中很乱，大臣间争权夺利，明争暗斗；穆宗政治荒怠，不听劝谏。于是他极力请求外放，穆宗长庆二年出任杭州刺史，杭州任满后任苏州刺史。晚年以太子宾客分司东都。七十岁致仕。比起前期来，他消极多了，但他毕竟是一个曾经有所作为的、积极为民请命的诗人，此时的一些诗，仍然流露了他忧国忧民之心。他仍然勤于政事，做了不少好事，如他曾经疏浚李泌所凿的六井，解决人民的饮水问题；他在西湖上筑了一道长堤，蓄水灌田，并写了一篇通俗易懂的《钱塘湖石记》，刻在石上，告诉人们如何蓄水泄水，认为只要"堤防如法，蓄泄及时"，就不会受

旱灾之苦了。这就是有名的"白堤"。

李清照的词风有什么特点？

李清照词风婉约，她的艺术特征表现在：一、善于抒情造境。她善于把强烈的感情熔铸在艺术形象里，造成一种情景交融的艺术境界。她还善于从描绘一段情节、一个思想曲折中，显示出感人的意境来。二、造语浅显新奇。李词语言既浅显自然，又新奇魂丽，富于表现力。她的词用典不多，却善于运用口语、市井俗语，使词写得明白而家常。李词的音节和谐，流转如珠，富有音乐美。

南宋四家的词风特点是什么？

与姜夔同时及稍后在词坛上有所影响、词风相近的有"南宋四家"吴文英、王沂孙、周密、张炎，以及史达祖、高观国等人，他们都远绍周邦彦，近师姜夔，以音律之讲究、词句之精美为准绳，重形式而轻内容，形成格律词派，与辛派词人走了相反的道路。这群词人中以吴文英的成就最高，《宋词三百首》中录吴词最多，共26首。吴文英作词讲究字句工丽，音律和谐，并喜堆砌典故辞藻，常使词意晦涩，眩人眼目，有《梦窗词》传世。格律词派由追求形式而走向雕琢晦涩，他们虽也名噪一时，却少有动人心魄的作品。一种艺术形式越过高峰之后，如果没有质的变化便必然会走向僵化。五言诗如此，唐朝律诗如此，宋词也是如此。词盛于两宋，群峰迭起，到南宋后期已是强弩之末，姜夔、吴文英辈词论词风的产生，正是这种艺术逐渐僵化的表现。此后词

的发展，再未能达到两宋的繁盛。

耶律楚材的诗歌有什么特点？

耶律楚材虽然常常处于戎马倥偬之中，但他始终不废翰墨，创下诗作720余首。他曾随成吉思汗西征，驰骋万里，所以能在诗中描写奇瑰壮丽的西域风光，如《过阴山和人韵》，写得动荡开阖、气象万千。楚材擅写律诗，集中七律居多。他的律诗句律流畅沉稳，风骨遒健，如《和移剌继先韵》。

可惜他的诗应酬之作过多，往往流于随意，缺乏锤炼。但在元初的少数民族诗人中，他的成就仍是最值得我们重视的。

刘因在文学理论方面有什么成就？

在元代前期的理学家中，刘因的文学成就最高。刘因虽然生长在北方，但他在感情上一直以南宋为故国，诗中多次对南宋的灭亡表示沉痛的哀悼。他论诗推崇韩愈，也倾慕元好问。他的七古气势磅礴，雄奇峭丽，颇有韩愈诗风的余韵，如《西山》中的诗句："西山龙蟠几千里，力尽西风吹不起。夜来赤脚踏苍鳞，一着神鞭上箕尾。"他的七律则受元好问的影响较深，如《渡白沟》这首诗意境高远，沉郁雄浑，深得元好问诗的神韵。此外，刘因诗作也曾受到理学的影响，但他的一些成功作品则没有理学家的头巾气。他的创作开创了元代理学家诗文创作的先河。

"元诗四大家"的诗歌有什么特点？

"元诗四大家"是指虞集、杨载、范梈、揭傒斯四人。他们都是当时的馆阁文

臣，因善于写朝廷典册和达官贵人的碑版而享有盛名。他们的诗歌具有典型性，体现了当时流行的文学观念和风尚，所以备受时人称赞。但实际上他们的创作成就并不高，不但不能与前代诗坛的大家相比，就是在元代诗坛上也不一定算得上是最优秀的诗人。四人的诗歌创作，在题材内容上大致相同，艺术上也比较相近。明人胡应鳞评此期诗风特征，"皆雄浑流丽，步骤中程。然格调音响，人人如一，大概多模往局，少创新规。视宋人藻绘有余，古淡不足。"正道出了"四大家"的艺术共性。当然，"四大家"的艺术风格同中也存在着差异，都有自己独特的特征，这便是他们超过当时其他诗人的地方所在。

虞集的诗歌有什么特点？

"元诗四大家"中最优秀的诗人是虞集。他擅长律诗，无论是五律还是七律，格律都比较严谨，隶事恰切而深微，意境浑融，风格深沉。例如七律《挽文山丞相》，这是元诗中罕见的名篇。诗人把深沉的历史感慨融入到严整的艺术形式中，显得沉郁苍劲，感人至深。虞集虽然宦途比较顺达，但仍希望到江南故乡归老田园。他的《风入松》词有"杏花春雨江南"的名句，这种意境也常在他的诗中出现。

杨载和揭 斯的诗歌有什么特点？

杨载的诗风劲健雄放，主要体现在七言歌行上，其律诗则以谐婉见长。范梈最长于歌行，诗风豪放又流畅自如。他的五律专学杜甫，颇有杜诗沉郁凝练之风。如《京下思归》。

揭傒斯的诗以清婉流丽见长；有些作品则质朴无华，另有寄托，如《秋雁》："寒向江南暖，饥向江南饱。莫道江南恶，须道江南好。"此诗暗讽蒙古统治者掠夺南人的财富的罪恶和他们歧视南人的行径，是元代中期罕见的讽刺之作。

王冕的诗歌有什么特点？

元末诗坛具有写实倾向的代表作家当推王冕。他出身农家，一生未仕，这样的人生经历使他对元末的社会现实有真是深入的了解。在当时，他以题画诗闻名，但具有代表性的作品还是那些反映社会现实之作。元末社会的种种现状，如连年的水旱灾害、朝廷的急征暴敛、人民的辗转呻吟、官吏豪富的骄奢淫逸等，都在他的诗中都进行了真切的描写和尖锐的揭露。例如："民人籍正戍，悉为弓矢徒。纵有好儿孙，无异犬与猪。"，"淮南格斗血满川，淮北千里无人烟。"等种种惨状，在王冕的创作中得以恢复，这是很值得重视的。与他同时代的诗人也或多或少地有这种倾向，如以追求艺术风格之独特性而著称的杨维桢，也曾创作了《盐商行》、《海乡竹枝词》等写实佳作。

杨维桢的诗歌有什么特点？

杨维桢是元末最具艺术个性的一位诗人。杨维桢个性狂狷，认为诗是个人性情的表现，强烈主张个性化的艺术创作。他力图打破元代中期缺乏生气，面目雷同的诗风，追求超乎寻常的构思和奇特非凡的意象，从而创造了元代诗坛上独一无二的"铁崖体"。最能体现"铁崖体"特色的，是他的乐府诗。这些诗多半是咏史，

或是拟古之作，题材内容虽不是很新鲜，但在艺术风格上给人耳目一新的感觉。他融汇了汉魏乐府以及李白、杜甫、李贺等人的长处，以气势雄健的奇思幻想突破了元代中期诗歌甜熟平稳的常规，给人以石破天惊的感觉。

萨都剌的作品有什么特点？

萨都剌以宫词、乐府诗最为著名，这些作品受晚唐温庭筠、李商隐诗风的影响颇深，其特色是在浓艳细腻中透着自然生动的清新气息。此外，萨都剌描写山水景物和地方风情的诗也比较出色。他一生遍历南北各地，从塞北风沙到江南烟雨，从毡帐乳酪到芦芽莼菜，他都以清新格调、深情的笔触加以描绘。如《上京即事》："牛羊散漫落日下，野草生香乳酪甜。卷地朔风沙似雪，家家行帐下毡帘。"又如《过嘉兴》中"芦芽短短穿碧沙，船头鲤鱼吹浪花。吴姬荡桨入城去，细雨小寒生绿纱"几句，都堪称清丽之作。众多的少数民族诗人加入到汉文写作的队伍中，并且取得了较高的成就，这是元代后期诗歌的一大特点。

后七子是如何形成的？

约在嘉靖二十七年（1548年），由进士出身任职于京师的李攀龙、王世贞相结交讨论文学，决定重揭李梦阳、何景明等人文学复古的"旗鼓"。后二年，徐中行、梁有誉、宗臣中进士，与李、王结成诗社，遂有"五子"之称。再后来谢榛、吴国伦也积极加入了其中，于是就形成了名为"后七子"的一个比较严密的文学宗派。其中以李攀龙为盟主，王世贞为辅弼。

后七子的文学观点是什么？

在文学上，李攀龙、王世贞完全继承了李、何的复古理论。他们认为"文自西京、诗自天宝而下，俱无足观"（《明史·李攀龙传》），就是李梦阳的论点的翻版。他们甚至认为这还不够，还需要更推进一步。如一般复古论者视《史记》《汉书》为古文的典范，而李攀龙则从比《史记》《汉书》更古的《战国策》《吕氏春秋》等书中汲取"古法"，好像这样格调就会显得更高。王世贞在李、何关于"古法"的理论上又进行了进一步发展，使得其复古理论更趋精密、系统。他在《艺苑卮言》里说："首尾开阖，繁简奇正，各极其度，篇法也。抑扬顿挫，长短节奏，各极其致，句法也。点缀关键，金石绮彩，各极其造，字法也。……文之与诗，固异象同则。"另外对各种文体的创作法也做了很深入的探讨，如论述"作赋之法"等。

"三杨"的作品有什么特点？

在正统诗文的创作领域里，形成了雍容典雅、词气萎弱的台阁体。代表人物是杨士奇、杨荣、杨溥，世称"三杨"。他们先后都官至大学士。在他们的作品里，充满了大量的"圣谕"、"代言"、"应制"和"颂圣"之作，其内容多为粉饰现实，点缀升平。艺术上也平庸呆板，了无生气。当时这种诗风的追随者不少。只有个别诗人不为台阁诗风所牢笼，如于谦，较能抒写自己的真情实感，且多忧国忧民之作，但由于他的诗作锤炼不足，在当时影响不大。

张岱的诗文有什么特点？

张岱的诗文，初学徐文长、袁中郎，后

学钟惺、谭元春，最终突破了前人的文学圈子，形成了自己独特的风格，而散文的成就尤为突出。其风格大多数以公安派的清新流畅为主调，在描写刻画中杂以竟陵派的冷峭，时有诙谐之趣。《陶庵梦忆》《西湖梦寻》两书中，都是忆旧之文，所谓"因想余生平，繁华靡丽，过眼皆空，五十年来，总成一梦"（《陶庵梦忆》序），显示了其内心是颇为苍凉的。但着眼处仍是人世的美好、故国乡土的可爱，洋溢着人生情趣，如《西湖七月半》。

黄景仁的诗歌的内容有什么特点？

在政治上，黄景仁屡试不中，一生穷困潦倒且多病。因此，穷愁困顿的生活实情也就成为他诗歌的主要内容，如"我生万事多屯蹶，昨到将圆便成阙"（《中秋夜雨》），"惨惨柴门风雪夜，此时有子不如无"（《别老母》），"全家都在风声里，九月衣裳未剪裁"（《都门秋思》），表现的尽是寒士的悲酸。但仅以此来看待黄仲则是比较狭窄的，在他的诗中，还常常表现出了一种对于人格尊严的珍视和由此产生的孤傲之情。典型的代表，如《圈虎行》，写他在北京所见的一次驯虎表演，通过描绘这只猛兽任人驱使、做出各种貌似威风而实则"媚人"的架势，抒发了在统治力量的压迫下人性被扭曲而失去自然天性的无限悲哀，具有呼唤英雄人格回归的潜在意义。

黄遵宪的诗歌有什么特点？

黄遵宪其实很早就有诗歌革新的意识，21岁所作《杂感》，对"俗儒好尊古"提出批评，宣称"我手写我口，古岂能拘牵"，不过这只是他的泛泛之论。在《人境庐诗草自序》中，他对自己在诗歌方面的追求作了为更详尽的说明。其要旨大概是最广泛地汲取古代文化和现实生活中的材料，打破一切拘禁，追求绝对的自由，而终"不失乎为我之诗"。

其中最具特色的两点是：其一，提出"古人未有之物，未辟之境，耳目所历，皆笔而书之"，这表明他重视以诗反映日益扩大和不断变化的生活内容；其二，提出要"以单行之神，运排偶之体"，并"用古文家伸缩离合之法以入诗"，这表明他的诗歌有散文化倾向，这一倾向同他多以诗叙事写物有关。

纳兰性德的词有什么特点？

在词方面，纳兰性德崇尚南唐后主李煜。况周颐《蕙风词话》称纳兰性德"天分绝高"，而作词又"纯任性灵"，这两句评语最能代表纳兰词的基本特点。他的词虽有南唐风格的华丽，但他善于将华丽的语言和自然朴素的语言相结合，表现真实而深切的人生感受，几乎没有矫饰做作。如前举《如梦令》开头"万帐穹庐人醉，星影摇摇欲坠"，堪称天然壮丽。又如《山花子》中"愁向风前无处说，数归鸦"，描绘出了愁闷无聊赖的情状，"人到情多情转薄，而今真个悔多情"，写出对于"情"的一种特殊感受。王国维对其评价很高，说他"从自然之眼观物，以自然之舌言情，此由初入中原，未染汉人风气，故能真切如此。北宋以来，一人而已"（《人间词话》）。可以说，他给词这种越来越失去自然本色的文体带来了新的视野，我们完全没有理由因为他的词反映的生活范围较狭小而加以轻视。

纳兰词中那种对人生容易失落的敏感和伤感，同他广泛交接汉族文人，同明末清初的社会氛围应该说是紧密相连的。

张惠言的词有什么特点？

张惠言的词作，文字简介洁、素净，很少采用华艳的辞藻和典故；抒情写物，细致生动，词旨在若隐若显之间。他的《水调歌头·春日赋示杨生子掞》五首，颇受前人称颂。另外，这首《木兰花慢·杨花》也很有名。和张氏大多数词作一样，这首也表现出了一种物华衰残之哀。或许这一类词确实隐埋着什么特别的人生感想，但所谓"风骚之旨"究竟是什么，是无法寻得头绪的。只是杨花所象征的那种不甘零落而终究零落的命运和悲凉情绪，还是可以感受到的。

与朱彝尊、厉鹗的词作相比，它的感染力显然相差甚远。这种若隐若显的写法，虽可以作为多种风格中的一种，但如果要求所有的词都这样来写，单调和重复的缺陷将是不可避免的。张惠言一生作词不多，恐怕就与此有关。

1921年之前的白话诗有什么特点？

白话诗在发展初期，新诗主要发表在《新青年》《少年中国》《新潮》《学灯》《星期评论》《觉悟》等"五四"新文化运动的重要阵地。第一批白话诗人有胡适、刘大白、刘半农、沈尹默、周作人、康白情、俞平伯都是新文化运动的骨干，连李大钊、陈独秀、鲁迅都曾写过新诗，这都说明了新诗与"五四"思想革命有着密切的联系。

郭沫若的诗的艺术公式是什么？

郭沫若在《论诗三札》里把"诗的艺术"概括为一个公式："诗 =（直觉+情调+想象）+（适当的文字）。"而创造社把"情感"和"想象"作为诗歌的基本要素加以强调与突出，这对新诗内部艺术结构的调整起到了进一步的推进作用。

郭沫若的《女神》正是充分体现了创造社诗人的上述理论主张。《女神》在新诗发展上的主要贡献表现在两方面：一方面它把"五四"新诗运动的"诗体解放"推向了极致；另一方面诗的抒情本质与诗的个性化得到充分重视与发挥，再加上奇特大胆的想象让诗的翅膀真正飞腾起来了。这样，不仅使"五四"时代的自由精神在新诗里得到了更为充分的体现，而且诗人也开始更加重视诗歌本身的艺术规律。也正是由于这两个重大的意义，使得《女神》成为我国现代新诗的奠基作。

湖畔诗派的爱情诗有什么特点？

1922年，汪静之、潘漠华、冯雪峰、应修人等出版了他们的合集《湖畔》，同年还出版了汪静之的个人诗集《蕙的风》，1923年又出版了合集《春的歌集》，文学史上将这四位诗人称作"湖畔诗人"。其中以汪静之最为有名，出过《蕙的风》和《寂寞的园》两本诗集。他们与早期白话诗派的新诗先驱者不同，不是新、旧时代的过渡人物，而是"五四"所唤起的一代新人；他们的诗是真正意义上的"五四"的产儿，他们的爱情诗与自然景物诗都带有历史青春期的特色。

当然，这类情诗是很容易触怒封建卫道士的。当《蕙的风》出版后，就有人指责包括这首诗在内的一些诗"堕落轻薄"，有不道德的嫌疑。对此，鲁迅等进步作家立即给以反击。鲁迅在《反对含泪的批评家》一文中指出："我以为中国之所谓道德家的神经，自古以来，未免过敏而又过敏了，看见一句，'意中人'，便即想到《金瓶梅》，看到一个'瞟'字，便即穿凿到别的事情上去。然而一切青年的心，却未必都如此不净。"

湖畔诗人刻画的天真、开朗的自我抒情主人公形象对《女神》中叛逆、创造的自我抒情主人公形象是一个相当好的补充，同样是时代精神与诗人个性的统一。

小诗体取得了什么样的成就？

小诗体是从外国传入的，是在周作人翻译的日本短歌、俳句和郑振铎翻译的泰戈尔《飞鸟集》影响下产生的。1923年，同时出版了冰心的《繁星》《春水》和宗白华的《流云小诗》，一时引起了人们对"小诗体"极大的关注与兴趣。主要作者除冰心、宗白华外，还有徐玉诺、何植三等人。

小诗是一种即兴式的短诗，一般三五行为一首，主要是表现作者刹那间的感兴，寄寓的是一种人生哲理或美的情思。小诗的出现，我们可以看到诗人对于诗歌形式的多方面的探索的努力和捕捉自己内心世界微妙感情与感受的所做的种种努力。

冯至抒情诗的最大特点是什么？

处处表现出艺术的节制正是冯至抒情诗的最大特色。他的诗以富于想象而又讲求艺术的节制见长，继承了郭沫若的长处并又克服了其弱点。主要表现在两方面：其一，是作者不将内心的激情采取直接倾泻的方式，而是或外化为客观的形象，如《蛇》；或蕴涵于简单情

节的娓娓叙述中，如《雨夜》。其二，在形式上采取了半格律体，诗行大体整齐，大致押韵，追求整饬、有节度的美。这样，冯至的诗，不仅情调充满感伤苦闷，而且诗的节奏舒缓，音韵极富柔缓之美，形成了"五四"新诗中独具一格的幽婉的风格。

冯至在叙事诗方面有什么贡献？

冯至对新诗的重要贡献，是他"堪称独步"的叙事诗。中国传统诗歌基本上是长于抒情，短于叙事，历史上汉民族没有长篇叙事诗（《诗经·大雅·生民》是商部族诞生的史诗）。冯至的叙事诗是从德国谣曲中直接获取的养分，又吸收了一些中国民间传统和古代神话故事，不但营造出一种不可解脱的神秘气氛，并带有中古罗曼的风味，而且所表现的是对封建婚姻制度的憎恨与对理想爱情的追求，仍然属于"五四"时代的范畴。代表作《帏幔》《蚕马》及《吹箫人的故事》，都是抒情与叙事融为一体，艺术表现十分精致，把现代叙事诗的创作，提高到了一个新的台阶。

新月社前后期的标志是什么？

新月社原是1923年由胡适、陈源、徐志摩、闻一多、梁实秋等人在北京发起的一个文化社交团体，无明确严格的组织形式，是一个沙龙俱乐部，早期因围绕《现代评论》与鲁迅展开论争而被称为"现代评论派"。后期内部逐渐形成了一个诗人群，称为新月社。该社刊主要有两种：1926年4月徐志摩在《晨报》副刊开辟《诗镌》为代表，还有1928年徐志摩在上

海创办的《新月》月刊。其中《新月》是新月社前期和后期的标志。

新月诗派提倡新诗格律化的主要内容是什么？

"理性节制情感"的美学原则。所谓"理性"是指艺术上的克制，并非一般所说的诗的哲理化，其目的是要纠正"五四"新诗中滥用的直抒胸臆和极端的伤感主义，提出诗中应将主观情愫客观对象化，追求诗的蕴藉含蓄和非个人化倾向。

为了能与"理性节制情感"的美学原则相适应，新月派明确地提出了以"和谐"和"均齐"为新诗最重要的审美特征。而作为此论依据的，正是中国的诗歌传统。早在1922年闻一多就写了《律诗底研究》，它是"五四"运动以后，较早采用新的、系统方法研究中国诗歌的民族传统的论作。文章明确指出，"抒情之作，宜整齐也""中国艺术中最大的一个特质是均齐，而这个特质在其建筑与诗中尤为显著。中国的这两种艺术的美可说就是均齐的美——即中国式的美"。为了创立"中国式"的新诗，新月派进一步提出了"新诗格律化"的主张，大力鼓吹诗的音乐美、绘画美、建筑美。

闻一多的新诗格律化的主张是什么？

闻一多对新诗格律化理论的贡献最为突出，他所提出的新诗"三美"的主张，为新格律诗派奠定了理论基础。他非常重视新诗的社会价值，尤为推崇郭沫若《女神》中所表现出的那种时代精神。更为可贵的是，闻一多的新诗创作实践了自己的理论主张。被朱自清称为"五四时期唯一的爱国诗人"。

其代表作有诗集《红烛》，其中的大多数写于留美期间，更接近郭沫若的《女神》那种浪漫主义情调和气质，从形式上看也主要是一种热情奔放的自由体形式。于1928年诗人回国之后所创作的《死水》，真正体现了他的新诗格律化的主张。

徐志摩的诗歌作品有哪些？

从1922年自英国留学归来到1931年因飞机失事而身亡，徐志摩的诗歌创作虽然只有短短的10年，但却留下了四本诗集：《志摩的诗》《翡冷翠的一夜》《猛虎集》和《云游》。以1927年为界，徐志摩的诗歌创作可划分为前后两个时期，第一部诗集《志摩的诗》（1925年），在不同程度上反映出了积极进取的人生态度和进步的人道主义。自第二部诗集《翡冷翠的一夜》（1927年）起，诗人的视野已经逐渐从时代、社会收缩到个人情爱之中。到了《猛虎集》（1931年）和《云游》（1932年），则基本上是沉醉于独自的低吟了。由此可以很明显地看出，徐志摩诗歌的思想情调经历了从有较多的现实内容转向富有更多的个人情怀，从揭露社会黑暗转向沉醉于"自我"隐秘的一个衰退过程。然而，徐志摩诗歌的艺术技巧却是日趋成熟和完善，并且形成了自己独特的风格。

七月诗派的胡风的诗歌理论是什么？

胡风（1902-1985年），原名张光人，湖北蕲春人，七月诗派的重要诗人，以政治抒情诗见长。早期诗作大多数收于诗集《野花与箭》中，抗战时期出版过《为祖国而歌》等诗集。胡风并不是以其诗而著名，其主要是以一个诗歌理论家的身份而立足的，他的理论主张主要有以下两点。第一，强调现实主义诗歌的现实主义的第一要义就是参加战斗，用他的文艺活动，也用他的行动全部，要求诗人首先要努力做人，也就是先要端正自己生活的态度问题，然后再追求生活实践和创作实践的统一。第二，强调诗人的主体性，要求诗人应该和他所歌唱的对象完全融合，即主客观要统一。这种观点与毛泽东讲话中所强调的要"为大众服务"相反，所以建国后受到了严厉的批判。

艾青的诗歌产生了什么样的重大影响？

艾青的诗在起点上与我们民族这片多灾多难的土地和人民有着深刻的联系，并且可以明显地看出受到了西方近代诗人凡尔哈仑、波特莱尔的影响，被称为"吹芦笛的诗人"，因此可以说他的诗一开始就汇入了世界近现代诗歌的潮流之中。1939年，第二本诗集《北方》和长诗《向太阳》出版之后，其历史地位更是被大家一致确认，成为新诗上第三个十年最具有影响性的代表诗人，也是最早走向世界的新诗人之一。抗战时期国统区最有影响的诗歌流派"七月诗派"的青年诗人们一再申明："他们大多数人是在父亲的影响下成长起来的"，自觉地把艾青当作他们的旗帜。并且中国新诗派的代表诗人穆旦在写作起点上也明显受到艾青的影响。艾青的《大堰河——我的母亲》发表后立即被译为日文，在以后的几十年间，一直在世界

范围内广泛流传，至今已传遍英、法、德等十多个国家。

洪荒歌谣是如何诞生的？

似火的骄阳照在大地上，一群原始的人类正扛着粗壮的大木头前行。他们的汗水像雨水般滚落，他们被晒成古铜色的皮肤闪闪发光。这些木头如此沉重，以至于他们不得不走走停停。太累了，不知道是谁第一个喊出一声"邪许"来松弛自己紧张的神经，旁边的人也和了一声。哪知道，这种简单的呼喊竟然奇妙地使疲倦的身心得到缓解，人们纷纷加入这"邪许"的唱和中来。渐渐地，人们调节自己的步伐与大伙的脚步协调，适时地发出呼喊相配合。高低起伏的声音，轻重相间的脚步，整齐划一的动作，使得艰苦的劳动变得轻松了许多。人们逐渐学会了这样的方式，并把它运用在各种劳动场合，慢慢形成了一种简单的模式。

这种简单的模式就是节奏。节奏向形体的方向迈一步就是舞蹈，向声音的方向迈一步就是音乐，向文字的方向迈一步，就是诗歌。虽然这种有节奏的呼声只是一种声音，没有任何有实质意义的歌词，但那种自然而健康的韵律，实际上就是诗歌的起源，也是一切文学创作的开始。

"楚辞"产生了怎样巨大的影响？

屈原作品，在楚人建立汉王朝定都关中后，便产生了更大的影响，"楚辞"的不断传习、发展，北方的文学逐渐楚化。新兴的五、七言诗都和楚辞有关。汉代的赋作家无不受"楚辞"影响，汉以后"绍骚"之作，历代都有，如汉代王逸的

《楚辞章句》、南宋朱熹的《楚辞集注》等，现代姜亮夫的《屈原赋校注》、郭沫若的《屈原赋今译》等。作者往往用屈原的诗句抒发自己胸中的块垒，甚至用屈原的遭遇自喻，这是屈原文学的直接发展。此外，以屈原生平事迹为题材的诗、歌、词、曲、戏剧、琴辞、大曲、话本等，绘画艺术中如屈原像、《九歌图》《天问图》等，也难以数计。

什么是《诗经》？

《诗经》是我国第一部诗歌总集，共收入自西周初期（公元前11世纪）至春秋中叶（公元前6世纪）约五百余年间的诗歌311篇，又称《诗三百》。先秦时称为《诗》，后来由于汉代儒者奉其为经典，乃称《诗经》。

《诗经》包括哪些篇章？

《诗经》分为风、雅、颂三部分。风包括"周南"、《召南》、《邶风》、《鄘风》、《卫风》、《王风》、《郑风》、《齐风》、《魏风》、《唐风》、《秦风》、《陈风》、《桧风》、《曹风》、《豳风》，共十五《国风》，诗一百六十篇；雅包括"大雅"三十一篇，"小雅"七十四篇；颂包括"周颂"三十一篇，"商颂"五篇，"鲁颂"四篇。

什么是风、雅、颂？

风是相对于"王畿"周王朝直接统治地区而言的、带有地方色彩的音乐，十五"国风"就是十五个地方的土风歌谣。其地域，除"周南"、"召南"产生于江、汉、汝水一带外，其他均产生于从陕西到山东的黄河流域。

雅是"王畿"之乐，这个地区周人称之为"夏"，"雅"和"夏"古代通用。雅又有"正"的意思，当时把王畿之乐看作是正声——典范的音乐。"大雅"、"小雅"之分，众说纷纭，大概是由于其音乐特点和应用场合都有些区别吧。

"颂"是专门用于宗庙祭祀的音乐。《毛诗序》说："颂者美盛德之形容，以其成功告于神明者也。"这是颂的含义和用途。王国维说："颂之声较风、雅为缓。"这是其音乐的特点。

《诗经》是怎么来的？

《诗经》的作者成分很复杂，产生的地域也很广。除了周王朝乐官制作的乐歌，公卿、士大夫进献的乐歌，还有许多来源于民间流传的歌谣。这些民间歌谣是如何集中到朝廷来的，有着不同说法。汉代某些学者认为，周王朝派有专门的采诗人，到民间搜集歌谣，以了解政治和风俗的盛衰利弊；又有一种说法，这些民歌是由各国乐师搜集的。乐师是掌管音乐的官员和专家，他们以唱诗作曲为职业，搜集歌谣是为了丰富他们的唱词和乐调。诸侯之乐献给天子，这些民间歌谣便汇集到朝廷里了。这些说法，都有一定道理。其中《诗经》的主要采集者是尹吉甫。他是中国历史上著名的政治家、军事家和文学家，被尊称为中华诗祖。还有就是《诗经》的编纂者说法不一，有孔子删诗一说，有王者采诗一说和周朝太师编定一说。

为什么说《史记》关于孔子将《诗经》删减至300的记录是错误的？

《史记·孔子世家》说，诗原来有三千多篇，经过孔子的删选，成为后世所见的三百余篇的定本。这一记载遭到普遍的怀疑。一则先秦文献所引用的诗句，大体都在现存《诗经》的范围内，这以外的所谓"逸诗"，数量极少，如果孔子以前还有三千多首诗，照理不会出现这样的情况；再则在《论语》中，孔子已经反复提到"《诗》三百"，如《为政》、《子路》等篇，证明孔子所见到的《诗》，已经是三百余篇的本子，同现在见到的样子差不多。再者，《诗经》的编定，当在孔子出生以前，约公元前6世纪左右。只是孔子确实也对《诗经》下了很大工夫。《论语》记孔子说："吾自卫返鲁，然后乐正，雅颂各得其所。"前面引《史记》的文字，也表达同样的意思。这表明，在孔子的时代，《诗经》里的音乐已发生散失错乱的现象，孔子对此作了改定工作，使之合于古乐的原状。他还用《诗经》教育学生，经常同他们讨论关于《诗经》的问题，并加以演奏歌舞。这些，对《诗经》的流传都起到了极大的推动作用。

《诗经》之中反映战争的作品有哪些？

《诗经》中的作品，内容十分广泛，全面地展示了中国周代时期（西周、东周、东周春秋中期）的社会生活，真实地反映了中国奴隶社会从兴盛到衰败时期的历史面貌。其中有些诗，如"大雅"中的"生民"、"公刘"、"绵"、"皇矣"、"大明"等，记载了后稷降生到武王伐纣，是周部族起源、发展和立国的历史叙事诗。有些诗，如《小雅·何草不黄》《豳风·东山》《唐风·鸨羽》《小雅·采薇》等写征夫思家恋土和对战争的哀怨；《王风·君子于役》《卫风·伯兮》等表现了思妇对征人的怀念。它们从不同的角度反映了西周时期不合理的兵役制度和战争徭役给人民带来的无穷痛苦和灾难。

《诗经》之中反映奴隶生活的作品有哪些？

《诗经》之中还有许多诗反应的是奴隶的生活，如《魏风·硕鼠》、《魏风·伐檀》等，以冷嘲热讽的笔调形象地揭示出奴隶主贪婪成性、不劳而获的寄生本性，唱出了人民反抗的呼声和对理想生活的向往，显示了奴隶制崩溃时期奴隶们的觉醒；有些诗，如《周南·芣苢》完整地刻画了妇女们采集车前子的劳动过程；《豳风·七月》记叙了奴隶一年四季的劳动生活；《小雅·无羊》反映了奴隶们的牧羊生活。

《诗经》之中反映爱情的作品有哪些？

《诗经》之中有不少诗表现了青年男

★诗经图 南宋 马和之

女的爱情生活，如《秦风·蒹葭》表现了男女之间如梦的追求；《郑风·溱洧》《邶风·静女》表现了男女之间戏谑的欢会；《王风·采葛》表现了男女之间痛苦的相思；《卫风·木瓜》《召南·摽有梅》表现了男女之间的相互馈赠；《庸风·柏舟》《郑风·将仲子》则反映了家长的干涉和社会舆论给青年男女带来的痛苦；另如《邶风·谷风》《卫风·氓》还抒写了弃妇的哀怨，愤怒谴责了男子的忘恩负义，反映了阶级社会中广大妇女的悲惨命运。

为什么《诗经》会成为贵族必备的文化素养？

这种教育一方面具有美化语言的作用，特别是在外交场合，常常需要摘引《诗经》中的诗句，委婉地表达自己的意思。这叫"赋《诗》言志"，其具体情况在《左传》中多有记载。《论语》记孔子的话说："不学《诗》，无以言。""诵《诗》三百，授之以政，不达；使于四方，不能专对，虽多亦奚以为？"可以看出学习《诗经》对于上层人士以及准备进入上层社会的人士，具有何等重要的意义。另一方面，《诗经》的教育也具有政治、道德意义。《礼记·经解》引用孔子的话说，经过"诗教"，可以导致人"温柔敦厚"。《论语》记载孔子的话，也说学了《诗》可以"远之事君，迩之事父"，即学到侍奉君主和长辈的道理。按照孔子的意见（理应也是当时社会上层一般人的意见），"《诗》三百，一言以蔽之，曰：思无邪"。意思就是，《诗经》中的作品，全部（或至少在总体上）是符合于当时社会公认道德原则的。否则不可能用以"教化"。

《离骚》是什么时候创作的？

《离骚》是屈原最重要的代表作，是中国古代诗歌史上最长的一首浪漫主义的政治抒情诗。全诗372句，2400余字，是中国古代最为宏伟的抒情诗篇。其写作年代，今人对此说法不一，有说作于怀王世被疏以后，有说作于顷襄王世被放以后，有说作于怀王末顷襄王初，有说始作于怀王时而作成于顷襄王初，迄无定论。

《离骚》表达了诗人什么样的情感？

《离骚》的题旨，司马迁解释为"离忧"，意思尚不够明白；班固进而释"离"为"罹"，以"离骚"为"遭忧作辞"；王逸则说："离，别也；骚，愁也。"把"离骚"释为离别的忧愁。二说均可通。

尽管对《离骚》的写作年代和题旨有不同说法，一时难下定论，但可以这样明确地说这是屈原在政治上遭受严重挫折以后，面临个人的厄运与国家的厄运，对于过去和未来的思考，是一个崇高而痛苦的灵魂的自传。

《离骚》可以分为哪些部分？

我们可以把《离骚》分成两部分。从开头到"岂余心之可惩"为前半篇，侧重于对以往经历的回顾，多描述现实的情况；后半篇则着重表现对未来道路的探索，并主要通过幻想方式。细分又可大致分为九部分。

第一部分：叙述诗人家世出身，生辰名字，以及自己如何积极自修，锻炼品质和才能。

第二部分：诗人在实现自己政治理想的过程中遭遇到的种种挫折。

第三部分：在诗人的政治生涯中遭遇挫折之后，不退缩不气馁，仍然兴办教育为国家培

★屈原根雕

养人才，但在"众皆竞进以贪婪"的环境中，群芳芜秽了——这是诗人遭遇到第二次挫折，但诗人自己没有放弃，依旧积极自修，依照彭咸的遗教去做。

第四部分：由于诗人的特立独行，立即引起世间庸人的谗毁，从而使诗人再一次遭遇挫折，诗人陷入孤独绝望的境地。但诗人依旧矢志不屈，甘愿"伏清白以死直"，也不愿意屈服认同世俗："背绳墨以追曲"。

第五部分：遭遇苦难挫折，陷入孤独绝望境地的诗人内心深处进一步展开矛盾、彷徨、苦闷与追求理想，以及灵魂搏斗的过程，最终坚定自己的道德情操和政治理想。

第六部分：由于女嬃的劝诫，诗人不得已来到重华面前，向他陈述自己的观点，期冀引起同情共鸣。

第七部分：诗人在重华面前阐述了自己的"举贤授能"的政治主张后，引出神游天地，"上下求索"的幻想境界，充分表达诗人不被世人理解的强烈感情。

第八部分：诗人听了巫咸的话，最后决定离开楚国。这一部分把诗人复杂的矛盾心理，万千思绪，都淋漓尽致地表达出来了。

第九部分：诗人在接受灵氛、巫咸的劝告，决定离开楚国远游，最后终不忍离开的经过。这是诗人在迷离恍惚的心情中展开的最后一次幻想。全诗最后是尾声，以当时的楚国名曲《乱》作结。反映了诗人实施"美政"、振兴楚国的政治理想和爱国感情，表现了诗人修身洁行的高尚节操和嫉恶如仇的斗争精神，并对楚国的腐败政治和黑暗势力作了无情的揭露和斥责。

《离骚》是借用什么样的方式表达情感的？

《离骚》是作者用他的理想、遭遇、痛苦、热情，以至于整个生命所熔铸而成的宏伟诗篇，其中体现了诗人鲜明的个性，这在中国文学史上，还是第一次出现。《离骚》的创作，既植根于现实，又富于幻想色彩。诗中大量运用古代神话和传说，通过极其丰富的想象和联想，并采取铺张描叙的写法，把现实人物、历史人物、神话人物交织在一起，把地上和天国、人间和幻境、过去和现在交织在一起，构成了瑰丽奇特、绚烂多彩的幻想世界，从而产生了强烈的艺术魅力。诗中又大量运用"香草美人"的比兴手法，把抽象的意识品性、复杂的现实关系生动形象地表现出来。

因此，《离骚》不仅是中国文学的奇珍，也是世界文学的瑰宝。

什么是《九章》？

《九章》由《惜诵》《涉江》《哀郢》《抽思》《怀沙》《思美人》《惜往日》《橘

颂》《悲回风》九篇作品组成。

《九章》的内容都与屈原的身世有关，这与《离骚》相似。但每一篇的篇幅与《离骚》相比短得多；所涉及的事实大多数都是生活中具体的片断，不像《离骚》是综合性的自叙；使用的手法以纪实为主，较少采用幻想的表现手法。

《九章》的大部分都反映了屈原流放生活的经历，是研究屈原生平活动的重要材料。这些诗篇善于把纪实、写景与抒情相结合，以华美而富于表现力的语言，写出复杂的、激烈冲突的内心状态，实在可称得上是一部佳作。

《九章》是如何描写山水的？

《九章》的大部分篇章，多为屈原在放逐期间所作。其中《哀郢》、《涉江》、《怀沙》三篇情景交融，诗味腴厚，在《楚辞》中可算得上是上品。《涉江》是屈原在江南长期窜逐中所写的一首纪行诗。诗中叙写作者南渡长江，又溯沅水西上，独处深山的情景。其中一段风光描写最为人称道：入溆浦余儃徊兮，迷不知吾所如。深林杳以冥冥兮，乃猿狖之所居。山峻高以蔽日兮，下幽晦以多雨。霰雪纷其无垠兮，云霏霏而承宇。

诗人抓住带有特征性的景物，寥寥数语，高度概括地描绘出深山密林、欹崟幽邃的景象。而这一景象，又恰到好处地衬托了诗人此时寂寞而悲怆的心情。楚辞中这类风光描写手法，成了后世山水诗的滥觞，屈原也因此被推为我国山水文学的鼻祖。

《哀郢》的主要内容是什么？

《哀郢》作于顷襄王二十一年（公元前

278年）秦将白起攻陷楚都郢以后。屈原在流亡队伍中，亲眼目睹了祖国的衰败和人民的苦难，思前瞻后，甚是百感交集，以极沉痛的心情写下这首诗，哀叹郢都的失陷。

诗歌从质问苍天开篇，突兀而起，一下子将读者引入国都残破、人民罹难的悲惨情景中。而后以郢都为起点，由近到远，写出流亡过程中一步一回首，一步一挥泪的沉痛情感："望长楸而太息兮，涕淫淫其若霰。过夏首而西浮兮，顾龙门而不见。"诗人越行越远，郢都高大的乔木和矗立的城门都已在视线中逐渐消失，但悲伤的泪水不知不觉就像雪珠一样不停地纷纷洒落。

最后，"乱辞"写道：鸟飞返故乡兮，狐死必首丘。信非吾罪而弃逐兮，何日夜而忘之！以动人心弦的怀念之情，返回故乡、重振家邦的愿望收尾，既照应了题目与开篇的内容，又给人无穷回味。全诗达到完美和谐的境界。

《怀沙》的主要内容是什么？

《怀沙》一般认为是屈原临死前的绝笔。在作出最终的选择以后，诗人一方面再次申述自己志不可改，一方面以更为愤慨的语言指斥楚国君主的昏庸无能、政治的黑暗，表现出对俗世庸众的极度蔑视。"邑犬群吠兮，吠所怪也；非俊疑杰兮，固庸态也。"他甚至把众人对他的压迫，比作群犬乱吠。诗最后说道："知死不可让，愿勿爱兮。明告君子，吾将以为类兮。"道出诗人希望世人能够从自己的自杀中，看到为人的准则的心声。

《孔雀东南飞》讲述了什么样的故事？

《孔雀东南飞》所写的是另一种类型的爱与恨。诗的男女主角焦仲卿和刘兰芝是一对恩爱夫妻，他们之间只有爱，没有恨。他们的婚姻是被外力活活拆散的，焦母不喜欢兰芝，她不得不回到娘家。刘兄逼她改嫁，太守家又强迫成婚。刘兰芝和焦仲卿分手之后更进一步加深了对彼此的了解，他们之间的爱愈加炽热，最后双双自杀，用以反抗包办婚姻，同时也表露出他们生死不渝的爱恋之情。《孔雀东南飞》的作者在叙述这一婚姻悲剧时，爱男女主人公之所爱，恨他们之所恨，倾向是非常鲜明的。

《乐府诗集》有什么特点？

宋人郭茂倩所编《乐府诗集》100卷，分12类（郊庙歌辞、燕射歌辞、鼓吹歌辞、横吹歌辞、相和歌辞、清商曲辞、舞曲歌辞、琴曲歌辞、杂曲歌辞、近氏曲辞、杂歌谣辞，新乐府辞）著录，是收罗汉迄五代乐府最为完备的一部诗集。

《乐府诗集》现存汉乐府民歌40余篇，多为东汉时期作品，具体而深刻地反映当时下层人民日常生活的艰难与痛苦，具有浓厚的生活气息，表现出激烈而直露的感情，形式朴素自然，句式以杂言和五言为主，语言清新活泼，长于叙事铺陈，为中国古代叙事诗奠定了一定的基础。

《陌上桑》和《羽林郎》的内容有什么共同之处？

两汉乐府诗还有像《陌上桑》和《羽林郎》这样的诗。在这两篇作品中，男女双方根本没有任何感情基础，是素不相识的陌生人，男方企图依靠权势将自己的意愿强加于女方。于是，出现了秦罗敷巧对使君、胡姬誓死回绝羽林郎的场面。这两首诗的作者也是爱憎分明，对秦罗敷和胡姬给予充分的肯定和高度的赞扬，嘲笑、鞭挞好色无行的使君和金吾子。

《陌上桑》一名《艳歌罗敷行》，又名《日出东南隅》，是一篇喜剧性的叙事诗。它写一个名叫秦罗敷的民间美女在城南隅采桑，人们见了她都爱慕不已。正逢一个太守经过，问罗敷愿否跟他同去。太守原以为凭借自己的权势，这位民间女子一定会爽然允诺。没想到罗敷断然拒绝，并将自己的丈夫夸耀了一通，使那位堂堂太守碰了一鼻子灰，无趣之极。

《陌上桑》是如何描写罗敷的魅力的？

对罗敷的美丽，作者没有直接加以表现，而是侧面映衬和烘托，通过描写人们见了罗敷以后的种种失态来间接传达罗敷的美。这和古希腊史诗《伊利亚特》通过描写那些特洛伊长老们见了海伦以后的惊奇与低语来表现海伦绝世之美的手法，有异曲同工之妙。罗敷的美丽，不但使行者、少年、耕者、锄者们惊羡不已，而且使路过的使君也立马踟蹰。借助于他们的目光，读者似乎也亲眼目睹了罗敷的面容体态。这样来塑造人物形象，比借助比喻等手段正面进行摹写显得更加富有情趣；而且由于加入了旁观者的反应，使作品的艺术容量也得到了增加。这是《陌上桑》为描写文学形象提供的新鲜经验。

《孔雀东南飞》有什么特点？

此诗总的风格是写实的，但是其中的铺排描写及结尾处理却颇富浪漫色彩，如其结尾云：两家求合葬，合葬华山傍。东西植松柏，左右种梧桐。枝枝相覆盖，叶叶相交通，中有双飞鸟，自名为鸳鸯。仰头相向鸣，夜夜达五更。行人驻足听，寡妇起彷徨。以枝叶的相交与鸳鸯的和鸣，象征男女主人公的爱情绵绵不绝，其构想极为优美迷人。这种余音袅袅的浪漫结局，对于后来的类似故事有很大影响，如韩凭夫妇故事及梁祝故事等的浪漫结尾，都深受此诗影响。

《古诗十九首》有什么特点？

《古诗十九首》，组诗名，出自汉代文人之手，但没有留下作者的姓名，是乐府古诗文人化的显著标志。《古诗十九首》为南朝萧统从传世无名氏《古诗》中选录十九首编入《昭明文选》而成，它代表了汉代文人五言诗的最高成就。《古诗十九首》不是一时一地所作，它的作者也不是一人，而是多人。《古诗十九首》深刻地再现了文人在汉末社会思想大转变时期，追求的幻灭与沉沦，心灵的觉醒与痛苦。艺术上语言朴素自然，描写生动真切，具有天然浑成的艺术风格。同时，《古诗十九首》所抒发的，是人生最基本、最普遍的几种情感和思绪，令古往今来的读者常读常新。

《古诗十九首》表达人生观念的作品有哪些？

《古诗十九首》作者的人生意识是清醒的、是明智的，他们不相信成仙术，头脑里也没有长生不死的彼岸世界，只求在现实中过得更快活、更自在。于是，他们"荡涤放情志"，去追求燕赵佳人。《驱车上东门》也写道："服食求神仙，多为药所误。不如饮美酒，被服纨与素。"这就表明他们要以美酒华服来消磨人生，同样也表露得非常坦率。由于仕途的挫折，这些士子人生追求的层次由高向低跌落，从努力实现人生不朽到满足于耳目口腹之欲。他们是似在寻求某种补偿，话语虽达观，深层的悲哀读者仍然是可以清晰地感受到的。

《古诗十九首》的思妇诗有哪些？

思妇心态也复杂多样，盼望游子早归，众多的思妇诗中没有一首例外。然而，盼归而不归，思妇的反应却大相径庭。有的非常珍视自己的婚姻，对游子的爱恋极深，远方捎回书信，她会置之怀中，"三岁字不灭"（《孟冬寒气至》）；远方寄回一端绮，她会裁制成象征夫妻恩爱的合欢被（《客从远方来》）。有的觉察到"游子不顾返"的苗头，思妇日感焦愁、郁郁寡欢，并因此衰老、消瘦，只好宽慰自己"努力加餐饭"（《行行重行行》）。也有的思妇在春光明媚的季节经受不住寂寞，发出"空床难独守"（《青青河畔草》）的感叹。

《古诗十九首》在抒情方面有什么特点？

《古诗十九首》长于抒情，委曲宛转。许多诗篇都能巧妙地起兴发端，很少有一开始就抒情明理的。用以起兴发端的不仅有典型事件，也有具体物象。《庭中有奇树》《涉江采芙蓉》选择的都是采摘芳草鲜花以赠情侣的情节，不过一个是独守闺房的思妇，一个是远在他乡的游子。以物象起兴发端的多选择和时序相关的景观，抒情主人公或遇春草，或临秋风，有的眼望明月，有的耳听虫鸣，由这些具体物象引发出种种思绪。以事件起兴发端的诗篇，往往顺势推衍成一个故事。《孟冬寒气至》和《客从远方来》都以女主人公收到远方寄来的物品发端，然后写她们对游子的信件和礼物如何珍视，或精心收藏，或巧加裁制。以具体物象起兴发端的诗篇，则由这些物象构成优美的艺术境界。《古诗十九首》以写景叙事发端，极其自然地转入抒情，水到渠成，而且又抑扬有致。

《归园田居》表达了诗人什么样的态度？

陶渊明的志趣与性格，最后使他同政治阶级上层社会完全决裂，回到田园中去。他写下了大量的田园诗。他的田园诗充满对污浊社会的憎恶和对纯净田园生活的热爱。如在《归园田居》之中诗人把统治阶级的上层社会斥为"尘网"，把投身其中的人比作是"羁鸟"、"池鱼"，把退处田园说成是冲出"樊笼"，重返"自然"，表现了他对丑恶的社会的极端鄙视。诗人着重地、细致地描写了纯净、幽美的田园风光，字里行间无不流露出作者对田园生活的由衷喜爱。在这里，淳朴、宁静的田园生活与虚伪、欺诈、互相倾轧的上层社会形成了鲜明的对比，具有格外吸引人的力量。

《敕勒歌》描绘了什么样的北方草原？

敕勒是当时北方的一个少数民族部落。据有些学者考证，敕勒川在今内蒙古呼和浩特附近。歌中唱出了北方大草原广阔无垠、混沌苍茫的景象，表现了开阔的胸襟、豪迈的情怀。后面描绘水草畜牧之盛，抓住特点，大笔如椽，并且充分体现出人们对拥有这片广阔的大自然的自豪。据《乐府广题》说，东魏高欢攻西魏玉璧，兵败疾发，士气沮丧，高欢令敕勒族大将斛律金在诸贵前高唱此歌，以安定军心，可以推想它的这其中的音乐也一定是雄强有力的。

《玉台新咏序》和《与杨仆射书》有什么特点？

徐陵的《玉台新咏序》，在当时颇有名气，其特点在于语言的华丽与工巧，引用典故极多，但由于过于堆砌，辞繁而意少。另外，还有他在北齐所作的《与杨仆射书》，既富于文辞之美，又能以真情动人。当时梁朝因侯景叛乱，形势危急，而徐陵使北，被强迫羁留已有多年。他因此上书于北齐执政大臣杨遵彦，力陈自己希望早日南归以赴国难的急切心情，逐一驳斥北齐方面的种种推托之辞与无理要求。措辞委婉，态度坚决，表达了徐陵对故国的热爱之情。虽是以骈体文写成，但洋洋洒洒，收纵自如。

反映鸦片战争的诗作有哪些？

反映鸦片战争史实的诗篇，具有代表性的有贝青乔的《咄咄吟》，整个诗篇由120首绝句组成。因这是作者投效扬威将军后在军中所见所闻的纪录，这些诗在揭露清朝军队的腐败与落后、反映士兵的生活与心理方面，具有很强的真实性。另

外，张维屏的《三元里》记叙了广州三元里乡民围困英国侵略军的整个过程；朱琦的《关将军挽歌》歌颂爱国将领关天培，都广为人知。同类诗歌还有很多，在此不再一一介绍。这一类诗作往往有思路简单、叙事浅直的弱点，所涉及的问题不深入，多停留在表面。但它们不仅反映了那一段特殊历史的面貌和人们悲愤的心情，也进一步推进了自龚自珍以来以诗歌纵横议论时政的风气。

《女神》的主要内容是什么？

《女神》于1921年8月出版，除序诗外共56首。最早的诗写于1918年，最迟的诗写于1921年，绝大部分为1919年、1920年所作。《女神》想象之丰富奇特，抒情之豪放热烈可谓是诗界一绝。它所具有的无与伦比的浪漫主义艺术色彩将是照彻诗歌艺术长廊的一束耀眼光芒；它的灼人的诗句就像喧嚣着的热浪，轰鸣着狂飙突进的五四时代的最强音。

诗人歌颂反抗、破坏、创造，体现了个性解放和民族解放的迫切要求，表现出打破重重枷锁、创造光明自由、统一欢乐的新中国的希望，反映了郭沫若的革命的坚决态度。五四爱国运动激起了身居异国的诗人深深的爱国热情，它眷恋祖国，颂扬祖国的新生，盼望着祖国的富强、安康。

《女神》处处表现的都是鲜明的自我特色，为叛逆的自我唱出了激越的颂歌，折射出强烈的个性解放的要求，体现了狂飙突进的风格。诗人怀着十分崇敬的心情，由衷地赞美和颂扬劳动人民和工农大众。体现了"五四"时代社会思潮"劳工

神圣"的巨大作用和影响。

胡适的《尝试集》有什么特点？

胡适的《尝试集》中，某些诗歌确实可以看出从中国古典诗歌的形式传统中挣脱出来了，逐渐具备了现代汉语抒情诗形式法则的雏形。因此，人们称《尝试集》为"沟通新旧两个艺术时代的桥梁"。胡适的新诗多是即事感兴、即景生情之作，虽然很少有汹涌奔腾的诗情和飞云翻卷般的想象，但大都言之有物，不乏情趣；在表现手法上，或采用直接的描写，或用浅显的象征。

李璟的《浣溪沙》的主要内容是什么？

通过描写西风吹过花萎叶残的荷塘，从而引人注意到秋色萧条，进而想到人生与时光一起渐渐流逝的无奈与悲哀，这悲哀又投射到景物中，使景色显得更加萧条衰凉，情与景的交替出现，构成了上阕的情绪氛围。

下阕用秋雨绵绵、梦境缈远、玉笙鸣咽这样几个意象，构成一个声色虚实相交的意境，最后推出含泪倚栏的主人公，使全词惆怅伤感、的悲凉凄清气氛更加的浓烈。全词较少修饰，意象虽稍密，但毫不滞重，视境转换虽快，但意脉却流畅而不破碎。

第四章　最为注重故事性的文学——小说

宋代的小说有什么特点？

宋代的小说主要是"话本"，它原是说话人说书的底本，实即白话短篇小说。现存宋话本约三四十篇，散见于《京本通俗小说》《清平山堂话本》、"三言"等书。宋话本具有两个鲜明的特色：一是市民文学的色彩。话本是当时"瓦舍技艺"的一种，是城市人民表现自己、教育和娱乐自己的文艺。下层市民人物，第一次作为正面人物成批地在话本中涌现，如《碾玉观音》中的碾玉匠崔宁、《志诚张主管》中的商店主管张胜、《错斩崔宁》中的卖丝村民崔宁，尤其是璩秀秀、周胜仙、小夫人、李翠莲等一群具有叛逆性格的下层妇女形象。小说的社会性、现实性都得到加强，为以后小说的发展开辟了道路。二是白话文学的特点。话本的语言是白话，比之文言小说（如唐传奇）描写更细致生动、曲折有致，更富生活气息。特别是人物对话的个性化，取得很大的进展。后世虽仍有文言小说，但比起白话小说来，不得不退居第二位。至于长篇的"讲史"话本也为以后长篇历史小说提供故事的素材。

明清小说有什么特点？

明清是中国小说史上的繁荣时期。从明代始，小说这种文学形式充分显示出其社会作用和文学价值，打破了正统诗文的垄断，在文学史上，取得与唐诗、宋词、元曲并列的地位。清代则是中国古典小说盛极而衰并向近现代小说转变的时期。

明代文人创作的小说主要有白话短篇小说和长篇小说两大类。明代著名的小说有罗贯中的《三国演义》、吴承恩的《西游记》、施耐庵的《水浒传》。

明代讲史小说作品有哪些？

这种小说有两种倾向，成为通俗演义的形式，或向英雄传奇小说发展。如果将嘉靖至崇祯期间出版的讲史小说逐一排比，就会发现，对上自春秋战国，下至明代的历史都有所描写。有名的作品有：余邵鱼的《列国志传》，甄伟的《西汉通俗演义》，谢诏的《东汉通俗演义》，无名氏的《续编三国志后传》，杨尔曾的《东西晋演义》，无名氏的《隋炀帝艳史》，袁韫玉的《隋史遗文》，熊大木的《唐书志传通俗演义》《南北两宋志传》《大宋中兴通俗演义》，纪振伦的《杨家府演义》，无名氏的《云合奇踪》（《英烈传》）《承运传》，孙高亮的《于少保萃忠全传》，无名氏的《魏忠贤小说斥□书》《警世阴阳梦》，乐舜日的《皇明中兴圣烈传》，陆云龙《辽海丹忠录》，无名氏的《平虏传》。《魏忠贤小说斥□书》这类小说，虽然属于"讲史"类，但已是反映较近的社会现实了。

明代的神魔小说有哪些？

最先出现的是吴承恩根据民间流传的故事创作的《西游记》。《西游记》的成功，刺激了不少作者从事这类题材的写作。《西游记》的续书，这时期就有无名氏的《续西游记》，董说的《西游补》。此外，有的作者借历史事件来写神魔战斗，如罗懋登的《三宝太监西洋记通俗演义》、无名氏的《封神演义》等。有的对当时流传的神怪故事进行改造加工，如吴元泰的《东游记》，余象斗的《南游记》、《北游记》等。有的根据神话传说进行必要整理，如朱名世的《牛郎织女传》等。有的写道仙、禅师的离奇故事，如邓志谟的《许仙铁树记》、《吕仙飞剑记》、《萨真人咒枣记》等。这类小说的产生，同嘉靖以后道教、佛教相继盛行颇有关系。

明代世情小说作品有哪些？

世情小说虽然留传作品不多，但其中有著名的《金瓶梅》。到了崇祯年间，描写世情的小说多起来，大抵只是一些才子佳人的故事，如《吴江雪》《玉支玑》等。《金瓶梅》以西门庆这个典型形象为核心，辐射出封建社会末期统治阶级内部上上下下既互相勾结、互相包庇、互相利用又互相明争暗斗的复杂的网状社会关系，反映出广阔的社会生活面。《金瓶梅》注意整体艺术结构的完整，注意从日常生活细节来刻画人物，注意人物性格之间的差异，在相当程度上都具有开创性的意义。作为一部暴露小说，《金瓶梅》缺乏思想光辉，其中的淫秽描写更不可取。这时期小说戏曲常多淫秽描写，是当时堕

落世风的一种反映。

明代的公案小说作品有哪些？

这类小说没有产生成就很高的作品。李春芳的《海刚峰先生居官公案传》以审案人海瑞贯串全篇，每回演述一个故事，除少数情节较为曲折外，大部分枯燥乏味。余象斗的《皇明诸司公案传》是搜罗古今一些贤吏折狱的异闻，近似笔记，缺少小说应具有的形象性和生动性。无名氏的《龙图公案》世传有繁（百则）简（六十六则）两种，都是各篇独立不相连属，只以包公串联全书，较之前代写包公的作品，书中宣传封建礼教气息颇浓。

清代小说有什么特点？

清代文人作家也创作了数量众多的伟大和优秀的小说，曹雪芹的《红楼梦》、吴敬梓的《儒林外史》和蒲松龄的《聊斋志异》就是其中的杰出代表。它们的出现，标志着中国古代白话小说和文言小说艺术的最高成就。从文学发展的历史看，清代文学也是和这三部作品的名字密不可分的。而其中《红楼梦》为巅峰之作。清代小说反映了更广阔的生活面，上至封建统治集团人物，下及社会底层的劳动群众，纷纷在作品中登场。故事情节常常在日常生活的场景中展开，描写的风格因之已由昔日的粗线条逐渐向细线条演变。如《红楼梦》，可以说是中国封建社会生活的百科全书。它的笔触几乎批判了整个封建社会上层建筑和整个的封建统治阶级，形象地、有预见地反映了封建社会必然没落和崩溃的趋势。《儒林外史》和《聊斋志异》，则独特地选择了知识分子这个社

会阶层的视角，通过对他们的生活遭遇和精神境界的描绘，入木三分地揭露了科举制度的弊端和罪恶。有的作品以农民起义为题材，反映和歌颂了受压迫、受剥削的人民群众的反抗、斗争。而《官场现形记》等，通过对封建官吏形象的刻画，淋漓尽致地抨击了官场的腐败和黑暗。有的作品则表现了进步的民主思想，例如对男女平等或妇女解放的理想的憧憬和追求，在当时来说，都是弥足珍贵的。

清后期侠义小说有什么特点？

自《水浒传》以来，通俗小说中形成了一个描写民间英雄传奇故事的系统。但随着封建道德意识在社会中不断深化，这一类故事的反抗色彩显得越来越淡薄了，其中的英雄人物也逐渐受正统道德观念乃至官方力量的支配。到了嘉庆年间，出现了《施公案》，写康熙时"清官"施世纶的断案故事，有绿林好汉黄天霸等为之效力，把侠义小说与公案小说融为一体了。清后期侠义小说就沿承了这一传统，以维护官方立场的态度来创作英雄传奇，其中较具代表性的有《儿女英雄传》、《三侠五义》、《荡寇志》等。

伤痕文学的代表作品有哪些？

当整个民族从十年的心灵创伤中走出来的时候，人们心中所充盈着的，不仅有对"四人帮"的强烈义愤和重获新生的无比喜悦，更多的是一种无法言语的痛——关于这个苦难的古老民族，关于每一个在苦难中备受煎熬的灵魂。当然，我们只有正视这一伤痛，才能获得新生的力量。刘心武于1977年11月，在《人民文学》上发表的短篇小说《班主任》，就是剖开伤口的第一刀。它通过塑造鲜活的艺术形象，是第一个在十年的噩梦结束后揭露"文化大革命"给我们民族带来的累累伤痕，尤其是给青年一代的心灵所造成的毒害。它因此成为新时期文学的开山之作。

第二年8月，《文汇报》发表了卢新华的短篇小说《伤痕》。这篇小说讲述的是在"文革"中，"革命小将"王晓华为了表明自己的立场，而和被打为"叛徒"的母亲划清了界线，前往辽宁插队。后来，当她得知母亲"叛徒"的罪名不过是"四人帮"的诬陷而已，她满怀悔恨地赶回上海，探望8年未曾联系的母亲。然而遗憾的是，母亲在"文革"中饱受摧残，已经在长期的重病缠身之后撒手人寰。她最后一没能见上是母亲一面，心中充满了无尽的悔恨和遗憾。由于该篇小说准确地道出了人们劫后余生的心理，因而成了"伤痕文学"的一面旗帜。在"伤痕"的旗帜的指引下，引起了巨大社会反响，许多"伤痕文学"的作品应运而生，如王蒙的《最宝贵的》、张洁的《从森林里来的孩子》、韩少功的《月兰》、李陀的《愿你听到这支歌》、王亚平的《神圣的使命》等。这些闪烁着泪光与怒火的作品，在当代文学史上第一次真正遵循了现实主义美学原则，按照生活的本来面貌来描写生活，从而开启了20世纪80年代文学现实主义深远的思潮。

先锋小说有什么特点？

以马原为先导，先锋小说家掀起了一场在艺术和精神上的双重革命。这些作家的创作有各自的内容中心，如写"残

忍"、或"噩梦"、或"近代的历史生活"、或写"民族生存状态"。而在小说形式、叙述方法、意义的把握以及语言的运用方面都在进行前所未有的冒险性实验。在平面化的叙述手法和散乱、破碎的结构模式中,以戏拟、反讽的写作策略描摹趋于符号化的人物性格,构成了先锋小说的文本特征。而在深层的在文化意识上,先锋小说则大胆地颠覆了传统的文学一贯奉行的真实观。有意识地回避、反叛与消解了意识形态,使得文本超脱了传统小说所承载的深重内涵,而只剩下了自我指涉的功能。

20世纪五六十年代的历史小说代表作有哪些?

20世纪五六十年代的小说,以革命现实主义为主潮。其曲折的发展历程,展现了五六十年代文学发展的轨迹,为以后小说乃至整个文学的创作提供了很多可以借鉴的东西。五六十年代的小说创作主要以历史和现实两类题材为主,尤其是历史类题材的小说创作颇丰。

历史类题材的小说主要以反映民族民主革命斗争为主,讲述的是在中国共产党领导下,全国各族人民进行革命斗争的艰苦历程。有的是解放军文艺社品,描写的是20、30年代的土地革命斗争以及抗日战争,如冯德英的《苦菜花》、孙犁的《风云初记》等,表现了保定、冀中、鲁南和胶东等地区复杂、艰苦的敌后斗争,情节曲折,富有传奇色彩;有的作品则是以解放战争为题材,如吴强的《红日》、罗广斌、杨益言的《红岩》,以及杜鹏程的《保卫延安》等,反映了党领导人民夺取全国胜利的伟大历程。

冰心在小说方面取得了什么样的成就?

冰心(1900-1999年),原名谢婉莹,福建省福州市人,最早以问题小说踏入文坛。1919年在《晨报》上发表处女作《两个家庭》,文章采用对比的手法展示了两个家庭截然不同的生活图景,造成两个家庭差异的直接原因,是家庭主妇的文化教养不同,在当时普遍重男轻女的社会背景下,超前地较早提出了女子受教育的重要问题。1921年《超人》的发表,标志着冰心问题小说有了较大的改变,由批评社会上种种不合理的弊病,转向试图安慰青年内心的苦闷、忧伤的心灵。作品不仅仅提出问题,更主要的是试图回答问题、解决问题。

冰心小说的结构,一言以蔽之——"单纯"。最初的社会问题小说,善用对比手法,到了心理问题小说时期,书简笔记型的艺术构成更是显著增加了。后期小说在结构和情调上都起了很大的变化,但依然没有脱离"单纯"二字。在描写手法上,冰心是多采用的是白描,是"诗化的白描",又一番清澈空灵,见情见性的诗趣。

王统照的小说有什么特点?

王统照的小说叙事的主观想象大于细节的客观写实,充满某种单纯的理念,如"爱""美"等,由于作者善于以单纯的情绪营造诗的意境,使得作品富有一种单纯的美。1933年出版了一部最重要的长篇小说《山雨》,从这可以看出他把自己的主要精力投入到了养育他的齐鲁大地，以中农奚大有一家的遭遇为线索呈纵向展开，写出了"北方农村崩溃的几种原因和现象，以及农民的自觉"，画出了一幅新时代的"流民图"。小说人物形象血肉丰满，地方色彩浓郁，场景开阔，是一部成功的作品。

叶圣陶的小说有什么特点？

叶绍钧的小说创作经历了由问题小说向广泛的社会现实拓展的过程。以教育界、学校生活为题材的小说在叶绍钧的所有小说作品中占据了相当大的比重。长年的教员生涯，使他对现代中国教育界的情形了解得非常深切具体，对学校生活的各个侧面观察得细致入微，对教员和学生的思想状态、期望欲求、心理活动了如指掌。作为中国现代教育史的见证人，叶绍钧是新文学史上最早出现和最具成就的"教育小说家"。

叶绍钧对外国小说的借鉴没有留下一点痕迹，他的小说文字整饬、严谨、平实、纯正，既没有欧化的成分，又没有半文半白的现象，十分讲究规范化。叶绍钧的文学语言没有五四作家常有的欧化气息，深厚的古典文学修养和严肃踏实的写作态度，使叶绍钧的文学作品为中国现代汉语的规范、纯洁、健康作出了巨大贡献。

在抗战爆发之前巴金创作的小说有什么特点？

在前后约20年的时间了，巴金一共写了18部中长篇、70多个短篇（收入12本短篇小说集），以及大量的散文随笔（结集的有《海行杂记》《龙·虎·狗》等16部）和30多种外国文学译作。但是在他全部作品中，最具影响力的还是他的小说，尤其是他所创作的带有强烈主观性、抒情性的中、长篇小说，与茅盾、老舍的客观性、写实性的中、长篇小说放在一起，构成了现代文学第二个十年中、长篇小说的艺术高峰，而其小说所创造的"青年世界"，是三十年代艺术画廊中最具吸引力的一部分。因此，巴金为扩大现代文学的影响可谓是做出了无可替代的卓越贡献。

萧红的小说有什么特点？

萧红的艺术风格变化丰富，多姿多彩，前期明丽刚劲、后期沉郁隽永。她的小说创作突破了传统的写作手法，将小说散文化、抒情诗化、绘画化，淡化了故事情节，而主要以感情的起伏脉络为主线贯穿事件的片断或生活场景，从而形成一种自然流动的小说结构；此外，她还善于捕捉生活中的场景、瞬间，以缀锦、连珠的手法融入到全篇；创作风格明丽凄婉，又内含英武之气，其忧郁具有女性的纯净美。

路翎的小说有什么特点？

路翎笔下的人物众多，如破产农民、矿工、船工、卖艺人、妓女、逃兵、商贩、教师、青年学生等，但主要的是两类：知识者和流浪汉。通过对前者的描写，历史地表现抗战前后中国知识分子的悲剧道路；通过对后者的描写，歌颂其所具有的"原始的强力"和"精神奴役的创伤"。这是路翎小说中两个主要的视点。

在路翎的小说中，往往是农民和流浪

汉的对比，如《饥饿的郭素娥》中就出现了一个懦弱、萎缩的农民魏海清和凶狠、雄强的流浪汉张振山。作者同情农民，但偏向于流浪汉。因为流浪汉出身于底层，他们不像农民那样懦弱、沉默，而是具有敢于反抗、有破坏的精神。这些流浪汉几乎处于绝境的生活遭遇，以及从他们身上迸发出来的强烈的反抗力量，是路翎的主要视点，其反抗的强悍程度，甚至反映在了来自破产农村的弱女子郭素娥的身上。

张爱龄的小说有什么特点？

张爱玲小说的艺术特色主要表现在以下几方面：首先是在内容上，不太关心大主题，多注重"男女间的小事情"和"软弱的凡人"，流露出冷漠和"琐屑人生"的态；其次是好用参差对照的笔法抒写人生，一般不采用强烈对照的方法，基调冷艳、苍凉；第三是对凡俗生活的发现及肯定；第四是雅俗并存的艺术境界；最后是语言华丽、雅致、圆融光润而意象丰富。

周作人的小说有什么特点？

周作人的小品文常在冲淡的情感之中蕴含着深刻的诗意。作于1924年的名篇《故乡的野菜》，通过介绍家乡的野菜表达了一种深沉的怀乡之情。文章本身虽然写得平和、质朴，但细细咏味，便不免会被那恬淡、深长的诗意所吸引。写于1926年的另一名篇《乌篷船》，在描述家乡优美的山水风光的同时，将作者轻快、愉悦的心情很自然地烘托出来了，在乌篷船上欣赏水乡盛景，一种悠远的故乡之情便会油然而生。

短小精悍、简洁老练是周作人小品文的一般特征。他的小品文大多数都是几百字到千把个字，遣词造句恰到好处，表现出来的是一种朴实、古雅含蓄、凝重的文风。在周作人的影响下，经过俞平伯、钟敬文等众多作家的努力，此风长盛不衰，对后来的散文创作产生了深远的影响。

《三国演义》是如何诞生的？

三国故事很早就流传于民间，尤其是到了晚唐，三国故事已经普及到小儿都知的程度了。随着话本的兴盛和戏剧的流行，这一人所熟知的题材自然格外受艺人的青睐。宋代说话中，有"说三分"的专门科目和专业艺人，同时还有南戏、皮影戏、傀儡戏、院本都有搬演三国故事的。苏轼《东坡志林》载："王彭尝云：涂巷中小儿薄劣，其家所厌苦，辄与钱，令聚坐听古话。至说三国事，闻刘玄德败，频蹙眉，有出涕者；闻曹操败，即喜唱快。"由此可见当时三国故事尊刘贬曹倾向已经很明显了。宋代这一类故事的话本没有留传下来，现存早期的三国讲史话本，有元至治年间所刊《三国志评话》，其故事已初具《三国演义》的规模，但情节颇与史实相违，民间传说色彩较浓；另外由于未经文人的修饰，叙事简略，文笔粗糙，人名地名也多有误。与此同时，戏剧舞台上也大量搬演三国故事，现存剧目就有四十多种，桃园结义、过五关斩六将、三顾茅庐、赤壁之战、单刀会、白帝城托孤等重要情节皆已具备。而后罗贯中"据正史，采小说，证文辞，通好尚"，创作出中国文学史上杰出的历史小说《三国志通俗演义》，它是文人素养与民间文艺的结合的产物。一方面，作者充分运用

《三国志》和裴松之注以及其他一些史籍所提供的材料，因此凡涉及重要历史事件的地方，均与史实相符；另一方面，作者又大量采录话本、戏剧、民间传说的内容，在细节处增添了很多虚构成分，形成"七分实事，三分虚假"的面目。

《三国演义》是如何描绘战争的？

它善于描述战争。全书共描写大小战争四十多次，展现了一幕幕惊心动魄的战争场面。其中官渡之战、赤壁之战、彝陵之战最为出色。对于决定三国兴亡的几次关键性的大战役，作者总是着力描写，并以人物为中心，对战争的各个方面都叙述得相当细致，如双方的战略战术、力量对比、地位转化等，使整个画面丰富多彩，千变万化，各具特色，充分体现了战争的复杂性和多样性；既写出了战争的激烈、紧张、惊险，但又从中看不到凄惨，一般具是昂扬的格调，有的还表现得从容不迫，动中有静，有张有弛。

《三国演义》的结构有什么特点？

它具有既宏伟壮阔，又严密精巧的结构。三国时期长达百年，人物多至数百，事件错综复杂，头绪纷繁。然而描述时既要符合基本史实，又要注意艺术情节的连贯。因此，在结构的安排上是相当困难的。可是作者却能写得井井有条，脉络分明，各回能独立成篇，全书又构成了一个完整的艺术整体。这主要得力于作者构思的宏伟而严密。他以蜀汉为中心，以三国的矛盾斗争为主线，来组织全书的故事情节，既写得曲折多变，又前后连贯；既有主有从，又主从密切配合。

《水浒传》是如何形成的？

宋江起义的故事在《宋史》之《徽宗本纪》、《侯蒙传》、《张叔夜传》以及其他一些史料中都有简略的记载，内容大致如下：以宋江为首由三十六人组成的一支武装队，一度"横行齐魏"，"转略十郡，官军莫敢撄其锋"，后在海州被张叔夜伏击而降。后来宋江等人的事迹便很快演变为民间传说。宋末元初人龚开作《宋江三十六赞》记载了三十六人的姓名和绰号，并在序中说："宋江事见于街谈巷语，不足采著。"由此可看出，一则当时关于宋江事迹的民间传闻已颇为流行，二则龚开所录三十六人，未必与历史上实有的人物相符。又据同为宋末元初人罗烨的《醉翁谈录》记载，当时已有"石头孙立""青面兽""花和尚""武行者"等说话名目，但都是一些分别独立的水浒故事。《宣和遗事》也有一部分内容涉及水浒故事，从杨志等押解花石纲、杨志卖刀，依次述及晁盖等智劫生辰纲、宋江私放晁盖、宋江杀阎婆惜、宋江九天玄女庙受天书、三十六将共反、张叔夜招降、宋江平方腊封节度使等情节，虽然是一个简要的提纲，但已有了一种系统的面目，初具《水浒传》的雏形。此外，元杂剧中也有相当数量的水浒戏，今存剧目就有三十三种，剧本全存的有六种，它们在水浒故事上又有所发展，其中李逵、宋江、燕青的形象已相当生动了。概要而言，自宋元开始，水浒故事以说话、戏剧为主要形式，在民间愈演愈盛，它显然投合了老百姓的心理与爱好。这些故事虽然分别独

立，但相互之间有内在的联系。《水浒传》的作者，就是在这样的基础上，创作出了一部杰出的长篇小说。

《水浒传》的思想倾向是什么？

《水浒传》通常被评价为一部正面反映和歌颂农民起义的小说。当然，小说中描写的梁山泊的某些基本宗旨确与历史上农民起义所提出的要求有契合的地方，但另一方面也应注意：《水浒传》中的人物和故事，基本上都是出于艺术虚构，除了"宋江"这个人名和反政府武装活动的大框架外，它与历史上宋江起义的事件其实根本没有多大关系。这部小说的基础，主要是市井文艺"说话"，它在流行过程中，首先受到市民阶层趣味的制约。而小说的作者罗贯中、施耐庵，也都曾在元后期东南最繁华的城市杭州生活，因此经他们的加工，并未改变水浒故事原有的市井性质。所以，梁山英雄的成分，有"帝子神孙，富豪将吏，并三教九流，乃至猎户渔人，屠儿刽子"，却几乎没有真正的农民；梁山英雄的个性，更多地反映着市民阶层的人生向往。

《水浒传》在文学史上占有什么样的重要地位？

《水浒传》是中国历史上第一部用白话文写成的章回小说。白话文虽在唐代变文和话本中就开始运用，但还是文白相杂，显得有些粗糙简朴；另外，元话本中虽有一些较好的作品在运用白话上有明显进步，成就和影响都还不太突出。《水浒传》是依托于史实，在人物情节方面几乎是完全出于创作，所以用的是纯粹的白

话。《水浒传》堪称是中国白话文学的一座里程碑。此前的文言小说虽然也能写得精美雅致，但终究采用的是脱离口语的书面语言，要做到"绘声绘色、惟妙惟肖"八字，还是困难的。《水浒传》的作者以很高的文化修养，驾驭流利纯熟的白话，来描述各种场景、刻画人物的性格，显得极其生动活泼。特别是写人物对话时，更是达到了闻其声如见其人的效果，是之前的文言小说所不能比拟的。有了《水浒传》，白话文体在小说创作方面的优势得到了完全的确立，这在整个中国文学史上的具有极其深远的意义。

《水浒传》最突出的成就是什么？

《水浒传》最突出的艺术成就，表现在人物形象的塑造方面。作者根据自己对社会生活的广泛了解、深刻的人生体验和丰富活跃的艺术想象，加上前面所说的语言和结构的长处，在这方面取得了前所未有的成就。《水浒传》的一大特点，就是人物众多，身份各自、经历也不相同，因而各自表现出不同的个性。金圣叹说书中"人有其性情，人有其气质，人有其形状，人有其声口"（《〈第五才子书施耐庵水浒传〉序三》），这固然有些夸大，但就其中几十个主要人物而言，这是当之无愧的。因为这在一部小说中，能够做到如此已算是一件很不容易的事情了。

四大名著之中以神话来讽刺现实的作品是什么？

《西游记》作者吴承恩，字汝忠，号射阳山人，淮安府山阳县（现在的江苏省淮安市楚州区）人，汉族，明代小说家。

小说分为三部分：第一部分（一到七回）介绍孙悟空的神通广大，大闹天宫；第二部分（八到十二回）叙三藏取经的缘由；第三部分（十三到一百回）是全书故事的主体，写悟空等降伏妖魔，最终到达西天取回真经。《西游记》不仅有较深刻的思想内容，艺术上也取得了很高的成就。它以丰富奇特的艺术想象、生动曲折的故事情节，栩栩如生的人物形象，幽默诙谐的语言，构筑了一座独具特色的《西游记》艺术宫殿。《西游记》在艺术上的最大成就，是成功地创造了孙悟空、猪八戒这两个不朽的艺术形象。

吴承恩是如何塑造孙悟空这个形象的？

孙悟空是《西游记》中第一主人公，是个非常了不起的英雄。他有无穷的本领，天不怕地不怕，具有不屈的反抗精神。他有着人性、神性和猴性三重特点。大英雄的不凡气度，对师父师弟有情有义，也有爱听恭维话的缺点，机智勇敢又诙谐好闹，是为人性；毛脸雷公嘴，山大王则是猴性；而七十二变，一个跟头十万八千里，则是神性。而他最大的特点就是敢斗。敢与至高至尊的玉皇大帝，愣是叫响了"齐天大圣"的美名；与妖魔鬼怪敢斗，火眼金睛决不放过一个妖魔，如意金箍棒下决不对妖魔留情；与一切困难敢斗，决不退却低头。这就是孙悟空，一个光彩夺目的神话英雄。大闹天宫的桀骜不驯，与西天取经相比似乎改变许多，其实悟空的个性仍然没有变，比如在骗取妖怪的二件宝物，让玉帝派人装天，威胁道："若不从，即上灵霄宝殿动起刀

兵。"在得知妖怪是观世音菩萨所派，咒她"活该一世无夫"，对如来佛祖更是以"妖精的外甥"称呼，孙悟空，这么一个不"听话"，不为强势屈服的硬汉子，跃然纸上。

《剪灯夜话》反映了什么样的爱情观？

《剪灯新话》是关于市民阶层青年男女的爱情的作品，但与上述一类作品相比，不仅在题材上进行了扩大，而且所表现的生活情调也更富有世俗化的色彩。它显然受到话本小说的影响，同时还反映出受礼教束缚较少的市民阶层、尤其是商人家庭的生活态度和道德观念，开始为文人士大夫重视，并被认为它是有价值的东西。后来的文言小说在这方面又有很多新的发展，并影响了"三言"、"二拍"中的同类型的作品。这里呈现出文言与白话小说相互交织、相互推进的态势。

《剪灯夜话》的主要内容是什么？

在文体方面，《剪灯新话》一个显著的特点是议论大量减少，在正文二十篇中，带有议论的仅有两篇。在语言风格方面，《剪灯新话》仍存在好用骈俪、多引诗词的缺陷，但它的叙述几乎完全接近浅近的文言，史传式的精炼与浓缩已经很少看到了。这些特点，对于文言小说摆脱史传的影响而更具小说的特征，具有不可忽视的意义。《剪灯新话》中爱情题材约占一半，此外较多的是有关文士的生活。如《华亭逢故人记》描写的是在朱元璋军队攻打吴中时，张士诚手下两个投水而死的文士的鬼魂数年后重游旧地的故事，描绘

出元末东南文士的豪宕性格和他们对历史变化的伤感情怀，从中可以感受到作者的内心感受。

《金瓶梅词话》讲述了什么样的故事？

《金瓶梅词话》是以北宋末年为背景的，但它所描绘的社会面貌和所表现的思想倾向，却有鲜明的晚明时代的特征。小说主人公西门庆是一个暴发户式的富商，是新兴的市民阶层中的显赫人物。他凭借金钱的巨大力量，与官府勾结并获得地方官职，恣意妄为，纵情享乐，尤其在男女之欲方面追逐永无休止的满足。他以一种邪恶而又生气勃勃的姿态，侵蚀着末期封建政治的肌体，使其更加堕落破败；而他那种肆滥宣泄的生命力和他最终的纵欲身亡，也暗含了他所代表的黑暗、腐败的社会力量在当时是难以立足的。虽然小说对晚明时期各种社会问题，作者并没有提出明确的理论见解，但却以前所未有的写实力量，描绘出这一时代活生生的社会状态，以及人性在这一社会状态中的复杂表现，取得了很大的成功。

《金瓶梅词话》描绘了一个怎样的社会？

《金瓶梅词话》在揭示政治腐败、社会黑暗方面，所涉及的不仅仅是官商勾结、钱权交易，而且是十分广泛、深刻的。尽管过去的小说在这方面也曾作出努力，但正如王国维在《红楼梦评论》中说，我国戏曲、小说的特质之一，是"往往说诗歌的正义，善人必有其终，而恶人必罹其罚"。《金瓶梅词话》不但反映了社会黑暗的政治，而且还大量描写了那个时代中人性的普遍弱点和丑恶面貌，尤其是金钱因其的人性扭曲。在这部一百回的长篇小说中，几乎没有一个通常意义上的"正面人物"，人人在那里勾心斗角、相互压迫。《金瓶梅词话》受后人批评最多的，是小说中存在大量的性行为的描写。这种描写又很粗鄙，几乎完全未曾从美感上考虑，所以显得格外不堪入目，一定程度上削弱了小说的艺术价值。一般认为，小说中的这种描写，因当时社会中从最高统治阶层到士大夫和普通市民都不以谈房闱之事为耻，是当时社会风气的产物。不过，值得注意的是，这和晚明社会肯定"好色"的思潮有很大关联，它是这一思潮的一种粗鄙而庸俗的表现形态。

《金瓶梅词话》的语言有什么特点？

《金瓶梅词话》的语言一向为人们所称道，其语言代表了小说语言发展的另一方面，即遵循口语化、俚俗化的方向发展。它运用鲜活生动的市民口语，充满着浓郁淋漓的市井气息。虽然有些地方显得粗糙，尤其是引用诗、词、曲时，往往与人物的身份、教养不符，但总体上说还是非常有生气的。作者十分擅长用个性化的语言并通过人物的神态、动作来刻画人物，从中表现出人物的心理与个性，以具有强烈的、直观性的场景呈现在读者面前。鲁迅称赞说："作者之于世情、盖诚极洞达，凡所形容，或条畅，或曲折，或刻露而尽相，或幽伏而含讥，或一时并写两面，使之相形，变幻之情，随在显见，同时说部，无以上之。"

《金瓶梅词话》在文学史上占有什么样的地位？

《金瓶梅词话》以其对社会现实的冷静而深刻的揭露，对人性（尤其是人性的弱点）清醒而深入的认识，以其在凡庸的日常生活中表现人性之困境的视角，以其塑造生动而复杂的人物形象的艺术力量，把注重传奇性的中国古典小说引入到注重写实性的新境界，开辟了一个新的方向。《儒林外史》《红楼梦》就是沿着这一方向继续发展的。因此，《金瓶梅词话》尽管有种种不足，但它在小说史上的重要地位是不容忽视的。

《醒世姻缘传》是何时创作的？

《醒世姻缘传》一百回，原署"西周生辑著，然藜子校定"。关于此书的写成年代有多种说法。清人杨复吉和现代胡适都认为它是蒲松龄之作。但近些年来许多研究者对此表示反对。因为小说中称明朝为"本朝"，称朱元璋为"我太祖爷"，且不避康熙名讳，大体可以断定为明末之作。此书在日本享保十三年（清雍正六年，1728年）的《舶载书目》中已有记载，其刊行年代大约是在明末清初之际。

《醒世姻缘传》讲述了什么样的故事？

《醒世姻缘传》以明代前期（正统至成化年间）为背景，讲叙的是一个两世姻缘、轮回报应的故事。前二十二回写前生故事：晁源携妓女珍哥打猎，射死一只

仙狐并剥了皮，后娶珍哥为妾，虐待妻计氏，最后逼其自缢而死。二十三回以后乃是后世故事：晁源托生为狄希陈，仙狐托生为其妻薛素姐，计氏托生为其妾童寄姐。在后世姻缘中，狄希陈变成一个极端怕老婆的人，而薛、童则变成极端狡猾凶悍的女人。她们想出种种稀奇古怪的残忍办法来折磨丈夫：把他绑在床脚上、用棒子痛打、用针刺、把炭火从他的衣领中倒进去、烧得他皮焦肉烂……而狄希陈只是一味忍受。后经高僧胡无翳道破了他们的前世因果，又教狄希陈念《金刚经》一万遍，才得消除冤业。

冯梦龙的作品有哪些？

冯梦龙几乎是倾其一生在从事通俗文学的研究、整理与创作，成就卓著，在古代文人中实为罕见。他曾改编长篇小说《三遂平妖传》《新列国志》，推动书商购印《金瓶梅词话》，刊行民间歌曲集《挂枝儿》《山歌》，编印《笑府》《情史类略》、《古今谈概》，编辑有散曲集《太霞新奏》，也曾写作传奇剧本，并刻印了《墨憨斋传奇定本》十种。他的作品比较强调感情和行为，其中最重要的成就就是编著了《古今小说》，即《喻世明言》《警世通言》《醒世恒言》，合称"三言"。分别刊刻于天启元年前后、天启四年和天启七年，各四十种，共计一百二十篇。"三言"与凌濛初的《初刻拍案惊奇》《二刻拍案惊奇》合称"三言两拍"，是中国白话短篇小说的经典代表。冯梦龙以其对小说、戏曲、民歌、笑话等通俗文学的创作、搜集、整理、编辑，为我国

文学做出了独异的贡献。

"三言"的名字有什么特点？

"三言"的书名带有浓厚的道教训诫色彩。一方面我们可以理解为通俗小说的惯例，通过标榜道德训诫来奠定小说在人们心目中的地位；另一方面，则我们发现这里所表现的道德观，往往赋予了新的时代特点，与旧道德传统相背。在"三言"中，写恋爱与婚姻题材占据了很大比重，成就也最高。这类小说常把"情"和"欲"放在"理"或"礼"之上，要求"礼顺人情"。这意味道德规则只有建立在满足人们的正常情感需要的基础上，才能显示出其合理性。

《乔太守乱点鸳鸯谱》讲述了什么样的故事？

《乔太守乱点鸳鸯谱》，写孙玉郎代姐到刘家行婚礼"冲喜"，夜与刘家女儿慧娘同眠，两人本各有婚约，却结下私情。刘家告玉郎诱骗其女儿，乔太守却判二人结为合法夫妻。判词中说："移干柴近烈火，无怪其燃。"又说："相悦为婚，礼以义起。"意谓人的情欲是无法抑制的，两情相悦是婚姻的前提，而"礼"应该顺合人情的实际。这位乔太守被赞为"不枉称青天"，他代表了人们对尊重感情的婚姻关系的向往。

"三言"的素材是如何来的？

"三言"中小说来源广泛，情况也比较复杂。从现在能够推断内容的来说，其中一小部分是经过不同程度的修改乃至改编的宋元话本，另外又收录了一些已有流传的明代话本，还有像《杜十娘怒沉百宝箱》主要是把文言的《负情侬传》改成白话，变动不大；而大多数篇目则是根据前代笔记小说、传奇、历史故事以及当时的社会传闻创作的。

"三言"的素材来源也很广泛，涉及到社会不同阶层的各种类型的人物。像《卢太学诗酒傲王侯》赞美了一个兀傲放达的文士，读来也令人喜爱有加。但作为一部小说集，它最引人注目的地方，则是描写的大量的普通市井人物的凡俗生活。同样由于素材来源广泛，加之作者自身观念构成的多面性，"三言"的思想内涵也比较复杂，有时甚至有相互矛盾之处。但它有自己的独到之处，那就是肯定了人们按照自身意欲追求生活幸福的权利。

"二拍"最大的特点是什么？

"二拍"中已脱离了以前收录改编旧传话本的传统题材，完全是作者据野史笔记、文言小说和当时社会传闻创作的。它对传统的陈腐观念的反抗与冲击、所表现的市民社会意识，要比"三言"更加强烈。如《硬勘案大儒争闲气》一篇，写朱熹因挟私嫌于唐仲友，便肆意迫害妓女严蕊，要她供出与唐"有染"，以为"妇女柔脆，吃不得刑拷，不论有无，自然招承，便好参奏他的罪名了"。小说中作者把朱熹这位大儒描绘成十足的小人形象，实是代表了晚明文人对作为官方学说的程朱理学的极大厌恶。它所攻击的直接对象就是当代的假道学。

"二拍"中关于缙绅名流厚颜无耻、凶暴残忍、忘恩负义之类行径的故事特别多，也是基于相同的出发点。所谓"官与贼人不争多"（《二刻》卷二十）、"何必儒林胜绿林"（《初刻》卷八）。这样的评语，表现了作者对社会统治力量的深刻认识。

"二拍"中的故事有什么特点？

"二拍"中的故事，大多数都情节生动、语言流畅，同时"二拍"也具有一些与"三言"同样的艺术特点，如大量运用活泼的口语、注意人物心理活动的刻画等。只是像《蒋兴哥重会珍珠衫》《卖油郎独占花魁》等全篇精雕细琢的作品，在"二拍"中难觅可与之媲美之例。但"二拍"也有格外值得夸赞之处，那就是凌濛初反对小说偏重传奇性的看法及其在创作中的表现。《拍案惊奇序》说："语有之：'少所见，多所怪。'今之人但知耳目之外牛鬼蛇神之为奇，而不知耳目之内日用起居，其为谲诡幻怪非可以常理测者固多也。"

吴敬梓为什么要创作《儒林外史》？

吴敬梓一生经历了清朝康熙帝、雍正帝、乾隆帝三代。当时，出现了资本主义生产关系的萌芽，社会呈现了某种程度的繁荣，但这也不过是即将崩溃的中国封建社会的回光返照，表面的繁荣终究掩盖不了大厦将倾的事实。雍正帝、乾隆帝年间，清朝统治者在逐渐镇压武装起义的同时，也采用大兴文字狱，设博学宏词科以作诱饵；考八股、开科举以牢笼士人，提倡理学以统治思想等方法来对付知识分子。其中，以科举制度危害最深、影响最广，使许多知识分子堕入追求利禄的圈

套，成为愚昧无知、卑鄙无耻的市侩。吴敬梓看透了这种黑暗的政治和腐朽的社会风气，所以他反对八股文，反对科举制度，不愿参加博学宏词科的考试，憎恶士子们醉心制艺，热衷功名利禄的习尚。他把这些观点反映在他的《儒林外史》里。他以讽刺的手法，对这些丑恶的事物进行了深刻的揭露和有力的批判，显示出他的民主主义的思想色彩。

《儒林外史》是如何抨击科举的？

《儒林外史》首先对科举大力抨击。小说中所描写形形色色的士林人物，除了周进、范进这一类型外，有张静斋、严贡生那样卑劣的乡绅，有王玉辉那样被封建道德扭曲了人性的穷秀才，有王太守、汤知县那样贪暴的官员，有马二先生那样对八股文津津乐道而完全失去对于美的感受力的迂儒，还有一大群像景兰江、赵雪斋之类面目各异而大都是奔走于官绅富豪之门的斗方名士，也有像娄三公子、娄四公子及杜慎卿那样的贵公子，喜欢弄些"礼贤下士"或自命风雅的名堂，其实也只是因为自己活得太无聊了而已。对于这些人物我们并不能简单地一并概括为"反面角色"，但是从他们身上在不同意义、不同程度上反映了普遍存在于读书人中的极端空虚的精神状况，从而反映出社会文化的萎靡状态。他们熙熙攘攘奔走于尘世，然而他们的生命却是无根蒂的。在这些人物中，像马二先生好谈文章而不识李清照，范进当了一省的学道而竟不知苏轼为何许人也，反映出科举对士林的腐蚀和对文化修养的破坏；像上至某"大学士太保公"借口"祖宗法度"以徇私，下至穷秀才王

德、王仁标榜"伦理纲常"而取利，则反映出士林人物在道义原则上的虚伪性。《儒林外史》从根本上揭示了封建制度对人才的摧毁和它自身因此而丧失生机。

《儒林外史》的语言有什么特点？

《儒林外史》的语言是一种高度纯熟的白话文，语言简练、准确、生动、传神，极少有累赘的成分，也极少有程式化的套语。如第二回写周进的出场："头戴一顶旧毡帽，身穿元色绸旧直裰，那右边袖子同后边坐处都破了，脚下一双旧大红绸鞋，黑瘦面皮，花白胡子。"简单的几笔，就把一个穷老塾师的神情面目勾勒出来。像"旧毡帽"表明他还不是秀才，"右边袖子"先破，表明他经常伏案写字，这些都是用笔极细的地方。而这种例子在小说中是随处可见的。吴敬梓将白话写到如此精炼，已经完全达到了同历史悠久的文言文媲美的高度了。

《红楼梦》讲述了什么样的故事？

《红楼梦》以爱情故事为中心线索，写的是贾府这一世代富贵之家从繁盛到衰败的整个过程，道出了以贾宝玉和一群红楼女子为中心的许多人物的悲剧命运，反映了具有一定觉醒意识的青年男女在封建体制和封建家族的遏制下的历史宿命。当然，这里面也包含了曹雪芹自身的家族和个人背景，以及他对人生的认识。《红楼梦》的全部故事情节是在贾府的衰败史上展开的。虽然作者对这种衰败作出类似虚无主义的解释，所谓"乱哄哄你方唱罢我登场，反认他乡是故乡。甚荒唐，到头来都是为他人作嫁衣裳！"所谓"好似食尽鸟投林，落了片白茫茫大地真干净！"但作为天才的艺术家，作者并不满足于这种解释，而是根据自己对于生活本身极细致的观察，再加上前所未有的真实性，描绘出了一个贵族家庭的末世景象。

《红楼梦》是如何通过贾府来反映社会的？

在反映贾府衰败的过程中，作者展现了贾府广泛的社会联系：与贾府结为姻亲的薛家、史家、王家，彼此"一荣俱荣，一损俱损"，由此表现出贾府的一切并非孤立的现象；贾雨村徇情枉法，王熙凤私通关节、仗势弄权，薛蟠打死人浑不当事……这些都反映出豪门势族仗势欺人、

★大观园 清

无法无天和封建法律对他们根本无效；乌进孝缴租的那一张名目繁多的账单，和贾珍对此而发的"这够做什么"的牢骚，充分显示了这一家族的经济基础和剥削性质；甚至，像袭人探家的细琐情节，也构成平民生活与贵族生活的鲜明对照。有关的种种，使小说在以贾府为中心的同时，展现了广阔的社会生活景象。

《红楼梦》的人物塑造有什么特点？

《红楼梦》最让人称道的是人物形象的塑造，且在这方面同样体现出了写实的特点。在作者笔下的人物，有喜也有憎，但他完全避免了浮浅的夸张和概念化的涂饰，而是凭借深入的体察和天赋的灵感，将人性的丰富蕴含及在不同生活状态中的复杂情形表现得淋漓尽致。在八十回的篇幅中，有来自社会不同阶层、具有不同文化背景的上百个人物的活动，而每个人都自具一种个性、自有一种特别的精神光彩。同样是追求表现准确生动的个性，《红楼梦》和《儒林外史》的朴素、简练、明快的笔法却不尽相同，应该说《红楼梦》更胜一筹，因为它更讲究精雕细刻。哪怕是出场很少的人物，如书童茗烟、丫环金钏儿、彩霞、乳母李嬷嬷等等，竟也刻画得惟妙惟肖、栩栩如生，足以显示作者的才华和一丝不苟的创作精神。如打一比方，《红楼梦》就犹如一位天才导演和一群天才演员配合相当默契的演出，不论角色的主次，哪怕是几个动作，几句台词，也必定演得有声有色、有情有味，坚决不肯随便敷衍过去。

《红楼梦》在文学史上占据什么样的地位？

《红楼梦》是一部具有历史深度和社会批判意义的爱情小说。它颠倒了封建时代的价值观念，把人的情感生活的满足放到了最高位，用受社会污染较少、较富于人性之美的青年女性来否定作为社会中坚力量的士大夫阶层，从而表现出对自由的生活的渴望。从而，它也描绘出了前所未有地美丽聪慧、活泼动人的一群女性形象。虽然《红楼梦》始终笼罩着一种宿命的伤感和悲凉，但也始终都没有放弃过对美的理想的追求。在引导人性毁弃丑恶、趋向完美的意义上具有不朽的价值。

《北宋志传》的主要内容是什么？

《北宋志传》通过杨业一家世代忠勇的事迹，歌颂了他们抵抗契丹入侵的斗争精神。全书吸收了不少民间传说，处理事件带有民间色彩，因此，表现出朴素、粗犷的民间风格。嘉靖时期，边患严重。嘉靖二十九年（1550年）蒙古族的鞑靼部曾大举兴兵，围攻北京。东南地区，倭寇也经常骚扰。因此，这时出现这类小说，是很有现实意义的。这一时期，绝大多数的讲史小说是比较粗糙的，艺术结构不够严谨，情节纷杂无绪，人物形象不够鲜明。这些缺点，同有些创作者兼出版商，他们急于求利而粗制滥造的做法也有一定关系。

《封神演义》取得了什么样的成就？

《封神演义》的情况较为复杂。作品一方面比较成功地塑造了暴君纣王的形象，从而也写出了武王伐纣的正义性；另

一方面，作品又描写了人数众多的文臣武将为他效力，以至奄竖也忠实于他，对这些人物作者不仅不采取嘲讽的态度，还歌颂他们这种"清风耿流千载"的壮烈行动。小说既描写了暴君形象，也强调了忠君思想。

《镜花缘》的主要内容是什么？

《镜花缘》一百回，故事是以百花仙子为首的一百位花神因奉武则天诏令在寒冬使百花开放，违犯天条，被贬下尘世掀开了帷幕。其中百花仙子托生为秀才唐敖之女唐小山。小说前半部分主要写唐敖、林之洋、多九公三人在海外三十余国游历的奇异经历。后半部分主要写由诸花神所托生的一百名才女参加武则天所设的女试，及考取后在一起饮酒游戏、赋诗畅谈的情景。同时，维护李氏正统和反对武则天篡政的线索自始至终贯穿着整个文章。

《镜花缘》有什么不足之处？

《镜花缘》的一些地方都明显受到《红楼梦》的影响，如它的命名取意于"镜花水月"，百名花仙在蓬莱的居处称为"薄命岩""红颜洞"，刻有她们各人所司花名及降生人间后姓名的石碑放在"泣红亭"内等，这种种都蕴涵着人生空幻和哀悼女子不幸命运的意识。

但美中不足的是，在小说情节的展开过程中，这种意识并没有得到有力的表现，尤其是百名花仙在人间考取女试后欢聚一堂、热闹非凡的场面，更是没有一点悲哀的气氛。所以说，作者在这方面的态度没有曹雪芹作《红楼梦》

时那样严肃。虽在唐敖等人海外游历的部分带有较多的社会批判意识，有时也有不少深刻之处；但由于故事发生的场所是虚无缥缈之地而情节又是荒诞离奇的，所以作者借此揭示的现实生活中的不合理现象，给读者的感受主要是滑稽可笑而不是严峻和可悲。这和《儒林外史》的写实态度也存在着一定差距。此外，小说又以极大篇幅来显示作者的广博知识和辞章修养，尤其是百女会聚以后的部分，几乎是脱离了小说情节在作文字游戏，乃至一个酒令竟要占到十几回。综合以上几点来看，《镜花缘》是一部具有社会批判内容的游戏之作；作者对现实的弊病具有高度的敏感，但又把他的这种不满化为谐趣，同时在卖弄博学的智力游戏中求得心理平衡。

《聊斋志异》的主要内容是什么？

《聊斋志异》近五百篇，实际包含两种不同性质的作品：一类是篇幅短小而没有故事情节，属于各类奇异传闻的简单记录；另一类才是真正意义上的小说，多为神鬼、狐妖、花木精灵的奇异故事，但也有些内容居于两者之间。两类作品在篇数上约各占一半。这些作品的材料来源，据作者于书前的《聊斋自志》中称，一是他"喜人谈鬼，闻则命笔"，二是"四方同人，又以邮筒相寄"，如此长久积累而成。另外，相传蒲松龄常在路边备烟茶供来往行人享用，趁机与他们闲谈，搜罗记录异闻传说编撰而成的。这虽然不太可信，但《聊斋志异》中内容，确实有许多来自民间传闻。

《聊斋志异》内容的混杂表现在哪些方面？

蒲松龄的思想感情是很混杂的，这也造成了《聊斋志异》内容的混杂不纯。这可以从以下几个方面来分析：其一，他才华出众却毕生潦倒，再加上在科举中经历数十年的精神折磨，而又以低贱的塾师身份坐馆于缙绅富贵之家，这一切对他的心理造成了极大的压抑。这种压抑经常表现为对不合理的社会现实的尖锐抨击，但有时对某些野蛮、阴暗现象的表现为极大的兴趣（如《犬奸》就是显著的例子）。其二，他对许多社会问题的理性看法实在是很不高明，因而，当他以现实人物为小说主人翁时，每每宣扬陈腐的礼教，如《耿十八》《金生色》等篇，都对妇女不能守节进行无情的指责或披露，甚至认为她们活该得到悲惨的结局。而《杜小雷》又写一妇女不孝顺婆婆而化为猪，县令捆之示众，亦立意殊恶。至于宣扬轮回报应，更是处处可见。但是，作为一个感情丰富、想象力出众的艺术家，当他在完全是幻想的境界中描写狐鬼的形象时，却又道出了许多本属于人类的美好的向往。

《水浒后传》的主要内容是什么？

《水浒后传》第一回中序诗云："千秋万世恨无极，白发孤灯续旧编。"可见这是其晚年寄寓感慨之作。原书八卷四十回，后被蔡元放析为十卷，每卷四回，略作修订，遂为当时流行之本。内容写梁山泊义军在征方腊后，死的死、散的散，一些未死的头领及梁山英雄的后人，再加上另外一些江湖义士，以李俊为首，重新聚集起来占山据水，反抗官府，抗击金兵，最后到海外创业建国的故事。

《水浒后传》虽谓《水浒传》续书，实际与当代历史的关系极为密切。此书最初付梓于康熙三年（1664年），其写作年代当在顺治、康熙之交。虽然当时清王朝已基本确立了对全国的统治，但南明桂王、韩王的政权尚系于奄奄一息中，各地民间的反抗浪潮仍此起彼伏，海外郑成功占据台湾，也是反清的重要基地。与此对应，《水浒后传》的背景，是金兵南侵、宋室危殆，李俊等人斗争的对象，起初是地方上的贪官污吏。但自十四回以后，即转为高俅、童贯、蔡京父子、杨戬等卖国权奸和金兵；李俊等虽在海外立国，却接受了南宋王朝的敕封，表现出浓重的皇权意识。

《说岳全传》的主要内容是什么？

《说岳全传》共二十卷八十回，题"仁和钱彩锦文氏编次，永福金丰大有氏增订"，书前有金丰康熙二十三年（1684年）序。

钱彩、金丰生平均不详。小说讲述的是岳飞抗金和最后遭秦桧陷害而死的故事。书中写金人侵宋，是因徽宗祭天时不慎触怒玉皇大帝而受到惩罚，故金兀术屡次遇难，均为"天意"所救。这种安排，已经削弱了敌对情绪；书中对金朝人物的描写，虽指责其"横"，但与明代同类作品相比，此书很少使用诟辱的语言，反而有时有些誉美之意，我们可以从中感受到一些时代的影子。

因此，小说的核心观念并不是民族矛盾，而是"忠"；忠奸之争，是全书的基本线索。书中写秦桧等人陷害岳飞，原是

出于宿世冤仇，但"忠""奸"是有显著区别的，故岳飞死后升天，秦桧等人则入地狱受尽酷刑。甚至金兀术等敌方人物，虽然也利用"奸臣"，内心里真正敬重的却是"忠臣"。是否忠于各自的王朝和君主，始终是评判的最高标准。

《隋唐演义》的主要内容是什么？

《隋唐演义》的作者是共褚人穫，全书共一百回，约成书于康熙年间，是根据元末以来《隋唐志传》《隋史遗文》《隋炀帝艳史》等历史小说改编而成。内容除参考正史以外，还大量吸收了有关的野史笔记和传奇小说的材料，来源广泛而又显得庞杂。从隋文帝灭陈起到安史之乱后唐玄宗回长安结束，把隋炀帝与朱贵儿、唐玄宗与杨贵妃处理为"两世姻缘"，成为贯穿全书的一条线索，重点在隋炀帝的后宫生活和隋末英雄造反的故事。此书取材驳杂，思想倾向也不太明确。例如书中既揭示了隋炀帝的荒淫奢侈，导致天下大乱，又把他描绘成一个多情而仁德的君主，还津津乐道地渲染其宫闱生活，故鲁迅批评为"浮艳在肤，沉着不足"（《中国小说史略》）。但这部小说作为一种通俗读物，还是有一定的吸引力，因为它包含了丰富的历史传说故事，并且许多情节生动有趣。其中写隋末英雄的部分，秦琼、单雄信、程咬金、罗成等人物形象，其个性都比较鲜明。

《再生缘》讲述了什么样的故事？

在长篇弹词中最受人们称赏的是乾隆时期产生的《再生缘》，全书共二十卷，前十七卷为陈端生作，后三卷为梁德绳所续，最后由侯芝修改为八十回本印行，三人均为女性。陈端生（1751-约1796年），浙江杭州人，出身于官宦家庭，祖父陈兆仑曾任《续文献通考》纂修官总裁，有文名。端生在18-20岁的两年时间内写成了《再生缘》前十六卷，后嫁范葵；范氏因科场案谪戍伊犁，端生在此后续写了第十七卷，便没有再继续下去了。

《再生缘》的故事头绪繁多，富于变化。大概内容写的是卸职还乡的大学士孟士元有女孟丽君才貌出众，许配云南总督皇甫敬之子皇甫少华，但因国丈之子刘奎璧也喜欢丽君，欲娶其而不得，设计陷害孟、皇甫两家。丽君女扮男装有幸逃脱，应试科举，高中状元，并因连立大功而官至保和殿大学士，位极人臣。在此过程中刘氏败，皇甫少华经丽君推荐立功封王。一般故事到此都会进入"大团圆"，然而陈端生却写孟丽君因各种缘故，不肯承认自己的真实身份，拒绝与父母相认、与少华成婚，最后皇帝得知内情，欲逼其为妃，丽君气苦交加，口吐鲜血。大约陈端生难以为故事设计满意的结局，遂就此搁笔。梁德绳所续仍以"大团圆"陈套收场，殊无意味。

《儿女英雄传》讲述了什么样的故事？

《儿女英雄传》由清代满族文学家文康所著，又名《金玉缘》，或《日下新书》，是我国小说史上最早出现的一部融侠义与言情于一炉的社会小说，小说长达40回，讲述的是安学海父子的仕途生活，描绘了整个社会特别是官场的腐败，黑暗。文康，姓费莫氏，字铁仙，号燕北闲人，满洲镶红旗人，出身于贵族家庭，是大学士勒保之次孙。据在文康家居馆最久的马从善所作的序称，文康曾捐资为理藩院郎中，后担任过地方官职，晚年被任为驻藏大臣，因病未赴任。

小说的主要内容是安骥因父亲安学海被上司陷害入狱，遂变卖家产前往赎救。途中不幸遇上歹徒，幸得侠女十三妹及时解救，同时被救的还有一位村女张金凤，二人在十三妹的撮合下，结为了夫妇。后安学海访明十三妹就是其故交之女何玉凤，因父亲被大将军纪献唐所害，乃隐姓埋名，志在报仇。安学海告诉她纪献唐已被天子处死，她自念父仇已报，母又去世，无处可归，便打算出家，却被张金凤等人劝阻，最后也嫁给了安骥。安骥在两个妻子的相助下，考中探花，并且连连高升，位极人臣；张、何各生一子，全家享尽荣华富贵。

《三侠五义》讲述了什么样的故事？

于光绪初年刊行的《三侠五义》沿用了《施公案》的模式，而以包公断案的故事作为线索和背景。《三侠五义》前半部分以包公断案的故事为主线，陆续引入三侠（南侠展昭、北侠欧阳春、丁兆兰、丁兆蕙为一侠），以及五鼠（钻天鼠卢方、穿山鼠徐庆、彻地鼠韩彰、锦毛鼠白玉堂、翻江鼠蒋平）等人的活动。他们原来都是江湖豪杰，为包公的忠义所感化，便追随他、帮助他辅佐朝廷、为民除害。后半部分主要写侠客们帮助巡按颜查散查明襄阳王谋反事实并翦除其党羽的故事。全书又穿插了侠客之间的纠葛。

《荡寇志》讲述了什么样的故事？

《荡寇志》七十回，末附结子一回，因故事紧接在金圣叹腰斩的七十回本《水浒传》之后，故又名《结水浒传》。刊行于咸丰初年。作者俞万春（1794-1849年），浙江山阴人。作者是站在仇视水浒英雄的立场上创下这部小说的，他对《水浒传》中让宋江等人接受招安也是极为不满，在《荡寇志》中，让水浒一百单八将全都被雷神下凡的张叔夜、陈希真等所擒杀，以表现"尊王灭寇"的主旨。在写作技巧上，这部小说也存在一些长处，但在思想情趣上，却是反映了清代长期专制统治所培育出的奴化精神。

《官场现形记》的主要内容是什么？

《官场现形记》，共六十回，李宝嘉于1901年就着手创作了，但遗憾的是书未完稿作者就病故了，最后一小部分是由他的朋友补缀而成的。小说的结构大体上与《儒林外史》是一致的，由一系列彼此独立的人物故事连缀而成，鲁迅对其内容概括为："凡所叙述，皆迎合、钻营、朦混、罗掘、倾轧等故事，兼及士人之热心于作吏，及官吏闺中之隐情。"（《中国小说史略》）书中写到的官，从最下级的典史到最高的军机大臣，其出身是各不相同，有科举考上来的，由军功提拔的，出钱捐来的，还有冒名顶替的，文的武的，简直是无所不包。总之，凡是沾一个"官"字，作者都要让他们"现形"。

《二十年目睹之怪现状》的主要内容是什么？

《二十年目睹之怪现状》共一百零八回，自1903年始在梁启超主编的《新小

说》上连载45回，全书于1909年完成。小说以"九死一生"为主角，描写他自1884年中法战争以来所见所闻的各种怪异现状。第二回云："我出来应世的二十年中，回头想来，所遇见的只有三种东西：第一种是蛇虫鼠蚁；第二种是豺狼虎豹；第三种是魑魅魍魉。"可见其宗旨与《官场现形记》大致相同。不过，这部小说涉及的社会范围比《官场现形记》要广，它以揭露官场人物为主要目的，又提到洋场、商场以及其他三教九流的角色；除了大量的反面人物，还刻画了九死一生、蔡侣笙、吴继之等几个正面人物。

在结构方面，《二十年目睹之怪现状》也是单篇故事的串联，但始终以"九死一生"的见闻为线索，连贯性较强。全书采用的是第一人称叙述，是过去的长篇小说所未见的，大概是受了翻译小说的影响吧。

《老残游记》的主要内容是什么？

《老残游记》共20回，署名"洪都百炼生"。1903年始刊于《绣像小说》，后又续载于天津《日日新闻》，始全。全书采用的是游记式的写法，以"老残"行医在各地的所见所闻，串联一系列的故事，描绘出社会政治的情状。

《老残游记》作为小说来看，结构比较松散，人物形象也显得比较单薄。但由于作者的文化素养很高，小说中很多片断，都可以当作优秀的散文来欣赏。如写大明湖的风景、桃花山的月夜、黄河的冰雪、黑妞和白妞的说书等，文字简洁流畅，描写生动鲜明，为同一时代的小说所不及。这也增加了这部小说的艺术价值。

《孽海花》的主要内容是什么？

《孽海花》主要描写清末同治初年到甲午战争这30年间上层社会文人士大夫的生活，比较全面地展现这一时期的政治、外交及社会的各种情态。由于曾朴的出身年代较迟，又接受了较多的西方思想，所以这部小说与其他谴责小说有明显的不同之处。在政治上，它主要倾向于赞成革命。从金、曾预先拟定的六十回回目来看，小说的结局是推翻清朝，革命以成功告终。因此小说对清朝统治的批判也格外强烈，敢于把矛头直指慈禧等最高统治者。

鲁迅为什么创作《呐喊》和《彷徨》？

"反封建"是《呐喊》和《彷徨》的总主题。鲁迅抱着启蒙主义的目的创作小说，"多采自病态社会中的不幸的人们，意思是在揭出病苦，引起疗救的注意"，故他的大多数作品描写的是人民大众和封建主义的矛盾，展现了封建势力对人民压迫、剥削、掠夺、虐杀的生活图景，深刻揭示了封建思想、封建道德的"吃人"本质及其对人民群众毒害之深；也通过农村劳动妇女和新知识分子对封建压迫的反抗，探讨了妇女解放和小资产阶级知识分子的道路。

《呐喊》和《彷徨》塑造了怎样的人物？

这两部小说主要是对农民形象的塑造和农民问题的提出。鲁迅总是把农民放在重大社会变故或广阔的背景上加以考察，既有写物质上的"病苦"，又有讲述农民精神上的"病苦"。勤劳、质朴、坚韧的同时，又愚昧、麻木、狭隘、保守、奴性十足。通过对农民形象的塑造，提出了在中国民主革命中启发农民觉悟的重要性这一重大问题。

对新知识分子形象的塑造，主要集中在《彷徨》集中，涓生、吕纬甫、子君、魏连殳等，都是受过近代教育、接受过资产阶级进步思想的知识分子，也是这个社会最先觉醒的人。但因为和整个社会思潮和传统习惯的格格不入，他们又无一例外地成为这个社会的孤独者、另类；同时，这些觉醒者的思想基础是个性主义，而个人奋斗致使他们最终陷入失败。

为什么阿Q会形成精神胜利法？

精神胜利法形成的根本原因——长期受封建主义统治阶级思想毒害的造成的结果。近代以来，中国的封建统治者屡屡屈服于西方列强的侵略，在这种情况下本应该励精图治、自强不息，以摆脱国家危机、民族危机。但封建统治阶级选择的却是不思进取，对外奴颜婢屈膝，丧权辱国，对内残酷镇压人民的反抗，为了维护自己的统治，他们还常常用昔日的荣耀来掩盖现实的这种险恶处境，欺骗民众，麻痹广大人民，统治阶级的这种思想深刻影响到了社会最底层的阿Q。在阶级社会中，被统治阶级完全没有自己的思想，他们只能以统治阶级的思想作为自己的思想，一时的束缚虽能激起一时的反抗，但长久的禁锢则必然导致惰性的产生。"精神胜利法"正是中国几千年封建统治阶级

思想毒害下下层人民思想性格中特有的精神痼疾。

阿Q形象的塑造有什么重要意义？

在《阿Q正传》中，鲁迅把探索中国农民问题，即农民在民主革命中的处境、地位，和考察中国革命问题联系在一起。作品通过对阿Q的遭遇和阿Q式的革命的描写，深刻地总结了辛亥革命之所以最终失败的历史教训。

《阿Q正传》具有广泛的社会意义。它展现了国人的灵魂，暴露了国民的弱点，达到了"揭出病苦，引起疗救的注意"的效果。《阿Q正传》是鲁迅长期以来关注和探讨"国民性"的成果，他在谈到创作该作品的动机时明确说过是想"写出一个现代的我们国人的魂灵来"，"是想暴露国民的弱点"。

鲁迅采取"哀其不幸，怒其不争"的态度来塑造人物形象，控诉了长期的封建统治给中国人民带来的灾难性后果。揭示了中国国民性的现状，提出了改造国民性的思想，并且将反封建的基本主题同社会政治革命结合在一起，突出强调了反封建的思想革命和改造国民性主题的历史迫切性。

《过去的年代》讲述了什么样的故事？

萧军的代表作是《八月的乡村》，此外还有短篇集《江上》、《羊》等，此后又经过近20年的不懈努力，创下了巨著——《过去的年代》。该书共8部，84万字，小说史实般地将东北人民自辛亥革命以来的生活和对压迫者的反抗深广地展

现开来，对东北特异的"胡子"性格做了精心的刻画，对东北的民魂作了历史深广度的开掘，众多分属不同社会阶层的人物，气势磅礴的场面，显示了作者驾驭大型题材的能力。

《过去的年代》以其独特的题材、浓厚的地方色彩、广阔的生活画面以及人物刻画的历史深度，为现当代文学发展做出了贡献，在艺术成就上高于《八月的乡村》，但是由于此书出版时代早已经变化，文学风气的变迁，造成了时代的隔膜，因而人们没能充分估量其艺术价值，使其遭到了冷遇。

《科尔沁旗草原》讲述了什么样的故事？

《科尔沁旗草原》是端木蕻良最具有代表性的作品，小说以史诗一样的笔墨，通过讲述关东首户丁家四代人200年的兴衰史，表现了东北近200年的历史文化的变迁，形象地展示了"九·一八"前东北的社会经济半殖民地化的整个过程，以及揭示了在这一过程中的满汉异族、汉人地主与农民、日本侵略者的种种矛盾。以丁家的兴衰，象征了东北的兴亡，在此意义上说，《科尔沁旗草原》实际上揭示的是东北的悲剧。

《死水微澜》《暴风雨前》《大波》讲述了什么样的故事？

这三部长篇均以四川社会为背景，描写出了从甲午战争到辛亥革命前后共20年间的种种人际悲欢、思潮演进和政治风云，整个文章从一开始的微波荡漾、到后来的大波澎湃、如长江之水源源不断，具

有宏伟的构架和深广度，一向被人们称为"大河小说"。李劼人最初的设想相当的宏大，而且很有价值。但是，由于战争及社会环境等方面的原因，他的宏大计划只完成了三分之一。尽管如此，仅就其所完成的部分来看，无论是长篇小说的艺术结构、还是小说所展示的丰富而广阔的社会历史空间，都可谓是中国现代长篇小说的杰作。在这三部长篇中，尤其以《死水微澜》最为杰出。

《华威先生》讲述了什么样的故事？

《华威先生》是张天翼的代表作，也是国统区讽刺暴露小说的开端，由它引发了长期的关于"暴露和讽刺"问题的争论。

作品发表于1938年2月的战时长沙，当时正处于抗战初期阶段，抗日民族统一战线刚刚形成，无论是文坛还是战争，当时都处在一片昂扬的气氛之中，张天翼是以喜剧的敏感反省抗战工作、在抗日统一战线形成之初、最早透过黑暗，揭发出内部存在的争夺领导权的严酷性的第一人。作者凭借着自己长期丰厚的生活观察和体验，透过在当时高涨的抗战热情，看到了在其掩盖下的社会现实的严酷性和潜伏的危机。

《山野》讲述了什么样的故事？

《山野》是沙汀重要的抗日长篇小说，结构相当紧凑，在一日一夜的时空里向我们展现了广西吉丁村山寨面临日寇入侵所发生的全部事件。但由于理念分析过分清晰，使作品失去了文学本应有的模糊性和丰富性。艾芜的小说在这一时期虽然表现社会的广阔程度上有所加强，但是失去了他原有的宝

贵的浪漫气质，行文略嫌沉闷琐屑。

《丰饶的原野》讲述了什么样的故事？

《丰饶的原野》是作者第一次取材于自己的故乡，试图通过三个农民的形象来解剖我们的民族性格，探讨以农立国的祖国命运的作品。

文中邵安娃、刘老九、赵长生三个人都是恶霸地主汪二爷的长工，但三个人性格却是各不相同。我们从邵安娃身上看到的是奴性的服从，令人感到深深的悲哀；从刘老九身上看到的是坚决的反抗，其正直、无私以及敢于反抗的性格与历史上的农民英雄颇为相似；而具有反抗和服从的二重性的赵长生，作者采用最敏锐的笔触对其畸形的性格加以深深的刻画。小说情节发展迂缓、描写琐屑、人物性格定型化、显得很是沉闷。

《故乡》讲述了什么样的故事？

《故乡》是作者这一时期比较成熟的一部长篇小说，全书共50多万字。讲述的是出身地主家庭的大学生余峻庭大学毕业后，怀着满腔热情地从上海回到四川，想在故乡干一番的大事业——抗日救亡，却受到了重重的阻挠，几乎是碰得头破血流，故而怀着悲愤的心情离开了家乡，另谋出路。小说通过对余峻庭在二十天内的经历的描写，批判了当时的灰暗现实。场面错综复杂，笔调悲怆。

《一个女人的悲剧》和《石青嫂子》讲述了什么样的故事？

中篇小说《一个女人的悲剧》和短篇《石青嫂子》，描写的都是在贫苦无告中挣扎的农村妇女。周四嫂无力和黑暗世界进行抗争，最后抱着两个女儿跳崖自杀；而石青嫂子却在压迫中变得越来越坚强，就算自己做乞丐把五个孩子带大，也要坚强地活下去。这个人物给艾芜创造的女性形象做了一个很好的小结，而且，为他的作品增加了力度。

沙汀抗战时期创作了哪些小说？

抗战时期，沙汀小说的主题取向主要有两种：一种是表现对理想和光明的向往，这也是他小说中新的因素，如短篇《磁力》、中篇《奇异的旅程》（即《闯关》）、大型传记性报告文学《随军散记》（又名《记贺龙》）；另一种是专以苦涩、凝重的笔调描写闭塞偏僻、黑暗落后的四川农村乡镇的社会现实，并且作者在表现中国农村黑暗生活的创作上有了长足的发展。代表作主要有短篇小说集《播种者》《堪察加小景》《医生》《呼嚎》和有名的"长篇三记"，包括《淘金记》《还乡记》《困兽记》。其中于抗日战争时期创作的《在其香居茶馆里》是沙汀的短篇代表作，该小说围绕兵役问题，通过描写一个边远小镇中统治阶级内部狗咬狗的现象，揭示了国民党兵役制度的腐败本质，向人们证明了反动统治必然崩溃灭亡的历史命运。

《饥饿的郭素娥》讲述了什么样的故事？

小说描绘的是一个粗犷、狂放、充满着原始蛮性的世界。乡村女人郭素娥的丈夫刘寿春是一个面黄肌瘦的鸦片鬼、老鬼和懒鬼，从精神上和肉体上都没有办法满

足美丽强悍的郭素娥的生命欲望。所以她渴求着新生活，在肉体的饥饿和精神的厌恶的双重煎熬中带着几乎是病态的欲望，固执而又绝望地追求着自己的人生价值，最后被她的烟鬼丈夫、保长和流氓用火铲活活地烧死。临死时她喊出了这样的话：你们不晓得一个女人的日子，她挨不下去，她痛苦！这根本就不像是一个乡村女人说出来的，显然体现的是作者的意念。

《围城》产生了什么样的重大影响？

《围城》是中国现代杰出的讽刺小说，以方鸿渐人生途中留学深造、谈情说爱、谋事求职和婚姻家庭四个方面为主线，在近代中西文化交汇和抗战时期国难家仇的时代潮流之中，采用反讽的手法描绘出现代儒林人物群像。

《围城》也许是中国现代长篇小说中展示了最丰富的知识界众生相和最舒展的文化智慧联想的作品之一，1946－1947年刚刚开始在杂志上连载，就以其光芒四射的智慧和舒展自如的才情相结合的特色，震惊了整个读书界和著作界，被比拟为新《儒林外史》。

《围城》有什么样的象征意义？

《围城》的象征源自书中人物对话中引用的外国成语，"结婚仿佛金漆的鸟笼，笼子外面的鸟想住进去，笼内的鸟想飞出来；所以结而离，离而结，没有了局。"又说像"被围困的城堡，城外的人想冲进去，城里的人想逃出来。"但如果仅仅局限于婚姻来谈"围城"困境，显然不是钱钟书的本意。"围城"困境是贯穿于人生各个层次的。后来方鸿渐又重提此事，并评论道："我近来对人生万事，都有这个感想。"这就是点题之笔。钱钟书在全书安排了许多变奏，使得"围城"的象征意义超越婚姻层次，而形成多声部的共鸣。

《金粉世家》讲述了什么样的故事？

《金粉世家》是张恨水走出鸳鸯蝴蝶派章回小说的良好开端，也是张恨水第一部具有现代意义的通俗巨制。小说讲述的是京城三世同堂的国务总理金家，以其七少爷金燕西和出身寒门的女子冷清秋的相爱——结婚——离异的人生悲剧为主线，其间穿插了与金家有关的百十个人物，写出了巨宦豪门一朝崩溃，整个家族树倒猢狲散的结局，展现了一个"香消了六朝金粉"的豪门贵族的盛衰史。

《啼笑姻缘》讲述了什么样的故事？

《啼笑姻缘》奠定了张恨水成为全国性通俗小说大家的名声，这部小说在1930年的上海《新闻报》上一气呵成地连载完毕，在南方引起了轰动。小说以平民少爷樊家树和在天桥唱大鼓书的少女沈凤喜的爱情悲剧为主要线索，中间穿插了樊家树和摩登女郎何丽娜、侠女关秀姑的爱情纠葛，使故事增添了都市的富丽场景和乡间的传奇色彩，与当时上海其他两种通俗小说路子——言情—武侠是不相同的。

孙犁的小说的人物形象有什么特点？

孙犁小说着意刻画、赞美的人物都是女性，如《荷花淀》《嘱咐》中的水生嫂、《光荣》里的秀梅、《出走以后》中的王振中、《麦收》中的二梅、《芦花荡》中的两个女孩子大菱和二菱、《钟》里面的尼姑慧秀、《碑》里的小菊、《山地回忆》中的妞儿、《吴召儿》中的吴召儿、《"藏"》中的浅花等。

孙犁对这些生活在冀中平原上的劳动妇女有着独特的眼光和发现，在他的笔下，这些女性一个个都像男人一样热爱劳动、热爱家乡、敢作敢为，对敌人英勇无畏，充满着刻骨的仇恨，无不显示着从封建枷锁中解放出来的新一代妇女的伟大力量。又都那么的美丽活泼、温柔多情，识大体、顾大局、甚至比男人还要乐观自信。在她们的身上，儿女情和爱国情、传统女性的美德和新时代解放妇女的新特征完美地融和成了一体，赋予了她们纯洁的心灵、崇高的情操、丰富的情感和质朴厚道、欢乐的情怀。

《无敌三勇士》讲述了什么样的故事？

刘白羽的代表作主要有短篇集《政治委员》《战火纷飞》《红旗》《无敌三勇士》和中篇小说《火光在前》等。他的小说，带着非常真挚的感情地表现了解放军战士之间和官兵之间的阶级、血缘关系，展示了革命军人的仁爱、刚烈的灵魂。《无敌三勇士》从三个战士之间的纠纷写起，写他们的不同性格、不同经历以及共同的阶级仇恨：阎福成是一个战斗英雄；李发和是老油条，大纪律不犯，小纪律不断，但打仗还有一套，两个人因为一句话不合而发生了口角，不团结；但又都看不起蒋占区的俘虏兵、刚解放过来的新战士赵小义，三个人闹起了纠纷。后来通过诉苦，三个人认识到他们有着共同的阶级仇恨，最后成了战场上生死与共的战友，一起获得了"无敌三勇士"的荣誉。

《红高粱》在文学史上占据什么样的地位？

在中国现当代文学中，描绘战争历史的小说作品有很多，譬如吴强的《红日》、梁斌的《红旗谱》、曲波的《林海雪原》，以及都梁的《狼烟北平》、徐贵祥的《高地》等，这些作品的一个显著特点：作者往往是站在某一政治立场或高度来审视、叙述作品的内容，塑造人物形象。而曾被誉为"寻根小说家"的莫言却另辟蹊径，给我们提供了一种新的审视战争历史小说的视角，即单纯地从民间审视的角度来再现战争期间的历史故事。最能体现莫言这一创作特色的当属他的代表作，中篇小说——《红高粱》。

《红高粱》站在民间立场上讲述了一个抗日故事小说，其情节内容并不复杂，但叙事的角度在战争历史小说中却非常新颖。作者始终是站在民间立场上来叙事写人，他以虚拟家族回忆的形式把全部笔墨都用来描写由"我"爷爷——土匪司令余占鳌组织的民间武装，以及发生在高密东北乡这个乡野世

界中的各种野陛故事。

《敌后武工队》的主要内容是什么?

在众多军旅题材作品中,冯志的长篇小说《敌后武工队》是一部出色的红色经典作品。作者以炽热的爱国热情和纪实的手法,通过描写魏强、刘太生等率领的武工队员们艰苦、勇敢的抗日斗争,概括了中国共产党领导人民打败日本侵略者艰难而伟大的光辉历程。穿过历史的雾霭,如今我们再来审视这部优秀的红色经典作品,也情不自禁地会为它杰出的思想艺术成就拍案叫好。作为一部抗日题材的军事文学作品,《敌后武工队》除了表现武工队员们勇敢、机智,不怕牺牲的革命精神外,还在行文过程中穿插展现了魏强和汪霞、于海和花木兰等人的战士友情、母子情、夫妻情以及情与情之间的关系与纠葛。《敌后武工队》在揭示日本侵略者带给中国人民巨大伤害的同时,也表现了中国人民高昂的爱国热情和对和平生活的向往。

第五章　需要在舞台上展现的文学——戏剧

宋代的戏曲有什么特点？

宋代的民间戏曲还处在戏曲的萌芽阶段。如傀儡戏、影戏、歌舞戏等，前两种不是由人来扮演的，后一种由人扮演，但还是叙事体而非代言体。然而这些都已具备戏曲的一些条件。北宋杂剧、南宋戏文，今天虽无剧本流传（有人认为《永乐大典戏文三种》中的《张协状元》是宋人作品），但它们已是相当完整的戏曲，具备我国戏曲艺术的基本特征，是以后戏曲发展的基础和出发点。

元代戏曲整体上呈现出什么样的特点？

元代文学中新产生的一种体裁是戏曲。戏曲一般分为杂剧和散曲。散曲今存小令3800多首，套数450多套。由于散曲是在北方金代的俗谣俚曲的基础上成长起来的，所以绝大多数是北曲。作家留下名姓的有200多人。许多杂剧作家在散曲创作上也有成就。散曲作家前期有关汉卿、马致远、白朴、卢挚、贯云石等，作风朴实，多本色语。后期有乔吉、张可久、睢景臣、张养浩及刘时中等人，文字稍露才华而辞藻清丽。因为散曲要用作宴会歌伎唱词，艳曲较多。但也有不少写景、抒情和怀古、叹世的小令；以及少量讽世喻俗、指摘时弊、揶揄乱世英雄的套数，如马致远《借马》、刘时中《上高监司》、睢景臣《高祖还乡》等，都有

时代特色和较高艺术成就。

元曲是在什么样的文化背景下产生的？

第一是女真和蒙古统治者对歌舞戏曲的喜好促进了北方都市艺人的聚合。

第二是蒙古贵族的"贱儒"文化政策促成了大批文人涉足杂剧创作。人分四等，职业丝级：一官二吏三僧四道五医六工七匠八娼九儒十丐。贱儒把悲愤与不平放在了较为宽松的词曲领域。元曲是朔方冲击下与农牧文化融合的结晶。

明代前期戏剧有什么特点？

明代前期，戏剧作家、作品的数量不算少，但在文化专制主义的统治下，他们所获得的成并不高。明初法律规定，民间演剧不准装扮"帝王后妃、忠臣烈士、先圣先贤"，但"神仙道扮及义夫节妇、孝子顺孙、劝人为善者不在禁限"（《昭代王章》），明确要求戏剧为封建政教服务。在这种情况下，点缀升平的娱乐之作和宣扬封建道德的作品居多。在这方面的创作中，当时最具影响的是李唐宾和朱有燉。

明代现实时事剧作品有哪些？

戏剧作品及时地反映当时重大的政治事件，《鸣凤记》首开风气，作者主要描写的是嘉靖时代震动朝野的严嵩集团和反严嵩集团的政治势力的斗争，鞭挞了严嵩

结党营私、误国害民的丑恶行径，歌颂了爱国的正派官员杨继盛、夏言、邹应龙。杨继盛的悲壮牺牲，写得较为感人。自此以后，这方面剧作日益增多，如木石山人的《金环记》歌颂清官海瑞，史槃的《忠孝记》和佚名的《璧香记》表现正直的沈炼，沈应召的《去思记》描写王铁的抗倭，陈开泰的《冰山记》、穆成章的《请剑记》、盛于斯的《鸣冤记》、高汝拭的《不丈夫》、王应遴的《清凉扇》、范世彦的《磨忠记》，抨击了权宦魏忠贤。尽管有的剧作写得较为粗糙，但在戏剧创作中表现出这种强烈的现实批判精神，仍值得称道。

明代的爱情剧作品有哪些？

这时期爱情剧的突出之处是能较完整、较深入、较细腻地表现出妇女争取自由幸福的曲折过程，并且注意包含更多的社会内容。《牡丹亭》写妇女为了"情"可以由生到死、由死再复生；《玉簪记》写女性勇冲戒门的心理变化。牡丹亭》中长年被关闭在闺房的杜丽娘，在父训、母教、师诲的社会压力下，本该成为循规蹈矩的女中典范，但一次游园，就促使她青春觉醒，并和情人在梦中幽会。这种大胆披露内心欲望的勇敢精神，是以前许多妇女形象未曾表现过的。而《玉簪记》在描写陈妙常欲爱不能、欲舍不忍的微妙心理方面，又有另一番功力。此外，朱鼎在《玉镜台记》里，把人物的命运和国家社会的命运联系起来，孟称舜在《娇红记》里，注意刻画男女主人公为了爱情，可以不顾功名富贵的思想基础。这些，都使爱情剧有了一些新的境界。

清中期戏剧有什么特点？

明代后期到清代前期是文人戏剧创作的高潮。到了乾隆时代，这种创作已接近尾声。当时，一方面产生了一批朝廷任命写作、为宫廷庆典所用的大戏和士大夫创作的歌功颂德之作；另一方面，当时的一般剧作也都纷纷呈现出相当强烈的政治思想和宣传正统道德观念的倾向。当然，戏剧中包含一定程度的正统道德观念以前的剧作中也是比较常见的，如前期《长生殿》《桃花扇》都有表彰"忠义"的内容。但与此同时，要成为一部有价值的文学剧作，其必须在较大程度上反映出真实的社会生活内容和作者对人的生存处境的思考和理解，具有艺术上的创造性。而清中期许多剧作，却是首先从观念出发，以戏剧故事演绎观念。如夏纶（1680-1753年）的《新曲六种》，在各题之下分别注明"褒忠""阐孝""表节""劝义"之类主旨，就是典型的例子。在这种风气下，清中期戏剧虽然数量较多，但佳作缺乏。从总体上讲，这些戏剧是没有生气、缺乏创造性的，因此可以说是几乎没有杰作。

清代戏剧剧目的主要来源是什么？

清代花部各腔及后来京剧所演出的剧目，主要来自三个方面：一，从民间故事传说中取材；二，改编《三国演义》《水浒传》《隋唐演义》《杨家将》等各种通俗小说中的故事；三，改编原来用昆曲演唱的传奇、杂剧的剧目。民间艺人演剧，重在浅俗有趣，内容不像文人创作那样精细繁复；剧本的流传，也主要靠师徒口授和手头抄写，所以不易保存和传播。乾隆中后期刊行的

《缀白裘》（新集）收有数十种花部诸腔的剧本，但都是其中的一些片断，并不完整。解放以后搜集整理了大量京剧传统剧目，但年代都已经是比较晚的了。

什么是唐传奇？

传奇本是传述奇闻异事的意思，唐传奇是指唐代流行的文言短篇小说。以"传奇"为小说作品之名，当始于元稹，他的名作《莺莺传》，原名"传奇"。后来裴铏所著小说集，也叫《传奇》。但这时"传奇"只是用为单篇作品或单部书的题目。大概是受了元稹《传奇》的影响，宋代说话及诸宫调等曲艺中，把写世人爱情的题材称为"传奇"，这是故事题材分类的名称。传奇远继神话传说和史传文学，近承魏晋南北朝志怪和志人小说，发展成为一种以史传笔法写奇闻异事的小说体式。

把"传奇"明确地作为唐人文言小说的专称，现存资料中最早见于元末陶宗仪的《南村辍耕录》："稗官废而传奇作，传奇作而戏曲继。"以后就这样继续沿用下来。特别指出，"传奇"一名，应用的范围较广，不但后代说话、讲唱中有"传奇"一类，而且南戏在明以后也叫"传奇"。

为什么唐传奇会兴起？

唐传奇的兴起有多方面的原因。如唐代经济繁荣，特别是城市经济迅速发展，丰富了市民的文化生活，各种民间艺术得以发展，为传奇小说创作奠定了一定社会的基础。唐代各种文学形式的繁荣，并相互借鉴，相互融合，互相促进，也为唐传奇在题材内容和写作技巧上提供了营养。唐代科举考试中的"温卷"之风——考试

前投献给有关官员，显示自己在"史才、诗笔、议论"等多方面的才能，也有力地推动了唐传奇的发展。魏晋南北朝以来志怪及志人小说的创作则是唐传奇产生的文学渊源。同时，在其成长的过程中，也受到除六朝志怪以外许多因素的影响。

唐传奇在文学史上占有什么样的地位？

唐传奇作为文学史上开始进入成熟阶段的短篇小说，难免会存在一定的缺陷。譬如史传为传奇的形成提供了重要的营养，但同时传奇也就往往采用史传的简洁笔法，而常常省略了必要的交代和细致的描述，有时更是采取归纳的方法塑造人物，这对小说而言，其实是不恰当的。如《云麓漫钞》说士子欲以传奇显"史才、诗笔、议论"，确实唐传奇作品中普遍存在议论成分，有的还夹有众多诗篇，这也导致了小说文体的不纯。

前期的元散曲有什么特征？

前期散曲的特征之一是，随着传统信仰的丢失，作家们对封建政治的价值普遍采取否定的态度；特征之二是，由于作家的生活态度与市井社会的观念形态关系密切，在这方面他们同样显示出唐宋以来不断强化的儒家伦理的脆弱断裂。其中有不少作品以赞赏的态度描写男女私情，作家有时甚至乐于暴露个人的私生活，仿佛只有这类题材最能有效地探测社会风尚变迁的程度。鉴于作家生活环境的关系，在涉及女性的作品中，描写妓女的成分占的比重相当大。在这些描写里，道德偏见被"同是天涯沦落人"的深刻同情所取代，还不如说是由于作家自身的伦理教条的淡

薄与人情的归复，她们的情感要求和善良一面才得到更多的肯定。

元代后期散曲创作与前期有什么不同？

与前期散曲创作相比，后期散曲创作风貌也发生了比较明显的变化。首先，散曲的题材内容被不断开拓，举凡写景、咏物、言情、怀古、赠别、赠答、抒怀、谈禅等等，几乎无所不涉，无所不能，其表现领域得到极大扩张，从而使诗坛呈现并确立了诗、词、曲鼎足而立的诗体格局。其次，在思想情调方面，前期散曲创作中的那种对现实强烈不满和激情迸发的作品大量减少了，哀婉蕴藉的感伤情调渐渐成为后期散曲创作的主流。第三，出现了比较明显的追求形式美的倾向。无论是韵律平仄的严谨、语言的典丽，还是对仗的工稳、典故的运用等诸多方面，都较前期有所强化。就总体而言，元代后期散曲创作的风格，由前期以豪放为主转变为以清丽为主。其中比较具有代表性散曲家的有张养浩、张可久、乔吉、刘时中等。

什么是元杂剧？

元杂剧又称北杂剧、北曲、元曲。元曲包括元杂剧和元代散曲两个部分，它是在金院本的基础上孕育发展而形成的，正当南戏盛行之际，北杂剧走向成熟。13世纪后半期是元杂剧雄踞剧坛最繁盛的时期。四折一楔子的结构形式是其显著的特色之一，"一人主唱"是元杂剧的又一显著特点。元杂剧唱与说白紧密相连，"曲白相生"。代表人物有关汉卿、王实甫、白朴、马致远被称为"元曲四大家"。另外还有郑光祖。

元杂剧有什么特点？

元杂剧有一些特点，如剧本注重舞台性，角色分工类型化，漠视生活外部形态真实，以类型化、象征化的手法，表现剧作的内在情绪，作家流逸的情思与本质性的真实生活相结合等等。完全具备了戏曲的本质特征，它走完了戏曲的综合历程，是严谨、完整、统一的，又是个性鲜明的戏曲艺术。元杂剧是在金院本和诸宫调的直接影响之下，融合各种表演艺术形式而成的一种完整的戏剧形式。并在唐宋以来话本、词曲、讲唱文学的基础上创造了成熟的文学剧本。其与以滑稽取笑为主的参军戏或宋杂剧相比，可以说元杂剧已经起到了质的变化。作为一种成熟的戏剧，元杂剧在内容上不仅丰富了已久在民间传唱的故事，而且广泛地反映了当时的社会现实，成为广大人民群众最喜爱的文艺形式之一。

元杂剧在文学史上占据什么样的地位？

元杂剧在文学史上具有较高的地位。

首先，元杂剧是中国文学史上俗文学的第一次大规模的收获。中国古代的俗文学和雅文学有着同样源远流长的历史，并始终共存并在。但是俗文学一直处于非主流的地位，被排斥在文坛的边缘。元杂剧的出现，以它丰富的思想文化内容和高超的文学艺术成就，标志着中国古代文学从雅文学的一统天下，转变为雅文学与俗文学相持对峙的二分天下，而且在实际上为通俗文艺样式争得了与传统文艺样式相颉颃的社会地位。从此以后，俗文学便以矫健的雄姿活跃在文坛艺苑上，扮演着举足轻重的角色。

其次，元杂剧是中国文艺史上戏曲艺

术的第一次大规模的收获。中国古代戏曲艺术的起源可以追溯到先秦时期，但戏曲艺术的真正成熟却是在宋元时期。元杂剧与宋元戏文相媲美，一起成为中国古代戏曲艺术最早的成熟形态，为古典戏曲的表演艺术奠定了基础，并一直成为明清时期各种戏曲艺术不可逾越的典范。从此以后，戏曲艺术就成为中国人文化生活中一种不可或缺的精神养料，塑造着中国人的民族性格和精神面貌。

再次，元杂剧也为中国文学史奉献出一笔极其丰厚的精神遗产。元杂剧作家以直面人生的现实精神和纯熟精湛的艺术技巧，创作出一大批旷世杰作，不仅使我国古代叙事文学发展到了一个新的里程碑，也为我国古代文学思想提供了不可多得的形象资料。

什么是南戏？

中国戏曲经历了漫长的孕育过程，终于诞生了真正意义上的戏剧的一种——南戏。虽然在戏曲发展史上曾经出现过"百戏杂陈""参军戏""宋杂剧""金院本"等名目繁杂的演出样式，但这些"戏"、"杂剧"、"院本"并不是成熟的戏剧。中国最早成熟的戏剧乃是南戏。南戏又称戏文、南戏文、南曲戏文、永嘉杂剧、温州杂剧。

北宋末年，浙江温州（又名永嘉）的经济和文化繁荣，城镇的社会活动把村坊小曲、里巷歌谣和说唱等民间艺术集聚到一处，在商人和市民中演出，演出得到"九山书会"、"敬先会"的文人加盟，受到南下的宋杂剧的影响，终于使南戏脱颖而出。南戏形式比较自由，宫商音律不拘一格，押韵也不严格。曲、白、科三者俱全，也就是歌唱、道白和动作交融，讲

述着有头有尾的伦理情爱故事。

什么是鼓词？

鼓词的主乐器是鼓，在陆游的《小舟游近村舍舟步归》诗中，已经写到："斜阳古柳赵家庄，负鼓盲翁正作场。死后是非谁管得，满村听说蔡中郎。"这种演艺，大概就是鼓词的前身。鼓词的形式与弹词的很相近，都是说的部分采用的是散体，唱的部分采用的是韵文。不过它的韵文除了七言句外，有很多十言句（三、三、四节奏），为弹词所没有的。

什么是大鼓？

大鼓是中国曲艺曲种分类中的一个类别，主要曲种有京韵大鼓、西河大鼓、梅花大鼓、乐亭大鼓、东北大鼓、山东大鼓、北京琴书、河南坠子、温州鼓词、澧州大鼓等数十种。

大鼓主要流行于中国北方诸省、市的广大城镇与乡村。其表演形式大多为：一人自击鼓、板，一至数人用三弦等乐器伴奏，也有仅用鼓、板的。大多取站唱形式。唱词基本为七字句和十字句。主要伴奏乐器为三弦（这是不可缺的），另有四胡、琵琶、扬琴等。演员自击的鼓，也称书鼓，其形状为扁圆形，两面蒙皮，置于鼓架上（鼓架依不同曲种有高矮之别），以鼓箭（竹制）敲击。板有两种，一种由两块木板组成（多以檀木制成）；一种由两块半月形的铜片或钢片组成，俗称"鸳鸯板"。

大鼓的文学脚本称为鼓词，基本为七言或十言的上下句体。作品（即曲目）有短篇、中篇、长篇之分。短篇只唱不说，中、长篇则有唱有说。人们往往称唱短篇为唱大

163

鼓，唱中、长篇为唱大鼓书。大鼓的唱腔音乐结构为板腔体，唱腔曲调多源于流行地的民间音乐及地方小调，并用当地方言语音演唱。音乐唱腔是区别不同大鼓曲种的主要标志。

鼓词的作品有哪些？

现存最早的鼓词，为明代诸圣邻所作《大唐秦王词话》（又名《唐秦王本传》或《秦王演义》），共八卷六十四回，讲述的是唐太宗李世民征伐群雄、统一天下之事。直接用"鼓词"为名的，则始于明末清初贾凫西的《木皮散人鼓词》，但只有唱没有说，内容是借历代兴亡宣泄牢骚，与一般演说故事的鼓词有所不同。

传世鼓词中主要的一部分，是依托历史讲述战争故事、英雄传说，其中比较著名的是《呼家将》。有些系根据小说改编而成，如《杨家将》《忠义水浒传》《三国志》等。这一类鼓词的篇幅都比较大。另外还有写才子佳人式的恋爱故事的，如《二贤传》《蝴蝶杯》等。鼓词作为民间的娱乐，在北方流传很广，影响也很大，但作为文学创作的价值不高。

什么是革命"样板戏"？

在"文革"的浪潮冲击下，与历史有关的一切戏曲舞蹈，统统被"四人帮"斥之以"毒草"；一些现代剧目也被冠以"彻头彻尾的修正主义货色""资产阶级毒瘤"。凡此种种均被赶下了戏剧舞台。阴谋家、野心家江青，给自己戴上文艺革命"旗手"的桂冠，把广大文艺工作者创作的革命现代戏曲窃为己有，作为政治资本，并贴上自己的标签，美其名曰："革命样板戏"。1966年1 2

月26日《人民日报》发表的《贯彻执行毛主席文艺路线的光辉样板》一文，首次将京剧《海港》《沙家浜》《红灯记》《智取威虎山》《奇袭白虎团》，芭蕾舞剧《红色娘子军》《白毛女》和"交响音乐"《沙家浜》并称为"江青同志"亲自培育的8个"革命艺术样板"或"革命现代样板作品"。江青等人将8个剧目吹捧为向封建主义、资本主义、修正主义文艺顽强进攻的突出代表，是文化革命有破有立的"伟大创举"。

革命样板戏是如何塑造人物的？

在人物形象的塑造上，所塑人物都是那些"高、大、全"的钢铸铁浇的无产阶级革命英雄形象，没有任何缺点，完美无瑕。同时，剧中的这些革命英雄也不具有普通人的七情六欲。因此他们是一群现实中不存在的理想主义色彩十分浓郁的英雄，是根据神话中塑造神的方法加以塑造的，这在很大程度上削弱了人物的真实性。如《沙家浜》中的阿庆嫂，为了突出她形象的"高、大、全"，尽管她有个丈夫但却被编剧打发到上海跑单帮去了。顺理成章的，了无牵挂的阿庆嫂心里只有了革命、新四军、地下党。通观全剧，从来没有半点表现出她是一个人，尤其是作为一个女性的品性。毫无疑问，这不仅不符合人物本性的，还违背了艺术的规律。为了歌颂英雄人物，江青在一次戏剧界大会上曾这样说过"在我们社会主义舞台上，任何时候都要以无产阶级英雄人物为主宰，而反面人物则只能成为英雄人物的陪衬。"这就是说，编剧在处理反面人物形象时，必须从塑造主要英雄人物的需要出发。否则，把反面人物写得与正面人物平起平坐，或者写得比主要英雄人物还突出，在剧中居于主位，这样就必然造成历史颠倒、牛鬼蛇神专政的局面。

什么是话剧？

话剧是指以对话为主的戏剧形式。话剧虽然可以使用少量音乐、歌唱等，但主要以叙述手段为主，演员在台上无伴奏的对白或独白。话剧本是一门综合性艺术，剧作、导演、表演、舞美、灯光、评论缺一不可。中国传统戏剧均不属于话剧，一些西方传统戏剧如古希腊戏剧因为大量使用歌队，也不被认为是严格的话剧。现代西方舞台剧如不注为音乐剧、歌剧等的一般都是话剧。

19世纪末20世纪初移植到中国的外来戏剧样式。为与传统舞台剧、戏曲相区别，被称为话剧。中国话剧大体经历了以下五个发展阶段：新剧时期、爱美剧时期、左翼戏剧时期、延安和解放区的话剧、中华人民共和国时期。

弹词是如何诞生的？

"弹词"一词最早见于在金代，董解元《西厢记诸宫调》，别称《西厢记搊弹词》。虽然此"搊弹词"与后来所说弹词并不是一回事，但同样作为说唱文学形式，两者还是有一些相似和相关联之处的。明臧懋循《弹词小序》中提到《仙游》《梦游》《侠游》《冥游》四种弹词，称"或云杨廉夫（维桢）避乱吴中时为之"，由此说来，弹词在元末就已经出现了。不过由于这四种都已失传，现已无从深究。活动于明正德至嘉靖的杨慎有《二十一史弹词》，又名《历代史略十段锦词话》，其唱文均为十字句，与后来的弹词以七字句为主不同，故一部分研究者认为它是元明词话的一种，不应列入弹

词范围。约成于嘉靖二十六年（1547年）的田汝成著《西湖游览志余》中记杭州八月观潮，"其时，优人百戏，击球、关扑、鱼鼓、弹词，声音鼎沸。"沈德潜《万历野获编》则记万历时北京朱国臣"蓄二瞽妹，教以弹词，博金钱"之事。这说明到了明嘉靖至万历年间弹词在南方北方已经相当盛行了。明代弹词见于著录的，有陈忱《续二十一史弹词、梁辰鱼《江东二十一史弹词》，另外郑振铎曾得到一种《白蛇传》弹词，据称是崇祯年间抄本。今所传弹词，大部分是产生于清中期，另有少部分产生于清初和清后期。胡士莹编《弹词宝卷书目》收弹词书目四百多种，最为完整。

京剧是如何形成的？

清初，京师梨园最盛行的是昆腔与京腔，到了乾隆年间，这一局面开始发生变化，各种地方戏曲借着为乾隆及皇太后祝寿之名，纷纷进京献艺。乾隆五十五年（1790年）扬州的三庆徽班入京，吸收了当时一度流行的京腔和秦腔，京师梨园大部分为徽班所掌握。乾隆中叶时，昆曲演员为迎合观众，也打破旧规，与秦腔合作。这时，徽班不仅继续保持扬州时期的诸腔并奏的传统演出，并且逐渐把北京秦腔的所有剧目也陆续学了过来。从此，在北京素为小市民喜爱的秦腔以及一向为宫廷和士大夫阶层所提倡的昆曲，遂都为徽班所据有。道光年间，湖北演员王洪贵、李六、余三胜等入京，带来所谓"楚调"，促成湖北的西皮调与安徽的二簧调第二次合流的所谓"皮簧戏"。经过一段时间的发展，京师梨园又出现了一番新的气象，最显著的是领班的主要演员的行当开始有了改变。道光七年（1827年），

内廷把原来的演剧机构南府历朝民籍学生（即由民间选入宫内演戏的演员）全数送返原籍。这些被撤退的民籍学生，有不愿南返的，又纷纷搭入徽班以糊口。各徽班得此一批学生，实力更为壮大。慈禧嫌宫廷所演的承应戏内容陈旧，于1860年再一次挑选民间演员入宫承应，传三庆、四喜、双奎各班进宫演戏。皮簧戏在民间发展和皇室的提倡下，出现了名重一时的程长庚、张二奎、余三胜三个杰出的演员。在同治、光绪年间，北京的演剧活动日益频繁，不仅演出班社、场所增多，而且在"私寓"（当时许多名演员大都出自"私寓"）之外，又出现了许多培养演员的科班。光绪年间，除咸丰时期的著名演员，如程长庚、徐小香、梅巧玲、胡喜禄、王九龄、郑秀兰、黄三雄、刘赶三、李小珍等外，各行又出现了大批优秀演员。特别是谭鑫培和王瑶卿，他们在继承前人艺术成果的基础上，对皮簧戏进行全面大胆的革新，促使皮簧戏的舞台风貌焕然一新。演老生的谭鑫培对于前辈名家的一腔一调、一招一式，无不悉心琢磨、深刻领会。他的许多唱腔甚至是从旦行、净行和梆子腔、京韵大鼓等腔变化而来，以致谭派唱腔在老当生中称尊数十年，至今不衰。

京剧最初产生了哪些派别？

在京剧发展的不同阶段，流派艺术呈现着不同的特征。京剧是徽班兼收、融合了徽戏、汉剧、昆曲、梆子等许多剧种逐渐形成的一个新剧种，早期京剧的流派呈现了来自不同地方、不同声腔剧种艺术家的地方文化特征。京剧"老三鼎甲"是"程长庚、余三胜、张二奎"，他们在美学风格上的差异，已经初露端倪：秋文在《古中国的歌枣

京剧演唱艺术赏析》中称程长庚是"于气势中见韵味"，而余三胜是"于韵味中见气势"，但是他们的更显著的区别则在于他们的地方剧种特征上。程长庚因是安徽人，出身徽班，演唱多徽音，被称为"徽派"；余三胜是湖北人，原是汉调演员，演唱多湖广音，又称"鄂派"；张二奎是"直隶产"，演唱吸收了京腔、梆子的特点，喜用京音，所以"奎派"又称"京派"。

宋代的话本、小说、讲史取得了什么样的成就？

随着都市的兴起，市民阶层的壮大，适应市民需要的各种娱乐活动纷纷兴起。周密《武林旧事》称临安有瓦子23处，最大的一处有勾栏十三个。其中"说话"的，以小说、讲史最受人欢迎。吴自牧《梦粱录》称小说有烟粉、灵怪、传奇、公案、扑刀、杆棒、发迹变泰等类。还有"讲史书"，讲历代史传战争兴废之事。说话的底本称话本。说话在唐代已经出现，到宋代有了更大的发展。宋代的话本反映市民生活，使小市民成为话本的主角。话本由说话人用当时的口语和浅近的文言词语来讲说，形成了一种新的文体。它刻画人物，运用性格化的语言，胜于过去文言小说里记述的语言。

明代的话本取得了什么样的成就？

话本在这时期因群众爱好得以大量刊行，也引起文人重视。文人模拟话本进行创作，后人称"拟话本"。嘉靖年间洪梗辑印了《清平山堂话本》。天启年间，有冯梦龙编集的《喻世明言》《警世通言》《醒世恒言》。其中有不少是当时人创作的拟话本。继"三言"之后，有凌濛初所作《初刻

拍案惊奇》《二刻拍案惊奇》，周清源编写的《西湖二集》，于麟写的《清夜钟》，还有佚名的《石点头》《醉醒石》《幻影》等，形成白话短篇小说的繁荣局面。

拟话本有什么特点？

拟话本表现出鲜明的时代特点。一是城市中的商人、手工业者大量作为正面主人公出现。这里面，有买卖珠宝的、贩运布匹的和海外经商的各种商人，有小手工业者、机户、碾玉工匠和线铺主管，有裱褙铺主的女儿、贩香商人的姑娘，还有挑担卖油和提篮售姜的小贩。作品中写了对商人的公开赞扬，以及商人对自己"本业"的自豪感。二是在某些写爱情的作品中，两性关系中封建意识褪色了，偷情、外遇等等现象普遍起来。女子在追求爱情生活甚至在偷情行动中，表现出了甚少拘束的大胆性格。而对那些偷情的姑娘和有外遇的妻子，有的作品往往对她们作正面的描写，流露和表示了某些欣赏、肯定的态度。在封建道德意识褪色的同时，一些作品强调了对人格的尊重，有些作品则表现了金钱在两性关系中的主宰作用。这正是复杂的市民阶层的生活思想的真实反映。

明代讽刺剧取得了什么样的发展？

孙钟龄《东郭记》运用借古喻今的手法，嘲讽了封建官场的黑暗和腐败，以漫画式手法，对封建官僚的种种精神特征作了形象化的概括。对剧中各色人物在谐谑中深藏着讽刺性的愤慨。王衡的《郁轮袍》借骗子王推能得到歧王和九公主赏识的滑稽情节，嘲讽了明代官场特别是科场的肮脏、腐败。《真傀儡》写杜衍被召，假傀儡衣冠受命的

故事，对统治者进行无情笑骂。这时期的讽刺剧不仅讽刺官场较为深刻，而且选材范围也较为广阔。徐渭的《玉禅师》对好色虚伪的玉通和尚进行了辛辣的揭露。徐复祚的《一文钱》则是对守财奴卢至的悭吝本性作了形象的勾勒。这些作品，丰富了中国讽刺文学的宝库。

被称为"戏曲活化石"的南戏作品是什么？

南戏成熟的标志，除了演出形式，还有剧本。南戏《张协状元》产生于宋代，是迄今所发现的戏曲剧本中年代最为久远的剧本，现存《永乐大典》中，被誉为"中国第一戏"和"戏曲活化石"。《永乐大典》还存有剧本《宦门子弟错立身》和《小孙屠》。它由温州九山书会编撰，虽是残本，但南戏剧本的规模可见。人物有二十多个，情节围绕中心人物设置，冲突此起彼伏。结构是"连场戏"，没有幕布，靠人物上下场划分段落。以生、旦为主，穿插净、丑和末的滑稽表演，人物刻画相当精致。

张协向贫女王姑娘求婚，炫耀日后的荣华富贵，王姑娘并不动心。一旦成婚，她便把辛劳和穷苦担负了起来，她是一个传统、柔顺而又坚强的女性。张协对找进京城的王姑娘说："吾乃贵豪，汝名贫女，敢来冒渎，称是我妻！"一句话就暴露了他的无赖嘴脸。从《张协状元》剧本我们还能看到舞台演出的一些情况。山神庙一场，两扇庙门分别由判官和小鬼充当，他们互相插科打诨，初显戏曲的虚拟写意特征。《张协状元》证明南戏确实已

经是成熟的戏剧。

南戏的顶峰之作是什么？

南戏的代表作是《荆钗记》《白兔记》《拜月记》《杀狗记》和《琵琶记》五大本，而以《琵琶记》谓"顶峰之作"。《琵琶记》作者高明，字则诚，号菜根道人，生于1305年，卒于1359年。浙江温州瑞安人，出身于书香门第，中过进士做过官。辞官后隐居于宁波南乡的栎社，以词曲自娱。这部南戏是文人才华与民间艺术融合的产物。无论是曲牌配置、曲部声律，还是情节布局、场次对比等方面都极精致独到。整体上完整、生动、浓烈、典雅，一改南戏芜杂、不规范的特点。《琵琶记》为明清传奇的诞生奠定了基础。1841年《琵琶记》被译成法文，它是我国较早被介绍到世界的戏剧作品之一。

反映东林党与阉党斗争的剧作是什么？

《清忠谱》是李玉、朱素臣、毕万后和叶雉斐的共同创作。它是以天启年间东林党人和苏州人民反抗阉党魏忠贤黑暗统治的斗争为题材的剧本。作品暴露了以魏忠贤为首的反动统治集团祸国殃民的罪恶，歌颂了周顺昌等东林党人的正义斗争，成功地描绘了人民群众支持正义、反抗暴政的优秀品质，具有鲜明的政治倾向和时代气氛。作品把市民的政治斗争搬上舞台，是过去戏曲史上所未曾有的。《清忠谱》在艺术方面最重要的成就首先在于比较真实地表现了一场轰轰烈烈声势浩大的群众斗争，同时通过斗争显示出各阶层人民的不同性格。其次是主题突出，线索分明。明代传奇，特别是反映重大历史事件的戏，往往头绪纷繁，人物复杂

或夹杂爱情描写，冲淡了作品的严肃主题。再次，作品写的是苏州实事，作者根据耳闻目见的材料加以组织，搬上舞台，不仅重要事件有历史根据，就是一些明细，如周顺昌写"小云栖"匾额，周茂兰刺血上疏等也都有事实根据。《清忠谱》是我国戏曲史上第一部"事俱按实"的历史戏，在清代舞台上有着重要的地位。这对后来的《桃花扇》等剧有影响。

关汉卿的杂剧可以分为哪几类？

从思想内容看，关汉卿现存的杂剧大致可分为三类。

第一类是歌颂人民的反抗斗争，揭露社会黑暗和统治者的残暴，反映了当时尖锐的阶级矛盾的作品，如著名的《窦娥冤》《鲁斋郎》《蝴蝶梦》等。

第二类主要是描写下层妇女的生活和斗争，突出她们在斗争中的勇敢和机智。那些貌似强大的坏蛋，在聪明的对手面前，一个个被捉弄得像泄了气的皮球，因此作品也带有比较多的喜剧意味。

第三类是歌颂历史英雄的杂剧，以《单刀会》的成就为最突出。

关汉卿描写下层妇女斗争的戏剧作品有哪些？

其中最有代表性的是《救风尘》，此外还有《金线池》《诈妮子》《谢天香》。《拜月亭》《望江亭》写的虽不是下层妇女，风格颇为相近。《救风尘》是一部杰出的喜剧。剧中主角妓女赵盼儿，是个机智、老练而富有义气的妇女形象。她曾经有过幻想，憧憬着能与一个知心的男人过着幸福、自由的生活，但其梦想最后在残酷的现实里一次

又一次地破灭了。

关汉卿与别的戏曲作家不同，他从那些处于封建社会最底层的妇女身上，一方面看到她们的痛苦，另一方面又看到她们美丽的灵魂，这是和他长期在"瓦舍""勾栏"与歌妓们朝夕相处的生活分不开的。由于受到勾栏调笑文学的影响，在这一类戏里也存在着一些不健康的因素。如在《玉镜台》中，作者对士大夫的风流韵事甚是欣赏。女主角刘倩英被老头子温太真骗取成婚。婚后倩英不喜欢他，关汉卿却在剧里捏造出一个王府尹，设水墨宴，威胁她叫那老头子作丈夫。这就给一个本来富有悲剧意义的事件，抹上了一层喜剧色彩。

《单刀会》的主要内容是什么？

通过第一、二折乔国老和司马徽的口渲染了关羽的英雄业绩和盖世威风，造成了强烈的戏剧气氛。第三折当关羽一出场，就激昂慷慨地对关兴、关平唱出了四支曲子，谴责董卓与吕布的作乱，又回顾桃园结义、三顾草庐等情景。这实际是以祖宗创业的艰难教育下一代，从而深化了作品的主题思想。第四折是全剧的高潮，关羽单刀赴会，面对着滚滚东去的大江，抒发了他豪迈的胸怀。

单刀会上，关羽以自己的威武和正义慑服了鲁肃，捍卫了蜀汉的利益。通过最后这支曲文，表现了他胜利归来的喜悦心情，并狠狠地嘲弄了鲁肃，收到了强烈的艺术效果。作者通过对历史英雄关羽维护汉家事业的歌颂，一定程度上流露了民族感情，因为元朝称原在金人统治下的北中国人民为汉儿人；同时描写了他在与敌斗争时的勇敢和智慧，鼓舞了人们向压迫者斗争，使他们的勇气和信心倍增。

关汉卿是如何反映社会生活的？

关汉卿的杂剧反映了广阔的社会生活，揭示了社会方方面面的矛盾、冲突，尤其是对当时社会生活中带有本质意义的一些问题，反映得颇为深刻、集中。他从来都不只是满足写出当时广大人民所受的苦难；同时还要表现他身上固有的反抗精神。他笔下的主人翁并非只是在苦难中呻吟，而且他们还敢于和恶势力斗争，并取得最终胜利。这种战斗的现实主义精神，使他的创作闪烁着理想的光辉。在《窦娥冤》《望江亭》《单刀会》《救风尘》等杂剧的正面人物身上，大量集中了人民的智慧，寄托了作者的理想，明显地可以看出这是现实主义和浪漫主义的结合。如赵盼儿、谭记儿在制服敌人过程中所表现的机智，就是当时人民群众斗争智慧的集中和合理的夸张。《单刀会》中的关羽豪气四溢，也是个被作者理想化了的英雄形象。特别是《窦娥冤》的第三折，通过浪漫主义的手法，把窦娥的反抗精神写的是如此的惊天动地；而代表当时皇家执法的监斩官，相比之下显得是那么渺小。就这样，作者通过鲜明的舞台艺术形象，对受迫害的人民寄予热情和希望，对迫害人民的人表现了无比的藐视。

关汉卿是如何塑造人物的？

关汉卿塑造典型人物的成就非常突出。在我国古典戏剧作家中还没有第二个人能像他那样塑造出如此众多而鲜明的人物形象。他笔下的大多数人物都具有个性鲜明，血肉饱满的特点。银匠李四和六案孔目

张圭的妻子都被鲁斋郎夺去了，可是两人的态度却截然相反。作为劳动者的李四，他敢于去郑州告状；而为虎作伥的胥吏张圭在鲁斋郎煊赫的权势面前，却只能忍气吞声，俯首听命。赵盼儿、宋引章、谢天香和杜蕊娘都是妓女，可是体现在赵盼儿身上的泼辣性格，既与上厅行首谢天香的软弱不同；而久历风尘的杜蕊娘同缺乏社会经验的宋引章也有明显的区别。从这种种，我们看到关汉卿已经开始注意到各阶级、各阶层人物的不同特点，表现出人物的阶级属性；而且还能根据具体生活环境和遭遇的不同而塑造出人物的不同性格特征，即使他们是属于同一阶级和阶层的人物。

《西厢记》的主要特点是什么？

《西厢记》通常被评价为一部"反封建礼教"的作品，这固然不错。但同时它也有一个显著的特点，那就是作者几乎不从观念的冲突上着笔，而是直接切入生活本身，来描绘青年男女对自由爱情的渴望，情与欲的不可遏制和正当合理，以及青年人的生活愿望与出于势利考虑的家长意志之间的冲突。剧中主要人物张生、崔莺莺、红娘，都有各自鲜明的个性，而且彼此衬托，相映成辉；在这部多本的杂剧中，各本由不同的人物主唱，有时一本中由几个人唱，这也为通过剧中人物的抒情塑造形象提供了方便。

《西厢记》塑造了怎样的张生？

轻狂兼有诚实厚道，洒脱兼有迂腐可笑就是张生的性格。这个人物身上带有元初像关汉卿、王实甫这些落拓文人的"成色"，又反映了元代社会中市民阶层对儒生含有同情的嘲笑。他同剧中所赋予的家

世身份不尽相符，显然可以看出作者是按照市民社会的趣味来塑造的。乃至在后代民间传说中唐伯虎一类人物形象的身上，还可以看到他的影子。张生在《西厢记》中，是矛盾的主动挑起者，对幸福和爱情表现出直率而强烈的追求。他的大胆妄为，反映出社会心理中被视为"邪恶"而受抑制的成分的蠢动；他的一味痴情、刻骨相思，又使他符合于浪漫的爱情故事所需要的道德观而显得十分可爱。

《西厢记》塑造了怎样的崔莺莺？

崔莺莺在元稹《莺莺传》中已具备一定的性格特点，到了董解元《西厢记诸宫调》中，她的性格又有了进一步的发展，人物形象也开始变得鲜明起来。但这一人物形象仍然描写得不够细致，有时甚至有些前后矛盾。如一开始她和张生以诗唱和，间接表达了彼此爱慕之心。但当张生进一步以情诗相赠时，却在心中骂他"淫滥如猪狗"，这虽然也可以解释，但至少在分寸上把握得不太好。但在《西厢记》中，不但莺莺的形象得到了相当精细的刻画，而且她的性格也显得更加明朗和丰富了。在作者笔下，莺莺始终渴望自由的爱情，并且一直对张生抱有好感。只是由于家庭的严厉压制和名门闺秀身份的约束，加上疑惧被母亲派来监视她的红娘，所以她总是若进若

★青花西厢记人物故事瓶

退地试探获得爱情，并且行动常常在似乎游离在彼此矛盾的状态中：一会儿眉目传情，一会儿装腔作势；才寄书相约，随即赖个精光……因为她的这种性格特点，剧情也因此变得十分复杂。但在最后，她以大胆的私奔打破了疑惧和矛盾心理，显示人类的天性在抑制中反而会变得更强烈。这一形象与在诸宫调中相比，显得更加可信和可爱了。另外，作者以赞赏的眼光看待女性对爱情的主动追求，使得这个剧本更加富有生气和光彩了。

《西厢记》塑造了怎样的红娘？

红娘在《西厢记》中所占笔墨的比例较《西厢记诸宫调》又有大幅度的增加，从而成为全剧中一个不可或缺的重要角色。她在剧中虽只是一个婢女身份，但在剧中是最活跃、最令人喜爱的人物。她机智聪明，热情泼辣，又富于同情心，常在崔、张的爱情处在困境的时候，以其特有的机警化解困难。她代表的是富有生气的健康生命，而且总是充满自信的一类形象。所以这个小小奴婢，却老是处在居高临下的地位上，无论张生的酸腐、莺莺的矫情，还是老夫人的固执蛮横，都逃不脱她的讽刺、挖苦乃至严辞驳斥。她不受任何教条的约束，世上什么道理都可以变成为她所用的有利道理。所以她的道学语汇用得最多，一会儿讲"礼"，一会儿讲"信"，周公孔孟，头头是道，却无不是为己所用。这个人物形象固然有些理想化的成分，却又有一定的现实性。在她身上反映着市井社会的人生态度，他们对各种"道理"的取舍，更多的是直接从实际利害上考虑的。

白朴的戏剧作品有哪些？

由于白朴出身在一个具有浓厚文学气氛的家庭，少年时又随著名诗人元好问学诗词古文，在传统的文人文学方面有相当好的素养。在元代，他是最早以文学世家的名士身份投身到戏剧创作的作家。他的剧作见于著录的有十六种，完整留存的有《墙头马上》和《梧桐雨》两种。另有两种剧本残存有曲词；此外还有《东墙记》，经明人篡改，已非原貌。从内容来看，白朴的杂剧大半是写男女情事的。《墙头马上》是一部爱情喜剧，取材于白居易新乐府诗《井底引银瓶》。在白朴杂剧之前，同样取材于此诗的已有宋官本杂剧、金院本等多种版本，虽均无剧本存世，但可以想到，白朴的《墙头马上》与这些早期剧作还是有一定继承关系的。

《墙头马上》的主要内容是什么？

剧中最重要和最具有个性的人物就是李千金。她不但一开始就主动约裴少俊幽会，声称"既待要暗偷期，咱先有意，爱别人可舍了自己"，而且从头到尾都在理直气壮地为自己的私奔行为辩护，用泼辣的语言回击裴尚书等人对于自己的指责。在"大团圆"的庆宴上，她还这样唱道："只一个卓王孙气量卷江湖，卓文君美貌无如。他一时窃听求凰曲，异日同乘驷马车，也是他前生福。怎将我墙头马上，偏输却沽酒当垆。"她还一再地大胆表述对于满足情欲的要求，如刚出场的唱词："我若还招得个风流女婿，怎肯教费工夫学画远山眉。宁可教银釭高照，锦帐低垂，菡萏花深鸳并宿，梧桐枝

隐凤双栖。这千金良夜，一刻春宵，谁管我衾单枕独数更长，则这半床锦褥枉呼做鸳鸯被。"总之，通过李千金这一人物的行动和语言，可以看出作者对自由的爱情、非礼的私奔、男女的情欲的肯定和赞美是直率祖露、毫无畏怯的，较之《西厢记》更富有一种勇敢的气派。这一人物形象与她的剧中身份实际是不相符的，在她身上，更多地表现的是市井女子的性格和市民社会的世俗化的趣味。为与这样的人物形象及思想情趣相适应，《墙头马上》的语言，以本色通俗、朴素生动为主要特点。

《梧桐雨》讲述了什么样的故事？

白朴的另一剧作《梧桐雨》，与《墙头马上》的世俗化倾向和本色的语言有很大不同，它更多地表现出文人化的趣味，尤以典雅优美、富于抒情诗特征的曲词著名。从全剧的核心部分——曲词来看，它的重心实际是根据作者自身的体验，来摹写唐明皇的内心世界：由于政治上的失败和因此造成的唐王朝由盛到衰的转变，使得他从权力的顶峰跌落，失去繁华辉煌的生活，失去美如天仙的杨贵妃和如痴如迷的爱情，在孤独与苍老中感受着美好往日如梦般消逝后的无限寂寞与哀伤，一种对盛衰荣枯无法预料和把握的幻灭感。这既是写历史人物，又渗透了作者本身因金国的灭亡而产生的人世沧桑和人生悲凉之感。

《汉宫秋》的主要内容是什么？

《汉宫秋》是马致远早期的作品，也是马致远杂剧中最著名的一种，敷演王昭君出塞和亲故事。在历史上，原本只是汉元帝将一名宫女嫁给内附的南匈奴单于作

为笼络手段的一件简单事件，并且在《汉书》中的记载也很简单。因《后汉书·南匈奴传》添加了昭君自请出塞和辞别时元帝惊其美貌、欲留而不能的情节，使之带上一种故事色彩。后世笔记小说、文人诗篇及民间讲唱文学屡屡提及此事，对历史事实多有增益改造。

《汉宫秋》反映了什么样的现实？

《汉宫秋》也许包含了一定的民族情绪。这个剧本同现实生活直接相关的地方，那就是反映出在民族战争中个人的不幸。像金在蒙古压迫下曾以公主和亲，宋亡后，后妃宫女都被掳去北方，这些当代史实都会给作者较深的感受。而《汉宫秋》是一出末本戏，主要人物是汉元帝，剧中写皇帝都不能主宰自己、不能保住自己所爱的女人，那么，个人被命运被主宰和因历史的巨大变化所颠簸的这一内在情绪，也就表现得更强烈了。事实上，在马致远笔下的汉元帝，更多的是表现出普通人的情感和欲望。

《荐福碑》的主要内容是什么？

《荐福碑》也是马致远的早期剧作，写落魄书生张镐时运不济，倒霉不断，甚至荐福寺长老让他拓印庙中碑文，卖钱作进京赶考的盘缠，半夜里都会有雷电把碑文击毁。后来时来运转，在范仲淹资助下考取状元，飞黄腾达。剧中有多处都是表现对社会现状的不满，如："这壁拦住贤路，那壁又挡住仕途。如今这越聪明越受聪明苦，越痴呆越享了痴呆福，越糊涂越有了糊涂富。"这个剧本集中反映了作者因怀才不遇而发的牢骚和对宿命的人生观，也是反映当代在社会地位极端低落的

处境下的许多文人的苦闷。

《青衫泪》的主要内容是什么？

《青衫泪》是由白居易《琵琶行》敷演（敷演：陈述而加以发挥）而创作的爱情剧，写的是白居易与妓女裴兴奴的悲欢离合故事，中间又插入商人与鸨母的欺骗破坏，造成戏剧纠葛。在士人、商人、妓女构成的三角关系中，妓女终究选择了士人，这也是当时落魄文人的一种自我陶醉。

马致远的"神仙道化"剧有什么特点？

★马致远故居

马致远写得最多的是"神仙道化"剧。《岳阳楼》《任风子》《陈抟高卧》以及《黄粱梦》都是演述全真教事迹，宣扬全真教教义的剧作。这些道教神仙故事，主要倾向都是宣扬浮生若梦、富贵功名不足凭，要人们远离是非，摆脱家庭妻小在内的一切羁绊，在山林隐逸和寻仙访道中获得解脱与自由。剧中主张回避现实的种种矛盾，反对人们为争取自身的现实利益的斗争，这是一种悲观的、懦弱的厌世态度。但也有比较好的一面，剧中也对社会现状提出了批判，对以功名事业为核心的传统价值观提出了否定，把人生的"自适"放在更重要的地位，这也包

含着重视个体存在价值的意义，虽然作者未能找到实现个体价值的合理途径。

马致远的作品有什么特点？

在元代前期的散曲家中，马致远留存的作品最多，受到历来的评价也最高。他现存小令一百十五首，套数二十二首，另有残套四首。作品的内容，以感叹历史兴亡、歌颂隐逸生活、吟咏山水田园风光为主，在保持散曲特有的艺术风格的同时，又常具有诗词的意境和秀丽的画面感，语言清新自然，雅俗共存。其思想意蕴和艺术风格最容易引起知识分子内心的共鸣，因此被置于"群英之上"。

《牡丹亭》有什么样的重要意义？

《牡丹亭》即《还魂记》，也称《还魂梦》或《牡丹亭梦》。它是汤显祖最具代表作性的著作，也是我国戏曲史上浪漫主义的杰作。作品通过杜丽娘和柳梦梅生死离合的爱情故事，热情地歌颂了追求个人幸福、呼唤个性解放、反对封建制度的浪漫主义理想的精神。

《牡丹亭》塑造了怎样的杜丽娘？

杜丽娘是我国古典文学里继崔莺莺之后出现的最动人的妇女形象之一。杜丽娘是南安太守杜宝的独生女儿，其父杜宝是按照当时封建统治阶级的要求严格训练出来的官僚，他的性格特征是"摇头山屹，强笑河清，一味做官，片言难入"。在他的严格管制之下，杜丽娘在官衙里住了三年，竟然连后花园都没有去过，就连白天睡一会儿都成了违反家教。杜宝请了个老先生教女儿读书，然而他的主要目的是要利用经典教

条束缚她的思想和希望。她将来嫁到人家，"知书知礼，父母光辉"。杜丽娘的母亲是杜宝的家教的执行者。像封建社会里许多麻木不仁的老太婆一样，她不但丝毫没有意

★《牡丹亭还魂记》插图1

识到其实自己也是封建社会的牺牲品，反而是如法炮制，把杜丽娘也教养成封建社会的贤妻良母。她看见女儿裙子上绣的一双鸟、一对花，都少见多怪，生怕引动女儿情思；听说女儿去了一趟后花园，就将丫头春香训斥了一顿。杜丽娘的师父陈最良，是她在杜宝以外唯一可以接触到的男人，却又是一个陈腐得发臭的老学究。这样，杜丽娘的处境比之《拜月亭》里的王瑞兰，《西厢记》里的崔莺莺，都更为难堪。森严的封建礼教和特殊的家庭环境，使她无法接触到一个青年男子。

《紫箫记》讲述了什么样的故事？

《紫箫记》是他最早和朋友合创的作品。剧名是因剧中霍小玉在观灯时拾得紫玉箫而得来的。作品借唐人传奇《霍小玉传》的轮廓，又添加了花卿、郭小侯、尚子毗等人物，以及增添了李十郎参军归来和霍小玉团圆等情节，表现的是贵族子弟的风流浪漫

生活，完全改变了《霍小玉传》的悲剧结局和它所体现的谴责封建门阀制度的精神。关目平板，曲词、宾白也过于艳丽，可说是汤显祖早期不成熟的作品。

《紫钗记》的主要内容是什么？

《紫钗记》是在《紫箫记》的基础上作了较大的加工和改写而成的。作品以霍小玉所喜爱的紫玉钗作剧作主线，关合全剧情节，仍是当时传奇家的惯套。但作者着力写卢太尉的专横、李十郎的软弱，给霍小玉带来的悲惨命运，作品虽勉强以团圆结束，却是一个悲剧的底子。但我们可从中看出作者对现实的认识有所提高。

《邯郸记》和《南柯记》的主要内容是什么？

《邯郸记》《南柯记》来源于唐人小说《枕中记》和《南柯太守传》。它们都是汤显祖弃官回临川后的作品。《邯郸记》是通过卢生的醉生梦死，艺术地再现了那正在走向没落的明王朝。《南柯记》写槐安国的政治是"均无贫，和无寡，安无倾；一年成聚，二年成邑，到三年而成都"。从艺术成就看，《南柯记》就远不如《邯郸记》。《邯郸记》除吕翁度人成仙的一头一尾外，中间写卢生从夤缘侥幸以科举起家，直到出将入相，在荒淫无耻的生活中死去，是艺术地概括了封建大官僚的一生。而《南柯记》中如《禅请》《情著》《转情》等出，几乎完全成是佛教教义的宣扬。剧中主角淳于棼开始是一个嗜酒落魄的狂徒，中间是一个抚爱人民的纯吏，到后来又是个和权豪贵族相交甚欢的官僚，人物性格的变化很难找到充分的根据，让人难以理解。其写淳于棼的交欢贵

戚，槐安国右相对淳于棼的排挤，虽然也曲折地反映了当时的政治现实，但远没有《邯郸记》的深刻。

孔尚任为什么创作《桃花扇》？

孔尚任自谓《桃花扇》剧本的创作，在未出仕以前就开始着手了，经过十余年的苦心经营，三易其稿才得以完成。它以复社（东林党后身）名士侯方域与秦淮名妓李香君的爱情故事为主线，描绘了南明弘光王朝从建立到灭亡的动荡而短暂的历史，从而道出了明王朝最后的崩溃。剧本的宗旨，作者说是"借离合之情，写兴亡之感"，同时通过说明"三百年之基业，隳于何人、败于何事，消于何年，歇于何地"为后人提供历史借鉴，"惩创人心，为末世之一救"。作者在这两个相互联系又各有偏重的方面——总结历史教训和抒发朝代的兴亡之感，达到的深度有所不同。

为什么《桃花扇》能够取得成功？

从时间点来看，《桃花扇》问世时距明亡约五十多年，一方面，清人的统治已完全稳定且表现出强盛之势，从正面描写明亡的历史对当时的统治者形成不了太大的刺激（作者特意在开场戏中对清人大唱颂歌，也有进一步消除这种刺激的作用）；另一方面，虽然社会上由明亡所引起的悲愤和强烈的反清情绪已逐渐平静，但人们怀旧的心理依然还存在、依然还很浓厚。特别是对许多文人士大夫来说，他们的生存价值原本就是和明王朝的存在联系在一起的，而在明清易代的事实已无法改变的情况下，他们不得不产生一种人生失去依托的感觉。对于社会中一般人而言，明清之际的历史变化也是一件

令他们非常感兴趣的事情。《桃花扇》正是适时地顺应了当时社会心理的需要，通过舞台上的重演，表现了危难动荡的特殊历史阶段的社会生活图景，抒发了人们在巨大的历史变化下心中引起的深深的感慨。正是这种对人的命运、人的生存处境的关怀，构成了《桃花扇》感人至深的艺术力量。

《桃花扇》在人物塑造方面有什么创造性？

《桃花扇》可谓中国古典戏剧的最后一部杰作，在许多方面都很富有艺术创造性。从人物形象的塑造来说，女主角李香君给人的印象极其深刻。明末秦淮名妓多与当代名士交往，且表现出对政治的热情，这使她们能够在不同程度上摆脱因妓女身份带来的屈辱感。《桃花扇》把李香君放在政治斗争的漩涡中来刻画，反映了一定的时代特点，虽说其中有些夸张，但她的聪慧、勇毅的个性，绽放着熠熠光彩。

《桃花扇》是如何描写政治斗争的？

中国古代戏剧写到政治斗争时，正反两面人物的品格常呈现出两个极端，《桃花扇》虽没有完全摆脱陈套，但已有较明显的进步。如阮大铖本是著名戏曲家，剧中既写了他的阴险奸猾，也注意描写他富于才情的一面；对复社文人，剧中也触及了他们风流轻脱的名士派头。其中最为突出的是在正反两面之间，作者还刻画了几个边缘性的人物，杨文骢尤以为甚。他能诗善画，风流自赏，八面玲珑，政治上没有原则，却颇有人情味；他依附马、阮而得势，但在侯、李遭到马、阮严重迫害时，又挺身而出去帮助他

们。象征李香君高洁品格的扇上桃花，是他在香君洒下的血痕上点染而成，这也是很有意思的一笔。由于他的存在，剧情显得分外活跃灵动。

蒋士铨的戏曲有什么特点？

蒋士铨为乾隆时代最负盛名的戏曲家。他有些戏是专为皇家祝颂而作的，如《康衢乐》。蒋士铨的大多数作品都充斥着政治色彩，说教意味甚浓。如通常评价较高的《冬青树》传奇，写文天祥、谢枋得等人殉难故事，论者或许认为表彰的是"民族气节"，然而作者的本意，却主要是宣扬忠孝节义，人物的描写也未能摆脱概念化的弊病。又如《桂林霜》传奇，写广西巡抚马雄镇拒绝跟随吴三桂谋叛，连累全家跟其入狱四年，最后与家眷二十余人同时遇难，情调与前一种极其相似。盖从"忠义"的意义而言，文天祥之忠于宋，马雄镇之忠于清，在作者看来并无不同。另有《临川梦》传奇，将汤显祖生平事迹与他的剧作中的人物结合起来写，构想颇有些新异，但作者立意要把汤显祖写成"忠孝完人"（自序），却又不慎陷入了迂腐之中。另外，结构松散，多以神仙鬼怪出场，也是蒋氏剧作比较明显的毛病。其主要长处，是以较高的诗歌才力写作曲辞，语言老练而富有文采。

杨潮观的杂剧有什么特点？

《寇莱公思亲罢宴》是《吟风阁杂剧》中最著名的一种，写北宋寇准为庆祝生辰，预备设宴，大肆铺张。府中一老婢见此景回想起寇母当年含辛茹苦教育寇准的往事，悲从中来；寇准也因此感动，遂下令罢宴。此剧着重表现寇准的孝思，并有提倡崇俭戒奢

的用意，写得很有人情味，使人容易接受。

杨潮观杂剧的内容较广泛，大多包含讽喻劝惩的意识。其一些较优秀的作品，能够把这种主观意识和自己的切身感受有机地结合起来，不致成为空洞的说教。但从有益政教的目的来进行写作，毕竟在一定程度上掩盖了他的创作成就。从艺术上来说，杨氏的剧作剧情都相当简单，除《寇莱公思亲罢宴》等少数几种，舞台效果都不佳。而曲辞有一定的造诣，大多爽朗生动，宾白也较流畅。

关汉卿的杂剧作品有哪些？

关汉卿写了六十多种杂剧，现见的有《元曲选》中的《感天动地窦娥冤》《包待制三勘蝴蝶梦》《赵盼儿风月救风尘》《望江亭中秋切会旦》《杜蕊娘智赏金线池》《钱大尹智宠谢天香》《温太真玉镜台》和

★《窦娥冤》插图

《包待制智斩鲁斋郎》等八种，是臧懋循根据当时民间流传的"坊本"选录的。在传刻过程中可能进行过一些改动，但基本上保持了关剧的精神面目。《关大王单刀会》《闺怨佳人拜月亭》《关张双赴西蜀梦》和《诈妮子调风月》四种见（《元刻古今杂剧三十种》），是现传关剧最早的刻本，保存了元人杂剧的最初面目，可惜曲白都不全，除现传明钞本《单刀会》曲白俱全外。《山神庙裴度还带》《王闰香夜月四春园》《刘夫人庆赏五侯宴》《邓夫人苦痛哭存孝》《状元堂陈母教子》五种见明赵琦美钞校《元明杂剧》，除《四春园》《哭存孝》外，其余三种同其他现传关剧风格相去较远，有的还和《录鬼簿》的记载不符，是否是关剧值得怀疑。此外针对《鲁斋郎》是不是关汉卿的作品也有争议，但从《鲁斋郎》揭露现实的深刻、关目安排的巧妙和曲白的本色生动看，和关汉卿的作品更接近。从而也肯定了《单鞭夺槊》也是关汉卿的作品。

《倩女离魂》讲述了什么样的故事？

《倩女离魂》是根据唐人陈玄祐传奇《离魂记》改编而成，写的是王文举与张倩女本为"指腹为婚"，但因张母嫌文举功名未就，不许二人成婚。文举被迫上京应试，倩女思念成疾，灵魂离开躯体去追赶王文举，与之相伴多年。王文举中状元后，携倩女魂归至张家，离魂与病卧之身重合为一，遂欢宴成亲。

《倩女离魂》是如何描写封建女子被礼教扼制的精神生活的？

郑光祖巧妙地利用《离魂记》原有的

★《倩女离魂》插图

情节，从两方面写出旧时代女子在礼教扼制下的精神生活。一方面，倩女离魂是为了追求自由的爱情和婚姻，也为了防备对方登第后另娶高门，故大胆私奔，追赶情人；在受到王文举所谓"有玷风化"的指责时，她以"我本真情"为理由进行反驳，坚决不肯回家。离魂代表了妇女们内在的欲望和情感的力量。而另一方面，倩女的身躯辗转病床，苦苦煎熬，寸步难行；当王文举寄信到张家，说要和妻子（即倩女魂）一同归来时，病中的倩女之身并不知其中内情，以为他另有婚娶，不由得悲恸欲绝。这一个倩女形象反映了妇女们在婚姻方面受抑制、受摧残而不能自主的可悲事实。所以，这一剧作不但有离奇的情节，而且在离奇的情节中透出较为深刻的内涵。在根本上，它指出了人的天然情感的不可抑制，正如倩女所唱的"你不

拘箝我可倒不想，你把我越间阻越思量"，伸张了人们追求自由幸福的权利。

《琵琶记》的主要内容是什么？

戏剧讲述的是赵五娘和蔡伯喈的故事。蔡伯喈即蔡邕，东汉末著名文人。但在民间传说中，蔡伯喈只是借用历史人物之名。改编后的《琵琶记》，通过蔡伯喈的遭遇，揭示了封建时代"忠"与"孝"两大基本伦理观念之间的冲突。在蔡伯喈赴考之前，他的家庭和谐完满。当皇帝"出榜招贤"以后，蔡父不顾他的意愿，以事君尽忠、立身扬名方为"大孝"的理由，迫使他上京赴考；考中状元以后，牛丞相强迫他入赘相府，又以不得违背圣旨为由来威胁他；最后蔡伯喈只得恳请皇帝允许他辞官，仍被皇帝以"孝道虽大，终于事君"的理由驳回。辞考、辞婚、辞官皆不能，造成蔡伯喈无法照顾家庭、侍奉父母，使得父母在饥荒中死去。这就是所谓"只为三不从，做成灾祸天来大"。在封建时代正统观念中，忠、孝原本是统一的，但作者却发现了两者之间的矛盾，尤其是政治权力的绝对要求对家庭伦理的破坏，这反映了知识阶层在维护家庭和服务于政权之间常常会出现两难选择。

《琵琶记》的赵五娘是一个怎样的形象？

赵五娘是《琵琶记》中着重刻画的人物。就其真实性的一面来说，她代表着在旧时代社会中下阶层，一些妇女往往是家庭的真正支撑者。她们坚韧不拔，牺牲自我，奉养老人，抚育子女，使丈夫能够在外界获得成功的一类人群。在这过程中，她们往往需要忍受巨大的苦难。而《琵琶记》所刻画的赵五娘，在多方面作了强化，作者为她设计了极端苦难的处境：被丈夫遗弃却必须奉养公婆，家境贫寒而又遭遇灾年，竭力尽"孝"仍被婆婆猜疑……这种描写集中反映了旧时代妇女所受的非人的磨难。

《荆钗记》讲述了什么样的故事？

《荆钗记》一般多认为是元人柯丹邱所作。剧本讲述的是穷书生王十朋和大财主孙汝权分别以一支荆钗和一对金钗为聘礼，向钱玉莲求婚。钱玉莲因王十朋是"才学之士"，接受了他的荆钗。成婚后，王赴京考中状元，因拒绝万俟丞相的逼婚，被调至烟瘴之地——潮阳任职。他的家书被孙汝权截去，改为"休书"，玉莲不相信"休书"是真的，坚决拒绝了继母要她改嫁孙汝权的威逼，选择了投江自杀，后被人救起。王十朋闻知玉莲自杀，发誓终身不娶。最后夫妻间仍以荆钗为缘，得以团聚。

《刘知远白兔记》讲述了什么样的故事？

《刘知远白兔记》是"永嘉书会才人"在《五代史平话》《刘知远诸宫调》等的基础上编撰而成的。现存的几种明代加工本情节稍有差异。刘知远为五代后汉开国皇帝，由于其一个穷军汉出身而登上皇帝宝座的人，老百姓对他一直很感兴趣。剧本的中心内容，就是写他的"发迹变泰"以及他和李三娘悲欢离合的故事：刘知远未发迹时非常落魄，穷困潦倒，后被李文奎收留作佣工。李文奎见他身有帝王之相，便将女儿李三娘嫁给他。李文奎死后，刘知远不堪忍受三娘兄嫂李洪一夫妇的欺侮，弃家投军，被岳节使招赘，为其建立功业。三娘在家受尽欺凌，在磨房生下儿子咬脐郎，托人送至刘知远处。咬脐郎长成后，因追猎一只白兔，与生母相会，终得全家团圆。此剧保留了民间创作的艺术特色，文字质朴顺畅，刻画人物、编排情节生动自然，许多细节都散发出古代农村生活的气息。

《拜月亭》讲述了什么样的故事？

《拜月亭》（又名《幽闺记》），前人多认为是元人施君美作，至今尚未确定。此剧是改编关汉卿的同名杂剧，人物、情节、主题思想均与关作大体相同，曲文也有部分沿袭，故不再复述。此剧虽是改编之作，却受到颇高的评价。关作以四折的短小体制写两对青年男女在战乱时代背景中的婚恋故事，固然显示了出众的才华，但拘于杂剧这种艺术形式的限制毕竟难以充分展开。而到了南戏中，由于扩大了规模，得以增添了许多生动的细节、细致的描写和委婉的抒情，使剧情的发展显得更加跌宕起伏、波澜层叠，这是它的成功之处。在戏剧情调方面，此剧增添了很多喜剧成分，在悲剧性的事件中巧妙插入巧合、误会的关目，机智有趣的对话，以及插科打诨的手法，使这出戏表演起来有更具娱乐性。

《杀狗记》讲述了什么样的故事？

《杀狗记》与后期杂剧作家萧德祥的《杀狗劝夫》情节相同，但孰先孰后难以推断，其作者不太清楚。剧中讲述的是富家子弟孙华结交市井无赖，并在他们的挑拨下将胞弟孙荣赶出家门。孙华妻杨月真为了劝夫悔改，杀了一条狗扮为人尸放在门外，使酒醉归来的孙华误以为祸事临门。他的那帮市井朋友不但不肯应邀帮忙，反向官府告发，还是孙荣为他"埋尸"避祸。最后真相明了，兄弟重归于好。这也是一出家庭伦理剧，强调了家和乃一切之本，提倡"亲睦为本"、"孝友为先"、"妻贤夫祸少"等伦理信条。它虽是以道德训诫的面目出现，却是针对着因财产争执而使宗法家庭遭到破坏的现实，有着很实用的意义。在艺术上，此剧较为粗糙。

《闲情偶寄》的主要内容是什么？

《闲情偶寄》是中国戏曲理论专著，编撰者是清代李渔。康熙十年（1671年）刊刻，后被收入《笠翁一家言全集》。《闲情偶寄》包括词曲、演习、声容、居室、器玩、饮馔、种植、颐养等8部。其内容较为混杂，作者将戏曲理论、养生之道、园林建筑都尽收其内了。而实际上，涉及戏曲理论的只有《词曲部》《演习部》《声容部》，故后人裁篇别出，辑为《李笠翁曲话》。

李渔是如何编写成《闲情偶寄》的？

李渔汲取了前人的理论成果，如王骥德的《曲律》，联系到当时戏曲创作的实践，并结合自身的创作经验，建立了一套完整的戏曲理论体系，其深度和广度都达到了中国古典戏曲理论的高峰，为戏曲理论批评史乃至中国文学批评史树立了一块里程碑。李渔的戏曲理论以舞台演出实

践为基础，因而揭示了戏曲创作的一般规律。如他认为，"填词之设，专为登场"，批评金圣叹评《西厢记》只是文人在案头把玩的《西厢》，并非优伶扮演的《西厢》。李渔提出了"结构第一"的命题，含有命意、构思和布局，把结构放在首位，再依次为词采→音律→宾白→科诨→格局第，全面深刻地论述了戏曲创作中存在的诸多问题，尤其是对结构、语言、题材等论述颇为精辟。

《长生殿》讲述了什么样的故事？

《长生殿》讲述的是唐明皇与杨贵妃的爱情故事。有关唐明皇与杨贵妃的故事，在前代正史、野史、民间传说和文学虚构中，有各种各样的材料。《长生殿》通过对这些材料进行适当的取舍，构成了其独特的面貌。如剧中回避杨贵妃曾嫁寿王、与安禄山私通等"秽迹"，标榜"义取崇雅"，认为"一涉秽迹，恐妨风教"，具有在道德上对这一历史故事加以"净化"的用意。当然，这样写同时也起到了突出全剧的爱情主题的效果。又如，剧中多次描写了唐明皇在宠爱杨贵妃同时又屡次"召幸"梅妃、虢国夫人，从而引起他与杨贵妃的在感情发生冲突，从而使得他们的爱情故事多生曲折。

被誉为"东方舞台上的奇迹"的话剧是什么？

《茶馆》是中国著名作家老舍创作的话剧剧本，经由中国著名导演焦菊隐执导，北京人民艺术剧院的一批优秀的表演艺术家参与演出。多年以来，这出戏获得了极大的成功，它已成为中国当代话剧史上不可多得的佳作。80年代初期，《茶馆》曾赴联邦德国、法国、瑞士、日本等国演出，反响强烈，被誉为"东方舞台上的奇迹"。

《回春之曲》讲述了什么样的故事？

1935年，田汉创作了话剧《回春之曲》，全剧将抗日救亡的主线和男女主人公高维汉、梅娘矢志不渝的爱情线索交织在一起，描写了爱国青年高维汉从南洋回来参加抗日，在"一·二八"事件中受伤失去了记忆，每天只会喊"杀呀，前进"，梅娘离开家庭来陪在受伤的爱人身边，对其精心护理了三年，在过年的鞭炮声中，高维汉的病奇迹般地发生了好转，并仍然保持着战斗的勇气。全篇充满了革命浪漫主义色彩。这个剧本之所以成功就在于它保持着并发展了田汉的艺术个性。剧中梅娘的一曲高歌，在当时使无数的观众为之倾倒，传颂一时，至今仍保持着鲜明的艺术魅力。由此可见，对于艺术家来说，拥有自己的个性才是最重要的，失去个性，也就失去了艺术的魅力和成功的源泉。

孟京辉的戏剧作品有哪些？

最能代表先锋艺术创作成就的当属孟京辉。他是中国先锋戏剧的一面辉煌的旗帜，更是中国戏剧界变革求新的先锋。其戏剧作品在剧坛独树一帜，容残酷于诗意幽默，纳思索于游戏诙谐，追求形式感和风格化，充满生命激情和叛逆精神。他不仅导演国内编剧家的话剧作品，如《恋爱的犀牛》《我爱XXX》，还导演了一些西方话剧作品如《一个无政府主义者的意外死亡》《等待戈多》等作品。此外，他导演的话剧作品还有《思凡》《臭虫》《盗版浮士德》等。这些作品很多已经成为中国实验话剧的代表作。他导演的《镜花水月》，更是以当代诗人西川的诗集《镜花水月》、《近景远景》等为蓝本，融合了噪音艺术、装置艺术和多媒体艺术等前卫的艺术形式，来表现当代人的茫然，失落情绪。而他2006年的力作《琥珀》，犹如一个黑色的爱情寓言，剧中人物的心理更加复杂、也更具有情节性，虽然仍有带有残酷和荒诞，但更增添了几分道德上的思考。为了营造出一种魔幻的荒诞感和悲剧氛围，《琥珀》的舞台空间将现实与超现实、世俗场景与抽象心灵景象融合在一起，展示了一种强烈的实验色彩和情感的唯美追求。

曹禺的话剧有什么特点？

曹禺一生的话剧创作虽数量并不多，但分量很重，正是他所创作的《雷雨》《日出》《原野》《北京人》《家》等经典剧作，使中国现代话剧剧场艺术得以确立，并在中国的观众中扎根，促使中国的现代话剧由此走向了成熟。

曹禺善于把握人物命运中的戏剧性变化放在戏剧冲突中，以此来表现对人生的终极关怀，同时他对话剧艺术还有着不断探索求新的精神。其创作幽深沉郁的主题意蕴、精巧神奇的戏剧冲突、现实世界和诗意的融合等等，给人们留下了很多思考、谈论的余地。

洪深的剧作有哪些？

《赵阎王》是洪深的早期代表作，表现的是军阀统治给广大民众带来的深重灾难。30年代，他开始倾向于左翼革命文艺运动，参加了左翼剧团联盟。而完成于1930年—1932年的《农村三部曲》——独幕剧《五奎桥》、三幕剧《香稻米》和四幕剧《青龙潭》，则代表了洪深30年代的新成果，这些作品中作者以自己熟悉的江南农村为背景，展示了20、30年代农民的苦难遭遇，和他们从苦难中逐渐觉醒，进行自发斗争的情况。

《农村三部曲》不仅是洪深最有影响的代表作，也是现代文学史上较早出现的、站在被压迫阶级立场上、全面展示农民疾苦和农村社会斗争的话剧剧本，其中，尤其以《五奎桥》最为杰出。

夏衍在戏剧方面取得了什么样的成就？

夏衍的戏剧创作始于1935年，其创作主要集中于抗日战争时期，所以他的剧作题材基本上都和抗日有关，围绕着特定的时代、社会以及人生，揭示人物的内心世界，在反映现实的同时，追求一种生活化和抒情性的情调。处女作、独幕剧《都市的一角》，发表于1935年《文学》杂志，就曾风靡一时。讲述的是一个19岁的舞女，因为无力拯救负债的情人而自尽的故事，反映了悲剧时代中国人民的悲剧生活。1936年，夏衍又创作了轰动一时的"讽喻史剧"《赛金花》，采用漫画夸张的手法，对当权者的不抵抗主义和卖国求荣的政策进行了尖锐地讽刺。不久，夏衍又创作了历史剧《自由魂》（后改名《秋瑾》）和《赛金花》。《自由魂》选取的是为革命而献身的烈士徐秋瑾短暂的一生

中的一些片断，展现了她以身殉志的悲壮历程。但《赛金花》与其不同，它是以积极的正面主人公为榜样，高扬的是反帝反封建的革命精神和舍生取义的革命气概。

老舍的《茶馆》讲述了什么样的故事？

《茶馆》以旧北京一家大茶馆为背景，描写了清末、民初、抗战胜利以后三个不同历史时期的北京社会风貌。时间跨度50年，出场人物70个，确实展示了民族历史变迁的恢宏画卷。王利发是这个大茶馆的主人，在他的周围，聚集着社会上形形色色的人，而这些人物的命运又随着历史的动荡而沉浮，变幻出摇曳多姿的景象。松二爷是个提笼架鸟的八旗子弟，他的命运像他的大清帝国一样江河日下。踌躇满志要兴办实业的秦二爷最终在帝国主义和封建势力的打击下，一败涂地。诚实本分、精明干练的王利发，只想做好自己的茶馆生意，过上安稳自足的日子，可是动荡的社会却使他走投无路，惨淡经营，最后无力撑持，抑郁而终。这中间还穿插着太监娶妻的闹剧、吸白面的人贩子诱拐民女的恶行等等。该剧的结尾处，几位被世道摧垮、被命运捉弄的老人聚在一起，他们抓出街上拾来的纸钱，带着无奈的苦笑，为尚且活着的自己举行祭奠。这一场面的出现，把一个民不聊生的时代面貌刻画得深刻细腻，也从中透示出这样的时代必将结束，而新的时代必将到来的信息。

《雷雨》的结构有什么特点？

《雷雨》具有自己独特的结构：一是情节曲折，故事性强，富有传奇色彩。剧作所讲述的两个家庭的悲剧、两个荒唐的乱伦故事都与周公馆发生了联系；三十年前的旧事和三十年后的现实都与周朴园有关，而周、鲁两家复杂的矛盾冲突和人事纠葛又互相交叉迭映在一起，使剧本充满戏剧性和传奇色彩，悬念迭起，扣人心弦。二是结构严密，集中紧张。剧作从事件的危机开幕，在后果的猝然爆发中交代复杂的前因，将现在进行的事件和过去发生的事件巧妙地交织在一起，并以过去的戏来推动现在的戏，而所有的矛盾冲突，都浓缩在早晨至半夜的二十四小时之内，集中在周公馆的客厅和鲁贵的家中发生。全剧周朴园与繁漪矛盾冲突的主干线索十分突出，由此牵连出的其他线索将全剧八个人都卷入紧张的矛盾冲突之中，形成了牵一发而动全身的集中严密的结构。三是明暗双线，纵横交错，引人入胜。剧作中周朴园和繁漪的冲突是一条明线，周朴园和侍萍的关系则是一条暗线。这两条线索同时并存，彼此交织，互为影响，交相钳制，使剧情紧张曲折，引人入胜。最后，在三十年前旧景重现的基础上，将戏剧矛盾推向高潮，爆发了一连串的惨剧。这一结局具有很强的逻辑性，具有不可抗拒的说服力，它既生动地刻画了人物性格，又深刻揭示了作品的主题。

第六章　形散而神不散的散文

什么是散文？

散文最主要的特征就是形散而神不散，文章文笔随意但词词句句都与主题中心有关。短小优美，生动有趣。我国传统意义上的散文的历史甚至可以追溯到甲骨文时期，是除诗歌、戏剧、小说、辞赋以外的所有散体文章，包括政论、史论、传记、游记、书信、日记、奏疏、小品、表、序等各体论说、杂文。从内容上来说，散文主要分叙事性散文、抒情散文、哲理散文、议论性散文。

我国的古代散文经历了怎样的发展历程？

我国古代，为区别于韵文、骈文，凡不押韵、不重排偶的散体文章，包括经、传、史书在内，一律称之为散文。

先秦散文，包括诸子散文和历史散文。诸子散文以论说为主，如《论语》《孟子》《庄子》等；历史散文是以历史题材为主的散文，凡记述历史事件、历史人物的文章和书籍都是历史散文，如《左传》《战国策》等。

西汉时期的司马迁的《史记》把传记散文推到了前所未有的高峰。东汉以后，开始出现了书、记、碑、铭、论、序等个体单篇散文形式。司马相如、扬雄、班固、张衡四人被后世誉为汉赋四大家。

唐朝的时候，在古文运动的推动下，散文的写法日益繁复，出现了文学散文，产生了不少优秀的山水游记、寓言、传记、杂文等作品，著名的"唐宋八大家"也在此时涌现。

明代的时候先有"七子"以拟古为主，后有唐宋派主张作品"皆自胸中流出"，较为有名的是归有光。

以桐城派为代表的清代散文，注重"义理"的体现。桐城派的代表作家姚鼐对我国古代散文文体加以总结，分为13类，包括论辩、序跋、奏议、书说、赠序、诏令、传状、碑志、杂说、箴铭、颂赞、辞赋、哀祭。

唐朝的散文有什么特点？

古文运动的胜利，也是中唐文学发展的重大成就。六朝骈文统治文坛的局面，虽然自隋代李谔、王通，到初唐陈子昂、盛唐李华、萧颖士等都曾经努力反对，却一直很少改变。到中唐时代，由于社会矛盾的发展，政治思想的斗争趋于尖锐，骈文已经无法适应这种要求。韩愈首先发起了复兴儒学的运动，幻想通过加强儒家思想的统治，遏制佛老思想的流行，加强中央集权，并改变藩镇割据的局面。在文章上他也反对六朝骈俪的文风，主张恢复先秦两汉的散文传统。他的政治主张虽然受到一些人拥护，并没有获得成功。但是在文体改

革上，却得到和他政治见解颇不相同的柳宗元等人的支持，产生了更大的影响，形成了规模宏大的古文运动。韩、柳二人除写了许多政论外，还写了不少传记、杂文、寓言、游记之类的文学散文，以深厚的功力，独特的风格，锤炼精粹的语言，显示了散文在艺术表现上的优越性，终于使骈文在文坛上失去了统治的地位。晚唐骈文虽然继续流行，但皮日休、陆龟蒙、罗隐等人继承韩、柳散文的传统写出了许多富有战斗锋芒的讽刺小品，也显示了散文的艺术力量。

宋代的散文有什么样的重要意义？

北宋提倡古文，继承韩愈《原道》的道统说。韩愈论文是文道合一的。因此，北宋初柳开提倡古文，他在《应责》里说："吾之道，孔子、孟轲、扬雄、韩愈之道；吾之文，孔子、孟轲、扬雄、韩愈之文也。"这里隐约含有道统、文统的意味，但柳开讲的道没有新义，且所作文不免艰涩，影响不大。而欧阳修领导古文革新运动，所讲的道，不限于以儒家的仁义为道，他反对"弃百事不关于心"，认为应从关心百事中求道；用音乐作比，不仅要知道"八音、五声、六代之曲"，还要懂得"动荡血脉，流通精神"，使人悲喜歌泣得所以然，即要有所自得。这是他扩大了对道的认识。韩愈的古文，有提倡"文从字顺"的一面，又有主张"沉浸浓郁"、追求辞藻、用险难字的一面。欧阳修的古文，避难取易，力求平易畅达，开一代风气，加上追随者的响应，就使宋代散文的发展不同于唐代散文，对后世的影响极为深远。

北宋初期的散文有什么特点？

北宋初期的散文，仍袭五代浮靡的文风。柳开倡言"革弊复古"，提出重道、致用、崇散、尊韩等观点，但他的文辞不免艰涩。继柳开之后倡导古文的有王禹偁，他主张"传道而明心"，继承韩愈"文从字顺"的一面，强调文贵乎"句之易道，义之易晓"，语言平易近人。此后提倡古文的有穆修、尹洙、石介等人。穆修访求校正韩柳集，提倡古文，尔后为尹洙。尹洙通知古今，为文简而有法，再后为欧阳修。尹洙称范仲淹《岳阳楼记》为"传奇体"，不满意他的描绘景物用辞藻及对偶。欧阳修不反对偶俪，所见较广。欧阳修是宋代古文运动的领袖，对"道"与"文"有自己的看法。他的文"纡徐委备，往复百折，而条达舒畅，无所间断"（苏洵《上欧阳内翰书》），平易畅达，有情韵之美，开创了一代文风。他奖引后进，在他周围，团结了曾巩、王安石及苏洵、苏轼、苏辙父子等人，使宋代散文有了空前的发展。

金代散文有什么特点？

金代从金太祖完颜阿骨打于公元1115年立国，到金哀宗天兴三年（1234年）为元所灭，共120年。其主流文化大致继承唐宋，其中散文主要承袭欧阳修和苏轼。散文的发展可以分为三个时期，自建国到海陵王，约50年为前期，当时文学还没有受到重视，大多数文人来自辽、宋。自世宗大定年间到1214年蒙古破大都，宣宗南迁汴京之前，约50年为中期。金、宋以淮河为界，各自相安，社会相对稳定，散文得以发展，从而在文坛占有一定地位。主要作家有蔡珪、党怀英、王寂、王庭筠等。从1214年迁汴到1234年灭亡，以及稍后一个时期为后期。金代统治面临危急存亡之势，国力日衰而文学日盛。金代著名散文作家皆出现于这个时期，如赵秉文、王若虚、元好问、刘祁、杨云翼、李纯甫、李俊民、麻革等皆是。遗憾的是，目前能看到文集的只有三家而已。

辽代散文有什么特点？

契丹族所建立的辽王朝，始于五代时的916年，亡于北宋末的1125年。立国之初，不尚礼文，圣宗（971年–1031年）始崇儒兴学，因而文事不盛。虽然在散文方面，《辽史·文学传》仅列七家，但作为一代文学我们是不可以将其忽略的。其中比较具有代表性的有萧韩家奴、王鼎等。

晚明小品文有什么特点？

晚明诗歌与散文同处于变革的阶段，可是获得的成果却不一样。以"小品"为代表的晚明散文，取得了相当大的成功。尽管清朝人对晚明散文采取强烈攻击的态度，甚至近现代的人们也往往受传统观念影响，习惯把所谓"唐宋八大家"代表的"古文"系统视为中国古代散文的正宗。但从文学的意义来说，背离这一系统的晚明小品散文，实际上正体现了古代散文向现代方向的转变。

晚明小品大致以公安派为显著的开端，袁宏道、袁中道都曾写过很多出色的、富于性情的短篇散文。竟陵派的散文一反公安派的清丽舒展，在文章的立意和

组织上狠下工夫，不过各人的情况又不尽相同。钟惺较善于议论，常有新颖之说，其文字被陆云龙称为"工苦之后，还于自然"，注重转折之致，但几乎没有生涩之感。

清朝散文有什么特点？

清初散文沿着明代"唐宋派"的路线向前发展，如顾炎武、黄宗羲、王夫之等学者主要写经世致用之文。另外较重要的散文作家有侯方域、魏禧、汪琬都较有成就。康熙至乾隆年间产生的桐城派，是清代规模最大、影响最大的散文流派，它的代表人物是方苞、刘大槐、姚鼐，他们的古文理论形成了一个完整的体系。清代的骈文在乾隆时期得到复兴，以阮元为代表的文笔派为文尚骈尚偶，为骈文力争正统地位。经过论争产生了不拘骈散之论。

清朝后期的散文有什么特点？

清后期的散文，主要有两大流派，一是由曾国藩为代表的承桐城派余绪的"湘乡派"，一是由梁启超所提倡的"新文体"。前者在"古文"的传统上力求变化，后者带有向白话文靠拢的意味，是一种以浅俗的文言写成的恣张飞扬的文章体式。

新时期散文有什么特点？

相对于小说与诗歌的轰轰烈烈，新时期散文在历史激变的转折过程中显得步履迟缓，沉寂无声。然而，正是由于这种自由的文体注定成为了人们书写创伤、回味痛苦的最自由的方式。那些亲身经受了"文化大革命"的作家和学者纷纷拿起笔杆子，为民

★巴金

族的苦难添上自己的一笔。

　　"文化大革命"结束后，各种各样的"忆悼"文章空前兴旺起来，是一种震撼人心的民族真情大宣泄，反映出了在长期的压抑和禁锢之后，整个民族思想的大解放、大奔涌。虽然许多文章由于较多地停留在"政治"层面上而未能成为"审美"的范本，但以老作家巴金的《随想录》，杨绛的《干校六记》《将饮茶》，孙犁的《晚华集》《秀露集》陈白尘的《云梦断忆》等为代表的作品，却以其"讲真话""诉真情""写真相"的巨大勇气而一扫"假大空"的陋习，有力地召唤了散文"载道"精神的回归。

　　20世纪80年代以来，以金克木、张中行、余秋雨为代表的知名学者，凭借丰富的学术修养，将学术知识和理性思考融入散文的表达中，形成了别有情趣的学者散文。

什么是上古神话？

　　神话的产生固然很早，但用文字记录下来则较晚。我国古代缺乏系统地记载神话的专门典籍，但在《山海经》《庄子》《楚辞》《淮南子》《列子》等古籍中，都或多或少保存了一些神话传说。虽大多属于片断的记录，不够系统、完整，但内容非常丰富，堪称瑰丽多姿。尤以《山海经》最有价值，是我国古代保存神话最多的著作。现存中国古代神话按其题材大致可以分为创世神话、自然神话、英雄神话和传奇神话四类。

创世神话反映了祖先什么样的宇宙人生观？

　　中国古代神话中的创世神话虽然形成文字较晚，但仍然特色鲜明，动人心魄。无论是天地混沌、盘古首生、宇宙开辟的神话，还是女娲造人、炼石补天的神话，都反映了我们的祖先对宇宙的开端以及人类的诞生这些重大问题的思考、探索和解释。它们看似荒谬而无道理，却充分反映了我们的祖先认真探

★女娲造人

索、大胆想象的创造精神。

什么是自然神话？

大自然包罗万象，千变万化，威力无穷，神秘莫测，使得原始人类对其由迷惑而生畏惧，由畏惧而生崇拜。在他们看来，大自然如此生机勃勃，富于活力，俨然是有人格、有意志的实体；而风云雷雨、山川鸟兽，则无不被他们认作神灵。在这种"万物有灵"观念的启示下，他们通过想象、幻想和联想，将无形的自然力用有形的事物去表现，进而创造出自然神的形象和以这些形象为主体的故事，这便是自然神话。

中国自然神话的代表有哪些？

在中国古代神话中，自然神话颇为出色。如主宰昼夜明晦、冬夏寒暑的"钟山之神"、"烛阴"，"十日所浴"的神树"扶桑"，与日逐走的神兽"夸父"，衔木石而填东海的神鸟"精卫"等等，都是自然神话中的著名主角。自然神话多以鸟兽树木之类自然物为主体，它们反映了原始人类对大自然的敬畏与崇拜、迷惑与解释，同时也表达了他们征服自然、支配自然的美好愿望。

什么是英雄神话？

英雄神话是属于神话的一个分类，是数量最多的第三类神话。这类神话产生比前两者稍晚，表达了人类反抗自然的愿望，同时，也可说是人类某种劳动经验的概括总结。这时候，原始人类已经不再对自然界产生极端的恐惧心理，有了一定的信心，开始把本部落里具有发明创造才能

或做出重要贡献的人物，加以夸大想象，塑造出具有超人力量的英雄形象。英雄神话的出现意味着人类自我意识的觉醒，促使神话发展进入了一个新的阶段。创世神话和自然神话反映的都是原始人类对自然界的探索、认识和借助想象对自然力的征服与支配。英雄神话则反映了原始人类对自我的认识与反思，它意味着人类自身开始成为意识的对象、世界的中心、宇宙的主人。英雄神话中的主要人物，大多是半人半神或受到神力支持的"英雄"，关于他们在征服自然或在社会斗争中创造英雄业绩的故事，便构成了英雄神话的主题。

中国英雄神话的代表作有哪些？

在中国古代神话中，英雄神话是数量较多且极富魅力的一部分。如大禹治水、后羿射日的神话，颂扬了与自然作斗争的英雄；黄帝战蚩尤、共工怒触不周山的神话，则是社会斗争的反映，描述了氏族社会部落之间争斗的英雄；还有刑天与帝争神的神话，赞美了敢于斗争、不怕失败的英雄。他们组成了一系列神奇灵异的英雄群像，在我国古代神话的宝库中熠熠闪光。

什么是传奇神话？

在中国古代神话中，还有一类是关于异域奇国怪人神物的传奇，因此被称作传奇神话。它们大都记载于《山海经》中，出自所谓山、海、大荒之四裔。诸如"跪据树欧丝"的奇女子，"其民皆生毛羽"的"羽民国"，"一臂三目"、"能为飞车"的"奇肱民"，"其为人兽身、黑色，火出其口中"的"厌火国"，"捕

★伏羲女娲图

鱼水中"的"长臂国","一身三首"的"三首国","食稻啖蛇"的"黑齿国"……这一幅幅画面都是如此神妙奇异、趣味横生，令人啧啧称奇，赞叹不已！它们反映了原始人类企图冲破种种自然条件的限制、以改造自身生活环境的愿望和理想，表现出惊人的超现实、超自然的想象力，其中显然也留有描述远古时代华夏四裔氏族社会野蛮生活状态的痕迹。传奇神话数量较多，涉及面广，形象奇特，别有意趣。它们是中国古代神话的一个重要组成部分。

神话与文学有什么重要关系？

神话乃文学之母。神话与文学的关系，就像《山海经》神话中所见的盘古与日月江海的关系。神话说盘古死后，头化为四岳，眼睛化为日月，脂膏化为江海，毛发化为草木。盘古虽死，而日月江海、

人间万物……都有盘古的影子。神话转换为其他文学形式以后，虽然它本身的神话意义往往消失了，但却作为文学中艺术性的冲击力量而活跃起来。例如：先秦文学的南北两大代表《诗经》与《楚辞》，都有古神话的痕迹；尤其是《楚辞》，保存了大量的古神话。《老子》《庄子》《淮南子》的道家思想也大量吸取古代神话并加以哲理化。《左传》《史记》《尚书》，则是吸取神话而加以历史化。

《山海经》有什么样的重要意义？

《山海经》是古代口传文学的成文纪录，是一部富于神话传说的最古老的地理书。它主要记述古代地理、物产、神话、巫术、宗教等，也包括古史、医药、民俗、民族等方面的内容。它是保留中国古代神话最多的一部书，也是研究上古时代绝好的宝贵资料，对后世文学的影响非常巨大。《山海经》神话塑造了不少文学母题，神话与文学几乎是两面一体的，是象征的、想象的、朴野的，是叙事描绘的、是有情感的、是富于生命力……的文学形式。《山海经》的古代神话，与西洋神话相比，有些零碎、简陋。然而它虽不是出神入化的篇章，但经仔细探究，竟是一块一块的璞玉美石，可誉为"中国文学的宝藏"。

《中山经》中的瑶草被后世演化出哪些角色？

《中山经》姑媱之山的瑶草，是未出嫁而早死的帝女精魂化成的，演化为《庄子》里貌姑射山的绰约神女寓言。其后再化为宋玉《高唐赋》的巫山神女朝云。再

化而为杜光庭《仙录书》中的西王母第二十三女瑶姬，再化而为曹雪芹《红楼梦》里的绛珠仙草林黛玉。

什么是《尚书》？

《尚书》意为"上古之书"，是中国上古历史文件和部分追述古代事迹作品的多体裁文献汇编。春秋战国时称《书》，到了汉代，才改称《尚书》。儒家尊之为经典，故又称《书经》。

《尚书》据说原有100篇，秦代焚书后，汉初仅搜集到29篇，用当时通行的隶书写定，称今文《尚书》。汉武帝时，从孔子故宅中发现用古文字写的《尚书》，比今文《尚书》多16篇，称为古文《尚书》，这16篇不久后亡佚。晋人伪造古文《尚书》25篇，又从今文《尚书》中析出数篇，连同原有的今文《尚书》共为58篇，也称古文《尚书》。《十三经注疏》中的《尚书》，就是经过晋人手术的这种古文《尚书》。

《尚书》之中的《盘庚》讲述了什么样的故事？

《尚书》是殷王朝史官所记的誓、命、训、诰，其中《汤誓》按时代说应为最早的作品，但这篇文章语言流畅，可能经过后人的润色。《盘庚》三篇古奥难读，较多地保留了原貌。

这是殷王盘庚迁都时对臣民的演讲记录，虽然语言古奥难懂，但盘庚讲话时充沛的感情、尖锐的谈锋、恢弘的气势，我们还是可以感受到的，如他说：非予自荒兹德，惟汝含德，不惕予一人。予若观火，予亦拙谋，作乃逸。若网在纲，有条而不紊；若农服田力穑，乃亦有秋。短短的一段话，用了三个比喻，形成排比，气势恢宏，并且比喻生动、贴切，具有形象性。其中"有条不紊"作为成语，至今仍被沿用。又如盘庚告诫臣下不要煽动民心反对迁都，说那样便会"若火之燎于原，不可向迩，其犹可扑灭"，弄得不可收拾，比喻也很生动、恰当。

《周书》的主要内容是什么？

《周书》包括周初到春秋前期的文献。其中《牧誓》是武王伐纣时的誓师之词，《多士》是周公以王命训告殷遗民之词。《无逸》是周公告诫成王不要贪图享受之词。这些作品叙事清晰，而且能很好地表达出人物的情感口吻。写于春秋前期的《秦誓》，是秦穆公伐晋失败后的悔过自责之词，表达了愧悔、沉痛的感情。他引用古人的话指出，如果自以为是，必将做出许多邪僻的事；又十分痛心地说明责备别人容易，从谏如流则十分艰难，写得相当传神。比起《商书》和周初的文字，要流畅得多，标志着散文在当时得到了进一步的发展。

为什么说《尚书》是散文形成的标志？

就文学而言，《尚书》是中国古代散文已经形成的标志。据《左传》等书记载，在《尚书》之前，有《三坟》《五典》《八索》《九丘》，但这些书都没有传下来，《汉书·艺文志》已不见著录。叙先秦散文当从《尚书》开始。书中文章，结构渐趋完整，有一定的层次，已注意在命意谋篇上用功夫。后来春秋战国时期散文的勃兴，是对

它的继承和发展。秦汉以后，各个朝代的制诰、诏令、章奏之文，都明显地受它的影响。刘勰《文心雕龙》在论述"诏策"、"檄移"、"章表"、"奏启"、"议对"、"书记"等文体时，也都可溯源到《尚书》。《尚书》中部分篇章有一定的文采，并带有某些情态。此外，《尧典》《皋陶谟》等篇中，还带有神话色彩，或篇末缀以诗歌。因此，《尚书》在语言方面虽被后人认为古奥难读，而实际上历代散文家都从中取得一定借鉴。

什么是《春秋》？

《春秋》原是先秦时代各国史书的通称，后来仅有鲁国的《春秋》传世，便成为专称。这部原来由鲁国史官所编《春秋》，相传经过孔子整理、修订，赋予其特殊的意义，因而也成为儒家重要的经典。

《春秋》最突出的特点是什么？

《春秋》最突出的特点就是寓褒贬于记事的"春秋笔法"。相传孔子按照自己的观点对一些历史事件和人物作了评判，并选择他认为恰当的字眼来暗寓褒贬之意。因此《春秋》被后人看做是一部具有"微言大义"的经典，是定名分、制法度的范本。并且，在史书和文学作品的写作上，也对后人产生很大影响。史学家从中领悟到修史应该有严格而明确的倾向性，文学家往往体会了遣词造句应力求简洁而意蕴深刻。当然，如果刻意求深，也难免会造成文意晦涩的弊病。

《左传》是一本什么样的书？

《左传》原名《左氏春秋》，后人将它配合《春秋》作为解经之书，称《春秋左氏传》，简称《左传》。它与《春秋公羊传》、《春秋穀梁传》合称"春秋三传"。旧时相传是春秋末年左丘明为解释孔子的《春秋》而作，但《左传》实质上是一部独立撰写的史书。它起自鲁隐公元年（公元前722年），迄于鲁悼公十四年（公元前453年），以《春秋》为本，通过记述春秋时期的具体史实来说明《春秋》的纲目，是儒家重要经典之一。只是后人将它与《春秋》配合后，可能做过相应的处理。一些专门解释《春秋》"书法"而与史实无关的文字，显然是后加的。

《左传》哪些地方表现出了"民本"思想？

作为一部历史著作，《左传》有鲜明的政治与道德倾向。其观念较接近于儒家，强调等级秩序与宗法伦理，重视长幼尊卑之别，同时也表现出"民本"思想，因此其也是研究先秦儒家思想的重要历史资料。书中虽仍有不少讲天道鬼神的地方，但其重要性却已在"民"之下。如桓公六年文引季梁语："夫民神之主也。是以圣王先成民而后致力于神。"庄公三十二年文引史嚚语："国将兴，听于民；将亡，听于神。"此类议论，都是作者所赞同的。诸子散文（尤其《孟子》）也有类似的议论，由此可以看出这是春秋战国时代一种重要的思想进步。

为什么《左传》会表现民本思想？

《左传》之中所谓"民本"思想其实是有具体背景的。在春秋战国大兼并的时代，"民"作为财富和士兵的来源，其人口众寡直接关系到国力的盛衰。而当时北方诸国，仍处于地广人稀的状态；国与国之间，也不存在封锁的疆界，"民"可以自由迁徙。因此争取民众，甚至比占领土地更为重要。《孟子》中记载，梁惠王对"邻国之民不加少，寡人之民不加多"很感焦急，便是此意。说到底，这还是从统治者利益的角度来考虑的。作者所信奉的准则始终贯穿于对历史事件与历史人物的评述，可谓褒贬分明。书中不少地方揭示了统治阶级中某些人物暴虐淫侈的行为，也表彰了许多忠于职守、正直和具有远见的政治家。总体上说，作者要求担负有领导国家责任的统治者，不可逞一己之私欲，而要从整个统治集团和他们所拥有的国家的长远利益考虑问题，这些地方都反映出儒家的政治理想。

《左传》之中有什么不合理之处？

对于各国间频繁的战争，作者总是要首先辨明双方在道义上的是非曲直，并将此同胜负结果直接联系起来，企图说明正义之师必胜的道理。然而事实上，当时的战争多是因各国间争夺土地与人口而发生的，如果一定要以简单的儒家道德标准衡量，只能如孟子所说"春秋无义战"；且一场具体战争的胜负，也很难归结于道义上的原因。因而作者勉强作出的评述，常显得迂腐可笑。如晋楚城濮之战，晋文公为诱敌深入，助长敌方的骄傲懈惰之气，故意"退避三舍"，这本是一项巧计；书中却指责楚军统帅子玉步步进逼作为国君的晋文公，是"君退臣犯，曲在彼矣"，故不能不失败。这不但毫无道理，而且不能适用于其他类似的情况。

《战国策》有哪些篇章？

《战国策》是汇编而成的历史著作，作者不明。其中所包含的资料，主要来自战国时代，包括策士的著作和史臣的记载。在秦统一以后，才汇集编撰成书。原来的书名并不确定，后经西汉刘向考订整理后，定名为《战国策》。《战国策》总共三十三篇，约12万字，按国别记述，计有东周一、西周一、秦五、齐六、楚四、赵四、魏四、韩三、燕三、宋、卫合为一、中山一。记事年代大致上接《春秋》，下迄秦统一。以策士的游说活动为中心，反映出这一时期各国政治、外交的情况。全书没有系统完整的体例，都是相互独立的篇章。

《战国策》有什么特点？

《战国策》是我国古代记载战国时期政治斗争的一部最完整的著作。它实际上是当时纵横家游说之辞的汇编，而当时七国的风云变幻，合纵连横，战争绵延，政权更迭，都与谋士献策、智士论辩有关，因而具有重要的史料价值。该书文辞优美，语言生动，富于雄辩与运筹的机智，描写人物绘声绘色，常用寓言阐述道理，著名的寓言就有"画蛇添足"、"亡羊补牢"、"狡兔三窟"、"狐假虎威"等。在我国古典文学史上亦占有重要地位，是先秦历史散文成就最高、影响最大的著作之一。

《战国策》是如何批判暴君的？

《战国策》对那些残害百姓、杀戮忠良、荒淫无耻的统治者予以无情地揭露。

如宋康王无道，"骂国老谏者，为无颜之冠以示勇，剖任之背，锲朝涉之胫，而国人大骇。"于是"齐闻而伐之，民散，城不守。"（《宋卫策》）齐闵王拒谏饰非，枉杀直臣，弄得百姓不附，宋族离心，国被燕所伐，身为淖齿所杀。（《齐策五》）作者对这些暴君都持有鲜明的否定态度，表现了一定的正义感。

《战国策》有什么样的重要意义？

《战国策》既体现了时代思想观念的变化，也体现出战国游士、侠士这一类处于统治集团与庶民之间的特殊而较为自由的社会人物的思想特征，不完全是为了维护统治秩序说话。由于《战国策》突破了旧的思想观念的束缚，又不完全拘泥于历史的真实，所以就显得比以前的历史著作更加活泼而富有生气。

《战国策》在文采方面有什么特点？

《左传》也是以文采著称的，但两者相比较，可以看到《战国策》的语言更为明快流畅，纵恣多变，曲折尽情。无论是叙事还是说理，《战国策》都常常使用铺排和夸张的手法，绚丽多姿的辞藻，呈现酣畅淋漓的气势。在这里，语言不仅是作用于理智、说明事实和道理的工具，也是直接作用于感情以打动人的一种手段。如《苏秦始将连横》《庄辛说楚襄王》等篇，都是鲜明的例子。

《国语》的主要内容是什么？

《国语》是我国第一部国别史，记事年代起自周穆王，止于鲁悼公（约公元前1000-前440年），内容涉及周、鲁、齐、晋、郑、楚、吴、越八国，以记述西周末年至春秋时期各国贵族言论为主，因其内容可与《左传》相参证，所以有《春秋外传》之称。其主要是以记载言论为主，但也有不少记事的成分。这部书不是系统完整的历史著作，除《周语》略为连贯外，其余各国只是重点记载了个别事件。可能作者所掌握的原始材料就是零散的，他只是将这些材料汇编起来，所以各国史事的详略多寡也不一样。其中《晋语》九卷，占全书近半；《周语》三卷；《鲁语》《楚语》《越语》各二卷；《齐语》《郑语》《吴语》各一卷。

《国语》的写作风格有什么特点？

司马迁说："左丘失明，厥有《国语》。"（《报任安书》）认为《国语》是写《左传》的左丘明所写，后人多有异议。现在一般认为产生于战国初年，作者不详。《国语》的写作风格以记实为主，注重客观描写，它不像《左传》《史记》那样，在文中加"君子曰"、"太史公曰"以表明作者立场之类的评语，而是通过客观具体的描述，让读者自己去细细品味，揣摩作者的写作意图。由于《国语》的原始资料来源不同，所以其文风也不统一，通过文风我们可以感觉到多姿多彩的各地民风，如"周鲁多平衍，晋楚多尖颖，吴楚多恣放。"（崔述《洙泗考信录·余录》）

《国语》有什么样的重要意义？

《国语》具有较高的文学价值，以其

缜密、生动、精练、真切的笔法，在历史散文中占有比较重要的地位。《国语》也包含了许多政治经验的总结，其思想倾向略近于《左传》，只是没有《左传》那样鲜明突出。《周语·召公谏弭谤》一篇，记周厉王以肆意残杀作为消弭不满言论的佳方，使"国人不敢言，道路以目"，结果被民众驱逐而流亡。文中提出"防民之口，甚于防川"的道理，相当深刻。

《吴语》和《越语》的风格有什么特殊之处？

《吴语》和《越语》在全书中风格较为特殊。它以吴越争霸和勾践报仇雪耻之事为中心，写得波澜起伏，声势浩大。其中写到吴王夫差发兵北征，与晋人争霸中原；事情尚未成功，后院起火，传来了越王勾践袭击吴都姑苏的消息。夫差急召大臣合谋，采用王孙雒的建议，连夜布成三个万人方阵，中军白旗白甲，左军红旗红甲，右军黑旗黑甲，望去"如荼"、"如火"、"如墨"。晋军"大骇不出"，吴王乘势要求晋君让他当盟主，然后连忙撤兵，班师回吴。这一段写得有声有色，可以与后世小说笔法媲美了。

《论语》是一本什么样的典籍？

《论语》是儒家学派的经典著作之一，由孔子的弟子及其再传弟子编撰而成。它以语录体和对话文体为主，记录了孔子及其弟子言行，集中体现了孔子的政治主张、论理思想、道德观念及教育原则等。与《大学》《中庸》《孟子》《诗经》《尚书》《礼记》《易经》《春秋》并称"四书五经"。《论语》是我国早期语录体散文，语言基本上是口语，简单易懂。文字简洁，一般只叙说自己的观点，而不加以充分地论证。由于孔丘对现实人生和社会生活往往有很深刻的认识，因此《论语》中有很多言简意赅、富于哲理性和启发性的语句。如"学而不思则罔，思而不学则殆"（《为政》），"岁寒，然后知松柏之后凋也"（《子罕》），流传后世，成为人们常用的名言警句。

《论语》虽然篇幅不大，但作为儒家经典之一，长期以来是文化人必读的书籍。它所表现的人生态度、思想观念，在我国文化史、思想史上，留下了极为广泛深刻的影响。

《论语》的记录有什么特点？

《论语》的记录者，并没有在文学上追求一定效果的意识，但有时通过简短的对话，能充分显示出人物的性格，因而也具有一定的文学意义。如《述而》章："子曰：饭疏食饮水，曲肱而枕之，乐亦在其中矣。"道出了孔丘安贫乐道的一面，富有比较强烈的感情色彩。在孔门弟子中，子路的为人最为鲁莽直率，常与孔丘发生冲突。这种对话，突出的性格就更鲜明了。有一次，孔丘去见卫灵公的夫人南子，子路很不高兴，孔丘只好发誓诅咒："予所否者，天厌之！天厌之！"写出当时的语气，显得孔丘对这位学生有些无可奈何。《先进》章中，有较长的一节，写孔丘与弟子子路、曾皙、冉有、公西华在一起，令他们各言其志，从比较、对照中显出各人性格的不同。

墨家的思想是什么？

墨家的思想，就其对整个社会文化

的看法来说，是提倡质朴和实用，所以其中的一切语言文字都强调要有切实的内容，以道理说服人，反对无益于实用的修饰与文采。这种观念，对于论说文自有相当的道理，对于文学作品，就不太适宜了。《墨子》一书的风格，也正是如此。语言质朴，逻辑严密，善于运用具体事例来说理。如《非攻》篇，先说："今有一人，入人园圃，窃其桃李，众闻而非之，上为政者得则罚之，此何也？以亏人以自利也。"然后再说攘人犬豕鸡豚者，取人牛马者，杀无辜人夺其衣裘者，再三说明"苟亏人愈多，其不仁兹甚矣，罪益厚"的道理，最后归结到"今至大为不义，攻国，则不知非，从而誉之，谓之义，此可谓知义与不义之别乎？"条理非常清楚，具有很强的说服力。中国古代严格意义上的论说文，就是从《墨子》开始的。就此而言，它在中国散文史上有不可忽视的地位。

墨子的学说有什么样的重要意义？

《墨子》的学说思想主要包括兼爱非攻、天志明鬼、尚同尚贤、节用节葬、非乐非命以及统治思想、逻辑思想。尤其是墨子的哲学思想反映了从宗法奴隶制下解放出来的小生产者阶层的二重性，他的思想中的合理因素为后来的唯物主义思想家所继承和发展，其神秘主义的糟粕也为秦汉以后的神学目的论者所吸收和利用。墨子作为先秦墨家的创始人，在中国哲学史上产生过重大影响。

《孟子》有什么特点？

《孟子》共七篇，记述孟轲的言行。

此书的写作与《论语》不同，是他本人和门徒共同完成的。从体制上说，《孟子》基本上仍属于语录体，但与《论语》相比已有很大发展。这不仅是因为它的篇幅加长，议论增多了，而且很多段落都有其一定的中心，结构完整，条理清楚，只需添上题目就可以单独成篇。

在先秦诸子散文中，《孟子》与《庄子》是文学性最强的。因为孟轲的为人，不像孔子那样深沉庄重，而是自傲自负，锋芒毕露，好辩而且善辩，动辄与人言辞交锋，必欲争胜。反映在文章里，就不仅仅从逻辑上说明道理，而且具有强烈的感情色彩。其行文袒露，嬉笑怒骂，绝不作吞吞吐吐之态；文字通俗流畅，简单易懂，又喜欢使用层层叠叠的排比句式，这样《孟子》散文的就形成了一个显著特点，即富有气势，如惊涛骇浪，磅礴而来，咄咄逼人，横行无阻。

《孟子》的散文对后世有什么样的影响？

《孟子》的散文对后世的影响也是颇为深远的。它是感性和理性的结合，善于用文学手段达到实用目的。对于既主张以文载道，又重视文学的美感，喜欢在说理中包蕴个人感情的唐宋古文家，成为绝好的典范。

孟轲关于个人修养以及如何理解古诗的一些看法，对后代文学批评也产生了重要的影响。他说："我知言，我善养吾浩然之气。"（《公孙丑》）这里"气"指一种光明正大的意气情感。后世的文气说（主要讨论作家才性与文章风格的关系）即由此发展而来。他又说，读古人之诗，要"知人论世"，要"以意逆志"，都是很精辟的见解，成为后世文学批评中重要的原则。

《道德经》是如何写成的？

《道德经》一书的撰成时代，也是众说纷纭。一些人认为当系老聃自著，成书于《论语》之前。另一种说法是《老子》成书于战国时期，应在《论语》《孟子》之后，甚至在庄子之学大兴之后；还有一种说法是《道德经》当成书在秦汉之间。

今存《道德经》全书共五千余言，故又称《老子五千文》。西汉河上公曾作《老子章句》，将《道德经》分为八十一章，称前三十七章为《道经》，后四十四章为《德经》。1973年长沙马王堆三号汉墓出土的《老子》帛书本，却是《德经》在前，《道经》在后，这与韩非子《解老》《喻老》中先解《德经》后喻《道经》是一致的。但或许《德经》在前、《道经》在后更接近于《老子》一书的原貌。帛书本《老子》不分章，文字与今本稍有出入，有的文字与今本差异很大，虚词不同者有三百多处，如"兮"字均作"呵"，语言也不及今本流畅精练。这说明《老子》一书的确曾经过后人的加工润色。

《道德经》是如何用鲜明形象来阐述理论的？

《道德经》散文的论说艺术成就也是相当大的。它往往用生动鲜明的形象来阐述理论，并将深奥的理论具体化，通过比喻等方法直接深化论点，显得雄辩有力。如为了说明"天道"与"人道"的对立，他说："天之道，其犹张弓与？高者抑之，下者举之，有余者损之，不足者补之。天之道损有余而补不足，人之道则不然，损不足以奉有余。"这抑高举下的"天道"精神就借助于"张弓"的比喻论说得十分精辟明晰。

《老子》是如何运用逻辑推理的？

《老子》对论说的逻辑性也颇有讲究，往往是层层推进、条理分明。如为了论说统治者应处下退让、无为而治，他说："江海所以能为百谷王者，以其善下之，故能为百谷王。是以圣人处上而民不重，处前而民不害。是以天下乐推而不厌。以其不争，故天下莫能与之争。"这一段从江海善下的自然现象，引出统治者对民必须"下之"、"后之"的原则，再从将会产生的政治效果推出不争而莫能与之争的论点。此句连用用三个'是以'，气势恢宏、语气强烈、层层起伏、变化不可捉摸。

《庄子》主要有哪些篇章？

《庄子》一书，汉代著录为52篇，现存33篇，分"内篇"、"外篇"、"杂篇"三个部分。其中《内篇》7篇，通常认为是庄子本人所著；《外篇》15篇，一般认为是庄子的弟子们所写，或者说是庄子与他的弟子一起合作写成的，它反映的是庄子真实的思想；《杂篇》11篇，应当是庄子学派或者后来的学者所写。

《庄子》的文章结构有什么特点？

《庄子》的文章结构也很奇特。看起来并不严密，常常突兀而来，行所欲行，

止所欲止，汪洋恣肆，变化无端；有时似乎不相关，任意跳荡起落，但思想却能一线贯穿。句式也富于变化，或顺或倒，或长或短，加之词汇丰富，描写细致，常常有不规则地押韵，显得极有表现力，极有独创性。

《庄子》在文学史上占有什么样的地位？

由于庄子本身既是一个哲学家，又富有诗人的气质。庄学的后人，也受了他的感染。因而，《庄子》这部哲学著作，又充满了浓厚的文学色彩。并且，其文章体制也已经脱离语录体的形式，标志着先秦散文已经发展到成熟的阶段。鲁迅高度评价庄子散文说："汪洋辟阖，仪态万方，晚周诸子之作，莫能先也。"因此，在文学意义上，它代表了先秦散文的最高成就。

《庄子》无论是在思想、文学风格，还是文章体制、写作技巧上对后代文人的影响都是比较深远的。就以第一流作家而论，就可以开出很长的名单如阮籍、陶渊明、李白、苏轼、辛弃疾、曹雪芹等。因此，《庄子》这部文献被誉为是中国古代典籍中的瑰宝是当之无愧的。

《荀子》有什么特点？

荀子对社会文化的态度，是重视政治和伦理上的实用性，要求一切诗书礼乐，都归于儒家所说的圣王之道。对于不顺礼义的文章，一概斥为"奸说"。由此奠定了后世儒家文学观的基础。全书体系完整，涉及面很广。多为关于社会政治、伦理、教育等方面的长篇专题学术论文，

论点明确，论断缜密，结构严谨，风格朴实、深厚；善于运用自然界和日常生活中的事例作为论据，巧譬博喻，反复论证；造语简练，多用铺陈手法和排比句式，整齐流畅，适于诵读。

《荀子》有什么样的重要意义？

《荀子》的文章论题鲜明，结构严谨，说理透彻，有很强的逻辑性。语言丰富多彩，善用比喻，排比偶句很多，展现出他特有的风格，素有"诸子大成"的美称。他的文章已由语录体发展成为标题论文，标志着我国古代说理文趋于成熟。对后世说理文章有一定影响。《荀子》中的五篇短赋，开创了以赋为名的文学体裁；他采用当时民歌形式写的《成相篇》，文字通俗易懂，运用说唱形式来表达自己的政治、学术思想，对后世也有一定影响。荀况不愧为我国古代一位伟大的思想家和杰出的文学家、教育家。

《韩非子》有什么特点？

从文化思想来说，韩非鄙视一切属于艺术、美感范围的东西，是一个彻底的功利主义者。但他的文章很有特色。他懂得运用各种手段来阐述自己的思想。从严密的逻辑、细致的论述、清晰的条理来看，可以说是青出于蓝而胜于蓝，在很大程度上超过了《荀子》。因为他总是把道理说得很透，一层一层地铺展，所以篇幅大多很长。因为他的思想尖锐，又很自信，所以文风峻峭，锋利无比，语气坚决而专断。他还善于运用大量的譬喻和寓言故事来论证事理，

增强了文章的生动性和说服力。

为什么李斯会创作《谏逐客书》？

李斯，楚国上蔡（现在的河南上蔡县）人，是秦代著名政治家，在我国历史上声名显赫，功绩卓著。他年轻时当过小吏，后拜荀子为师，学习帝王之术、治国之道。学业完成以后，他分析了当时的形势，认为"楚国不足事，而六国皆弱"，唯有秦国具备统一天下，创立帝业的条件，于是他决定到秦国去施展自己的才能与抱负。

公元前247年，李斯来到秦国，先在丞相吕不韦手下做门客，取得吕的信任后，当上了秦王政（嬴政）的侍卫。李斯利用经常接近秦王的机会，给秦王上了《论统一书》，劝说秦王抓紧"万世之一时"的良机，"灭诸侯成帝业"，实现"天下一统"。秦王政欣然接受了李斯的建议，先任命他为长史，后又拜为客卿，命其制定吞并六国，统一天下的策略和部署。公元前237年，秦国宗室贵族借口韩国水工郑国在秦搞间谍活动事件，要求秦王下令驱逐六国客卿，李斯也在被逐之列。李斯在被逐离秦途中，写了《谏逐客书》，劝秦王收回成命。他在《谏逐客书》中，列举大量历史事实，说明客卿辅秦之功，力陈逐客之失，劝秦王为成就统一大业，要不讲国别，不分地域，广集人才。鲁迅先生曾说："秦之文章，李斯一人而已。"

为什么《吕氏春秋》被《汉书》列为杂家？

《吕氏春秋》共分为十二纪、八览、六论，共26卷，160篇，20余万字。内容驳杂，有儒、道、墨、法、兵、农、纵横、阴阳家等各家思想，所以《汉书·艺文志》等将其列入杂家。在内容上虽然杂，但在组织上并非没有系统，编著上并非没有理论，内容上也并非没有体系。正如该书《用众》篇所说："天下无粹白之狐，而有粹白之裘，取之众白也。"《吕氏春秋》的编著目的显然也是为了集各家之精华，成一家之思想，那就是以道家思想为主干，融合各家学说。据吕不韦说，此书对各家思想的去取完全是从客观出发，对各家都抱公正的态度，并一视同仁的。因为"私视使目盲，私听使耳聋，私虑使心狂。三者皆私没精，则智无由公。智不公，则福日衰，灾日隆。"

《吕氏春秋》的十二纪的主要内容是什么？

《吕氏春秋》的十二纪是全书的大旨所在，是全书的重要部分，分为《春纪》《夏纪》《秋纪》《冬纪》。每纪都是15篇，共60篇。本书是在"法天地"的基础上来编辑的，而十二纪是象征"大圜"的天，所以，这一部分便使用十二月令来作为组合材料的线索。《春纪》主要讨论养生之道，《夏纪》论述教学道理及音乐理论，《秋纪》主要讨论军事问题，《冬纪》主要讨论人的品质问题。八览，现在63篇，显然脱去一篇。内容从开天辟地说起，一直说到做人务本之道、治国之道以及如何认识、分辨事物、如何用民、为君等。六论，共36篇，杂论各家学说。

《吕氏春秋》的主要思想是什么？

《吕氏春秋》是战国末年（公元前221年前后）秦国丞相吕不韦组织属下

门客们集体编纂的杂家著作，又名《吕览》，在公元前239写成，当时正是秦国统一六国前夜。书中尊崇道家，肯定老子顺应客观的思想，但舍弃了其中消极的成分。同时，融合儒、墨、法、兵众家长处，形成了包括政治、经济、哲学、道德、军事各方面的理论体系。吕不韦的目的在于综合百家之长，总结历史经验教训，为以后的秦国统治提供长久的治国方略。书中还提出了"法天地"、"传言必察"、等思想，和适情节欲、运动达郁的健身之道，有着唯物主义因素。同时，书中还保存了很多的旧说传闻，在理论上和史料上都有很高的参考价值。另外，书中也有一些天人感应的迷信思想，应该加以分辨。

《太玄》表达了扬雄什么样的思想？

《太玄》是扬雄表达自己宇宙论、本体论哲学思想的著作。就《太玄》的结构和形式而言，是一部模仿《周易》而作的半哲学半筮占之书，既有《经》也有《传》。但扬雄还是有所创新，如《周易》用奇、偶二分法，《太玄》则用奇、偶和三分法；《周易》注重以卦象判吉凶，《太玄》则主要以数来断否泰，等等。《太玄》核心思想是建立了一个以"玄"为宇宙万物的本源的哲学体系。

《法言》记述了扬雄哪些思想？

《法言》则是扬雄表达自己人性论、伦理道德、政治学说等思想的著作。扬雄撰写此书的目的，在于捍卫和发挥正统的儒家学说。在形式上，《法言》模仿《论语》，采用了问答体。就其内容而言，扬雄在书中确立了尊儒宗孔的思想，认为"通天、地、人曰儒"；唯有孔子之道是"关百圣而不惭，蔽天地而不耻"；孔子、周公之道皆为治国兴邦、修身论学的最高理论。主张为学者要崇本抑末，追随周、孔的思想；又指出，诸子之学异于孔子，只有孟子、荀子不异，所以孟、荀要高于诸子，一切学说都应该以孔子为依归，"好书而不要诸仲尼，书肆也；好说而不要诸仲尼，说铃也"。在人性论方面，扬雄提出了"善恶混说"，认为人通过修身可去恶兴善；在伦理学方面，提出了儒家的"孝"道是做人的最基本准则，"孝，至矣乎！一言而该，圣人不加焉。"

《过秦论》的主要内容是什么？

《过秦论》主旨在于分析"秦之过"，旧分上中下三篇，其实本是一篇，最广为流传的《过秦论》是文章的前三分之一，它通过对秦国兴盛历史的回顾，指出秦国变法图强而得天下，"仁义不施"而不能守天下。而在中篇和下篇，作者则具体地论述了秦统一之后的种种过失。中篇指出秦统一天下，结束了多年的战乱，本来处在很好的形势中，但秦始皇并没有制定出正确的政策，反而焚书坑儒，以暴虐治天下；到了二世时，也不能改正原先的过失，终致国家倾覆。《过秦论》的下篇后部分，作者承接前文，指出在"诸侯并起，豪俊相立"的时候，如果子婴能改变原来错误的政策，"闭关据厄"，"荷戟而守之"，是可以守住三秦之地的，以后"安土息民"，徐图发展，甚至也可以重新恢复国家的统一，但是遗憾的是，秦朝钳口闭言的一贯政策，导致上下"雍闭"，子婴孤立无亲，终于不免灭亡的命运。

贾谊在《过秦论》中是如何分析秦国兴亡的？

贾谊对秦国由盛而衰、由兴而亡的叙述是很有条理的，上来抓住一条纵的线，即从秦孝公之兴到秦王朝之亡，始终是按照时间的顺序来安排文章的层次先后的；而对某一特定时间内的某一点，又突出地加以铺陈发挥，使人不仅看到"线"，还看到"线"上的一个个用浓墨重彩着重描述的"点"。于是你不由自主地会顺着作者所安排的次序往下推，往下读，他不中断，你就不能中断，他不节外生枝，你就不能旁及其余。因此，这也给人带来了气盛的感觉。

扬雄对于散文的创作可以分为哪两个阶段？

扬雄在散文方面也有一定的成就，散文作品颇丰，其中一部分是著作；一部分是奏疏箴书等单篇散文。其学术主张和思想精华主要包含于这些散文作品之中。扬雄的散文创作，可以分为两个阶段，以成帝末哀帝初为界。前一段，如他自己所说，"心好沉博绝丽之文"，凡作赋，则以司马相如为楷模。人生态度乐观，辞藻华丽斑斓。见屈原之文过于相如，却生不逢时，自沉于江，于是作《反离骚》。为官后见皇帝穷声色犬马之乐，于是作《长杨赋》《羽猎赋》，也是先"极声貌以穷文"，最后归于讽谏。他对赋的反省

悔咎，斥赋为"童子雕虫小技，壮夫不为"，标志着他的散文创作进入第二阶段。从此他便埋头于学术，安贫乐道，苦究玄理，散文写作上也朝雄深雅健方向发展，风格为文发生变化。现在流传的散文著作，多是后阶段的作品。

《史记》的主要内容是什么？

《史记》记载了上自中国上古传说中的黄帝时代，下至汉武帝（公元前122年），共3000多年的历史。作者司马迁以其"究天人之际，通古今之变，成一家之言"的史识，使《史记》成为中国历史上第一部纪传体通史。

《史记》全书包括十二本纪（记历代帝王政绩）、三十世家（记诸侯国和汉代诸侯、勋贵兴亡）、七十列传（记重要人物的言行事迹，主要叙人臣，其中最后一篇为自序）、十表（大事年表）、八书（记各种典章制度记礼、乐、音律、历法、天文、封禅、水利、财用），共130篇，52余万字。

《史记》在写作方法等方面有什么重要影响？

在写作方法、文章风格等方面，自汉以来的许多作家作品都从《史记》中得到了或多或少有益的启发。从《汉书》起，所谓"正史"，在体裁形式上都是承袭《史记》的。在文学创作方面如唐以后传奇文以至《聊斋志异》等小说都直接或间接地受到了《史记》的影响。唐宋以来的古文家更无不熟读《史记》。号称"文起八代之衰"的韩愈十分推崇司马迁，把《史记》的文章看成为文的规范。他的

《张中丞传后序》《毛颖传》等文，很明显在一定程度上继承《史记》中人物传记的表现手法。宋代大散文家欧阳修散文的简练流畅，纡徐唱叹的特点，更是深得《史记》的神韵。他的《五代史·伶官传序》的格调，与《史记·伯夷列传》十分相似。而当古文家们反对形式主义的繁缛或艰涩古奥的文风时，《史记》常常成为他们的一面旗帜，为他们指引方向。唐代韩愈、柳宗元，明代归有光都是如此的。

《史记》是如何建立史学的独特地位的？

我国古代，史学是包含在经学范围之内没有自己的独立地位的。所以史部之书在刘歆的《七略》和班固的《艺文志》里，都是附在《春秋》的后面。自从司马迁修成《史记》以后，作者继起，专门的史学著作越来越多。于是，晋朝荀勖适应新的要求，才把历代的典籍分为四部：甲部记六艺小学、乙部记诸子兵术、丙部记史记皇览、丁部记诗赋图赞。从而，史学一门，在中国学术领域里才取得了独立地位。饮水思源，这一功绩应该归于司马迁和他的《史记》。

《史记》在史传文学方面有什么贡献？

建立了史传文学传统。司马迁的文学修养深厚，其艺术手段特别高妙。往往某种极其复杂的事实，他都措置的非常妥贴，秩序井然，再加以视线远，见识高，文字生动，笔力洗练，感情充沛，信手写来，莫不词气纵横，形象明快，使人"惊呼击节，不自知其所以然"。

《史记》不但侵泄魏晋小说、唐宋古文，甚至宋元戏曲，都有很大影响，成为中国文学重要的源头活水。当然，司马迁修撰《史记》的最高理想是"欲以究天人之际，通古今之变，成一家之言"。是要建立一个包罗万象的历史哲学体系。更深入的理解，要留待我们对《史记》的具体学习中去体会了。

西汉后期和东汉前期的散文有什么特点？

刘向编著的《新序》《说苑》。二书都广泛搜罗先秦至汉初的史事和传说，杂以议论，以阐明儒家的政治思想和伦理观点，具有一定的文献价值。从文学方面说，其中所记录的大量故事传说及寓言，也具有一定的文学色彩。如《新序·杂事篇》中的"叶公好龙"、《说苑·至公篇》中的"杯弓蛇影"，都是著名的古代寓言，沿用至今。另外，刘向之子刘歆的《移让太常博士书》，是西汉后期的一篇名文。作者站在古文经学的立场，指斥今文经学家的褊狭固执，辞气严峻、说理清晰。"移"后来成为文章的一个分类，便是以此为开端的。东汉前期的散文，虽然在以对策奏疏为主要形式的政论方面，依然沿西汉后期的习气，没有产生什么有价值的东西，但此时却产生了两部极其著名的散文著作：一个就是班固的《汉书》，另一个是王充的《论衡》。

中国第一部纪传体断代史是什么？

《汉书》，又称《前汉书》，由我国东汉时期的历史学家班固编撰，是中国第一部纪传体断代史，"二十四史"之一。

在古代享有极高的名声，它是继《史记》之后我国古代又一部重要史书，与《史记》并称"史汉"，或又加上《后汉书》《三国志》，并称"四史"。《汉书》全书主要记述了上起西汉的汉高祖元年（公元前206年），下至新朝的王莽地皇四年（23年），共230年的史事。《汉书》包括纪12篇，主要记载西汉帝王的事迹；表8篇，主要记载汉代的人物事迹等；志10篇，专述典章制度、天文、地理以及各种社会现象；传70篇，主要记载各类人物的生平以及少数民族的历史等。共100篇，后人划分为120卷，共80万字。

《汉书》的语言有什么特点？

《汉书》的史料十分丰富翔实，书中所记载的时代与《史记》有交叉，汉武帝中期以前的西汉历史，两书都有记述。《汉书》的语言庄严工整，多用排偶、古字古词，遣辞造句典雅远奥，与《史记》平畅的口语化文字恰好形成鲜明的对照。范晔说："迁文直而事露，固文赡而事详。"（《后汉书·班固传》）指出了《史》《汉》的不同风格。这也代表了汉代散文由散趋骈、由俗趋雅的大趋势，值得注意。喜欢骈俪典雅的文章风格的人，对《汉书》的评价甚至在《史记》之上。

《桃花源记》的主要内容是什么？

陶渊明较晚时期所写的《桃花源记》标志了诗人思想发展的达到的又一个高度。诗人在这里提出了"桃花源"的理想社会：这里的生活是富裕、和乐而安宁的："土地平旷，屋舍俨然，有良田美池桑竹之属；阡陌交通，鸡犬相闻……黄发垂髫，并怡然自乐。"这里人人参加劳动"相命肆农耕，日入从所憩。"劳动所得也全归自己所有，没有封建的剥削："春蚕收长丝，秋熟靡王税。"诗人指出这是一个"与外人隔绝"的"仙境"，是桃花源中人们的先世为逃避嬴秦暴政而开辟起来的一个新世界。他们"不知有汉"，更"无论魏晋"，这实际刻画的是一个与秦汉魏晋等封建主义社会相对立的理想世界。

郦道元的代表作是什么？

《水经》是一部记载全国水道的地理书，相传是汉桑钦所作。原书非常简单，郦道元收集了有关水道的记载，再加上自己游历各地、跋涉山川的见闻，为《水经》作注释，故为《水经注》。引书达四百余种，叙述了许多河流两岸的地理古迹、神话传说和风俗习惯，对各地秀丽的山川作了生动的描绘，文笔简洁精美。如《江水》以精确简练的文字，采用正面描写、侧面烘托、夸张等手法，生动描绘了长江三峡峰峦连绵的形势和四季秀丽奇绝的景色。写景状物，绘声绘色，令人神往，同时善于把自然景色和人的感情糅合在一起。不仅有很高的科学价值，也有高度的文学价值，对后代游记文学有很大的影响。

《洛阳伽蓝记》的主要内容是什么？

杨衒之，北魏人散文家，所著《洛阳伽蓝记》是一部具有文学价值的地理书、史书。伽蓝即佛寺，是梵语"僧伽蓝"的略称。这部书共有5卷，在主要记载洛阳

佛寺情况的同时，记录了众多社会政治、经济、文化等方面的情况，诸如上层人物的遗闻逸事、社会的风俗人情、权臣的尔虞我诈、阉宦的飞扬跋扈等等。此外，作者在描写洛阳寺院园林的庄严和盛大时，也处处流露出抚今追昔的感慨以及沉痛怀恋的心情。全书体系完整，考据精审，叙事简明，文笔清丽，行文多用单行散文，间以骈偶句式，风格平实流畅，是一部自具特色的散文著作。

《颜氏家训》的主要内容是什么？

全书分《序致》《教子》《兄弟》等20篇，主要用儒家思想教训子弟，文章中往往插叙了他的亲身见闻，反映了较为广阔的社会内容，从中可以窥见南北士族风尚的不同。文词基本上是散行，虽多四言句，但不重偶对，风格平易亲切。其中穿插的讽刺之笔，亦能引人注目。在《文章篇》中，他还记录了一些南北朝作家论文的见解，也发表了他自己对文章的看法。颜之推主张文章经世致用，反对当时盛行的追逐华丽辞藻的文风，他说："文章当以理致为心肾，气调为筋骨，事义为皮肤，华丽为冠冕。"针对当时文风，强调理致和气调，颇切中时弊。

《文心雕龙》的主要内容是什么？

全书共10卷，50篇。原分上、下部，各25篇，分为四个部分。以《原道》《征圣》《宗经》《正纬》《辨骚》五篇为第一部分，讲"文之枢纽"，是全书的总纲。而其核心则是《原道》《徵圣》《宗经》3篇，要求一切要本之于道，稽诸于圣，宗之于经。从《明诗》到《书记》20篇，为第二部分，分别叙述了各种文体的源流、特点和写作应遵循的基本准则。其中又有"文""笔"之分。从《明诗》到《谐隐》10篇为有韵之文（《杂文》《谐隐》两篇文笔相杂），自《史传》至《书记》10篇为无韵之笔。从《神思》到《总术》为第三部分，统论文章写作中的各种问题。第二部分以文体为单位，第三部分则打破文体之分，讨论一些共同性的东西，经纬交织。《时序》《物色》《才略》《知音》《程器》五篇为第四部分。这五篇相互之间没有密切的联系，但都是撇开具体的写作，单独探讨有关文学的某些重大问题。因此这一部分主要是文学史论和批评鉴赏论。最后《序志》一篇是全书的总序，说明写作此书的动机、态度、原则和宗旨。

《文心雕龙》有什么样的重要意义？

《文心雕龙》联系刘勰对六朝文学的主要表现在两个方面，首先是她离异于儒道，包括思想感情不够纯正、艺术风格诡奇轻艳等等；二是有单纯追求辞采而不注重感情的充实的现象。这些批评有些是正确的（如对后者），有些仍有些守旧倾向（如对前者）。但不管怎么说，以返归经典作为文学发展的出路，总是弊大于利。

《文心雕龙》虽在宗经的原则上显示出保守意识，但在关于文学史、文学创作、文学批评的众多问题上，在总结前人经验的基础上又有了明显的提高，提出了相当系统而富于创新的意见，成为中国古代文学理论一次空前完整、系统的总结，其成就十分巨大，影响也很深远。

《典论·论文》有什么样的重要意义？

《典论》是曹丕的一部学术著作，全书已失，《论文》是其中唯一完整保存下来的一篇。所谓的"文"是广义上的文章，也包括文学作品在内。它是中国第一篇文学批评的专门论文，涉及到了文学批评中几个很重要的问题，虽然其中难免有些粗略，但在文学批评史上起了一个很好的带头作用。

首先值得提出的是它对文学的价值的重视。儒家古有"三不朽"之说，其一为就是"立言"。但这主要指政治与伦理方面的论著，与文学并无多少关系。曹丕所说"文章"，则包括诗、赋在内。其次，文学——特别是偏重抒情的文学，很难说称得上是什么"经国之大业"，但曹丕的这种说法，就相当于把文学提高到与传统经典相等的地位，这对文学的兴盛当然是非常有意义的。

《典论·论文》的主要内容是什么？

文中涉及的几个问题，一是对"建安七子"进行评论，明确指出各家的长处和短处；二是在论述文学和评论作家时，首开先例提出了"文气"的概念，谓："文以气为主，气之清浊有体，不可力强而致。"又谓："徐幹时有齐气"，"孔融体气高妙"。他这里所说的气，大概是指作家的气质。因作家的气质不同，所以作品的风格也不同；三是关于文体的区别：

"夫文本同而末异，盖奏议宜雅，书论宜理，铭诔尚实，诗赋欲丽。"此句是说诗赋的特点是"丽"，不但反映了建安文学的新风气，而且预示了此后文学的大趋势。作者文章中的这几方面的内容，即作家评论、作家的气质与作品风格的关系、文体的区分，都给以后文的学批评上了重要的一课。

什么是古文？

自南北朝以来，文坛上盛行的是始于汉朝，盛行于南北朝的骈文文体，流于对偶、声律、典故、辞藻等形式，华而不实，没有多少实用价值。"古文"这一概念韩愈最先提出。所谓"古文"，是对骈文而言的，指先秦两汉时期的以散行单句为主的散文。先秦和汉朝的散文，特点是质朴自由，以散行单句为主，不受格式拘束，有利于反映现实生活、表达思想。唐人学习这种散文并创造性地运用了这种散文形式，形成了自己的特色。他把六朝以来讲求声律及辞藻、排偶的骈文视为俗下文字，认为自己的散文继承了先秦两汉文章的传统，所以称"古文"。

唐代古文运动的特点是什么？

唐代古文运动是以韩愈、柳宗元为代表的一次散文革新运动。它针对南北朝以来骈文创作的浮艳空洞的弊病，以恢复孔孟儒学为号召，以学习先秦两汉散文为目标，在文体、文风和文学语言诸多方面进行变革。"文以明道"是古文运动的基本主张。提倡古朴的文风，反对奢靡的文风，强调内容和形式的统一；师古的同时又强调创新，主张"师其意不师其辞"，

"唯陈言之务去"，反因袭，重独创；强调作家的思想修养，要勇于干预现实；主张文章要反映现实，"不平则鸣"。这是一次名为复古、实为革新的文学运动。

古文运动产生的政治原因是什么？

政治改革与文体的革新是导火线。安史之乱以后盛唐的气象已逐渐衰败，社会潜伏着各种政治矛盾和危机，德宗、宪宗时，社会出现所谓的中兴气象，但并未能从根本上解决。因此一部分具有忧患意识的文人官吏积极从事政治改革，同时要求文学为政治改革服务。要求恢复孔孟儒学的道统与文学的"文以明道"，就体现了这种政治改革和文学革新的基本倾向。

古文运动产生的文学原因是什么？

文学本身发展的内在需求促进了古文运动的发生。六朝时期，骈文鼎盛，散文中衰。那种追求声律、对偶，辞藻华丽和句式整齐的形式主义风尚，已成为反映现实生活和表达思想感情的桎梏。唐朝初期文坛，骈文仍占主要地位。随着社会生活日益广阔和复杂，文体改革的要求也就应运而生了。

古文运动产生的领袖原因是什么？

韩愈、柳宗元在前人的基础上提出了系统而明确的理论主张，并写出了相当数量的优秀古文作品，以作表率作用。因此，当时有一批学生和追随者热烈响应，形成巨大的社会影响，终于在文坛上形成了颇有声势的古文运动。所以，韩、柳在理论上为古文运动指明了方向，在实践上为"古文"的写作树立了良好的典范，又

都热心奖掖后进，对古文运动的崛起有领袖之功。

《师说》的论证有什么特点？

《师说》论点鲜明，结构严谨，正反对比，事实充分，说理透彻，气势磅礴，有极强的说服力和感染力。文章先从历史事实"古之学者必有师"、老师能"传道授业解惑"、学者定会遇到疑难"人非生而知之者，孰能无惑"三个方面证明了从师学习的必要性和重要性。对于老师的年长年少，作者认为"无贵无贱，无长无少，道之所存，师之所存也"，明确了择师的标准。接着就从三个方面进行对比，抨击"耻学于师"的人，先用古今对比，指出从师与不从师的两种结果；次用人们对自己与对儿子的要求不同来对比，指出"士大夫之族"行为的自相矛盾；最后用"士大夫之族"与"巫医乐师百工之人"对比，揭露士大夫之族的错误想法，指出这是"师道不复"的真正原因。从后果、行为、心理等方面逐层深入分析，指出了他们在"从师"问题上的不同态度，点明了从师学习的重要。作者从"道之所存，师之所存"的择师标准出发，推论出"弟子不必不如师，师不必贤于弟子，闻道有先后，术业有专攻，如是而已"的论断。为了证明这一论断，作者选择了孔子的言行来作证。在当时人们的心中，孔子是圣人，圣人尚且如此，那一般人就更不必说了。而且作者虽只用了寥寥数语，而孔子的言行却写得具体，因而很有说服力。这样，文章以其鲜明的中心、清晰的层次，充

分的说理体现了逻辑思维的严密。

为什么《永州八记》能够一直得到人们的称道？

《永州八记》对自然美的描绘，贵在精雕细刻出一种幽深之美。八记描写的大都是眼前小景，如小丘、小石潭、小石涧、小石城山等，柳宗元总是以小见大，犹如沙里淘金，提炼出一副副价值连城的艺术精品。如《石渠记》对小石渠之水流经之处细腻的刻画，在长不过十许步的小水渠上，一处处幽丽的小景，美不胜收。逾石而往是昌蒲掩映、鲜苔环周的石泓，又折而西行，旁陷岩石之下是幅员不足百尺、鱼儿穿梭的清深的小水潭，又北曲行，皆诡石、怪木、奇卉、美竹。笔笔眼前小景，幽深宜人，展示出永州山水的特有风姿。柳宗元曾经说虽然因永贞革新遭挫，但自己未改本色，于是借山水之题，发胸中之气，洗涤天地间万物，囊括大自然的百态，在用笔赞赏山水美的同时，把自己和山水融化在一起，借以寻求人生真谛，聊以自慰。因而，柳宗元在《永州八记》中刻画永州山水的形象美、色彩美和动态美，不是纯客观地描摹自然，而是以山水自喻，赋予永州山水以血肉灵魂，把永州山水性格化了。可以说，永州山水之美就是柳公人格美的艺术写照，物我和谐，汇成一曲动人心弦的人与自然的交响华章。

《醉翁亭记》的主线是什么？

贯穿《醉翁亭记》全文的主线是"乐"字。醉和乐是统一的，"醉"是表象，"乐"是实质，写醉正是为了写乐。

文中写景的成分很重，又多次提到醉字，这是无足怪的。因为既是写亭，自当写出亭的景色；又因亭名"醉翁"，自当写出命名之意，这些全属必要的烘托。文章开始写望琅琊，写"山行"和"闻水声"都暗寓着一个"乐"字。至破题句"醉翁之意不在酒，在乎山水之间"后，再补一笔，便借"山水之乐"，明白八道出了全文的主线。下文又承"山水之乐"稍稍展开，写出中朝暮和四时之景，，并点出"乐亦无穷"使读者如入佳境。但这种"乐"趣，是人人都体会到的，着还不足为奇。等写到"滁人游"、"太守晏"、"众宾欢"时，"乐"的内涵就加深了，因为享受"山水之乐"的不仅有太守及宾客，还有滁人——一州之人，人人都可以纵情山水，这就非同寻常了。文中用"太守醉"结束这欢乐场面，也是有深意的，，说明"醉翁之意"何止于，同时也在于一州之人。到全文结尾处，更用"醉能同其乐"一句将"醉"和"乐"统一起来，画龙点睛般地勾出一篇主旨。

陶渊明在散文方面有什么成就？

陶渊明的散文都是用朴素简洁的文笔描写真实的思想感情，真切而且传神。《五柳先生传》是诗人自撰的小传。在不到200字的篇幅中，以精粹的笔墨描写他的爱好、生活态度以及思想性情等各个方面，把诗人的性格形象地勾画出来展现在读者的眼前。《桃花源记》也不过300多字，也生动地展现了理想社会的生活情景，令人悠然神往。此外，《与子俨等疏》追叙生平的思想与经历，笔端饱含感情；《自祭文》记叙的是自己一生的大

事，文中没有透露半点悔恨之意，表现了诗人的骨气；《祭程氏妹文》也写得凄恻感人。

王安石的散文有什么特点？

王安石（1021-1086年），北宋文学家。字介甫，晚号半山。作品《王临川集》《临川集拾遗》《临川先生歌曲》《上仁皇帝言事书》《本朝百年无事札子》《答司马谏议书》《鲧说》《读孟尝君传》《书刺客传后》《伤仲永》《感事》《兼并》《省兵》《收盐》《河北民》《元日》《歌元丰》《泊船瓜洲》《江上》《梅花》《书湖阴先生壁》《明妃曲》《桃源行》等。他的散文，雄健简练，奇崛峭拔，大都是书、表、记、序等体式的论说文，阐述政治见解与主张，为变法革新服务。这些文章针对时政或社会问题，观点鲜明，分析深刻，长篇则横铺而不力单，短篇则纡折而不味薄。

曾巩在散文方面取得了什么样的成就？

曾巩散文成就很高，是北宋诗文革新运动的积极参与者，宋代新古文运动的重要骨干。作为欧阳修的积极追随者和支持者，几乎全部接受了欧阳修在古文创作上的主张，他在理论上也是主张先道而后文的。但比韩愈、欧阳修更着重于道。在古文理论方面主张先道后文，文道结合，主张"文以明道"。其文风则源于六经又集司马迁、韩愈两家之长，古雅本正，温厚典雅，章法严谨，长于说理，为时人及后辈所师范。《宋史·曾巩传》评论其文"立言于欧阳修、王安石间，纡徐而不

烦，简奥而不晦，卓然自成一家，可谓难矣"。王安石说："曾子文章众无有，水之江汉星之斗"。苏轼认为："曾子独超轶，孤芳陋群妍"。苏辙则用"儒术远追齐稷下，文词近比汉京西"来概括曾巩的学术成就。朱熹也推崇他"予读曾氏书，未尝不掩卷废书而叹，何世之知公浅也。"其议论性散文剖析微言，阐明疑义；记叙性散文舒缓平和，翔实而有情致，对后世创作影响极大，明清两代著名作家都将其作品奉为典范。曾巩为文，自然淳朴，而不甚讲究文采。在八大家中，他是情致较少的一个。

三苏的散文有什么特点？

苏洵（1009-1066年）北宋散文家。字明允，号老泉，眉州眉山（现在的四川眉山县）人，名作《六国论》。苏洵的散文论点鲜明，论据有力，语言锋利，纵横恣肆，具有雄辩的说服力。艺术风格以雄奇为主，而又富于变化。一部分文章又以曲折多变、纡徐宛转见长。他的文章语言古朴简劲、凝练隽永；但有时又能铺陈排比，尤善作形象生动的妙喻。

苏轼散文的特点是景、情、三者统一，如《赤壁赋》，风格是"如潮"、是"博"，也有的说是"汗漫"，是"畅达"，是"一泻千里、纯以气胜"。语言的精练生动、词简情真，苏轼散文还具有自然本色、平易明畅的特色，那种纯真自然之美给古往今来的无数读者带来了多么难忘的艺术享受。著有《东坡全集》。

苏辙（1039-1112年），字子由，东

坡之弟，眉州眉山（现属四川）人，作品有《栾城集》等。

《前赤壁赋》有什么特点？

本文既保留了传统赋体的那种诗的特质与情韵，同时又吸取了散文的笔调和手法，打破了赋在句式、声律的对偶等方面的束缚，更多是散文的成分，使文章兼具诗歌的深致情韵，又有散文的透辟理念。散文的笔势笔调，使全篇文情郁郁顿挫，如"万斛泉涌"喷薄而出。与赋的讲究对偶不同，它相对更为自由，如开头的一段"壬戌之秋，七月既望，苏子与客泛舟游于赤壁之下"，全是散句，参差疏落之中又有整饬之致。以下直至篇末，大多押韵，但换韵较快，而且换韵处往往就是文意的一个段落，这就使本文特别宜于诵读，并且极富声韵之美，体现了韵文的长处。如描写箫声的幽咽哀怨："其声呜呜然，如怨如慕，如泣如诉，余音袅袅，不绝如缕。舞幽壑之潜蛟，泣孤舟之嫠妇。"连用的六个比喻，渲染了箫声的悲凉，将抽象而不易捉摸的声音诉诸读者的视觉和听觉，写得具体可感，效果极佳。

《六国论》是如何借古讽今的？

战国时代，七雄争霸。为了独占天下，各国之间不断进行战争。最后六国被秦国逐个击破而灭亡了。六国灭亡的原因是多方面的，其根本原因是秦国经过商鞅变法的彻底改革，确立了先进的生产关系，经济得到较快的发展，军事实力超过了六国。同时，秦灭六国，顺应了当时历史发展走向统一的大势，有其历史的必然性。本文属于史论，但并不是进行史学的

分析，也不是就历史谈历史，而是借史立论，以古鉴今，选择一个角度，抓住一个问题，持之有故、言之成理地确立自己的论点，进行深入论证，以阐明自己对现实政治的主张。因此我们分析这篇文章，不是看它是否准确、全面地评价了历史事实，而应着眼于其强烈的现实针对性。本文从历史与现实结合的角度，依据史实，抓住六国破灭"弊在赂秦"这一点来立论，针砭时弊，切中要害，表明了作者明达而深湛的政治见解。文末巧妙地联系北宋现实，点出全文的主旨，语意深切，发人深省。

《六国论》的语言有什么特点？

在语言方面，本文除了具有一般论说文用词准确、言简意赅的特点之外，还有语言生动形象的特点。在论证中穿插"思厥先祖父……而秦兵又至矣"的描述，引古人之言来形象地说明道理，用"食之不得下咽"形容"秦人"的惶恐不安，大大增强了文章的表达效果。文章的字里行间饱含着作者的感情。不仅有"呜呼"、"悲夫"等感情强烈的嗟叹，就是在夹叙夹议的文字中，也流溢着作者的情感，如对以地事秦的憎恶，对"义不赂秦"的赞赏，对"用武而不终"的惋惜，对为国者"为积威之所劫"痛惜、激愤，都溢于言表，有着强烈的感染力，使文章不仅以理服人，而且以情感人。再加上对偶、对比、比喻、引用、设问等修辞方式的运用，使文章"博辨以昭"（欧阳修语），不仅章法严谨，而且富于变化，承转灵活，纵横恣肆，起伏跌宕，雄奇遒劲，具有

雄辩的力量和充沛的气势。

中国第一部编年体通史是什么？

《资治通鉴》，简称"通鉴"，是北宋司马光所主编的一本长篇编年体史书，共294卷，耗时19年。记载的历史由周威烈王二十三年（公元前403年）写起，一直到五代的后周世宗显德六年（公元959年）征淮南，计跨16个朝代，共1363年的逐年记载详细历史。它是中国第一部编年体通史，在中国史书中有极重要的地位。《资治通鉴》是北宋著名史学家、政治家司马光和他的助手刘攽、刘恕、范祖禹、司马康等人历时19年编纂的一部规模空前的编年体通史巨著。在这部书里，编者总结出许多经验教训，供统治者借鉴，书名的意思是："鉴于往事，资于治道"，即以历史的得失作为鉴诚来加强统治，所以叫《资治通鉴》。

《资治通鉴》的主要内容是什么？

《资治通鉴》全书294卷，约300多万字，另有《考异》《目录》各30卷。《资治通鉴》所记历史断限，上起周威烈王二十三年（公元前403年），下迄后周显德六年（959年），前后共1362年。全书按朝代分为十六纪，即《周纪》5卷、《秦纪》3卷、《汉纪》60卷、《魏纪》10卷、《晋纪》40卷、《宋纪》16卷、《齐纪》10卷、《梁纪》22卷、《陈纪》10卷、《隋纪》8卷、《唐纪》81卷、《后梁纪》6卷、《后唐纪》8卷、《后晋纪》6卷、《后汉纪》4卷、《后周纪》5卷。《资治通鉴》的内容以政治、军事和民族关系为主，兼及经济、文化和历史人物评价，目的是通过对事关国家盛衰、民族兴亡的统治阶级政策的描述警示后人。司马光书名的由来，就是宋神宗认为该书"鉴于往事，有资于治道"，而钦赐此名的。由此可见，《资治通鉴》的得名，既是史家治史以资政自觉意识增强的表现，也是封建帝王利用史学为政治服务自觉意识增强的表现。

《秦士传》的主要内容是什么？

这篇文章选自《宋文宪公全集》卷三十八。秦，指今陕西一带。这是一篇人物传记，讲述了秦士邓弼的事迹和遭遇。作者选择邓弼生平两件奇事，着力进行描绘。文章中的邓弼，既文且武。文能饱读四库之书，压倒素以才艺自负的两书生；武能擘牛举鼓，比之为王铁枪。但因生性抗直，好酒使性，加上统治者内部矛盾，使有"立勋万里外"的宏愿的邓弼，只有遁入山中当了道士，这也是对封建社会摧残人才的控诉。全文抓住几个富有特征的情节，绘声绘色地再现了邓弼的英雄形象，刻画出他英勇雄壮、博学多才而又豪爽狂放的性格，其中也寄寓着作者为国惜才之意，并为有志之士不得重用而抱不平。

宋濂的散文风格，素以质朴简洁见长。而这篇文章却别具一格。叙事曲折生动，并不时穿插几笔描写，略作点染，使情节、人物丰富多彩，铺叙张扬，淋漓酣畅。

《李姬传》有什么特点？

《李姬传》》歌颂了明末秦淮名妓李香君明大义、辨是非，不阿附权贵的高尚品德。写品行高洁、侠义美慧的李香君，栩栩如生，跃然纸上；同时也写反面人物阮大铖及其他人，均有声有色，形象生动。文字简练，叙事分明，情节曲折，具有短篇小说的特点。同时文末"蔡中郎学不补行"一段，大约也是对自己汉奸活动的忏悔吧。剧作家孔尚任后来借用《李姬传》的主题创作了戏曲《桃花扇》，仍然沿用东林的观点，只能是戏文而已。"文人之文"的三位作家侯、魏、汪被称为"清初三大家"。其中侯方域的散文较为突出。

《湖心亭记》的主要内容是什么？

本文是张岱小品的传世之作。作者通过追忆在西湖乘舟看雪的一次经历，写出了雪后西湖之景清新雅致的特点，表现了深挚的隐逸之思，寄寓了幽深的眷恋和感伤的情怀。作者在大雪三日、夜深人静之后，小舟独往。不期亭中遇客，三人对酌，临别才互道名姓。舟子喃喃，以三人为痴，殊不知这三人正是性情中人。本文最大的特点是文笔简练，全文不足200字，却融叙事、写景、抒情于一体，尤其令人惊叹的是作者对数量词的锤炼功夫，"一痕"、"一点"、"一芥"、"两三粒"一组合，竟将天长永远的阔大境界，甚至万籁无声的寂静气氛，全都传达出来，令人拍案叫绝。作者善用对比手法，大与小、冷与热、孤独与知己，对比鲜明，有力地抒发了人生渺茫的深沉感慨和挥之不去的故国之思。还采用了白描的手法，表达了作者赏雪的惊喜，清高自赏的感情和淡淡的愁绪。全文情景交融，自然成章，毫无雕琢之感，给人以愉悦的感受。"痴"字（以渔者的身份）表达出作者不随流俗，遗世孤立的闲情雅致，也表现出作者对生活的热爱，美好的情趣。

赵秉文的散文主张是什么？

赵秉文在散文主张上与苏轼相近。强调"文以意为主，辞以达意而已。古之人不尚修饰，因事遣词，形容心之所欲言者耳。间有心之所不能言者，而能形之于文，斯亦文之至乎。"其文章内容虽有较浓厚的儒学气息，但形式上则不事雕琢，重在达意，一扫虚饰浮艳之风。又长于辨析，议论出入于经义名理之间，极所欲言而止，宛若行云流水，不以绳墨自拘，代表着金代文风。如他的《适安堂记》，拥有达者的人生观，提倡无论富贵贫贱皆应随遇而安，与穷困潦倒之士的牢骚不同。见解并不新鲜，然而在析理方面取喻皆通畅尽情。

桐城派为什么能产生深远的影响？

桐城派能够造成广泛而深远的影响有方面的原因，其中重要的一点，是方苞一开始所提出的理论就具有明晰而系统的特点。他采用的方法是通过对一个核心概念——"义法"——的多层面的阐释来建立自己的理论系统。所谓"义法"，可以简明地解释为："义，即《易》之所谓'言有物'也；法，即《易》之所谓'言有序'也。"只是说言之有物而文有条理。

《登泰山记》有什么特点？

抓住特征巧妙烘托。本文描写景物很少直接写出，而是采用侧面烘托的办法。

例如写泰山的高峻，先用"其级七千有余"暗暗点出，然后借山顶俯视所见"半山居雾"和在日观亭时"足下皆云漫"的图景从侧面加以烘托。又如写雪，除"冰雪""雪与人膝齐"等正面描写外，又以"明烛天南""白若""绛皓驳色"等进行侧面烘托，给人以想象，又生动有趣。语言简洁、生动。这篇文章全文只有八九百字，却充分表现出雪后登山的特殊情趣。比如从京师到泰安，只用"自京师乘风雪，历齐河、长清，穿泰山西北谷，越长城之限，至于泰安"，简洁生动地点出了季节、路程，并照应了第一段的古长城。又如写登山的情形，用"道中迷雾冰滑，磴几不可登"，不仅简洁，而且生动形象。最后一段介绍泰山的自然景观最能体现这个特点，寥寥几句，就把它的多石、多松、冰雪覆盖的景色描写出来了。

《狱中杂记》的主要内容是什么？

"杂记"，是古代散文中一种杂文体，因事立义，记述见闻。该文是"杂记"名篇，材料繁富，错综复杂，人物众多，作者善于选择典型事例重点描写，"杂"而有序，散中见整，中心突出。如用方苞提出的古文"义法"来衡量，繁复的材料就是"义"，即"言之有物"；井然有序的记叙就是"法"，即"言之有序"。文章记狱中事实，在触目惊心的叙述中，间作冷峻深沉的议论。全文可以分为五个部分。第一段，自开头至"皆轻系及牵连佐证法所不及者"，写刑部狱中瘟疫流行情景，揭露造成瘟疫的根源；第二段，自"余日"至"于是乎书"，写刑部狱中系囚之多的原因，揭露刑部狱官吏诈

取钱财的罪恶；第三段，自"凡死刑狱上"至"信夫"，写行刑者、主缚者、主梏扑者心狠手辣，揭穿刑部狱敲诈勒索的黑幕；第四段，自"部中老胥"至"人皆以为冥谪云"，写胥吏放纵主犯，残害无辜，主谳者不敢追究，揭露清代司法机构的黑暗与腐败；第五段，自"凡杀人"至结尾，写胥吏狱卒与罪犯奸徒勾结舞弊，揭露刑部狱成了杀人犯寻欢作乐、牟取钱财的场所。

《大铁椎传》的主要内容是什么？

魏禧作为清初著名的散文家，这篇《大铁椎传》以细腻生动的手法，描述身怀绝技却不为世所用的侠客大铁椎的故事。文章第一段交代写作的缘由。第二段才进入正题，简略介绍认识大铁椎的过程。第三段具体描写了当时相识的情景以及神出鬼没的情节。这一部分写得相当有趣，而且大铁椎的来无影去无踪的铁电，写得如同武侠小说。第四段描写大铁椎与响马贼决斗的场面。借助人物的语言、动作、心理，正侧面结合的方式，刻画了人物武艺高强的特点，写的相当细腻动人。传记的语言十分简练，但我们人依然能够从外貌、语言、行动等方面感受到主人公豪爽而深沉的性格。大铁椎前来拜访宋将军，目的是结交能够干大事的真正英雄。待他细心观察发现宋将军武艺平庸、缺乏胆识后，就果断做出了"皆不足用"的结论，决定告辞，这是他深沉性格的一面。

梁启超的散文有什么特点？

在戊戌变法前夕和变法过程中，梁

启超作为当时最有影响的《时务报》的主笔，发表了有关宣传变法的大量文章；变法失败后流亡日本期间，他没有放弃在变法上的努力，继续在《清议报》和《新民丛报》上撰文，议论政事和宣传西方学术文化。这种文章被当时的人们称为"新文体"，虽还属于文言的范围，却和历来的古文不同，与桐城派的古文更是相隔十万八千里了。甚至与桐城派古文肃敛雅洁的基本特征相比，是背道而驰的。其文章的主要特点是：就内容方面来说，它具有广阔的视野，包含了着眼于世界范围的新事物、新思想，并运用了大量新的名词概念；从结构来讲，它讲究逻辑的严密清晰，不故作摇曳跌宕之姿；在文字来方面，它力求通俗流畅，说理透彻而不避繁复；从风格来说，它感情发露，具有强大的冲击力。

《少年中国说》的批判性表现在哪些方面？

《少年中国说》这篇政论，其鲜明的特点首先表现为它强烈的批判性。此文以主要篇幅用于对中国这个"老大帝国"逐层进行解剖。其中心扣住一个"老"字。而在备述"老大帝国"的种种"老大"现象之后，特别去着力揭示当时那些手握"国权"的"老朽之人"的卑微的人格，空虚的灵魂，尸位护权的自私心理。他认为，一个国家的"老""少"，主要表现在灵魂、精神的"老""少"，而国家精神的"老""少"，又主要取决于"握国权者"其人如何。在中国古代的散文作家中，很少有人以冷静、客观的心理分析见长，而梁启超在这里几乎是借用了欧洲小说家描摹人物心理的手法，对那些手握国柄而又老朽不堪的人的心理状态作了无情的解剖。梁启超以"老"为中心，对清帝国所作的系统批判，确实抓住了封建政体的痼疾。但是，他对于"少年中国"的本质、特点、精神、追求的描述却是朦胧的、肤浅的，而把一切希望不加分析地寄托于中国新起的一代少年，也是片面的进化论观点。他对于少年中国的未来，于字里行间，虽然充满了炽热的情感，但他到底也没能指出一条奔赴未来的可行之路。

什么是"语丝派"散文？

语丝社是"五四"以后出现的一个重要的作家群体，因1924年11月于北京创刊的《语丝》周刊而得名。这一群体与文学研究会和创造社不同，它没有严格的组织，只是一个由《语丝》周刊主要撰稿人形成的同仁团体，但其影响力却能与文学研究会和创造社等社团相提并论，并且这个刊物存在的时间很长。《语丝》周刊从1924年11月17日创刊，到1930年3月10日才停刊，是极少数长寿刊物之一。它先后由孙伏园、周作人、鲁迅、柔石、李小峰任主编，长期撰稿人主要有周作人、林语堂、鲁迅、川岛、钱玄同、孙伏园、章依萍、刘半农、俞平伯等，另外现代文学史上的一些重要作家如朱自清、郁达夫、徐志摩、胡适、沈从文等也经常在《语丝》上发表作品。从成员的组成来看，语丝同仁在政治态度、思想倾向和艺术主张方面都是极不相同的，但在办刊宗旨和创作态度上很一致。语丝作家群继承了"五四"新文学的战斗传统，对社会和文化展开了积极批评，对迂腐的封建礼教和落后的思

想意识、僵化的传统观念、军阀官僚的残暴统治以及虚伪的文风进行了猛烈的抨击，同时大力提倡美的、艺术的生活，提倡思想和言论自由。

在针砭时弊的杂感和随笔方面，语丝作家群形成了共有的风格：排旧促新，放纵而谈，古今并论，庄谐杂出，简洁明快，不拘一格。这种具有鲜明的文体风格的文体被称作"语丝文体"。

为什么说《野草》是"独语体"散文？

《野草》的风格与写作姿态与《朝花夕拾》是不同的，也可以用"独语"来概括。这主要是逼视和抒发作者灵魂深处的矛盾、紧张、焦虑，包括难于言传的感觉、情绪、意识与潜意识，并引向哲理的思考。所以说，《野草》是鲁迅经心灵的炼狱而熔铸的具有独特特色的鲁迅诗，是浸透着生命体验的"反抗绝望"的哲学。《野草》比较晦涩难懂，阅读时关键是琢磨体会其用意象象征（暗示）的感觉、意趣与思维，要把握其"独语"中所表露的"自我审视"的性质。鲁迅说过，他并不希望青年读懂他的《野草》，因为《野草》只属于他自己。因此，学习《野草》可偏重于对其文体的鉴赏。当然，我们也该从这非常个性化又非常冷峻的艺术世界中，领略作家深刻而孤寂的心境及由此发生的无羁的想象力与创造力。

林语堂"闲适小品"有哪些？

林语堂代表的"论语派"，其刊物为《骆驼草》《文艺茶话》《论语》《宇宙风》《人间世》《逸经》《文饭小品》等。该派散文多喜好散文家族中比较内敛的、富有个人主观色彩的文体，如随感小品、读书札记、序跋、书信、日记等。

林语堂30年代提倡"幽默"文学，以文白夹杂的"语录体"，庄谐并出地谈性灵，说自我，话闲适。他们的作品有对政治的讽刺、社会的批评和文化的批评，以及少量记述性的文章。

何其芳的散文作品有哪些？

何其芳早期专心致力于抒情散文创作。收集在《画梦录》中的作品，以精致细腻的笔触，探索人生表现形式的色彩、图案，孤独苦闷，耽于幻想，刻意画梦，遂成为内心哀怨独语的散文诗：《雨前》《独语》《黄昏》《迟暮的花》《梦后》。《还乡杂记》及其以后的创作，"感情粗起来"，转向社会现实的抒写——《老人》《老百姓和军队》《街》，遗憾的是他在艺术上未能与思想的前进取得同步发展。

李广田的散文作品有哪些？

李广田有散文集《画廊集》《雀蓑记》《日边随笔》《银狐集》等多种。30年代散文主要叙写的是一些平常人事，寓情感于叙事中；有些寄意深远，则凝聚为散文诗。他的大多数散文描写的是乡村小天地中备受苦难的劳动人民的种种不幸，如《山之子》《老渡船》《柳叶桃》；有的则是刻画的黑暗时代知识分子所遭受的心灵创伤以及内心的苦闷彷徨，如《记问渠君》《黄昏》；有的摹绘的是故乡的山水神韵和风俗人情，如《扇子崖》《野店》《画廊》。40年代作者的视野就更加开阔了，题材呈现出多样化，时而还采用更见锋芒的杂文笔法，这其中有抒发爱国情感的，如《一个画家》；有对阶级压迫，控诉黑暗社会制度的揭露，如《没有名字的人们》《没有太阳的早晨》《圈外》；还有颂扬工人的创造力量的，如《建筑》。李广田在艺术上长于刻画人物，富于想象，风格浑厚朴实。

缪崇群的散文作品有哪些？

缪崇群呕心沥血地致力于散文创作。初期散文《晞露集》，以沉郁感伤的格调表达的是对少年时代的生活以及留学日本的人生经历的追忆。另外，还有大多数描写的是儿女之情，交织着在探求人生的旅途中的寂寞和忧伤，代表作有《童年之友》《守岁烛》《芸姊》。此后的散文有《寄健康人》《废墟集》等，视野由个人逐渐转向现实的社会人生现象，如《旅途随笔》《风于进城》《北南西东》等篇，暴露社会世态，同情弱小，同时还抒发了心中郁愤。抗战时期的散文集《夏虫集》《石屏随笔》《眷眷草》等，主要是控诉日帝侵略，情绪尤为激昂的有《苦行》、《一觉》《血印》；又如《夏虫之什》以象征隐喻的手法，表现的是对人生的探究以及对社会现实的讥讽；也有对社会芸芸众生相的审视——《人间百相》；还有对云南边陲风俗民情的描绘，如《街子》《牛场》等等，都长于编织故事，抒写人情，蕴涵哲理。其风格平实亲切，精细委婉。

夏丏尊的散文作品有哪些？

夏丏尊的散文中善于把日常生活化为艺术观照的对象，体验品味其中的人生情味和世态风习。《白马湖之冬》《无奈》《试炼》《长闲》《怯弱者》《猫》《中年人的寂寞》等篇，于自我平凡琐事的记叙中，感悟人生，传达的是一种奋斗进取的生活态度。《钢铁假山》《春天的欢悦与感伤》《命相家》等篇，表现出的是感时忧国，悲天悯人，寂寞忧愁中又有爱憎鲜明的一面。艺术上长于记叙中抒情，构思谨严，立意深远，笔法老到，风格朴素。夏丏尊的散文多辑入《平屋杂文》。

丰子恺的散文作品有哪些？

丰子恺散文结集的有《缘缘堂随笔》《车厢社会》《率真集》《缘缘堂再笔》等十几种。丰子恺早期的散文主要神游于儿童纯真的情感世界，代表作有《儿女》《给我的孩子们》；又如《山中避雨》《杨柳》《车厢社会》《吃瓜子》都是于日常事物中吟味世相，蕴涵理趣；对人生、自然中探索佛理真谛有《阿难》《艺术的宗教》。其后视野就更加开阔了，有对劳动人民生活的苦难的记叙，如《肉腿》《西湖船》；有对乡土的眷恋以及对日本侵略者的控诉，如《辞缘缘堂》《胜利还乡记》；有对贪官污吏的讽刺，如《贪污的猫》《口中剿匪记》。艺术上长于记叙中说理，描写委婉，善于择取蕴涵哲理的生活片断，富于谐趣。

巴金的《随想录》的主要内容是什么？

巴金在1978年期年之间创作的《随想录》，是这段"历史的记忆"中最真实感人的一段。他把自己所有的忏悔与

反思都记录在这本书里了，作为他们这一代作家"留给后人的遗嘱"。文革的悲剧性历史事件是巴金探索、表现的中心。他怀着强烈的责任感，把他对历史的反思，对痛失亲友的追忆，对自我的拷问，尤其是对一些他不能认同的言论与观点的批判，质朴而直白地讲述出来，表现了一位老艺术家令人深深感动的人格美。

张中行的散文有什么特点？

张中行从80年代初期开始创作的，主要以30年代前期北京大学周围的旧人旧事为题材，陆续写下一批忆旧的随笔，这就是《负暄琐话》《负暄续话》《负暄三话》以及《流年碎影》等随笔集。在古语中，"负暄"是一边晒太阳一边闲聊的意思，张中行把它当作书名，准确的表现了自己写作的追求：以"诗"与"史"的笔法，传达一种闲散而又温暖的情趣。他深厚的学术功底和广博的知识，使他对随笔中的各种人与事的知识和"掌故"都是信手拈来，涉笔成趣，而且评点人事都透出理趣和淡雅的品位。

《故都的秋》的思想和结构有什么特点？

"故都"两字指明描写的地点，含有深切的眷念之意，也暗含着一种文化底蕴；"秋"字确定描写的内容，与"故都"结合在一起，暗含着自然景观与人文景观相融合的一种境界。题目明确而又深沉。本文通过对北平秋色的描绘，赞美了故都的自然风物，抒发了向往、眷恋故都之秋的真情，并流露出忧郁、孤独的心境。在把握本文主旨时，要注意理解作者思想感情的时代性。社会风云和个人遭际在作者心里投下阴影，以致对故都清秋的"品味"夹杂着一些苦涩。文章开头和结尾都以北国之秋和江南之秋作对比，表达对北国之秋的向往之情。中间主体部分从记叙和议论两方面描述故都纷繁多彩的清秋景象：记叙部分采用并列结构，根据"清"、"静"、"悲凉"的三个层次，逐一描绘故都的自然风物，共有五种景况，即清晨静观、落蕊轻扫、秋蝉残鸣、都市闲人、胜日秋果；议论部分，从喻理的角度，进一步赞颂自然之秋，赞颂北国之秋。首尾照应，回环往复；中部充分展开，酣畅淋漓。